明宮奇案

萬曆皇帝很憋屈

當代第一女說書人 吳蔚 著

好讀出版

目錄

引子

明朝嘉靖四十二年（西元一五六三年）八月十七日酉時，夕陽西下，倦鳥歸巢，暮色如同一張巨大的漁網，漫無聲息地撒向大地。喧鬧了一天的北京城終於開始安靜下來。

「哇」的一聲，澄清坊中的裕王府一向死氣沉沉，此時卻突然傳出清脆的嬰兒哭聲。王府上下奔走相告道：「李都人剛剛生了個小皇孫！」

「都人」是明人對宮女的別稱，李都人即是裕王府侍女李彩鳳——她出身貧寒，自小被選入皇宮做宮女，後來專門服侍裕王妃陳氏，因聰慧乖巧、擅長書法而得到裕王朱載垕的矚目，由此得幸，想不到珠胎暗結，第一胎就生下一個肥肥胖胖的兒子。要知道，裕王元配李氏及其所生一男一女均已早逝，趙姓宮女所生的次子亦夭折，裕王府嬪妃中從此再沒有人生育，李彩鳳所生之子可以算是裕王的第一個兒子，對於已經二十六歲的朱載垕來說，彌足珍貴。

然而，當朱載垕得知侍妾產子的消息後，非但沒有欣喜之色，反而憂心忡忡地將目光投向西面，露出了極不尋常的沉鬱來。

澄清坊的西面即是紫禁城，裡面住著至高無上的大明皇帝朱厚熜，史稱明世宗，亦即被著名清官海瑞稱為「嘉靖者，言家家皆淨，而無財用」的嘉靖皇帝。而朱載垕作為嘉靖的親生兒子，已整整十年沒有見過父皇的面。

嘉靖皇帝狂熱地迷戀道教和方術，企盼長生不老。方士陶仲文揣摸透了皇帝希望永踞寶座、忌諱傳位的心理，有意迎合道：「二龍不相見。」嘉靖奉為金科玉律，不僅在太子朱載壡病死後不再立太子，還將唯一在世的兒子裕王朱載坖和景王朱載圳均撵出宮外居住，從此再不相見，此即海瑞所言「二王不相見，人以為薄於父子」。

更有甚者，嘉靖非但不願意見兒子，對子孫的繁衍也異常反感。裕王元配王妃李氏的第一個兒子出生時，嘉靖不准頒詔，不准稟告太廟社稷，冷淡異常。大臣閔如霖進賀表稱賀道：「慶賢王之有子，賀聖主之得孫。」嘉靖見章色變，拔劍砍在龍案上，怒道：「可斬！為何先提兒子後提我？」差點因此而殺人。閔如霖雖然最終逃得性命，卻也被降俸三級。

正因種種往事，朱載坖才對侍妾李彩鳳產子不喜反憂。他抱著剛出生的兒子，雙眉緊鎖，心頭一陣茫然：「這孩子出生在深秋西時，正是寒冬來臨、日盡西山之時，不知道他未來的命運是不是如同天時一樣，將被無邊無際的陰冷和黑暗所籠罩？」

按照明朝禮法，諸王得子，須得通知管理皇家宗室事務的宗人府，於滿月之時奏請皇帝降旨，行剪孩子頭髮的禮節，於百日之內奏請賜名。但由於深知父皇秉性，朱載坖根本不敢將得子之事上奏。

皇孫出生兩個月後，有名得寵的宮女聽說裕王得子已經兩個多月，還沒有為小孩剪髮，便好心將這件事告訴了嘉靖皇帝。不料嘉靖聽後龍顏大怒，當即將宮女罰去浣衣局[1]為奴。宮中人人股栗，再無人敢多提一句。朱載坖聽到消息後亦朝夕危懼，莫知所為。

這一年是癸亥年。癸亥是干支紀年中一個循環的最後一位。論陰陽五行，天干之癸屬陰之水，地支之亥屬陰之水，是比例和好。

然對大明帝國而言，這一年實在不是一個和好的年頭。嘉靖皇帝沉溺於修煉成仙，給自己取道號名「堯齋」，後又改為「雷軒」，躲在西苑禁宮中，祭祀求道，深居簡出，長期不上朝理事，直接導致朝廷政事混亂不堪。

除了內憂之外，還有外患——東南沿海一帶備受日本倭寇侵擾，北方有蒙古韃靼瘋狂掠邊。就在裕王朱載垕得子後不久，俺答[2]率兵一度侵殺到順義、三河，京師北京由此戒嚴。之前河南道御史凌儒與給事中陳瓚上疏論政，嘉靖皇帝認為二人無端打擾自己修道成仙，以「奏擾」的罪名將其杖責六十後革職為民。有此前車之鑒，兵部尚書楊博竟然不敢將京師危急的軍情奏聞。湊巧，清修中的嘉靖看到城東火光映天，這才知道北寇逼近，極為震驚。八天後，明軍陸續有援兵到來，俺答才向北撤退。事後，嘉靖暴跳如雷，大肆追究文武大臣責任，將薊遼總督楊選斬首，兵部尚書楊博也差點丟了腦袋。

在這樣的局勢下，裕王朱載垕越發不敢上奏侍妾生子之事，更不敢向父皇請名，只好按照排行稱新生子為「三哥兒」。

日子一天天過去，三哥兒逐漸長大。他從來沒有見過祖父，皇爺爺對他而言只是一個遙遠而陌生的符號。他雖然還不能完全理解裕王府惶惑苦悶的處境，卻也慢慢領悟到自己與眾不同的尷尬——既是身分尊貴的皇孫，卻也是一個有姓無名的孩子，宗人府的譜牒上甚至沒有他的出生記載。說到底，他只是個見不到龍顏的私生子。還只是稚弱幼童的他，心靈深處已經蒙上一層深重的陰影。

三哥兒常常張大眼睛翹首西望——那裡崇樓疊閣，摩天連雲，正是象徵天下中樞的紫禁城，是他從來沒有去過也不能進去的地方……既緊張，又好奇；既新鮮，又神祕；既盼望有朝一日能夠走進天子宮闕，又害怕會迷失在巍峨幽深的宮殿裡。

嘉靖四十五年十二月十四日，日事齋醮、夜夢長生的嘉靖皇帝最終在極為不甘心中撒手死去。裕王朱載垕雖然沒有太子名分，卻是嘉靖皇帝唯一在世的兒子，終於得以在驚喜交加的複雜心情中即位，是為明穆宗，因年號「隆慶」，又稱隆慶皇帝。而他的長子三哥兒虛齡已經五歲了，到此時方才有了一個正式的名字——朱翊鈞[3]。

自大明立國，從未有朱邸皇孫慾期至此者。

有了名字的三哥兒，終於正式步入朱姓皇族的行列。他的好運也隨之而來，不僅生母李彩鳳被冊立為皇貴妃，他本人也被立為皇太子，成為大明王朝未來的儲君。

隆慶二年（西元一五六八年）三月十二日，朱翊鈞以太子身分，在紫禁城文華殿中接受了大臣們的箋行禮。小小年紀的他，初次品嘗到群臣拜伏腳下的權勢滋味。

五年後，隆慶皇帝病逝，年僅十歲的朱翊鈞以皇太子身分嗣位，登上了至高無上的龍椅寶座，是為明代歷史上著名的萬曆皇帝，史稱明神宗。縱觀其童年經歷，從無名之子到九五至尊，好似一場春夢，神奇得近乎虛幻。

皇帝雖然年幼，卻並非孤立無援——身後有望子成龍的母親李太后，身旁有盡忠職守的司禮太監馮保，身前有兢兢業業的內閣首輔張居正。他本人也有勵精圖治的決心，有意成為一代明君。

此時此刻，朱翊鈞還無法想像，在他成人後，將會有一場異常尖銳、圍繞解決立太子問題的「國本之爭」發生，帶給他長達三十多年的困擾和苦惱，至死也未能擺脫。他的父皇明穆宗因捲入立儲之爭的經年恐懼，也宿命般地輪迴在他的長子朱常洛身上。

萬曆六年，李太后為萬曆皇帝選立錦衣衛都督同知王偉長女王喜姐為皇后。王喜姐是紹興府餘姚縣人，性情端謹，淑顏姣美，但萬曆卻不大喜歡她，加上王皇后一直無子，越發失寵。

有一天，萬曆皇帝到慈寧宮給李太后請安，剛好太后不在，宮女王氏上來奉茶。萬曆看到她娉娉婷婷，清秀可人，一時春心萌動，於是私下臨幸了她。按照皇宮慣例，皇帝臨幸宮女後，應該賜一物件給對方，以作為臨幸的憑證。但萬曆素來畏懼母親，認為私下臨幸太后宮中的宮女是一件不光彩的事情，所以沒有給王氏任何信物，自顧自地去了。

誰知道這片刻風流後，王宮女竟然懷上了龍種。李太后本人也是宮女出身，她知道事情究竟後不但沒有為難王宮女，還十分高興地召來萬曆皇帝，告知其事。但出人意料的是，萬曆竟然矢口否認曾經私幸過王氏。只是這否認沒有人和效果，因為皇帝的日常起居包括性生活都有專人記錄，萬曆在慈寧宮臨幸王宮女的事早就被宦官記錄在書冊中。李太后命人取來《內起居注》，萬曆實在無可抵賴，才紅著臉默認了。

萬曆皇帝對王宮女的臨幸只是一時興起，並不當真，新鮮勁一過，便不想負責任，因而他對王宮女也沒有什麼感情。李太后卻是抱孫心切，告訴兒子道：「我年紀已經大了，還沒有嘗過抱孫子的滋味。如果王宮人生個男孩，這是宗社的福氣。母以子貴，可不能計較原先的貴賤啊！」

李太后信奉佛教，為了保佑王宮女誕下麟兒，又特意請高僧紫柏前往五臺山道場做法。十月懷胎後，王宮女果真生下了萬曆皇帝的第一個兒子——朱常洛。在李太后的堅持下，王宮人被立為恭妃，終於成為有名號的嬪妃，但這並未改變她備受冷落的局面。明代皇儲建制，有嫡立嫡，無嫡立長，因皇后王喜姐無子，那麼應該立長子朱常洛為皇太子。但由於皇帝討厭王恭妃，連帶嫌棄她所生的皇長子朱常洛，根本就不打算立他為太子。

當時，萬曆正寵愛容貌豔麗的德妃鄭氏，情深意篤。鄭妃聰明機靈，意志堅決，喜歡讀書。皇帝對她言聽計從。鄭妃懷孕後，萬曆亦請紫柏大師做法事，保佑愛妃生下兒子。不料天不遂人願，鄭妃頭胎只生下女兒。儘管心中失望，皇帝還是進封鄭妃為貴妃。等到鄭貴妃第二次懷孕，萬曆特意派人到武當山請道士做法祈禱，這次鄭貴妃終於生下一個兒子，取名朱常洵。從這個時候開始，鄭貴妃母子逐漸成為朝野注目的人物，並招致了幾乎所有人的唾罵。

因鄭貴妃是皇帝的心尖，生下兒子後，萬曆欣喜若狂，立即進封鄭貴妃為皇貴妃，寵冠後宮。主政的內閣大學士申時行等人認為皇長子朱常洛年已五歲，生母王恭妃一直未聞加封，但鄭貴妃甫生皇子，即進封冊，顯見得是鄭貴妃專寵。大臣們擔心將來會有廢長立幼的事情發生，於是上疏請冊立皇長子為東宮，有「祖宗朝立皇太子，英宗以二歲，孝宗以六歲，武宗以一歲，成憲具在」之語。但萬曆皇帝一心想立鄭貴妃之子朱常洵為太子，甚至和鄭貴妃一起到神殿宣誓，還把誓言寫在黃紙上，放在玉盒裡，作為日後憑據，交由鄭貴妃保管。

由於大臣群起反對立鄭貴妃之子，萬曆皇帝只得採取拖延之策，下詔說：「皇長子年幼體弱，等二三年後再行冊立。」於是朝廷內外議論紛紛，懷疑萬曆將立第三子朱常洵為皇太子。戶科給事中姜應麟上疏力辯，被貶為廣昌典史。之後，因此而得罪、被貶官奪俸者不計其數。

這次，皇帝與大臣之間為爭立太子而引發的鬥爭，就是明朝歷史上著名的「國本之爭」。因冊立皇太子係國家存亡根本大事，故稱之為「國本」。國本之爭是繼嘉靖朝「大議禮」後，又一次皇帝與大臣的大規模衝突。大臣力爭，要立長子朱常洛為太子，萬曆皇帝不聽勸諫，一拖再拖，大臣再爭，爭了十五年，使得原本激烈的宮廷鬥爭越發變得錯綜複雜。

萬曆皇帝遲遲不立長子朱常洛為太子，自然是想立鄭貴妃之子朱常洵。但自古以來嫡長制就是萬世上法，太子必須立皇后所生之嫡子，無嫡立長；在皇帝無子的情況下，可以兄終弟及。為了能夠名正言順地立鄭貴妃之子朱常洵為太子，唯一的辦法就是等到原配皇后王喜姐病死，再扶鄭貴妃為皇后，這樣一來朱常洵的身分就變成「嫡子」，名分超越朱常洛的「長子」。正是基於這樣的考慮，萬曆皇帝在立太子的問題上採取了「拖」的態度，一直要拖到鄭貴妃當皇后為止。為了心愛的妃子，他幾乎得罪了所有的人，但最終還是不敢在敗壞祖制這條路上走得太遠。然而，世事不如意者十之八九，偏偏王皇后命大，雖然體弱多病，卻遲遲不死。不僅如此，皇后還仗著背後有李太后撐腰，對王恭妃所生的皇長子朱常洛十分愛護。

皇帝一拖再拖，大臣們自然不同意，上疏者前赴後繼，但都沒有起任何效果。

到了萬曆二十九年，萬曆到母親李太后那裡問安。這位老太后忽然露出不滿意的表情，問皇帝為何遲遲不立太子。萬曆自小在母親嚴格管教下長大，可能是老太后威風猶在的緣故，也可能萬曆對太后的問題事先沒有準備，驚惶之下竟然說了一句關鍵的錯話：「常洛是都人之子。」意指朱常洛出身卑賤，生母只是個宮女。但皇帝顯然是鬼迷心竅，他忘記了母親也是宮人出身。當李太后怒氣沖沖地指著萬曆說「你也是都人之子」時，他這才省悟過來，然後驚恐地「伏地不敢起」。

這件事後，內閣首輔沈一貫上了一疏。這封奏疏寫得極為高明，雖然也是催促皇帝早立太子，卻巧妙迴避了立誰為太子的關鍵點，只強調「多子多孫」天倫之樂，居然機緣巧合地打動了皇帝。萬曆終於同意冊立皇長子朱常洛為皇太子。

朝野上下，聞訊而歡聲雷動。但鄭貴妃卻坐不住了，為此跟萬曆大大鬧了一場。萬曆心疼愛妃，又開始動搖，以「典禮未備」為由，下詔改期冊立太子。在關鍵時刻，內閣首輔沈一貫起了相當關鍵的作用，他將皇帝的手詔封還，堅決不同意改期。

鄭貴妃聽到消息後，雖感到大勢已去，還是要奮力最後一搏——她從寢宮翊坤宮的房梁上取下玉盒，這是她最後的制敵法寶，裡面裝有皇帝誓立朱常洵為太子的誓言。可是，當鄭貴妃滿懷希望地打開塵封多年的玉盒時，不禁大吃一驚——皇帝親書的那紙手諭已經讓衣魚咬破，「常洵」兩字剛好進了蠹蟲腹中！

萬曆皇帝見狀，呆立良久，悵然若失。然而天意難違，他終於還是下定了決心，不顧鄭貴妃婆娑的淚眼，正式冊立皇長子朱常洛為太子，朱常洵被封為福王，封地洛陽。

至此，前後爭吵長達十五年，使無數大臣被斥被貶被杖打，令萬曆皇帝身心交瘁、鄭貴妃悒鬱不樂、天下不得安寧的「國本之爭」，才算正式告一段落。而大明王朝也已經在皇帝的消極與貪婪中，走到了風雨飄搖、油盡燈枯的一天。

但故事還遠遠沒有結束。

1 浣衣局：俗稱「漿家房」（洗衣處），明代內官（宦官）八局之一，位於德勝門以西，是二十四衙門中唯一不在皇宮中的宦官機構，由有罪退廢的宮人充任。

2 俺答：即阿勒坦汗，又譯安灘，蒙古韃靼部首領，據河套，駐庫庫屯（今內蒙古呼和浩特），控制蒙古各部。自嘉靖十九年（一五四〇年）～隆慶四年（一五七〇年）率兵南侵十餘次，蹂躪明邊境，明朝廷深以為憂。

3 明太祖朱元璋曾制定後世子孫取名的規則——他的每個兒子都作為一支，每支都擬定了二十字輩分作為一世，名字當中的另一個字則臨時確定。例如其第四子朱棣（明成祖）下面的二十字為——高、瞻、祁、見、祐、厚、載、翊、常、由、慈、和、怡、伯、仲、簡、靜、迪、先、猷。但名字的下一個字也不能隨便取，而是要按五行相轉。例如，朱棣這個輩分的都屬木德，他的兒子朱高熾屬火德，孫子朱瞻基屬土德，曾孫朱祁鎮屬金德，玄孫朱見深屬水德，以後則周而復始地循環，意思是傳之永久。可惜的是，朱元璋為子孫們擬定的二十字只用了一半，剛用到「由」字，他所創建的明王朝就壽終正寢了。

【卷一】良辰美景

歷時十幾年的「國本之爭」雖然結束，但萬曆皇帝依舊消極怠政，不理朝政，不批奏摺，只躲在深宮中與最寵愛的鄭貴妃相伴相守。流言再度紛起，傳聞美麗聰明的鄭貴妃正在積極謀取皇后之位，預備改立自己的兒子福王朱常洵為太子。

萬曆三十一年（西元一六〇三年），農曆是癸卯年，按照陰陽學說，火運不及，寒乃大行，既屬平氣之歲，又是不和之年。大明王朝也如同這詭異的年運一樣，平靜的表面下湧動著蠢蠢暗流，漩渦的中心即是國本，亦即太子之位。

兩年前，萬曆皇帝朱翊鈞終於在強大壓力下被迫立不喜歡的長子朱常洛為太子。時人評論道：「從萬曆十四年閣臣申時行等請立皇太子，至萬曆二十九年皇太子之位始定。自古以來父子之間，未有受命如此之難也。」最為人津津樂道的一幕並不是朝臣們前仆後繼地上書，也不是久居深宮的慈聖太后李彩鳳突然發威，而是萬曆早前寫下要立鄭貴妃之子朱常洵為太子的手諭，正好被蠹蟲咬去了「常洵」二字，以至於皇帝不得不長歎道：「此乃天意也。」遂決定立長子朱常洛為太子。

歷時十六年之久的「國本之爭」雖然結束，但萬曆皇帝依舊消極怠政，不理朝政，不批奏摺，只躲在深宮中與最寵愛的鄭貴妃相伴相守。流言再度紛起，傳聞美麗聰明的鄭貴妃正在積極謀取皇后之位，預備改立自己的兒子福王朱常洵為太子。

對於這場明爭暗鬥的太子之戰，朝野間各有立場——被削官為民的前吏部郎中顧憲成在無錫設置東林書院講學，影響巨大，遙相應和者極多，東林之名大著，人稱「東林黨」。東林黨持嫡長子原則，支持現任太子朱常洛，於是時人稱東宮皇太子為「大東」，東林為「小東」。朝臣亦各分成幾派——有支持太子朱常洛的；有支持福王朱常洵的；更多的還是持中立態度的騎牆派。福王派又有三種情況——一是本來就是鄭貴妃親黨；二是因見到皇帝站在鄭貴妃一方而刻意逢迎聖意；三則完全出於嫉妒東林黨的私心而反對太子。

廷臣們結成朋黨，排除異己，上下呼應，交攻日盛。而萬曆皇帝則多年不上朝，不召見大臣，內外章奏悉留中不發，任憑紫禁城外洪水滔天，一律置若罔聞，於是政局越發敗壞。

但對天下莘莘學子而言，今年卻是個好年頭。癸卯正好是大比之年，按照慣例，本年秋季八月，將由南、北直隸和各布政使司主持舉行鄉試，為朝廷選拔出可用之才。

從春季開始，北京就陸續多了不少操各色口音的士子，客棧、旅舍、會館[2]人滿為患。有來參加鄉試的，有來京師遊寓看熱鬧的，更多的是已經登賢書的舉人，提早來為明年二月的會試做準備。天下學子雲集北京，大明最高學府國子監也成了人來人往的熱鬧場所。

國子監為北平郡學改建，坐落在安定門內的成賢街上，與文廟相鄰。大街兩側槐蔭夾道，東、西兩端和國子監大門兩側各建築有彩繪牌樓——兩柱三樓，灰瓦頂，沖天柱式。樓下有重昂五踩鬥栱，主樓六朵，側樓兩朵。側樓外柱凌空懸掛，形若倒垂的花蕾。四座牌坊對稱呼應，極為氣派。

國子監主體建築坐北朝南，前有集賢、太學兩道大門。集賢門是國子監的正大門，三間三門，三柱五檩分心式木架，雅五墨彩畫，灰瓦懸山頂。中門上懸「集賢門」雲邊豎匾。太學門是國子監的二門，三間一門，門上懸有豎匾。

國子監正堂稱為「彝倫堂」，主要供皇帝臨幸太學之用。彝倫堂堂後才是學生上課的講堂，又設有支堂、博士廳、鐘鼓房等，四周圍以廊房、學生號舍和教官住宅，可以同時供數千人學習居住。

國子監不但是國家最高教育機構和最高學府，還常常舉辦一些重大禮儀活動，譬如祭祀孔子、皇帝幸學、新科進士釋褐等。所謂釋褐，即指脫去布衣，換上官服。凡新科進士，無論是否授予官職，均須參加在國子監舉行的釋褐禮；因而從另一層意義上說，這裡是進士正式步入仕途的起點。那些趕考的士子們抵達京師後的頭一件事，就是要設法進入國子監參觀，一是感受一下堂堂中央官學的氣氛，二是去膜拜文昌古槐。

槐樹在中國古代有著特殊的地位——周代在朝堂前種三槐九棘，公卿大夫分坐其下，三棵槐樹分別代表著太師、太傅、太保，因而古人以「登槐鼎之任」喻三公之位，槐樹成為「公卿大夫之樹」。在最高學府中廣種槐樹亦成為傳統，暗示國子監的太學生們可以考中高官。國子監的槐樹大多為元代種植，最著名者當屬「文昌槐」。在民間傳說中，文昌帝君是專管考試和文運的神仙，各地都建有廟宇供奉祭祀。而國子監文昌槐的種植處即是傳說中昔日文昌帝君射斗的地方，越發成為士子們到京必拜的神聖之地，甚至那些朝夕行走於古槐之間、享受朝廷官員般待遇的太學生也成了士子們豔慕的對象。

在國子監就讀的太學生均免服徭役，每月發給俸祿，逢年過節有賞錢，家屬喪祭還有路費和撫恤金。能夠成為太學生，自然都是非同小可之輩——要麼是各地府、州、縣學選送的成績優異者，稱為「貢生」，意思是以人才貢獻給皇帝；要麼是因種種優惠條件，或捐納若干錢財而取得國子監學生資格，但不一定在監讀書者，稱「監生」。監生又分多種，如文官三品以上蔭一子入監，稱蔭監生；凡文武官員有功或死難者，可由皇帝特恩一子入監，為恩監生；七品以上官子弟「勤敏好學者」，也可作為恩監生特恩入監。

按照規定，貢生和監生無須取得秀才身分，即有資格參加順天府[3]鄉試。到直隸順天府應試，這可是天下秀才們夢寐以求的機會。

原來，每次鄉試，各地錄取名額事先都有規定，稱為「解額」，且數量不一，按各地文風、人口而定——如富庶之地浙江全省有九十個解額；山西六十個；地處偏遠的雲南、貴州更少，只有三十個；順天則高居各省之首，多達一百三十五個。解額數目多了，錄取的機率自然也相應增加。尤其是南方如江浙地區，文化、經濟相對發達，人才輩出[4]，競爭要比北方激烈得多，如果能到順天府參加鄉試，杜榜題名的機會要大很多。

正因有解額限制，為了防止外地人在本地應試發解，占用本地解額，順天府對考生的戶籍資格要求極嚴，只有有戶籍且長居本地的考生才有資格參加鄉試。但制度歸制度，仍然會有士子想盡辦法，甚至不惜冒籍也要力爭到京師應試。而太學生不論籍貫，均有資格參加直隸鄉試，是以想方設法進入國子監讀書，也成為一條取得順天府應試資格的有效門路，秀水才子沈德符即屬此類[5]。

沈德符字虎臣，號他子[6]，其父沈自邠係萬曆五年進士，他本人出生在北京，可惜長到十幾歲時，父親突然英年病逝，他在京師無依無靠，只得跟隨母親遷回故里，陪伴祖父讀書。而今他已經長大成人，理該跟祖輩、父輩一樣，考取功名，出仕為宦，報效朝廷。他本已在家鄉秀水考上秀才，取得了鄉試資格，但為求穩妥，還是輾轉託了關係，作為地方府學推薦的貢生進入國子監讀書，其實真正目的是想取得在順天府應試的資格。

跟許多貧寒學子不同的是，沈德符非但家境富裕，而且在朝中頗有根基，當今禮部尚書馮琦即是他父親的同年[7]。他自小出入馮家，一直沒有兒子的馮琦視其為己出，極為疼愛。今年，沈德符得以貢生身分入國子監，除了他自己才學不弱外，馮琦也從中出了不少力。

然而，即使有種種先天的便利，沈德符還是感到了無形的壓力。他祖父、父親兩輩均是進士出身——祖父沈啟原是嘉靖三十八年進士，官陝西按察司副使，是著名的藏書家，學問淵博，精通諸學、藥醫、卜筮等，人稱為「博物君子」。昔日權相張居正秉國，以位業自矜重，對客不交一言，唯一日在朝堂時問道：「哪一位是沈大人？」顯是對沈氏仰慕已久，此「沈大人」即是沈啟原；父親沈自邠二十三歲時金榜題名，以三甲同進士出身入翰林院，授翰林院檢討，參與編修《大明會典》，榮耀無比[8]。而他今年二十五歲，又是沈家長子長孫，卻連舉人的身分都沒有，每每思慮及此，便會覺得有種仰愧先人的感覺。

出來學堂後，沈德符在太學門前的文昌槐附近站了一小會兒。那棵古槐樹下擠滿了士子，熙熙攘攘，爭先恐後，虔誠跪拜者有之，仰頭觀瞻者有之，個個興奮得滿臉發光。

若文昌槐真那麼靈驗，國子監的幾千太學生豈不是要個個中舉，總共才一百餘名解額，又哪裡輪得到外面的秀才？可實在也怪不得這些人盲從跟風，誰的內心深處不盼望一舉及第呢？膜拜文昌槐不過是些微真實心意的外露罷了。

沈德符微微歎了口氣，正預備離去，忽見到一名白臉文弱書生費力地擠到大樹前，大聲問道：「聽說國子監裡面有一專門焚毀妖書之地，是這裡麼？」一名紅臉士子接話問道：「妖書？是那篇〈憂危竑議〉麼？」

「妖書」是一樁著名懸案，牽涉到國本之爭。名儒呂坤擔任山西按察使期間，採集歷史上賢婦烈女的事蹟，著成了《閨範圖說》一書。司禮監太監陳矩出宮時看到這本書，買了一本帶回宮中。鄭貴妃正處心積慮為兒子謀取太子之位，看到之後心中一動，想借此書來抬高自己的地位，於是命人在原書中增補了十二人，以漢明德皇后開篇，鄭貴妃本人終篇，並親自加作了一篇序文。之後，鄭貴妃指使伯父鄭承恩及兄弟鄭國泰重新刊刻了新版《閨範圖說》。實際上，儘管第二版的《閨範圖說》與第一版有許多相同之處，出書人的初衷卻各自有別；但隨著時間的流逝，逐漸有人開始將這兩個版本混為一談。

萬曆二十六年五月，任職刑部侍郎的呂坤上〈憂危疏〉，奏疏中痛切陳述時弊，請萬曆皇帝節省費用，停止橫征暴斂，以安定天下。吏科給事中戴士衡借此事大作文章，上疏彈劾呂坤，說他先寫了一本《閨範圖說》，然後又上〈憂危疏〉，是「機深志險，包藏禍心」，「潛進《閨範圖說》，結納宮闈」，逢迎鄭貴妃。呂坤平白無故地蒙受了不白之冤，立即上疏為自己辯護，說：「先是，萬曆十八年臣為按察使時，刻《閨範》四冊，明女教也。後來翻刻漸多，流布漸廣，臣安敢逆知其傳之所必至哉？……伏乞皇上洞察緣因《閨範圖說》之刻果否由臣假託，仍乞敕下九卿科道將臣所刻《閨範》與（鄭）承恩所刻《閨範圖說》一一檢查，有無包藏禍心？」

呂坤確實比較冤枉，他原先的書被鄭貴妃暗中改頭換面，本來就與他無關，還被人指控是他自己偷偷送進宮裡，企圖「結納宮闈」，更是莫名其妙的罪名。因為整個事情牽涉到鄭貴妃，萬曆皇帝裝聾作啞，沒有理睬。不料平地再起風雲，一個自稱「燕山朱東吉」的人特意為《閨範圖說》寫了一篇跋文，名字叫〈憂危竑議〉，以揭帖傳單的形式在京師廣為流傳。

「朱東吉」的意思，是朱家天子的東宮太子一定大吉。「憂危竑議」四字的意思是——在呂坤所上奏疏〈憂危疏〉的基礎之上竑大其說，因為〈憂危疏〉中沒有提到立太子的問題。文中採用問答體形式，專門議論歷代嫡庶廢立事件，影射「國本」問題。大概意思是說，《閨範圖說》中首載漢明德馬后，馬后由貴人進中宮，呂坤此意其實是想討好鄭貴妃，而鄭貴妃重刊此書，實質上是為自己兒子朱常洵奪取太子之位埋下的伏筆；又說，呂坤疏言天下憂危，無事不言，唯獨不及立皇太子事，用意不言自明；又稱呂坤與外戚鄭承恩、戶部侍郎張養蒙、山西巡撫魏允貞等九人結黨，依附鄭貴妃。

此〈憂危竑議〉即所謂的「妖書」，一經面世，立即引起了軒然大波。人們不明所以，紛紛責怪《閨範圖說》一書的原作者呂坤。呂坤憂懼不堪，借病致仕回家。

萬曆皇帝看到〈憂危竑議〉後，大為惱怒，可又不好大張旗鼓地追查作者。鄭貴妃伯父鄭承恩因為在〈憂危竑議〉中被指名道姓，也大為緊張，便懷疑〈憂危竑議〉是吏科給事中戴士衡和全椒知縣樊玉衡所寫，理由是——在戴士衡上疏彈劾呂坤之前，樊玉衡曾上疏請立皇長子朱常洛為皇太子，並公然有「皇上不慈，皇長子不孝，皇貴妃不智」之語。

萬曆皇帝也不想把事情鬧大，便親下諭旨，說明《閨範》一書是他賜給鄭貴妃，因書中大略與《女鑑》一書主旨相仿，以備朝夕閱覽。又下令逮捕樊玉衡和戴士衡，經過嚴刑拷掠後，以「結黨造書，妄指宮禁，干擾大典，惑世誣人」的罪名，分別謫戍廣東雷州和廉州。而呂坤因為已經患病致仕，置之不問。

儘管「妖書案」轟動一時，但由於萬曆皇帝故意輕描淡寫地處理，所以並未引起政壇震動。至於誰是〈憂危竑議〉的真正作者，始終沒有人知道。此案雖然已經過去五年，畢竟還是一樁無頭懸案，民間多有議論，許多士子記憶猶新。又聽說國子監有專門焚毀妖書之地，均以為跟昔日妖書案有關，不由得來了興趣，越發圍了上來。

那白臉書生操一口姑蘇口音，見對方會意錯了自己的意思，忙道：「我說的妖書不是〈憂危竑議〉，而是李贄之書。還有，聽說這裡還打死了一名姓于的太學生，有這回事麼？」

李贄原名林載贄，號卓吾，福建晉江人。嘉靖、萬曆兩朝曾任小官，後棄官著書二十年。他具有叛逆精神，以孔孟傳統儒學的「異端」自居，激烈抨擊程朱理學，痛斥道學家「陽為道學，陰為富貴，被服儒雅，行若狗彘」，為執政者厭惡，四處受到迫害。去年時，李贄來到京師，禮科給事中張向達聞訊，上書彈劾李贄行為不檢，其所著《藏書》、《焚書》、《卓吾大德》等書流行海內，惑亂人心。萬曆皇帝遂以「敢倡亂道，惑世誣民」的罪名逮捕李贄。李贄被捕後不久，即瘐死在錦衣衛詔獄中，其書籍盡被燒毀，不許有留。

然而李贄雖死，其人主張「革故鼎新」，反對思想禁錮，在士子之中影響很大，許多人極為李贄文章中所展現的自由人格折腰。巷街社議，亦非李贄不歡，非李贄不適。當禮部尚書沠琦在國子監主持焚毀李贄著述時，貢生于玉嘉居然勇敢地衝上前來，當眾宣稱道：「我喜歡讀李贄書，以為樂可以歌，悲可以泣，歡可以哭，怒可以罵，非莊非老，不儒不纏，每為撫几擊節，盱衡扼腕，思置其人與師友之間。」並當面指責馮琦是假道學，是他害死了李贄。

于玉嘉當眾冒犯辱罵朝廷重臣，遂被拿下，當場革除了功名，預備杖責後發回原籍金壇治罪，哪知道他體弱，竟然在受刑時被杖死，成為第一位被活活打死在文昌槐下的太學生，令人駭然。于玉嘉兄長于玉立是萬曆進士，時任刑部員外郎，也受牽累被削籍為民。

白臉書生所問即是這段往事。

那紅臉士子顯是知情，卻連連搖頭道：「不可說，不可說。」

白臉書生正待再問，忽有一名瘦高秀才大力排開人群，莽撞地來到槐樹前，一邊撫摸樹身，一邊高聲笑道：「我昨晚夢見一木沖天，就是這棵文昌槐，大吉之兆啊。」

白臉書生被那瘦高秀才推了一下，心中有氣，有意貶損道：「一木沖天，乃是『未』字，未中也。」聲音雖然不高，卻清亮悅耳，一字一句傳入眾人耳中，眾人頓時哄笑起來。那瘦高秀才先是一愣，隨即露出怒色來。

一名青衣秀才忙道：「我昨夜夢見一隻雉鳥貼天而飛，此必文門之象，穩中無疑。」

白臉書生搖頭道：「野味。」「野味」即「也未」之諧音。

士子們來到國子監朝拜文昌槐，無非圖個吉利彩頭，以求早日金榜題名，光宗耀祖。青衣秀才見白臉書生如此毒舌，登時大怒，上前扯住他衣領，喝道：「你這秀才好生無理，胡說八道些什麼？」

紅臉士子忙上前挽住青衣秀才手臂，勸解道：「這位小兄弟不過是開個玩笑，老兄何必當真？」青衣秀才怒道：「你懂個屁！」一甩竟沒能掙脫紅臉士子的掌握，越發生氣，道，「你跟這小白臉是一夥的，對不對？再不放手，我連你也打。」

瘦高秀才也慫恿道：「揍他！揍他！」

眼見一場爭執不可避免，忽有人高聲叫道：「大司成到了！」

眾人聞聲回過頭去，果見國子監祭酒湯賓尹領著一群人從集賢門昂然進來。

國子監祭酒是從四品官職，因掌管國子監教育，清貴異常，非博學翰林不能出任。湯賓尹字嘉賓，安徽宣城人，萬曆二十三年會試第一，殿試榜眼，授翰林院編修，內外制書、詔令多出其手，文采爛然，號稱得體，經常受到皇帝獎賞。

難得的是，此人好獎掖人才，每有士子質疑問難，殆無虛日。他常常親自批閱學生試卷，閱卷時把長桌連在一起，試卷如魚鱗般舖開，左右各置一罈酒、一口劍。每逢看到好文章，就飲一杯酒，以示賞心悅目之快；每看到一篇荒謬之文，就舞劍一次，以洩心中鬱悶。一時傳為國子監佳話。他曾二次出任鄉、會試考官，所取皆當世名士，見有才能但仕途坎坷者，不待人言即盡力推薦，所以在當世極有聲譽，人稱「湯宣城」。

湯賓尹頭戴烏紗帽，身穿緋色常服，胸前、後背綴有雲雁圖案的補子，束金荔枝腰帶，臉上沒有了一貫的和善之色，頗為陰沉，似乎不大高興。他身旁的官員也是一身緋色官服，補了卻是孔雀圖案，表明其三品官員身分。在這個時候來國子監視察，又有大司成親自陪同，一定是上級部門禮部派來的官員了。

此人正是禮部右侍郎郭正域，字美命，號明龍，湖廣江夏[10]人，萬曆十一年進士，選庶吉士，任翰林院編修。後任南京國子監祭酒，以嚴厲著名。兩年前，萬曆皇帝立長子朱常洛為太子，特選其為太子講官。不久前因太子力薦，升任禮部右侍郎，掌翰林院。傳聞其人正是本年順天府鄉試的主考官，可謂掌握士子們命運前程的關鍵人物。

院內一時安靜下來，士子們紛紛避開，為長官們讓出道來。

沈德符正要退到一旁，郭正域目光已經掃了過來，居然朝他點了點頭。沈德符不得已，只得躬身回了個揖禮。

郭正域背後的一名便服老者，打量了沈德符幾眼，問道：「這貢生是誰？」郭正域低聲應了一句。

那老者便走到沈德符面前，哈哈笑道：「十多年不見，你小子長這麼大了。」

此人是中書舍人趙士楨，是宋太宗第四子趙元份之後，也算是前朝皇室貴胄，寄居樂清[11]。趙士楨祖父趙性魯書法精妙，姸妙飛動，自成一家，年輕時遊歷京師以一手好字一鳴驚人，為嘉靖皇帝激賞，順利步入仕途。趙士楨的發跡跟其祖父驚人地相似——他青年時入國子監讀書，其書法得到祖父真傳，骨騰肉飛，聲施當世。某日萬曆皇帝偶然看到宦官自宮外購買的詩扇，驚歎不已，得知扇面為趙士楨所書後，當即召其入宮。趙士楨遂以布衣身分進宮鴻臚寺主簿，近年升為武英殿中書舍人，詞翰聲譽甚盛，號稱「他途入仕」名士。

難得的是，趙士楨為人慷慨有膽略，不僅書法、詩文皆妙，還精於製造火器。他從小生長海濱，少經倭患，深受被侵擾之苦，成人後專注研究軍事及火器技術，四處尋訪名師，勤奮鑽研，不惜自解私囊，散金結客，募工製造，終於在五年前製成嚕密銃[12]。此銃安有回彈性良好的機械槍機，扣機即發，射畢即自動彈起，輕巧靈便，威力極大，被大量仿製後裝備京營明軍使用。

當年，沈德符父親沈自邠中進士後以善書入選翰林院，與同樣以書法揚名的趙士楨多有來往。沈德符少年時見過數面，尚記得其面貌，忙上前參見，道：「趙世伯好。」

趙士楨尚有公務在身，不及與故交之子多談，笑道：「明日老馮家大擺壽宴，你會來吧？到時候再引見一位貴客給你。」沈德符道：「是。」

趙士楨這才抬腳去追湯賓尹、郭正域。

等到一行人過去，士子們便爭相圍上了沈德符，好奇地問他跟郭侍郎是什麼關係。沈德符為人溫吞典雅，頗畏懼這樣的場合，連連搖頭道：「沒有干係，沒有任何干係。」抬腳就要離開，但被眾人團團圍在中央，委實難以脫身。

正難堪之時，忽有人高聲叫道：「讓一讓，大夥讓一讓，我知道這貢生的來歷！」旁人聽他自認認得沈德符，忙自覺地讓出一條道來。

一名年近三十的灰袍男子擠進圓圈中，問道：「兄臺要刊刻詩集嗎？」沈德符一愣，道：「什麼？」那人便又四顧一圈，笑容可掬地問道：「鄙人姓皦名生光，原也是順天府生員[13]。有哪位兄臺要刊刻文集、詩集麼？鄙人可以代辦。鄉試在即，各位若是投詩獻文給名公巨卿，先揚名於京師，可就大大占了先機。」

眾人這才知道這伶牙俐齒、滿口京腔的男子不過是來招攬主顧，不覺有些掃興氣沮。

皦生光見無人應答，趁機扯著沈德符出來包圍圈，直到出集賢門才鬆手，笑道：「沈兄，你可又欠我個人情。」

沈德符新近透過雇請的幫傭林大郎介紹，向皦生光買了一對玉杯，見過一次面，想不到今日在國子監再次遇到，而且靠他解了圍，很是感激，忙道：「多謝皦兄。」皦生光毫不客氣，大言不慚地笑道：「謝是應該的。」沈德符見他右手食指勾了幾勾，這才會意過來，心頭雖略感不快，還是立即從懷中摸出一小塊銀子，遞了過去。

皦生光笑嘻嘻地接了籠入袖中，又問道：「那對玉杯可還合意？」沈德符對這唯利是圖的同行印象不佳，只漫應道：「還好。小弟還有些俗務要辦，這就告辭了。」皦生光笑道：「好咧，咱回見。」

出了國子監東牌坊，正想招手叫車，忽聽見背後有人叫道：「喂，兄臺留步……」回頭一看，卻是那白臉的毒舌書生追了上來。

沈德符想到適才他在文昌槐下的言語，雖然有些惡毒，卻也解得妙趣橫生，不禁笑了起來。

白臉書生微露慍色，道：「你笑什麼？」沈德符忙道：「沒什麼。就是想到剛才兄臺……」

白臉書生道：「你也不相信拜文昌槐就能桂榜題名，對不對？不然，你們這些國子監的太學生不早就個個是舉人了。」想法倒是與沈德符不謀而合，但他不便直接附和，只微微一笑，道：「還沒有請教兄臺尊姓大名。小弟姓沈，名德符，浙江秀水人氏。」白臉書生道：「我姓魚，名寶寶，蘇州人氏。」

忽有人接話道：「魚寶寶？這名字有趣。若是姓馬，就是馬寶寶，姓羊，就是羊寶寶……」正是適才在國子監幫助過魚寶寶的紅臉士子。

魚寶寶聽他拿自己的名字開玩笑，立即反唇相譏道：「那麼你姓豬，豈不就是豬寶寶？」話一出口，才意識到自己犯下了大忌。

明代立國以後，太祖皇帝朱元璋特別注意文字細節，以致疑忌叢生，釀成了人心惶惶的文字之獄。他出身窮苦微賤，當過和尚，因此對文詞中凡有「光」、「禿」、「僧」、「生」這類字眼十分忌恨。又因作過義軍韓林兒部下的紅巾軍，曾被元朝官員斥之為「紅寇」、「紅賊」，所以當了皇帝後對「賊」、「寇」及形音相近的字都很忌諱。浙江府學徐一夔賀表中有「光天之下，天生聖人，為世作則」等語，本來是極力頌揚太祖，卻被認為是嘲諷他當過和尚，立即被斬首。許多文人學士、朝廷官員皆因文章或上書中無意間用了這些字眼而莫名其妙地遭到殺戮。在文字上多有禁忌，如生怕元朝捲土重來，將「元來」一詞改為「原來」，元姓因此在人間匱跡多年。

魚寶寶雖然說的是「豬」，但「豬」與國姓「朱」同音，也在忌諱之列。正德年間，明武宗朱厚照曾詔告天下道：「照得養豬宰豬，固尋常痛事。但當爵本命，有姓字異音同，況食之隨生瘡疾，深為未便，為此省論地方：除牛羊等不禁外，即將豬類不許餵養、買賣、宰殺。如若故意違背，本犯並當全部家小，發極邊永遠充軍。」禁止民間養豬殺豬。群臣上書反對，均沒有用處。直到次年清明，太常寺奏：「陵寢祭牲已有定制，豬為必用之物，請弛其禁。」武宗才許解除禁令。

像魚寶寶這類的話，雖只是口誤，但如果被人告發，即使不至於有性命之虞，但金榜題名這輩子肯定是別指望了。是以他自己話一出口，便回過神來，愣在那裡。

沈德符卻佯作未聞，轉問那紅臉士子道：「敢問兄臺貴姓？」

紅臉士子一邊似笑非笑地看著魚寶寶，一邊轉動著左手中指上的金戒指，道：「放心，我不姓馬。鄙姓傅，單名一個春字。」沈德符卻是久聞其名，道：「啊，你就是傅春？我在浙江會館聽過你的故事。」

傅春笑道：「一定是聽浙江會館戲班那幫人說的吧，肯定沒什麼好話。」原來這傅春是山西大同富商之子，自小寓居北京，為人豁達不羈，迷上了黃華坊勾欄胡同的頭牌紅妓齊景雲，二人感情篤深。他為了替齊景雲脫籍贖身，不惜傾家蕩產，將房子都賣掉了，弄得自己在京師沒有了容身之處，不得不棲身在浙江會館戲班中，也算是京師的一樁異聞。他今年也將以商籍[14]的身分參加順天府鄉試。

沈德符笑道：「全是好話，才子配佳人，大夥可都稱讚傅兄有情有義呢！」傅春道：「哈哈哈，多謝。我也是久聞沈兄大名，聽說沈兄博覽群書，過目不忘，朝野典故、人物來歷了然於胸，沒有什麼你不知道的，是全浙有名的大才子。」

沈德符道：「那是浙江會館的人瞎傳，什麼大才子，我可不敢當。」又問道，「傅兄還住在浙江會館麼？我那裡倒還有幾間廂房，空著也是空著，傅兄若是不嫌寒舍簡陋，不妨搬來暫時棲身。」

傅春正為居處發愁，聞言大喜道：「沈兄如此高義，傅某多謝了。」沈德符笑道：「擇日不如撞日，傅兄今日就可以喬遷，我這就回去命人收拾。」

他二人言語投契，一見如故，自說個不停，一旁魚寶寶早不耐煩起來，道：「你們兩個倒是對上眼了，那我怎麼辦？」沈德符愕然道：「什麼你該怎麼辦？」魚寶寶道：「我新來京師，也沒有住處，你為何單單只邀請傅春，不邀請我去你家寄宿？」

沈德符聞言哭笑不得，道：「我跟傅兄雖然是剛剛謀面，卻早聞大名，可是魚兄你……」魚寶寶決絕地道：「我也要去！我付房錢！」沈德符道：「不是……如果魚兄要租房子，京城多的是地方……」魚寶寶卻擺出霸道的樣子，道：「不，我就要住你那裡。」

沈德符見這人蠻不講理，搖了搖頭，正要走開。

傅春卻笑道：「既然魚兄那麼想當租客，不如就租給他好了。反正空房有的是，沈兄適才也說過，空著也是空著。」魚寶寶登時展顏笑道：「還是小傅為人和氣。傅兄，咱們這就去新家看看吧。」竟似已完全將沈宅當作自己的居處，主人反倒成了外人。

沈德符雖覺不妥，轉念想道：「他們二位都是準備應試的秀才，說不定可以互相督促讀書、探討學問，這其實是件大好事。」他性情本就隨和，見事已至此，只能點頭應允。

魚寶寶問道：「你家住在哪裡？」沈德符道：「石大人胡同。」魚寶寶道：「呀，那可是名宦如雲的著名胡同。」沈德符道：「這處寓所我也是租的。而且準確地說，寓所在石大人胡同北面的小巷子裡，叫堂子胡同，但趕車的往往不知道，你得說石大人胡同他才知道。」

沈德符隨手招手叫過來一輛馬車，果然一說「堂子胡同」，車夫立即露出迷茫之色，聽到「石大人胡同」後才應道：「好咧，幾位請上車，這就走啦。」

石大人胡同位於京城東邊的黄華坊。之所以叫石大人胡同，是因為天順年間權臣石亨曾住在這裡。石亨宅邸豪華寬敞，有房三百八十間。石亨因謀反被殺後，宅子充公，嘉靖年間又賜給武將仇鸞。仇鸞生前欺上瞞下，隱瞞敗績，死後被戮屍，傳首九邊。這處大宅子也成為所謂的凶宅，凡是住過這裡的人都下場慘烈，且禍及家族，無人敢接手，官方索性將其地改置為寶源局[15]。

石大人雖敗，但居住石大人胡同的名流仍然不少。除了壽寧公主朱軒媁和駙馬冉興讓外，威震天下的寧遠伯李成梁賜第也在這裡。

李成梁字汝契，號引城，本是朝鮮人氏，其高祖李英內附明朝後，授鐵嶺衛指揮僉事，李家從此世守明關。李成梁本人驍健善戰，頗有將才，鎮守遼東三十年中，與女真作戰多次奏捷。朝廷對其極為器重，「帝輒祭告郊廟，受廷臣賀，蟒衣、金繒，歲賜稠迭。邊帥武功之盛，兩百年來所未有」。李氏父子六人俱為大帥，貴震天下。但這位遼東總兵因位望益隆，貴極而驕，奢侈無度，其遼東家院附郭十餘里，編戶鱗次，樹色障天，不見城郭。院中畜養兩千餘名美妓，淨以數十香囊綴於繫襪帶，而貫以珠寶，一帶之花費多至三四十金，數十步外即香氣襲人，窮奢極麗至此。為了滿足個人私慾，李成梁將全遼商民之利盡籠入私囊。邊關將帥如此坐大一方，自然令朝廷猜忌。萬曆十九年，有言官以不法之事上書彈劾，六十五歲的李成梁遂被罷官免職，閒居在京師賜第中，迄今已逾十年。

沈德符租住的，即是李成梁宅邸後院分出來的一處偏院，名為「藤花別館」。本來按照國子監制度，太學生都須住在監內號舍，不可隨意外出。但明朝嘉靖以後，皇帝怠於朝政，學制也隨之鬆弛，對學生管制放鬆。許多監生本身就是高官子弟，只是掛名，根本不在國子監就讀。而一些家裡有錢的貢生如沈德符等人，也在京師租了單獨的住所，一是圖個清靜，可以安心讀書；二是日常起居有僕人照顧，生活要方便得多。

藤花別館大門開在北邊的堂子胡同，正好與李宅的後門相鄰。傅春和魚寶寶認得門戶後，便各自回會館、客棧去取行囊。沈德符獨自進來巷子時，正見到李府管家站在門邊翹首張望，似在等待什麼人。他小時候常常跟隨父親出入權貴之門，深知大戶人家多有隱密之事，便佯作不見，自行推門進院。

這是一處古樸無華的小院，有坐南朝北的正屋三楹，堂名「春暉」，東、西各有廂房三間。院子中種有幾樹紫藤，莖長葉茂，爬滿院中的棚架及西廂房屋。正值花開季節，紫色的小花一叢叢垂墜，如翩翩飛舞的小蝴蝶，幽香撲鼻，雅致可愛。

老僕沈琮聞聲迎了出來，問道：「公子回來了。是要立即沐浴更衣，還是要先吃點東西？小人這就去廚下燒些熱水。」沈德符道：「不必。你先將廂房收拾一下，咱們家有客人要來。」隨口吩咐了沈琮。

正要進堂時，忽聽見門前有車馬聲，隨即有人叫嚷著跳下車來，口中說的分明是女真話。沈德符不禁心念一動：「寧遠伯李成梁與女真人來往並不是什麼稀奇事，他雖閒居京師多年，迄今仍能遙控邊關局勢，尚有大批生意在遼東。稀奇的是，這些女真人拜訪李成梁為何要乘馬車、走後門，如此刻意掩人耳目，莫非有什麼見不得光的事？」

沈德符一時好奇心大起，悄悄走到門邊，從門縫中往東首望去——李府後門果真站著三名體貌驃悍的女真人，其中一人偉軀大耳，他居然認得，正是統一了女真各部落的女真首領努爾哈赤。

沈德符在京師出生，一直長到十幾歲，少年時常常跟隨父親出入士大夫及中官勳戚家。他曾經到西四北七條泰寧侯陳良弼府上做客。陳良弼時任總督京營戎政[16]，除掌理有關京營操練事務外，還負責接待前來京師朝貢的少數民族首領，時常奉命設宴款待蒙古韃靼部落、瓦剌部落以及遼東女真部落等。不過當年沈德符在陳府見到努爾哈赤時，他還只是一個小小的建州女真首領，而今卻已統一女真，被大明封為正二品的龍虎將軍，真是士別三日，當刮目相看。

十餘年過去，努爾哈赤的容貌並沒有什麼太大的改變，只是滄桑成熟了許多，不再年輕，腦後拖著的長辮中間雜有不少華髮。他雖已成為遼東實力最強的女真首領，對大明仍然相當恭順，每隔幾年便會親自來京師朝貢。他人出現在北京的胡同中並不是什麼奇事，奇的是他為什麼會突然出現在李成梁的後門口。須知他跟李成梁有兩段難解的冤仇。

一段是奪妾之恨。努爾哈赤年少時出入遼東總兵李成梁家中，如若童奴，李成梁亦撫之如子，教其讀書識字。後來努爾哈赤成人，與李成梁寵妾喜蘭有染，李成梁得知後欲下殺手，努爾哈赤僥倖逃脫，喜蘭懸梁自盡。

另一段則是殺父深仇。努爾哈赤脫離李成梁後不久，李成梁派兵攻打女真古埒城。城主阿台的妻子是努爾哈赤的親姐姐，正好努爾哈赤的祖父覺昌安和父親塔克世在古埒城探親，城破時一併被明軍殺死。雖然李成梁後來令努爾哈赤承襲都督指揮的官職作為補償，但殺父之仇不共戴天，努爾哈赤怎麼可能輕易釋懷，而今又在李成粱失意官場之時登後門拜訪呢？

尚在疑惑之中，李府管家已將努爾哈赤等悄然迎了進去。沈德符一時不明所以，也不再多想。

當日傍晚，魚寶寶和傅春先後腳搬進了藤花別館，住進西廂房。二人都沒有多少物品，安置起來不算太費事。沈德符道：「二位還需要什麼，直接告訴老僕人就是，無須客氣。」傅春笑道：「沈兄這裡實在方便，離景雲寄居的勾欄胡同極近。等日後我們安頓下來，再好好向沈兄道謝。」

沈德符道：「這不值什麼。」又問道，「寒舍簡陋，魚兄可還滿意？」魚寶寶大大咧咧地道：「還好啦。」

吃過晚飯，沈德符與魚、傅略略寒暄幾句，便回房讀書，一直到深夜。臨睡前往窗外一看，魚寶寶的房間還亮著燈，大約也正埋頭苦讀。雖然此人有些莫名其妙，言語也往往蠻橫無禮，但沈德符對他印象並不壞，覺得他身上頗有姑蘇人的靈秀之氣。想了一想，披上外衣，欲到窗前提醒魚寶寶早些安歇，哪知道開門一看，見傅春正坐在紫藤架的石凳上，傻傻地仰頭發呆。

見到沈德符出來，傅春頗有些不好意思，招手叫道：「沈兄過來坐。」

沈德符走過去坐下，也如傅春一樣仰望……黑漆漆的花藤遮住了黑漆漆的天空，所能望見的，只有一顆忽閃忽閃的星星，刺破漆黑夜空，穿透樹木縫隙，歡快地躍動著，給人以安慰、希望與勇氣。二人就這般枯坐著，別有一番情懷，安詳如海面上輕輕吹襲的和風，喜悅如青山上透射過林木的晴光。

許久後，傅春忽然開口問道：「沈兄，你心中可有什麼放不下的人？我是說，你這一輩子永遠也無法放下的人。」沈德符微一遲疑，即應道：「當然有。」

不知怎的，他心中最嚴實的記憶閘門被打開了，奔瀉而出的洪流令他有了想要傾訴的強烈願望。就在這個怪異的黑夜裡，他向才剛初識的傅春說出了自己最隱密的心事，並鼓足勇氣說出了他十幾年來都無法忘記的那個名字——雪素。

次日起床後，沈德符先去了趟國子監，下午才回到家。傅春和魚寶寶均已出門，他便匆匆梳洗，更衣後取了玉杯，出門趕去禮部尚書馮琦府邸，為其母馮老夫人七十歲華齡賀壽。

禮部尚書馮琦宅邸位於仁壽坊鐵獅子胡同。這是一處官房，並非私宅，卻是北京城中排得上號的好宅子，院落多達五進，又分東、西兩部，正應了明代開國皇帝明太祖朱元璋的說法——「大官人須居大房子。」

沈德符到達時，馮府大門前已經停了許多車馬僕從，看來今日到訪的賓客著實不少。這也難怪，馮琦為人一向低調，從不張揚家事，像今日這般為母親公然操辦壽筵還是第一次。他長居中樞之位，又久有入閣一說，除了親朋好友外，想要趕來巴結這位未來宰相的京官不在少數，壽筵自然是最好的機會。

站在大門口迎客的，是馮琦的堂弟馮瑗和馮琦的門生公鼎。馮瑗是萬曆二十三年進士，官任戶部員外郎，雖然年輕，卻是朝中有名的能吏，任地方官時，每每大計[17]為最。

馮琦嗣子馮士傑則懶洋洋地倚靠在一旁，厚重的眼袋耷拉在肉嘟嘟的臉上，完全沒有世家公子該有的俊秀倜儻之氣，倒像是站在胡同口曬太陽的閒漢。直至見到沈德符，精神才略微一振，迎上來勉強笑道：「德符你總算到了，父親大人已經催問過兩次了。快些隨我去書房見客。」

沈德符聽說堂堂禮部尚書連續兩次催問自己到了沒有，雖然明知對方是看亡父的面子，仍是受寵若驚，忙將做為壽禮的玉杯遞給馮瑗，跟隨馮士傑跨進大門。

馮士傑與沈德符年紀相仿，是馮琦堂弟馮璲之子。馮夫人姜敏是太醫姜嵐之女，婚後一直無所出，因而過繼了馮士傑為嗣子。按照慣例，既是正室夫人姜敏名下之子，馮士傑就有了嫡長子身分，該享受尚書之子的一切待遇。但近來事情卻起了變化——

幾年前，馮母蔣氏做主為馮琦娶了一名年輕美貌的小妾，姓夏名瀟湘，原是貧苦人家的女兒，父親死後無力安葬，遂當街下跪，賣身葬父。正好馮老夫人去寺廟燒香撞見，心生憐憫，便幫她安葬了生父，帶她回來馮府。做了幾個月婢女後，馮老夫人喜歡她勤快本分、忠實可靠，堅持要將她許給馮琦為妾。本來馮琦與姜敏夫妻情深，他本人一直相當抗拒娶妾，但聽到夏氏名叫瀟湘，暗合他書房的名字，心念一動，破天荒地應允了。夏瀟湘倒也爭氣，接連生下了兩個兒子，分別取名士楷、士渠——雖是侍妾生的庶子，卻在血緣上比馮士傑更親近一層。馮琦老來得子，欣喜異常，越發寵愛夏瀟湘母子，馮士傑的地位於是有了危機。他性格柔弱平庸，倒也無所謂，可嗣母姜敏卻不願意眼睜睜看到夏瀟湘一方得勢，多有借主母身分壓制刁難之舉，一向平和的馮家陡然變得氣氛緊張起來。

而今日這場壽筵，既是為馮老夫人賀喜七十大壽，也是要慶賀夏瀟湘次子馮士渠一週歲。馮府行事一向低調，如此公開舉辦宴會還是第一次。其實明眼人都能看出來，這是馮老夫人或馮琦本人有意為之，目的在於抬高夏瀟湘母子的地位。

馮士傑是個心中藏不住事的人，又自小與沈德符相識，一路走到東院的竹苑時，沈德符已經從他的絮叨中大概知道了馮家不為外人所知的祕密。

尚書府書房是一處獨立的建築，位於東院的竹林中，號稱「萬玉山房」。「萬玉」即萬竹，君子比德於玉，已而比玉於竹，「山」則因書房修建在一處高崗上，故得此名。

這裡萬玉森森，既是馮府地勢最高處，也是最僻靜之處——臨風而聽，琮琮淨淨，與天籟合，悠然若韶之入耳。無鬧市之囂塵，有山野之清幽，真乃讀書好去處。書房主人馮琦曾自題一詩云——「本是瀟湘人，最愛瀟湘竹。何處邱中琴，歷歷瀟湘曲。」

馮琦字用韞，號琢庵，山東臨朐人。曾祖馮裕以戍籍[18]中進士，至馮琦一代，已是四世進士。他於萬曆五年中二甲第三十七名進士時，年僅十九歲，隨後選為庶吉士入翰林院，可謂少年得志，春風得意。當時執政的內閣首輔張居正性情嚴峻，對人少有稱許，居然也稱讚馮琦道——「此幼而碩者，國器也。」之後馮琦仕途一帆風順，授編修，進侍講，充日講官，升少詹事，晉禮部右侍郎，又升尚書。其人明習典故，學有根柢，寬厚平和，內外稱譽。當今萬曆皇帝對其品學極為讚賞，若不是內閣首輔沈一貫多方阻撓反對，馮琦早就入內閣為輔政大學士了。

沈德符與馮士傑聯袂進來書房時，馮琦正與兩名五十來歲的長袍老者圍在案桌前指指點點，似在品評著什麼，交談甚歡。其中一人正是沈德符在國子監遇到過的中書舍人趙士楨。

沈德符忙上前一一見禮，又問道：「敢問這位老先生尊姓大名？」馮琦奇道：「你不記得了？這位是遼東巡撫李植，也是我和令尊的同年，你小時候他還抱過你。」

沈德符「啊」了一聲，道：「小姪實在糊塗。李世伯的名字總是銘記於心，只是不記得樣貌了。」李植笑道：「不怪你不記得，老夫一直外放為官，抱你的時候，你還在襁褓之中呢！」

明代外官不奉詔書不得私下返京，遼東巡撫又是邊關大吏，位高權重，事務繁劇。沈德符見李植一身便服出現在馮府，頗為驚異，問道：「李世伯何以會突然返京？」李植登時收斂了笑容，歎道：「還不是因為馬將軍和高稅監鬧不和！」

「馬將軍」即是現任遼東總兵馬林，「高稅監」則是皇帝派至遼東收稅的心腹宦官高淮。

當今萬曆皇帝愛財如命，為了方便搜刮民財，聽從錦衣衛正千戶鄭一麒、羽林左衛中所百戶馬承恩之奏，往各地派出大量礦監和稅監。所謂礦監，即指某地一旦發現金礦、銀礦、朱砂礦等礦產，皇帝就指派一名宦官前去主持，官銜是「某地某礦提督太監」。而朝廷稅收本由戶部主持，戶部有自己的稅務機構，但皇帝卻另外設立一套徵稅系統，由他指派的宦官負責，稱為「某地某稅提督太監」，簡稱為稅監。礦監和稅監仗著是皇帝的代表，到各地橫行不法，四出擾民，引發了極大混亂。多年來，上書請求裁撤礦稅宦官的奏章不計其數，萬曆皇帝一律不聽，只以求財為首要目標，凡是涉及礦稅監與地方官員紛爭的案子，一律偏袒宦官，地方官員多有因此被逮捕下錦衣衛詔獄者。

遼東是饒產之地，又設有多處與女真人交易的市集，自然一早落入萬曆皇帝的眼中，高淮就是皇帝派在遼東的稅監。他到任後畜妻養子，大肆侵餉漁奪，強行索取厚饋。原先寧遠伯李成梁任總兵時，任憑他胡作非為，絲毫不加干預。等到李成梁罷職，高淮依然故我，私養死士三千餘名、騎兵七八百，常常出塞射獵，發黃票龍旗，公然以大明天子的名義向朝鮮、女真索要冠珠、貂馬等珍稀之物。新任總兵馬林卻是個耿介的軍人，看不起高淮這等狐假虎威、不學無術之輩。二人起了激烈衝突，勢如水火，遂各自爭相上書彈劾對方。萬曆皇帝還是老一套的消極辦法應付，佯作不聞，置之不問。

李植道：「遼東是邊疆重地，而今卻因為一名稅監亂成一團，老夫身為巡撫，也難以居中調停，遂自請回京述職，一是想請聖上召回高淮，二來也要與趙中舍商議一下嚕密火器的改進。」他輕輕喟歎一聲，轉憂為笑道，「今天是馮府的大好日子，先不談公務。老夫這次回來趕得巧，正好遇上馮老夫人七十大壽，又聽說沈北門的兒子新入了太學，可是等不及要見上一見。」
幾人寒暄一陣，聊起一些往事。沈德符記憶力極佳，對少年時聽到的各種人物事件、典故逸聞爛熟於心，談起京都故事來，居然有一些是馮琦幾位大名士都不知道的。
李植笑道：「賢姪有這等本事，今年鄉試一定是高中桂榜。」沈德符忙自謙道：「李世伯謬讚，小姪後學晚進，不過是略微認得幾個字、記得幾本書罷了。」
正好馮府管家奉馮老夫人之命請馮琦出去見客，說是東宮太子朱常洛派了親信太監王安前來賀壽，幾人遂一道往宴廳而來。
馮琦命嗣子馮士傑引眾人先行，自己特意落在後面，叫住沈德符問道：「尊慈母可還好？最近可有信來？」沈德符不覺心中暗暗納悶，這本是初次見面的套話，可他就讀國子監後已幾次三番登門拜訪馮琦，問候沈母這句早在第一次拜見時馮琦就已問過了，第二句則更有些意味深長。一時難解其意，還是答道：「前日剛收到一封家母的親筆書信，家一切安好。」
馮琦道：「沈夫人可有在信裡提及什麼特別的事？」沈德符道：「家母只命小姪安心讀書，力爭早日成就功名。」馮琦沉默了一會兒，道：「嗯，男兒志在功名，報效朝廷，自然是好的。不過如果你能像令祖沈公那樣，安居鄉里，讀書治學，也不失為人間美事。」
沈德符祖父沈啟原原任陝西按察司副使，因簡慢撫臺被彈劾，遂自行解任歸鄉。沈氏為當地世家大族，建有萬書樓三楹，沈啟原返鄉後進一步積貯圖書，將「萬書樓」擴建為「芳潤樓」，終日讀書，足不入城。沈自邠病死京師後，沈德符隨母親遷回秀水，即由祖父沈啟原教讀。
沈德符聽了馮琦的話，心中一動：「對方的話似在暗示他該放棄科考，學習祖父的林下之風，閒居山野，可這不合常理呀。而且他新入太學的時候，馮世伯還極力勉勵他一定要努力讀書，爭取早日金殿題名，入翰林院修史治學，方能彌補其父英年早逝的遺憾。怎麼才過了幾個月，口氣就完全變了呢？莫非世伯認為他才學不夠，預料到他此次鄉試必然會落榜而歸？」心頭既疑惑又惶恐，正想問個清楚，馮琦卻只是饒有意味地拍了拍他肩膀，歎息一聲，便加快腳步，去追前面的李植等人了。

馮府壽筵的地點設在妙香苑。這裡本是一座花園，植滿玉蘭、海棠、牡丹、桂花四種花卉，取「玉棠富貴」之意；其中尤以海棠為盛，西府海棠、木瓜海棠、貼梗海棠等諸多名品相映成輝。水池邊的垂絲海棠臨水照花，猶如佳人照碧池，清新更勝桃李。

為了舉辦壽筵，馮府特意在臨水的亭子邊搭建了一座戲臺，女眷和賓客則分坐在園牆邊的廊道中，中間隔有屏風和竹簾。鳥語花香，春光怡人，別有情趣。

馮琦一行到來時，臺上的花旦正嚶嚶唱道：「……原來姹紫嫣紅開遍，似這般都付與斷井頹垣。良晨美景奈何天，賞心樂事誰家院。朝飛暮捲，雲霞翠軒；雨絲風片，煙波畫船。錦屏人忒看這韶光賤。」纏綿婉轉，頗應暮春的時景。

李植很是詫異，問道：「這是什麼戲？」馮琦也是頭一次聽到，只覺文辭優美，嘴角噙香，正要招手叫人詢問，一旁的沈德符忙道：「這是臨川名士湯顯祖湯老先生的新作，名曰〈牡丹亭還魂記〉。小姪不久前曾在浙江會館中聽過。」

北京雖是京城，卻少有公開演戲的場所。反而是外地人創建的會館大多建有戲樓，也請有專門的戲班子唱戲。馮府今日請來助興的戲班，恰好就是來自名氣最大的浙江會館。

李植恍然大悟道：「原來是老湯，難怪能寫出這等好詞。」

湯顯祖是江西臨川人，萬曆五年亦跟馮琦、李植等人一起參加了會試，其時聲望極高，冠世博學，才思萬端，似挾靈氣，號稱「絕代奇才」，大有獨占鰲頭、一舉奪魁之勢。權相張居正久聞湯顯祖才華橫溢，傾心籠絡，令其與兒子張嗣修交往，以抬高身分。湯顯祖性情耿介，不願攀附權貴，由此得罪了張居正。結果當年發榜，張嗣修高中榜眼，湯顯祖則名落孫山，直到張居正去世後才進士及第，步入仕途。但他又不滿朝政腐敗，便乾脆掛職回鄉，建書院，寫戲文，操觚染翰，競創新曲，又得了「千秋之詞匠」的雅號。

李植忍不住歎道：「一直沒有老湯的消息，想不到他改寫戲劇，居然也做得有聲有色，果然不愧是絕代奇才。老馮，你真該找機會向朝廷舉薦老湯，不能讓這等大才子白白淪落民間。」馮琦輕歎一聲，低聲道：「老湯……他怕是再也不會理老夫了。」

原來湯顯祖與名士李贄交情極好。李贄被捕下詔獄後，湯顯祖寫了一封言辭懇切的信給馮琦，請他出面營救。馮琦本人素來反感李贄的離經叛道，此次彈劾李贄，他也是主要發起者。接到湯顯祖的求情信後，他心中猶豫，反覆盤算，最終還是出了面。李贄遂沒有被判死刑，而是要押送回福解原籍，交由當地官府嚴加管束。李贄聞訊後感慨道：「我年七十有六，死以歸為？」又道，「衰病老朽，死得甚奇，真得死所矣。如何不死？」遂奪刀割喉自殺，一刀未能致命，兩日後才在極為痛苦之中氣絕死去。東廠錦衣衛生怕承擔「失刀」的責任，上奏稱李贄「不食而死」。李贄雖死，著作被焚，影響力一時難以消除，追隨者及信徒多有將其死怪罪到禮部尚書馮琦頭上者，湯顯祖更寫了一封聲色俱厲的絕交信給他。而今晚馮府大壽，戲臺上演的居然是湯顯祖的新劇，也可謂意外之中的巧合了。

那〈牡丹亭還魂記〉著實寫得典雅清麗，充滿詩情畫意。幾人靜靜站在月門聽完一齣，心頭各有一番複雜滋味，等到臺上換了熱鬧的武生戲，這才到廊道向馮老夫人見禮賀壽。

馮母蔣氏正將小孫子馮士棨抱在懷中，逗著樂子。難怪老夫人春風滿面，士棨雖是小妾所生，卻是馮琦的親骨肉，又跟她同一天生日——今日不但是她本人的七十大壽，還是士棨的一週歲生日。祖孫同日生辰，中間相隔了六十九年，這可是極難得的機緣。

小妾夏瀟湘牽著大兒子馮士楷怯生生地陪坐在左側。她二十歲出頭，模樣端莊，不事妝扮，還保持著貧苦農家女子的本色。當侍女印月不小心打翻了糕點，她本能地起身，想要上去幫忙，還是馮老夫人重重咳嗽一聲，才勉強坐了回去。

右側則坐著馮琦正室妻子姜敏。她出身名門，跟蔣氏一樣，是有朝廷正式封號的誥命夫人[19]，這身分自然是夏瀟湘所不能比擬。只是今日的壽筵定位為家宴，連趕來祝壽的官員都是一身便服，唯獨姜敏穿著朝廷命婦的制服——頭飾用山松特髻，上有金孔雀六隻和珠翠孔雀三隻，口銜珠結，霞帔褙子上繡著金線雲霞孔雀紋。極為華麗扎眼。

天光黯了下來，華苑中掛起了許多燈籠，給這春風蕩漾的園子平添幾分溫婉的暖意。

明代男女關防甚嚴，李植等人到了女眷座前，只能隔著竹簾向老夫人請安祝壽。馮琦還要招待外客，便命嗣子馮士傑陪著沈德符，自己引著李植、趙士楨到另一邊廊道。

姜敏卻掀開竹簾，出來問道：「士傑，你不去陪你爹招待貴客，還留在這邊做什麼？」

馮琦久居高位，為人平和，在朝中人緣很好。今日是馮母和馮子的生辰，雙喜臨門，自然來了不少賀喜的權貴高官，如內閣大學士沈鯉、吏部尚書李戴、刑部尚書蕭大亨、禮部侍郎郭正域等，雖然各人都著便服，聲稱來赴喜宴，但這其實是再好不過的交際場所。姜敏言下之意，無非暗示馮士傑是嫡長子的身分，該拿出半個主人的樣子好好周旋，為將來舖路。她的話音不高，語氣也不帶任何斥責之意。馮士傑卻畏懼嗣母，當即垂下頭去，低聲道：「爹爹命我陪著沈兄。」

姜敏微笑道：「沈賢姪自小出入咱們馮家家門，就像自家的親人，你爹爹拿他當客人對待，反顯得生疏了。」馮士傑囁嚅道：「這個……」

沈德符忙道：「馮伯母說得極是。士傑，請自去陪馮伯父會客，我正想自個兒在園子裡逛一逛，好好觀賞一下這裡的海棠。」

馮士傑頗厭惡官場交際應酬，對做官也沒興趣，但又不敢違背嗣母的意思，只得告了退，撿人多的地方去了。

臺上的武旦扮相俊美，英氣逼人，正在表演踩蹺翻打，套路嫻熟，身手矯健。沈德符亦常常光顧浙江會館看戲，竟不曾見過這名旦角，一時看得入迷，不由自主地往臺邊走了數步，好看得更真切些。

忽然那武旦側過頭來，眼波一轉，落到他身上。只是那麼一瞬間，他便被攝取了神魄，那流轉的眼神徹底將他融化，那綽約的身姿深印腦海。心識乍起自成紋，正發怔時，有人湊到他耳邊笑道：「這武旦還不錯吧？」轉頭望去，竟是昨日才剛搬進藤花別館與自己同住的傅春。

沈德符乍見傅春出現在妙香苑中，先是吃了一驚，隨即想到對方與浙江會館戲班班主薛幻熟稔，忙問道：「你是跟著戲班進來的麼？」傅春笑道：「是呀，我是特意混進來看景雲和素素的。」

原來，班主薛幻早早應承了帶戲班到馮府賀壽，不料近日花旦和武旦同時感染春寒，難以上臺。正愁苦之時，傅春推薦了兩人來臨時救場——那適才在〈牡丹亭還魂記〉中扮演杜麗娘的就是齊景雲，而目下在臺上表演的武旦則是八大胡同的另一名頭牌薛素素。

時下京師有四大名妓——分別是號稱「文狀元」的王雪簫，「武狀元」崔子玉，「琴娘子」齊景雲，以及

「女俠」薛素素。四姝中又以薛素素名氣最大，才貌雙全，詩畫俱精，不但生得花容月貌，會賦詩、作文、繪畫、書法、彈琴、下棋、吹簫等，而且還能騎快馬、走繩索、射飛丸，才技兼一時，名動公卿。每每其出場之際，多有男子自覺氣奪而避席者。

沈德符久聞薛素素大名，忽聽說臺上身手了得的武旦就是她本人客串，又是訝然又是驚喜，歎道：「果然是百聞不如一見。」心中陡然湧起一股奇妙的感覺，恨不得馬上一睹其廬山真面目。

傅春似是猜到沈德符心思，悄聲笑道：「一會兒我找機會引見沈兄跟素素認識。」又笑道，「不過，能不能入佳人法眼，就全看你自己了。要知道，今晚可是有許多男子醉倒於素素的風采呢。」一邊說著，一邊朝南邊廊道努了一下嘴。

果見大多數賓客都正矚目戲臺，兩名男子更是起身站近戲臺，瞧得目不轉睛。

傅春道：「那金髮碧眼的老頭是歐洲耶穌會士利瑪竇，皇上新近准許他在北京傳教，還在宣武門賜了一處宅子給他，離浙江會館不遠。他身旁的青年男子是錦衣衛千戶王名世，好像跟馮尚書夫人是親戚。以你無所不知的本事，應該知道他的來歷，他是浙江永嘉人，算得上你的同鄉，常常到浙江會館玩。他可是傾慕素素已久，素素也一直另眼看他，可以算得上是你的勁敵。」

沈德符的心思全在佳人身上，對傅春的話也是半聽不聽，只淡淡「嗯」了一聲。

緊鑼密鼓的一場打出手後，臺上精彩的武戲戛然而止。

眾人正鼓掌叫好，忽有人一人問道：「哪位是遼東巡撫李植李都爺？」聲音雖不大，但正巧問在人們意猶未盡、戀戀不捨之時，立即引來了眾人注意。聞聲轉過頭去，只見一名中年漢子肅色站在一旁。其人頭戴尖帽，身穿青素旋褶，腳著白皮靴，腰間繫著小絛，看服飾打扮分明是東廠的番子。

東廠全名東緝事廠，設立於明成祖永樂年間，職責是「訪謀逆妖言大奸惡等」。首領為皇帝親信的宦官，稱「提督東廠」，是宦官中僅次於司禮監掌印太監的第二號人物。下設屬官千戶、百戶各一名，掌班、領班、司房若干，具體負責緝訪刺探工作的是檔頭和番子。東廠雖然只有偵緝的權力，但直接受皇帝指揮。東廠印信是篆文——「欽差總督東廠官校辦事太監關防」，又有一枚密封牙章，凡是蓋有牙章的信封，無須經過任何手續，直達皇帝，如此特權，令其他衙門望塵莫及，也使其凌駕在所有官署之上。

東廠番子則是東廠最底層的屬吏，有一千餘人，是東廠的基本耳目。而這些番子又是各地地痞流氓的首領，他們利用地痞流氓熟悉本地情況的有利條件來探聽事件。對於地痞提供的情報，番子們有公開的收買價錢，案情重大的酬勞高，案情輕些的酬勞低，行話叫作「買起數」或「買事件」。地痞流氓們為了騙錢或尋機報復私仇，往往會挖空心思，捕風捉影地捏造許多案情。番子們買到這些事件後，便向番子頭目報告。番子頭目立即率同番子去所謂的「犯家」周圍嚴密偵察。打探清楚以後，番子們就凶神惡煞地衝入人家家中，把人五花大綁地逮捕起來。如果「犯人」識趣，能夠及時拿出足夠的錢財賄賂，便可當場釋放；如果賄賂少，不能令番子滿意，便以各種毒刑來整治犯人。行刑過程中，還有意暗示受刑者牽連家中有錢者，以便訛詐更多的錢財。

由於以刺探陰事為目的，上到皇親國戚，下到山野小民，連錦衣衛也在它的監視範圍內，因而東廠成為人人懼怕的機構，自成立之日起便有惡名在外。雖然現任東廠提督陳矩並不是什麼壞人，跟馮琦關係也還好，但突然有一名穿著官服的番子出現在壽筵，還是平添了一絲不祥的氣氛。

李植料不到東廠手下何以會尋來馮府，一時愣住。

馮琦身為主人，自然要出面代為應酬，挺身走出幾步，上前問道：「是陳廠公派你來的麼？」那番子道：

「正是。小的奉陳廠公之命，有要緊事要向李都爺稟報。」

就在那番子疾步走近馮琦時，臺上武旦裝扮的薛素素忽然高喊一聲：「小心！」

驀地刀光一閃，電光火石間，那男子從右手袖中挺出一柄匕首，直刺馮琦胸口。事出突然，對方又是一身東廠番役的打扮，不料他竟會突起行刺。馮琦是文士出身，從未經歷過刀光劍影，親眼看見匕首朝自己扎來，居然一時驚得呆住，僵在那裡，渾然不知閃避。

事情再巧不過的是，王名世雖是錦衣衛千戶，但同時以正五品官銜兼任東廠掌刑千戶，雖不認識那東廠番子，然而對方應該認得他，可那人不但不主動打招呼，而且在今晚這樣的場合出現，分明就是有意掃興。他心中很有些生氣，逕直走了過來，預備以長官的身分質問那番子幾句。

非但如此，王名世年紀輕輕出任錦衣衛高官，雖有祖上的蔭福，但更多還是靠自身實力——他是大明立國以來第一位「武三元」[20]，武藝高強，身手不凡，反應要比平常人敏捷許多，是以聽到薛素素那一聲叫喊後，即刻本能地飛身撲向那番子。

這只是一剎那之間的事——東廠番子被王名世斜著撲倒在地，匕首卻也劃傷了馮琦的腰部。

趙士楨搶上來扶住馮琦，急問道：「怎麼樣？傷沒傷到？傷在哪裡？」又高聲叫道，「馮夫人，你快些過來瞧瞧。」

姜敏之父姜崴曾是太醫，她本人醫術亦相當高明，聞聲搶過來一看——幸虧王名世及時一撲，匕首沒有刺到要害，只擦傷了馮琦的腰間。然傷口雖不深，卻流出了黑血，姜敏不由吃了一驚，忙叫道：「刀上有毒！快，快扶老爺進房去。」

遂過來幾名僕人婢女，七手八腳地將馮琦扶走。馮琦表情痛苦，已然說不出話來。他一走，馮府家人、親眷自然全跟進內堂。在場賓客無不面面相覷，不知該如何自處。

王名世已將刺客按倒在地，奪過匕首扔在一旁，反擰手臂，解下腰帶將其雙手綁住。遼東巡撫李植此刻方如大夢初醒，搶過來狠狠踢了刺客一腳，喝問道：「你是來刺殺老夫的！是誰？是誰派你來的？」

刺客渾然不動，王名世將他身子翻轉過來，卻見他臉色青黑，眼角、鼻孔、嘴角有血跡滲出，不由吃了一驚，道：「刺客已經服毒自殺了！」

刺客自出刀行刺到被王名世撲倒擒拿，只在一瞬之間，根本沒有機會騰出手來服毒。唯一的解釋是，他早存必死之心，事先在口中含了毒藥，一旦動手，無論是否能夠得手，都會隨後咬破藥丸自殺，以免被擒後遭受酷刑逼供。如此心機，當真可驚可怖。

正好司禮太監兼東廠提督陳矩奉皇命來賀壽，施施然到來，忽見眾人向自己投以各種意味的目光，一時不明所以，問道：「出了什麼事？」趙士楨冷冷道：「陳公公來得真是不巧，剛好錯過了這一幕，你們東廠的番子來行刺李中丞，卻誤傷了馮尚書。」

陳矩「啊」一聲，忙搶到刺客屍首旁看了一眼，不由得皺起了眉頭。他並不認識這番子，但東廠的番子有一千餘人，全是由錦衣衛中挑選精幹分子組成，他兼任司禮太監，大半時間都在皇宮中，極少去位於東安門北的東廠官署，不認識一個小小的番子也沒什麼奇怪，當即將疑惑的目光投向王名世。

王名世忙道：「稟廠公，屬下也不認得這番子，不過他身上佩有東廠錦衣衛的牙牌。」一邊說著，一邊將刺客身上搜到的象牙腰牌遞了過去。

牙牌是出入紫禁城的憑證，均以象牙製成，上面用楷書刻有官稱職銜，分執事、供事、朝參三種。執事、供事這兩種用於祭祀場合，供參與祭祀者臨時佩帶，祭祀完畢收回。其中，陪字編號從一號至三百五十號，供字編號從一號至三百八十號，執字從一號至一千四百七十號，文、武字編號各自一號起至五百號止。

朝參牙牌則是文武官員上朝時佩帶的腰牌，只發給在北京任職的常朝官，字號分勳、親、文、武、樂五種——公侯伯「勳」字，駙馬都尉「親」字，文官「文」字，武官「武」字，教坊司樂工「樂」字。

錦衣衛牙牌屬於「武」字號，為長方形，上邊為圓弧狀。正面刻著官銜，如王名世的牙牌上刻「錦衣衛錦衣右所正千戶」十字，背面刻二十六字——「朝參官懸帶此牌，無牌者依律論罪，借者及借與者罪同。出京不用。」側面刻有編號——「武字三仟柒百肆拾肆號。」

除了以上朝參牙牌外，還有皇宮內宦官、宮人佩帶的「忠」字號牙牌，以及專供錦衣衛緝事旗尉佩帶的牙牌——一種是「錦衣衛旗尉牙牌」，另一種是「錦衣衛東司房旗尉牙牌」；後一種即為東廠專用，正面中間豎刻篆書「關防」二字，上刻楷書「錦衣衛」，右側楷刻「東司房」，左側楷刻編號，背面中部淺刻二行楷書「緝事旗尉懸帶此牌，不許借失違者治罪」十六字。

明代有一套完整的制度，對牙牌控制很嚴，只限北京朝官使用，拜官後於尚寶司領出，出京及遷轉則繳還。遺失牙牌，按律當杖，輸贖還職。

王名世搜到的黃色牙牌呈八角橢圓形，上端浮雕雲紋花飾，有一圓孔穿繫著絲繩，正是東廠專用的「錦衣衛東司房旗尉牙牌」。不知什麼緣故，陳矩見到那塊牙牌後，面色陡然大變，微一凝思，即將牙牌收入懷中，匆匆道：「這裡的事交給你處置。」王名世道：「是。」

陳矩抬腳便走時，卻被中書舍人趙士楨上前攔住，逼問道：「陳廠公別慌走。這到底是怎麼回事？刺客一身東廠的打扮，事情是不是牽涉到東廠？陳廠公總該當眾交代一聲。」陳矩道：「自家還不知道究竟，須得查明這刺客的身分後，才能給各位先生一個交代。」

趙士楨卻是率性敢言之人，依舊不依不饒，道：「刺客行刺前，當眾稱是奉陳廠公之命而來，那麼陳廠公自身也有嫌疑。按照慣例，這件案子不能再由東廠和錦衣衛經手，該由刑部或都察院來辦。沈閣老、蕭大司寇，你們說是也不是？」

內閣大學士沈鯉生性謹慎，不似趙士楨那般無所顧忌，一時沉吟道：「這個……」始終沒有說出下面的話來。陳矩同時兼任司禮監掌印和東廠提督，是萬曆皇帝眼前的大紅人，刑部尚書蕭大亨亦不敢輕易得罪，只佯作不聞，沉默不語。氣氛一時頗為尷尬。

傅春一直冷眼旁觀，終於忍不住插口道：「這刺客是假冒的番子，不過是特意弄身官服穿上，目的是想要嫁禍東廠。」除了戲班和沈德符、王名世寥寥數人外，旁人均不認得傅春，還以為他是馮府的親眷。趙士楨脾氣畜澀，但看在馮琦的面子上，還是好言問道：「連陳廠公和王千戶都無法當場斷定刺客的身分，公子怎麼能知道他是個假番子？」

傅春道：「很簡單，東廠的番子都是本地人氏，我想這點大夥都知道。如果這刺客真是東廠的番子，該按官場或京師人的習慣稱呼，稱李巡撫為老先生，或是大中丞。但他一張口就是李都爺，都爺是鄉野小民的叫法。衣服可以穿別人的，口音也可以盡量模仿成京腔，但口語習慣卻一時難以糾正。由此可以斷定，這刺客一定是來自民間。」

妙香苑中一時靜了下來。眾人目光爍爍，一致落到傅春身上。他雖然不拘禮節、任性妄為慣了，但畢竟在場者多為高官權貴，一時間也被瞧得不好意思起來，忙擺手道：「我是個局外人，只是胡亂說說。」轉身便要走開。

陳矩叫住傅春，問了他姓名，正色道：「傅公子，你這個局外人目光如炬，可謂是明眼人。王千戶，這件案子你要多向傅公子請教，當然還有在場的諸位先生。」囑咐王名世幾句，竟先行揚長而去。

眾人又等了一會兒。馮琦嗣子馮士傑匆匆出來告道：「家父已然脫險，但仍需要靜養。夜色已深，家母命小姪先送各位叔叔伯伯回去，改日再向諸位道謝。」

刑部尚書蕭大亨忙道：「既然馮尚書已經沒事，我們不如先各自回去。這裡有王千戶，一切自會處置妥當。」內閣大學士沈鯉沉吟片刻，點頭道：「如此也好。」

眾人便陸續散去，李植和趙士楨有意留在最後，徘徊許久，終於還是離去。

---

1 科舉制度起源於隋朝，完備於唐朝，改革於宋朝，到明朝達到鼎盛，成為士子躋身仕途的主要途徑。一般說來，科舉考試共分四級：
「院試」是各地考生參加縣府的考試，由省提督學政蒞臨主持，及格者稱生員，俗稱秀才。
「鄉試」是省一級的考試，每三年舉行一次，逢子、午、卯、酉年舉行，稱為大比，時間在八月；主考、副主考均由朝廷臨時選派；取中者稱為舉人，俗稱孝廉，或稱登賢書；考得第一名者，稱解元。
「會試」在鄉試次年舉行，是中央一級的考試，由閣部大臣主持，每逢辰、戌、丑、未年舉行，時間在二月，因而又稱春闈；取中者為貢士，第一名稱會元。
「殿試」則是皇帝親自主持，分三甲出榜——一甲三名，分別稱狀元、榜眼、探花，賜進士及第；二甲若干，賜進士出身；三甲若干名，賜同進士出身。通常在三月舉行，只用來定出名次，能參加的貢士通常都能成為進士，不會再有落第的情況，並從此官服加身，榮耀無比。

2 會館：始設於明代永樂年間，嘉靖、萬曆時期趨於興盛。北京這一時期的會館是典型的科舉制度產物，以地域關係為基礎，由同鄉官僚、縉紳籌措資金，購置房產，供來京的舉子和其他來京謀事的或旅居者住宿之用。但主要是為了接待舉子來京考試而建，故又稱為「試館」。

3 順天府：明代北京及周邊地區稱順天府，府治北京，下轄五州廿二縣。五州即通、薊、涿、霸、昌平。廿二縣之中，大興、宛平、良鄉、東安、固安、永清、香河七縣為直轄縣；大興、宛平二縣倚郭，稱為京縣，以北京城的中軸線為界，城東部及郊區屬大興，城西部及郊區屬宛平。
由於順天府是首都的最高地方行政機關，所以府尹的職位特別顯赫，品級為正三品，高出一般的知府二至三級，由尚書、侍郎級大臣兼管。正三品衙門一般用銅印，唯有順天府用銀印，位同封疆大吏的總督、巡撫。

4 洪武三十年（一三九七年）禮部會試，由翰林學士劉三吾主考。榜發時，全榜五十一人皆為南方人，沒有一名北方士子被錄取，可見北方文化教育發展程度要遠遠低於南方。即使在明成祖（永樂皇帝）朱棣遷都北京後，情況依舊。終明一朝，科考狀元多為南方人，尤以浙江、江蘇兩省居首，幾占一半以上。

5 冒籍：指冒充順天府戶籍。嘉靖四十三年（一四七一年），浙江會稽士人章禮冒籍參加順天府鄉試，高中解元（第一名）。事後被人上書揭發。明世宗（嘉靖皇帝）尚不明白冒籍的意思，問明左右後，一語驚人地道：「普天下皆是我的秀才，何得言冒？」事情遂不了了之。
秀水：今浙江嘉興。

6 明人極看重別號，互稱和自稱多用號。當時有笑談稱，士人一做官，最急的兩件事就是「改個號，娶個小」。但由於本小說涉及的歷史人物眾多，為避免混亂，習慣稱呼別號的場合，均用名字代替。

7 同年：指同一年中的進士。古人極看重同年之誼。

8 大人：古代多以此譽稱德行高尚、志趣高遠之人，以及敬稱父母叔伯等長輩。張居正稱沈啟原為「大人」在當時是非常新鮮的事，因「政府款洽深談，呼公呼丈者多矣，更不聞有大人之稱」（事見沈德符《萬曆野獲編》）。至於官場上通稱官員為「大人」，則是清朝以後的事。
翰林院檢討：官名，屬翰林院，從七品，掌修國史，常以三甲進士出身之「庶吉士」（明翰林院設庶常館，選新中進士善於書法者入館學習，稱庶吉士）留館者擔任。明制，非進士不入翰林，非翰林不入內閣。南、北禮部尚書、侍郎及吏部右侍郎，非翰林不任。實際上，即使是進士出身，也只有一甲三人及被選為庶吉士的部分人能入翰林。

9 瘐死：瘐，讀作「雨」。瘐死，古代指囚犯因受刑、凍餓、生病而死在監獄裡，現在稱「監斃」。

10 江夏：今湖北武漢。

11 樂清：今浙江樂清。

12 嚕密銃：嚕密（Rum），又作「魯迷」，地名，當時是鄂圖曼土耳其帝國領土，今屬土耳其。趙士楨曾向掌管土耳其火器的官員朵思麻（因進貢而留居北京）學習嚕密銃的使用和製造方法。趙氏銃，實際為土耳其嚕密銃的改良版。

13 生員：明朝的生員，不僅僅是正式在朝廷註冊、並由朝廷奉養提調、學官課業的官學生，還是一種「科名」，可以直接步入仕途，只是聲望比科舉出身的官吏要低一些。

14 商籍：附籍的一種，類似臨時性的戶籍，指商人如因經商而留居其地，其子孫戶籍可以附於行商之省份。

15 寶源局：官方設立的貨幣金融機構，專司錢幣鑄造，隸屬工部。

16 總督京營戎政：明官名。永樂二十二年（一四二四年），北京置五軍營、神機營與三千營。景泰元年（一四五〇年），選三營精銳立十團營。正德年間，又選團營精銳，置東、西兩官廳。嘉靖二十年（一五四一年），以兵部尚書專管戎政，另給關防；二十九年廢團營官廳，仍為三大營，而改三千營為「神樞營」。各營設副將、參將、遊擊將軍、佐擊將軍、坐營、號頭、中軍、千總、把總等官，由提督總管官統領，旋改提督為總督，稱總督京營戎政。又設兵部侍郎一人以協助理京營戎政，不給關防。

17 大計：明代考核外官（地方官）的制度，也叫「外察」，每三年考核一次，由吏部尚書和都御史主特。實際作法是——「州縣以月計上之府，府上下其考，以歲計上之布政司。至三歲，撫、按通核其屬事狀，造冊具報，麗以八法。」大計被罷黜的官吏永不錄用。另有考核京官的「京察」制度，每六年舉行一次。

18 戎籍：即軍籍。明代按職業不同將人分成不同的戶籍，如民籍、軍籍、鹽籍（即灶籍）、匠籍、弓兵籍、鋪兵籍、醫籍等。其中以軍籍最特殊，軍戶是世襲制，一旦列入軍籍，世代為軍。軍丁一旦逃亡、病故、老疾或被擄，就要按軍籍所造之冊，到該軍丁原籍追捕本身或其親屬，以補足原數。除非皇帝特許，否則不可除去兵籍。洪武二十三年（一三九〇年），潮州生員陳質因父死，「有司取其補伍」。明太祖朱元璋得知後，出於「國家得一卒易，得一才難」的考慮，特許「削其兵籍」。宣德年間，明宣宗朱瞻基特意頒布「軍政條例」，規定開豁軍籍的條件——一是軍戶內確實只存單丁；二是必須具有生員的科名；三是必須通過翰林院的考試。遂成為定例。

19 誥命夫人：所謂誥命，就是皇帝賜爵或授官的詔令。明清時代，一品至五品的官員用皇帝的誥命授予，稱為誥封。除官員本身，皇帝對官員的先代和妻室也給予榮典；受有封號的貴婦都稱為誥命夫人，也稱命夫人或直接稱為誥命。命婦出席中央或地方典禮都要穿朝廷賜予的制服，稱「冠帔」，類似官員的朝服。

20 武三元：王名世是萬曆二十五年（一五九七年）丁酉科武舉順天鄉試解元（第一名），萬曆二十六年（一五九八年）戊戌科武舉會元、狀元。又，明人尹鳳是嘉靖二十五年（一五四六年）丙午科武舉鄉試第一名，嘉靖二十六年（一五四七年）丁未科武舉會試第一，但當初無武舉殿試，故王名世為明代武舉第一位真正的「武三元」。

【卷二】紅顏素心

這一晚，星河明澹，月色如銀，是沈德符一生中極難忘的一夜。但事實上，他根本記不大清楚這夜做了些什麼，向來不大飲酒的他居然飲得大醉，甚至不知道自己是如何睡在了薛素素閨房的繡床上。香來深淺，明月窺窗。故人不見，好夢驚迴。

京城的警巡捕盜職責素來由五城兵馬指揮司、錦衣衛和巡城御史共管。馮府所在的仁壽坊歸中城兵馬司管轄，官署就在馮府西面。

王名世先後遣散賓客和戲班，獨獨留下傅春。又命僕人叫來一隊兵馬司兵士，讓他們先將刺客屍首運去皇城大明門西的錦衣衛官署。這才招手叫過傅春，道：「傅公子適才一語驚人，挺身為東廠解圍，陳廠公很是感激。陳廠公的意思，是想請公子從旁協助，設法查出這刺客的來歷。」

傅春為人任俠好義，況且他跟王名世在浙江會館照過幾次面，說得上認識，也不推辭，慨然應道：「好說，傅某自當盡力。」王名世道：「那好，傅公子請先回去浙江會館休息，有需要時，我自會來尋公子。」傅春滿口答應，又道：「我暫時搬出會館了，跟那邊那位沈兄同住在堂子胡同的滕花別館。」王名世點頭道：「我記下了。」

傅春遂過去挽了沈德符手臂，告辭出來。

沈德符聽說傅春答應幫助東廠調查馮琦遇刺案，不免憂心忡忡，問道：「你當真要這麼做麼？」傅春道：「當然。君子一言，駟馬難追。」又狐疑問道，「你怎麼是這副口氣？莫非你有什麼難言之隱？」

沈德符道：「不是我有難言之隱，而是這件案子有難言之隱。」傅春道：「堂堂禮部尚書在自家壽筵上遇刺，而刺客真正想殺的人其實是遼東巡撫，如此又離奇又巧合之事，內中當然有難言之隱了。」

沈德符道：「你如此聰明，難道沒有看到那些朝廷大員們的態度麼？行刺事件就發生在刑部尚書眼前，蕭尚書卻一聲不吭，生怕沾上一丁點干係，這不是明擺著這件案子碰不得麼？」

傅春道：「你是說，在場官員都已經猜到刺客背後的主使非同小可？」他知道沈德符博覽群書，又熟知各種人事典故，歷來對時局判斷極準，忙問道，「依你看，這刺客會是誰派來的？」

沈德符搖了搖頭，小心翼翼地道：「刺客的目標是遼東巡撫李中丞，李中丞久在外地為官，說不定是在外地結下的仇家。」傅春嗤笑道：「你可是前後話語矛盾了。若真是李中丞在外地結下的仇家，這些朝中大員何至於噤若寒蟬？」沈德符只道：「回家再談。」

出來馮府大門，卻見東首的大鐵獅子旁站著兩名妙齡女子，正是名滿京華的薛素素和齊景雲。這還是沈德符第一次看見薛素素卸掉武旦面妝後的樣子，一件綠色小衫，白紗連裙，姿度豔雅，在火光下越發顯得玉骨冰肌，光麗照人。她也正好奇地打量著沈德符，嘴角微微上翹，似笑非笑。

不知怎的，沈德符胸口忽有一股久違的熱潮湧起，疾步走到薛素素面前，結結巴巴地道：「你……你……」薛素素微笑道：「我怎麼了？」沈德符道：「你是……你是……」

傅春見好友失態，忙搶過來介紹道：「這位是素素姑娘。」又為二女引見沈德符。

沈德符回過神來，慌忙致歉。薛素素芳華絕代，早已見慣男人為自己神魂顛倒的樣子，也不以為意。

傅春問道：「你們怎麼還在這裡？」薛素素笑道：「還不是為了你。」

齊景雲忙道：「我見王千戶獨留下傅郎，擔心會有事。正好素素跟千戶熟識，所以求她也留下來陪我等候傅郎，以防萬一。」傅春心中感動，上前握住齊景雲的手，道：「會有什麼事？走吧，我先送你們回去。」扶著二女上了車子。

幾人同住在黃華坊，只隔幾條胡同，幾乎是同路。沈德符和傅春沒有騎馬，便跟在車子後面步行。

傅春低聲埋怨道：「你秀水家中早娶有嬌妻美妾，何至於失魂落魄至此？虧我之前還在素素面前誇讚過你，說你沈公子自小出入京師權貴門第，是見過大世面的人。」沈德符搖搖頭，道：「不是。」

傅春道：「不是什麼？」沈德符道：「不是你想的那樣。你可還記得我昨晚跟你提起過的雪素？」傅春道：

「當然記得。你青梅竹馬的玩伴，多年來念念不忘的心上人。」沈德符道：「不知怎麼，我適才第一眼見到素素姑娘時，忽然想起了雪素。」

傅春道：「素素長得像你那位雪素？」沈德符道：「模樣自然是不像的，雪素哪有她這般美貌？但我總覺得她身上有什麼地方跟雪素很像。」

傅春扯住他手臂，正色道：「唯一共同的地方就是名字中有個『素』字！小沈，你和雪素分開時，都還只是十歲出頭的小孩子。這麼多年過去，你也該放下了，是朋友我才先警告你，你可千萬不要先入為主地將素素當成雪素。」

沈德符輕歎一聲，心中暗暗禱告道：「雪素，分別這麼多年，希望你一切安好，願家父和尊母在天之靈都保佑你。」驀然間記起一件事來——當年他最後一次見到雪素的母親潤娘時，曾見到她懷中掉出過一塊象牙腰牌，跟適才錦衣衛千戶王名世從刺客身上搜出的一模一樣。當然，東廠錦衣衛腰牌除了編號、刻字外，外形、大小都是相同的，可潤娘明明是個走江湖賣藝的貧苦婦人，甚至不得不依附於沈家才在京師勉強有安身之地，又從哪裡得到的錦衣衛牙牌呢？

他當時年紀還小，注意力完全在捨不得母親離開的雪素身上，根本沒有留心其他事情，但此刻回憶起來，竟對那塊錦衣衛牙牌的印象出奇深刻！越想越是心驚，暗道：「莫非潤娘明裡是江湖藝人，實際身分卻是東廠或錦衣衛的暗探，她當年莫名其妙的失蹤也跟她真實身分有關？母親趕走雪素時，曾經說過是潤娘害死了父親，當初我以為只是母親的氣話，既然潤娘身分可疑，莫非父親之死亦另有隱情？今日馮世伯暗示我不要太在意功名、歸隱讀書也是美事，是不是也跟這件事有關？」心中波濤洶湧，呼吸陡然急促了起來。

身旁的傅春也察覺到沈德符的異樣，關切地問道：「你怎麼了？身體不舒服麼？」沈德符暗道：「此事干係太大，告訴傅兄只會害他。」強定心神，道：「沒事，就是有些氣喘。」送齊景雲、薛素素二女回去勾欄胡同的家中，這才回來藤花別館。

剛到堂子胡同口，黑暗中猛地竄出一人來，將沈、傅二人嚇了一跳。

那人叫嚷道：「沈公子，你可算回來了！教我好等。」

定睛一看，卻是駙馬都尉冉興讓。

明代自立國以來，便規定公主只能下嫁平民百姓，以此防止外戚干政。冉興讓本是河北的一名普通農民，四年前幸運地被選為壽寧公主的駙馬。壽寧公主名朱軒媁，是當今皇帝第七女，生母更是因國本之爭鬧得朝野無人不知的鄭貴妃，那位傳聞中要取代太子朱常洛儲君地位的福王朱常洵就是她的親弟弟。由於寵愛鄭貴妃，萬曆也格外疼愛壽寧公主，命其每五日都來上朝，恩賜遠勝其他女兒。冉興讓雖出身貧苦，卻生得高大健壯，相貌堂堂，加上為人淳樸憨厚，很得公主喜歡。儘管兩口子地位懸殊，倒也能恩愛相處。

然而不幸的是，即使貴為金枝玉葉，個人生活也不能隨心所欲。祖宗家法規定，駙馬「嫁」到公主府，不能與公主同吃同住，而是另屋安置。駙馬若要與公主同寢，須得有公主宣召。而公主宣召駙馬也不能想什麼時候見就什麼時候見，還有時間限制。一般說來，公主宣召駙馬入內，應在傍晚「三哺」時分，天亮之前必須把駙馬打發走，否則公主、駙馬就是有違禮教，有荒淫之舉。也就是說，大明的公主和駙馬實際上只能做「夜裡夫妻」，僅是性媾關係。

不僅如此，公主如果想宣召駙馬入內共度良宵，還得事先給府吏、太監、保母一些錢財，不然他們就會處處刁難，找出各種藉口，使公主難遂心願，如勸諫公主「應節慾自愛，不可縱慾過度」等，這些話就如軟刀子般，令臉皮薄的公主不戰自潰。尤其是公主府的保母，最為刁鑽古怪。按照皇室慣例，公主下嫁，會選取一名可靠穩妥的宮女作為保母，隨同公主出居公主府中，掌管公主房中之事。保母都是沒有嫁過人的老宮女，心理上有各種畸形的怪僻，往往見不得旁人恩愛，千方百計地要阻撓。譬如壽寧公主保母名梁盈女[1]，曾在翊坤宮侍奉過鄭貴妃，仗著是鄭貴妃心腹，不僅視駙馬冉興讓為奴僕，千方百計地刁難，就連最得皇帝寵幸的壽寧公主一舉一動也都要受她牽制。

冉興讓的別室位於堂子胡同，距離藤花別館不遠。這位性情憨厚的駙馬鬱悶之餘，常常坐在大門口的臺階上發呆。被路過的沈德符看見過幾次，覺得這駙馬傻氣得可愛，遂邀請他來藤花別館飲茶喝酒，由此結為好友。

沈德符乍然見到冉興讓，先是嚇了一跳，隨即省悟過來，問道：「是公主要召見你麼？」

一聽到「公主」二字，冉興讓明顯興奮起來，搓著雙手，道：「是。公主派人來傳話，說梁媽媽的老相好忽然從外地回來了，梁媽媽心情大好，准許這個月我多見公主幾次。不過……不過我這個月的例銀已經用完……」

傅春聽說駙馬是來借錢，好在進公主府時打點有意阻撓的人，忙從身上摸出錢袋，數也不數，將袋子塞在冉興讓手中，又問道：「小沈，你身上有多少？全拿出來。」

沈德符道：「都到家門口了，何須這麼麻煩？」打門進去，命老僕取了一袋五十兩銀子交給冉興讓，又道，「下次再來，如若我不在，駙馬直接向老僕索要便可。」

冉興讓千恩萬謝，道：「等下個月我領了俸祿，一定歸還二位。」

魚寶寶聞聲出房，問明究竟後，忍不住笑道：「還是算了吧。駙馬那點俸祿，還不夠被公主府的下人們打秋風，回頭我替你還給小沈。快去吧，春宵一夜值千金呢！」

冉興讓遂紅著臉辭去。

傅春忍不住感歎道：「誰能想得到，鄭貴妃仗著聖上寵愛，呼風喚雨，將大明天下攪得不得安寧。而她自己的親生女兒，連見丈夫一面都如此困難。」

沈德符道：「這是祖宗家法使然，任誰也難以改變。話說回來，祖宗家法也不是全無是處，如果沒有祖制擺在那裡，怕是聖上早就立福王為太子了。」傅春道：「說得極是。累了，去睡吧。」

魚寶寶道：「哎，你們兩個去哪裡了？怎麼渾身的脂粉味？」傅春道：「脂粉味，哪裡有？倒是寶寶你身上……」一邊笑著，一邊湊了過去。

魚寶寶慌忙躲開，斥道：「小傅如此不正經，回頭我可要告訴齊景雲去。」傅春笑道：「我們同是男子，互相開個玩笑，有什麼正經不正經的，你可別想找藉口去接近景雲。」

魚寶寶嗤笑一聲，道：「只有你才拿你的景雲當寶貝。」自回房去了。

這一夜，沈德符自是耿耿難寐。直到天快亮時，才抵不住乏意，沉沉睡去。

次日一早，沈德符匆匆起床，洗漱完畢，去了一趟國子監。返家走過東四牌樓時，忽覺腹中饑餓難耐，想了一想，便朝勾欄胡同而去。

北京古稱薊，「山川形勝，足以控夷、制天下」。明人有詩云「帝京南面俯中原，王氣千秋湧薊門。渤海東波連肅愼，太行西脊引崑崙」，正因有著極其優越的地理環境，自古就是聯繫長城內外、大漠南北的樞紐，金元兩朝都在此建都。

明代北京城是在元大都的基礎上改建，整座城市由內城和外城組成，內、外城並不相套，僅是相鄰，因而更準確的說法應該是北城和南城。

內城即老北京城，周回四十里，四四方方，只有西北缺了一角，據稱是為了象徵《周易》八卦「天塌西北，地陷東南」之理。內城周圍築有高大的城牆，夯土包磚，高達四十餘尺。城牆四角建有曲尺形角樓，各高近百尺，上有一百四十四個射箭孔，用於瞭望與防禦。城牆外挖有護城河，最寬處有一百六十尺，最窄處也有十餘尺，河中可以通行小船。岸邊植有大批柳樹，楊柳依依，清風柔情，枝上柳絮，夕陽方明。襯以巍峨的城牆，河柳亦成為北京著名的景觀。當今禮部侍郎郭正域有〈玉河柳〉一詩吟詠道——「盈盈金縷繞瑤宮，不似新栽自永豐。帶雨遠籠長信影，飛花亂點上林紅。輕翻綠浪濯晴日，漫舞纖腰眠晚風。半拂宮牆半在水，無情有態兩朦朧。」堪稱曼妙京柳的絕好寫照。

內城四面開有九門，除南面三門外，東、西、北各有二門，因而又有「四九城」之稱。九門各有分工，叫作「九門九車」——正南門正陽門走天子鑾駕；朝陽門走糧車；東直門走木材車；崇文門走貨車；安定門走糞車；西直門走水車；宣武門走囚車；阜成門走煤車，城門洞裡還特意刻有梅花的圖案，以取「煤」的諧音；德勝門因為名字吉利，成為出兵征戰之門。九門不僅是單純提供通行的門洞，而是由城樓、箭樓、閘樓和甕城等組成的群體軍事防禦建築，重簷飛峻，麗彩橫空，既美觀又實用。

內城的正中是城中城皇城，周長二十餘里，內中有皇宮和園囿，以及宮廷服務機構。四周圍牆刷成紅色，上覆黃琉璃瓦，典雅尊貴，顯出皇家特有的氣派。

皇城四面各開一門，正南門為承天門，其餘三面分別為北安門、東安門、西安門。

皇城的正中心是皇宮紫禁城，是大明皇帝居住和辦公的中心。紫禁城的名稱是借喻天象而來——古人將天上的星辰分為三垣、二十八星宿和其他星座。三垣包括太微垣、紫微垣和天市垣；其中，紫微星在三垣中央，因此成了代表天帝的星座，有「紫微正中」之說。而天帝住的地方叫紫宮，皇帝是天之驕子，所以模仿天帝把自己住的地方叫紫宮。自秦漢開始，皇帝的居所又叫禁中，即不許人隨便出入之意，因而合稱為紫禁城。

紫禁城周長七里，城牆高達三十餘尺，南北東西各設開有午門、玄武門、東華門、西華門。城池分為外朝和內廷兩部分。南部外朝以三大殿太和殿、中和殿和保和殿為中心，富麗堂皇，氣勢威武，是皇帝舉行大典和召見群臣、行使權力的主要場所；北部內廷以乾清宮、交泰殿、坤寧宮為中心，是皇帝和后妃們居住及皇帝處理日常政務的地方。後廷裡，帝后居中，東、西又各有六宮給嬪妃們居住。整個建築規畫得井井有條，每一處裝飾無不充滿奇思妙想。

由於事先有嚴謹的布局，內城的街道都是橫平豎直，以正南正北居多，因而即使是初到北京的外地人，也不容易迷路。在兩條南北向大街崇文門裡街、宣武門裡街與東西向的朝陽門大街和阜成門街的兩個交叉路口，各建四個牌坊，俗稱東四牌樓、西四牌樓。崇文門裡街和東長安街，以及宣武門裡街和西長安街的交叉路口建有單座牌坊，俗稱東單牌樓、西單牌樓。這四座牌樓占據著內城的中心點，巷子胡同齊整如線，歷歷可數。

外城則完全不同於內城，始建於嘉靖年間，之前也沒有規畫，只是為城防需要，倉促上馬。當時邊患嚴重，韃靼不斷入侵，甚至一度逼近京畿，導致京師戒嚴。嘉靖皇帝為進一步拱衛京師，下令在內城之外再加一圈外郭。擴建工程先從正陽門外的南面開始，將原先城外最熱鬧的居民區，以及重要的禮制建築天壇、山川壇等一併圍入城中。然而南城修成之後，國庫拿不出更多的錢，所以只好將這道外郭城牆從東西兩端折而向北和舊城城牆相接，使整個北京城形成一個「凸」字形輪廓。

這塊南外城周長二十八里，開有七座城門——南面有左安門、永定門、右安門三門，東有廣渠門，西有廣寧門，北面角落裡一邊一座的是東便門、西便門。

南城原本就是通向南方的陸路交通要道，通惠河漕運重新開通後碼頭也彙集在這一帶外，因而是手工業和商業集中區，商肆、旅邸櫛比鱗次，人口異常稠密。街道是隨商業興隆而發展，因而修得歪歪斜斜，與內城的整齊劃一迥然不同。

但論起北京最熱鬧的市井所在，還不是南城，而是東四牌樓一帶，特別是黃華坊的本司胡同、勾欄胡同、馬姑娘胡同、宋姑娘胡同等八大胡同，不但茶樓酒肆林立，店舖雲集，還是胭脂紅粉聚居的地方。其中，又以勾欄胡同最為繁華，車馬行人熙來攘往，日夜不息。

勾欄又叫勾肆，或者叫棚、邀棚、遊棚，是固定的演出場地。勾欄胡同原是元代皇帝專用的娛樂場所，元朝覆滅後，御勾欄被廢棄，原址只剩下一間大房和花園。花園內有一小廟，廟內有一銅鑄女像，坐式，高四尺八寸，方面含笑，美姿容，頭向左偏，頂盤一髻，插花二枝，身著短襖，露蓮鉤，右臂直舒，作點手式，揚左腿，左手握蓮鉤，情態妖冶，楚楚動人；傳聞是妓女崇奉之神。為妓女作像，且為銅鑄，可謂十分罕見。

勾欄胡同的百貨小吃如茶湯、果餅也非常有名。昔日穆宗皇帝在裕邸時，常常微服來到勾欄胡同一飽口福，後來當上了皇帝，還念念不忘果餅之美味，於是向近侍詢問。很快地，尚食監及甜食房開出單子，上面列著需要買辦的松榛棖餳等製作果餅之物，花費數千金。穆宗笑道：「此餅只需五錢銀子，便可於東長安大街勾欄胡同買一大盒，何用千金？」近侍俱縮頸慚愧而退。有意思的是，穆宗在位時，每年於紫禁城玄武門考查比賽射箭技術，優勝者也僅僅賞賜兩枚勾欄胡同的果餅算是獎勵。

這還是沈德符以貢生身分重返北京後，第一次來到勾欄果餅舖，他特意選了一張靠牆角的桌子坐下，點了一碗茶湯和兩枚果餅。居然還是那個價錢，一點都沒有變化。

沈德符不禁有些感慨。夥計嘻嘻笑道：「五年前，果餅曾漲過兩文錢，有一天來了一位南方口音的老先生，敲打著竹筷唱了一支曲子給店家聽，店家聽了不但沒有收他錢，還重新恢復原來的餅價。」

沈德符最好收集民間異聞趣事，聽了興趣大增，忙問道：「你可還記得歌詞？」夥計道：「店家央求老先生教過，我們這裡人人會唱。」便清清嗓子，輕輕哼唱道，「白面兒細髮，彩旗兒高插，黑地裡蒸作下。東籬正要賞黃花，闞買無閒暇。題句劉郎，一場閒話，看光陰如過馬。慶重陽幾家，上行市半霎，切不可高抬價。」

沈德符點頭道：「這曲調是依唐教坊〈朝天子〉，詞也寫得好。」夥計笑道：「這小的就不懂了，反正唱著挺順口的，客官們也愛聽。公子稍候，茶湯馬上就到，小的這就去請茶湯師傅過來。」

片刻後，一只青花茶碗被擺上八仙桌，茶蓋斜插在茶托上，茶碗中盛滿糜子麵。沖茶湯師傅提著一個特製的大銅壺轉到附近不遠處，手臂一抬，略略微傾，一股熱氣騰騰的滾水從細長的壺嘴噴出，在半空中劃出一道優美的弧線，逕直奔向茶碗，剎那間水滿茶湯熟。情形煞是驚險，卻無一滴水濺出，整個過程本身就是一場精彩絕倫的表演。再來品嘗茶湯，別有一番滋味在心頭。

茶湯是北京市井坊間小吃的典型代表，甚至連皇宮也以茶湯美味程度來衡量御膳房的水準。京師向有諺語云——「翰林院文章，武庫司刀槍，光祿寺茶湯，太醫院藥方」，民間稱為「四可笑」，其實為反諷，意思是翰林院的文章、武庫司的刀槍、光祿寺的茶湯以及太醫院的藥方都只是虛有其表，名實不相稱。

沈德符向沖茶湯師傅點頭示謝，取過桌上的糖罐，舀了兩勺紅糖放入茶湯中，仔細攪拌均勻，這才端起來咂了一小口。十多年過去，居然還是那個味道，一點都沒變！

忽聽見街對面酒樓上有歌女和著絲竹唱道：「自別後遙山隱隱，更那堪遠水粼粼。見楊柳飛綿滾滾，對桃花醉臉醺醺。透內閣香風陣陣，掩重門暮雨紛紛。怕黃昏忽地又黃昏，不銷魂怎地不銷魂。新啼痕壓舊啼痕，斷腸人憶斷腸人。今春，香肌瘦幾分，摟帶寬三寸。」其實只是一支普通的別情曲子，但不知怎的，沈德符少年時的記憶忽然被啟開了……一場閒話，看光陰如過馬；無數往事瞬間湧上心頭，唏噓惆悵不已。

正好夥計端著熱騰騰的果餅上來，沈德符問道：「可有今年新曬的槐花？」夥計道：「有。公子是要配茶湯麼？」沈德符道：「嗯。」

茶湯的主料是糜子麵，佐料多種多樣，有紅糖、白糖、芝麻、核桃仁、松子仁、薑絲、豆腐絲、海帶絲、花生米等，客人可以根據口味各取所需。但槐花用於茶湯調味並不多見，那夥計取來一包槐花乾，笑道：「公子喜歡用槐花拌茶湯，跟素素姑娘可算是對上了。」

沈德符心念一動，問道：「你說的素素姑娘，可是這勾欄胡同的薛素素？」夥計笑道：「正是。聽公子口音是外地人，原來也知道素素姑娘。」

沈德符忙從懷中摸出一小塊碎銀子，扔在桌上，匆匆朝勾欄胡同薛素素家趕來。

胡同口有兩棵大槐樹，華蓋如雲，枝葉相連，將半邊巷口都遮在樹蔭下，令這條有名的煙花之地多了幾分靜謐之意。

沈德符昨晚和傅春一起送薛素素和齊景雲歸家，尚記得位置。來到門前，叩了叩銅環，開門的卻是齊景雲。她果然不愧是京城四大名妓之一，有著完美的容顏——頭髮烏黑似漆，臉龐光滑如玉，身材窈窕，柔橈嫚嫚，嫵媚纖弱，即使洗盡鉛華，不事妝扮，也依舊美麗動人。她見到沈德符，很是驚異，問道：「沈公子是來找素素的麼？」

沈德符道：「嗯。素素姑娘在麼？」齊景雲遲疑道：「在是在，不過她還在房裡睡覺。素素一般要下午才起身。公子既是傅郎的好友，也不算外人，請先進來坐，我去叫一聲素素。」

沈德符也不推辭，抬腳進來。

這是一座一進的小四合院，坐北朝南，有正房三間，東、西各有廂房三間，圍成一個四四方方的院子。除了朝向相反外，格局跟藤花別館一模一樣，甚至中間庭院種植的也是紫藤，難怪人們稱「槐樹、紫藤、四合院」是京師的三大特色。

這處宅子是薛素素自置的住處，齊景雲新近為自己脫籍贖身，花光了積蓄，臨時寄居在這裡。她先領沈德符進來自己居住的廂房，奉了茶水，這才去正房敲門。片刻後回來告道：「素素說今日身子不大好，形容憔悴，有礙觀瞻，不便相見，請公子改日再來。」

這不過是當紅妓女推辭客人的習慣用語，沈德符聽了不免有些失望，但心有不甘，站起身來，卻不離去，問道：「素素姑娘是哪裡人？」齊景雲笑道：「沈公子想知道素素的事情，最好還是自己當面向她打聽比較好。她性情豪爽，喜歡乾脆的男子。」

沈德符臉皮子薄，登時紅到脖子根，只得訕訕告辭。

沈德符回來藤花別館，卻見大門前站著數名錦衣衛校尉，均是一身飛魚服，手扶繡春刀，全副武裝，氣氛頗為緊張。

錦衣衛全稱「錦衣親軍都指揮使司」，和東廠一樣，是直接聽命於皇帝、執掌「詔獄」的特殊官署，獨立於刑部、都察院、大理寺這三大司法機關之外。作為皇帝最親信的機構，錦衣衛的歷史比東廠還要悠久，明太祖時就已經作為皇帝侍衛的軍事機構而存在，最高長官稱指揮使，俗稱大金吾，通常由皇帝的親信武將擔任。明太祖朱元璋為了剷除功臣、加強統治，逐漸將其發展為特務機構，特令其掌管刑獄，賦予巡察緝捕之權，從事偵察、逮捕、審問活動，監督朝中大臣和民間百姓。

錦衣衛雖然權高勢大，毒焰高漲，在規制上仍只是個正二品的部門，既不能與執掌中樞政務、號稱「宰輔」的內閣並列，也不能公然居於六部、都察院、大理寺之上。直到嘉靖九年，明世宗下定制，規定錦衣衛與內閣分列於御座左右，內閣在東，錦衣衛在西，從此閣臣越嚴重，而錦衣衛亦日益崇顯。就連錦衣衛的官服飛魚服也與文官禽服、武官獸服完全不同，為金黃色，暗示權力高高在上之意。

錦衣衛仗著有皇帝做靠山，有其專門的法庭和監獄，往往以四出偵察為由，騷然官民，搞得人心恐懼，寢食不安。處理案件，往往望風撲影，栽贓陷害。抓到所謂的犯人後，並不帶回官署，而是帶到偏僻無人的地方毒打一頓，叫做「打樁」，逼迫犯人交代值錢之物收藏之處，再將犯人的家產抄掠一空。將犯人屈打成招後，再送到司法部門定罪；即使抓錯了，三法司也不敢捋錦衣衛的鬍鬚為無辜者平反。有的錦衣衛校尉收人賄賂，為出錢者報仇，強行將好人誣陷為罪犯；還有的校尉受賄以後，把殺人主犯改為脅從，再用旁人來抵罪。

由於錦衣衛用法深刻，為禍甚烈，朝野人人畏懼，見到錦衣衛裝束者唯恐避之不及。沈德符乍見之下也是一驚，但隨即想到許是為昨晚馮琦遇刺之事而來，遂寬下心，上前隨口問道：「你們是王千戶的下屬麼？」一名錦衣衛百戶王曰乾應聲問道：「你是誰？」沈德符道：「我是這裡的住戶。」

傅春聞聲迎出門，將沈德符扯進屋裡，笑道：「你回來得正好，我正向王千戶舉薦你一起來辦這件案子。」王名世點點頭，道：「傅公子稱沈公子有過目不忘之才，博覽群書，时衡中外，於朝野掌故無所不通，必定能幫上忙。」

沈德符向來謙遜隨和，但不知什麼緣故，一向與人友善的他竟對這位大權在握的錦衣衛千戶有些不尋常的厭惡，略帶嘲諷地反問道：「怎麼，王千戶是不相信麼？」王名世淡淡道：「王某確實有心見識討教。」

沈德符「哼」了一聲，道：「王千戶是浙江永嘉人，祖輩都是儒生，步入武職緣起於尊祖父。尊祖名諱王德，字汝修，號東華，是嘉靖十七年進士，初授東昌府推官，勤政有能，累官至戶科給事中。後因與吏部尚書李默不和，被落職閒住。回到家鄉時，正遇上倭寇侵犯浙江，王公將母親安置在城中，拿出全部家財招募勇健之士，保衛家鄉，數次擊敗倭寇進攻。某次出城追擊逃寇時，中伏遇害，時年四十二歲。朝廷得知後，贈王公太僕少卿，立祠滑忠，子蔭錦衣衛百戶。王公長子如圭為嘉靖四十三年舉人，出任溧陽知縣；次子如璧蔭父官，累官至錦衣衛副千戶；王公之孫名世，字了塵，因是本朝第一位武三元，所以年紀輕輕便官居錦衣衛正千戶，這便是閣下了。」

王名世聽他張口便將自己家世道得一清二楚，連年份都絲毫不差，竟比東廠中最得力的番子還要厲害，心中驚訝萬分，但他生性冷峻，表面還是不動聲色，淡淡道：「沈公子果然厲害。有你來相助東廠和錦衣衛調查馮尚書遇刺案，當真再好不過。」

沈德符冷然道：「沈某一介布衣，才疏學淺，又要準備秋季鄉試，怕是……」正要一口拒絕，驀然間心念一動——自從昨晚回憶起腰牌一事後，潤娘的形象便始終縈繞心頭，是那樣深刻，卻又是那般模糊，帶著難以名狀的神祕，強烈地吸引著自己。最關鍵的是，更隱隱覺得潤娘的失蹤和父親的突然病死有所關聯。想要弄清楚這樁陳年往事，還有什麼比利用東廠和錦衣衛勢力更便利的呢？這轉瞬間的考慮，令他立即改口道：「也好。家父生前與馮世伯是至交好友，查清楚他遇刺的案子，也是我做晚輩的該盡的責任。」

王名世道：「甚好。我昨晚問過馮府上下，沒有人認得刺客，他是自己來到馮府門前，聲稱有急事要找遼東巡撫李植。僕人見他一身東廠番子打扮，又持有牙牌，不敢怠慢，就直接引他進來了。」

傅春問道：「千戶可有確認刺客的身分？」王名世道：「我叫了所有東廠檔頭來辨認屍首，沒人認得他，也沒人上報有番子失蹤。」

沈德符道：「刺客身上不是搜到一塊錦衣衛牙牌麼？可有查到牙牌本身的主人？」王名世微一遲疑，道：

「牙牌被陳廠公拿走了，我還沒來得及查驗編號。」

沈德符急道：「這牙牌是重要線索，千戶可有問過廠公……」傅春重重咳嗽了一聲，道：「牙牌之事，陳廠公查到線索，自會告知王千戶。倒是這件案子，有一些前後矛盾之處。」王名世昨晚已見識到他的聰明機智，很是佩服，道：「願聞其詳。」

傅春道：「刺客的對象其實是李植巡撫，可李巡撫在外為官二十年，即使結下仇家，也該是外地人。按照常理，仇家報仇通常會謀畫許久，選擇最合適的地方、最恰當的時機。李巡撫久在遼東，此次回京述職只是臨時起意，回到京師才不過兩日，仇家不可能在得知消息後飛快地跟來北京，又在這麼短的時間內籌畫好行刺事宜。」

王名世道：「不錯，是這個道理。但傅公子昨晚也從稱謂上推斷刺客是外地民間人士。」傅春道：「這就是我說前後矛盾的地方。刺客的確是外地人，但他背後一定還有主謀，這主謀是什麼人可就難說了。能及時知道李巡撫回京的消息和行蹤，又能弄到一身騙得過東廠千戶的番子衣服，嘿嘿，肯定不是普通人。小沈，你該熟知李植巡撫的履歷，可知道他跟朝中什麼權貴結下了仇怨？」

沈德符道：「李世伯跟亡父是同年進士，一起選庶吉士。但他志向遠大，總想做一些實際政事，所以很快離開了翰林院，放為江西道御史。張江陵過世後，李世伯上書彈劾司禮太監兼東廠提督馮保十二大罪狀，又揭露張江陵與馮保交結恣橫，聖上於是下令籍沒張家。李世伯因『盡忠言事，揭發大奸有功』晉升為正四品太僕寺少卿，不久與首輔申時行在定陵選址上產生爭議，被言官彈劾，放為外官迄今。」頓了頓，又道，「我曾聽說李世伯也一度想要回到中樞，但他曾經肆意攻詰故內閣首輔張江陵，難免會令其他大學士產生兔死狐悲之感，所以內閣無論是誰在位執政，無不千方百計地阻撓他回朝任職。不過，要論深仇大恨，不惜走到雇凶行刺這一步的，只能數得上馮保和張江陵了。」[2]

王名世搖搖頭道：「這二人早已身死名裂，張端公的子弟也被發遣戍邊，張家敗落已久，沒有報復李植的能力。」沈德符不快地道：「那麼依照王千戶的高見，刺客背後的主謀一定是現任朝中顯宦了？我想不出有哪個高官會與邊疆巡撫……」驀然想到什麼，頓住話頭，目光爍爍地瞪著王名世。

王名世甚是平靜，絲毫不避，問道：「沈公子可是想到什麼人？」沈德符道：「不錯。王千戶想聽實話麼？」王名世道：「這是當然。王某不敢說一定能做得到秉公無私，但如果我覺得沈公子有不妥之語，一定不會傳出這間屋子。」

沈德符又猶豫起來。傅春卻是個豪爽性子，容不得他這般吞吞吐吐，催道：「快說！快說！」

沈德符前後看了一眼，確認房門掩好，才壓低聲音道：「既然一定要我說，我猜這件事多半跟遼東稅監有關。」傅春道：「啊，遼東稅監高淮？對，他確實像是會做這件事的人。」

遼東稅監高淮與遼東總兵馬林不和，鬧得就差動真刀真槍了。遼東巡撫李植調停不成，此次回京目的就是奏請萬曆皇帝為邊境大局著想，召高淮回朝。高淮得知消息後自然很是不滿，他一向驕橫，一怒之下策畫行刺李植也是情理之中。

然而高淮是隸屬司禮監的宦官，司禮監掌印陳矩是其上司，這件事即使跟東廠無關，跟司禮監也難脫干係。從昨晚陳矩的反應來看，他應該是事先不知道行刺之事。那麼，他一聲不吭地收走牙牌，會不會是他已經從牙牌上猜到事情跟高淮有關？

傅春續道：「高淮既有動機，又有能力，絕對是首屈一指的嫌疑人。但有一點說不通的是，刺客裝扮成番子，除了方便混進馮府外，更大的作用是要陷害東廠。這實在不合情理，東廠的首領陳矩也是司禮監的掌印，高淮膽子再大，也不該去惹自己的頂頭上司。不然，他在外，陳矩在內，有的是苦頭吃。」

王名世道：「二位公子分析得都極有道理。我這就派人去調查遼東稅監高淮，看他最近有無派人回京。但在得到實證之前，這些推斷只限於咱們三人知道。」傅春道：「這是當然。」

王名世道：「我還要趕去向李巡撫詢問案情。沈公子既然與馮尚書熟識，不妨去看看他的傷勢如何，順便詢問一下馮尚書對這件案子的看法。」傅春奇道：「千戶跟尚書夫人不是親戚麼？為何不自己去問馮尚書？」

王名世道：「這個……還是沈公子出面更方便些。」沈德符心道：「看樣子王名世也知道馮世伯與夫人不大和睦之事。」不欲馮府家事外揚，忙道：「千戶不提，我也正要去探望馮世伯。」

王名世道：「那好，我晚些再來找二位。」拱手告辭出去。

沈德符心中猶自惦記從刺客身上搜到的那塊牙牌，忙問傅春道：「我適才問及牙牌，你為何搶著打斷了我？東廠提督陳矩命手下千戶調查案子，卻當面將牙牌收走，這不是很詭異的事麼？」

傅春道：「陳矩這麼做，必然有他的道理。況且你也說了，他是當著眾人的面收走牙牌，難以隱瞞，最後必然會主動給大家一個交代。你又何須多此一問，好像懷疑陳矩似的，得罪了他，可不是好玩的事。」

沈德符歎道：「東廠領敕給關防，提督官校，威焰已張，不宜更兼樞密，所以內廷故事，司禮監監印與東廠必由兩人分掌。而今陳矩一人身兼兩大要職，勢力足以一手遮天，即使是內閣，也對其無可奈何。除了聖上本人外，再無人可以制他了。」

傅春道：「我倒認為陳矩是個既聰明又識大體的人，他應該跟行刺一事無關。不然，他為什麼要當場下命王千戶偵辦案子時拉上我呢？」沈德符道：「他當時以為你是馮府親屬，又聰明地幫他解了圍，自然要表示一下。」

傅春道：「不錯，陳矩是以為我與馮尚書熟識，拉上我，有外人參與，就可以表明東廠和錦衣衛無私。但另一方面，我加入了進來，等於是王千戶身邊多了一個探子。若事情與陳矩有關，不是更加難以掩蓋真相麼？」

不等沈德符回答，魚寶寶溜進來問道：「你們在聊什麼？這麼神祕。怎麼錦衣衛也參與進來了？」死磨爛纏，非要二人說出了究竟。又訝然道，「堂堂禮部尚書遇刺，我怎麼沒有聽到半點風聲？」傅春道：「這又不是什麼好事，朝廷當然要想方設法竭力掩蓋了。」

魚寶寶歪著腦袋想了想，道：「要我看，這件事多半跟李贄李先生有關，聽說有不少人認為是馮尚書害死了李先生。」傅春道：「太學生于玉嘉因李贄之事痛罵馮尚書、而被杖死我也略有所聞。不過李贄自己都自身難保，他的追隨者應該沒有報復馮尚書的能力。」

魚寶寶道：「那麼會不會跟內閣首輔沈一貫有關？沈閣老跟馮尚書爭鬥已久，這次一定想借壽筵這個機會整他撒撒氣。」傅春又好氣又好笑，道：「雖然沈閣老一直跟馮尚書不和，但始終是閣老壓著尚書。若要撒氣，該是尚書對付閣老才對。」魚寶寶道：「嗯，好吧，算你說得有理。不過我也要參與這件案子。」

傅春和沈德符笑而不應。

魚寶寶不滿地道：「你們這是什麼表情？難道怕我會壞事麼？人多力量大，多一個人，就多一分力。要我說，該把隔壁冉駙馬也拉進來，反正他成天也無事可做。」

傅春卻驀然想起一件事來，道：「呀，寶寶這話倒是提醒我了！你們可還記得昨晚冉駙馬來借錢，稱公主府保母梁盈女的老相好從外地回來了？」沈德符道：「記得啊，正因為如此，那姓梁的才大發善心，准許駙馬與公主相會。」

傅春笑道：「小沈沒明白我的意思。梁盈女……」魚寶寶搶著道：「梁盈女是宮女，她的老相好自然是太監。」傅春道：「這次寶寶搶答對了。」明代皇宮中，宦官和宮女相好的事很普遍，他們形同夫妻，稱為「對食」，相互稱對方為「菜戶」。但由於生理缺陷，雙方在一起廝混，只是為了獲得心理上的滿足，並不能過真正的夫妻生活。永樂年間，明成祖的妃子魚氏難忍深宮寂寞，與身邊的親信宦官私通對食，成祖皇帝知曉後特別惱火，因此而大開殺戒，處死了兩千八百名宮人。

沈德符也是聰明之人，經一語提醒，便會意了過來，道：「你是說，梁盈女的老相好很可能就是遼東稅監高淮？」傅春道：「既是太監，又是從外地回來，不是稅監就是礦監了。至於那人是不是遼東稅監高淮，我可就不敢肯定了。」

沈德符連連搖頭，道：「這不可能。稅監是聖上派駐外地的欽差，不得詔令，不可擅自回京。我在馮府見到李巡撫幾位長輩，都沒聽他們說高淮奉召回京之事。擅自潛回京師，可是『違旨犯禁』的大罪。」魚寶寶道：「什麼可能不可能的，囉嗦！去問一下冉駙馬不就知道了。」

當真是說曹操曹操就到，正好駙馬冉興讓登門還錢，興高采烈地道：「昨晚公主悄悄給了我一包財物，夠我用上好一陣子了。」

魚寶寶便當面打聽梁盈女相好的來歷。

冉興讓道：「我沒有見過那個人，他和梁媽媽一直躲在房中飲酒。不過我瞧他氣派挺大的，屋子外面站著許多華衣奴僕，都是畢恭畢敬的，想來地位應該不低。如果三位公子實在想知道他是什麼人，我下次再去公主府時悄悄打聽一下。」

傅春道：「如此，就有勞駙馬了。」冉興讓道：「不過是舉手之勞而已，公主還特別要我對幾位公子轉致謝意呢！」樂滋滋地去了。

沈德符沉吟道：「如果那在公主府跟梁盈女鬼混的人真是遼東稅監高淮，他鐵定跟馮府行刺案有關。回頭該把這件事告訴王千戶。」傅春笑道：「這個不急，等冉駙馬打聽清楚再說。還有一件事我想要問你，你明顯對王名世有氣，是不是因為薛素素？」

沈德符先是一愣，隨即連連搖頭道：「當然不是。王名世是錦衣衛，又是東廠千戶，你也該知道朝野對這些人都是敬而遠之，我那只是普通人的反應而已。」嘴上雖矢口否認，心頭卻一片茫然，暗道，「原來我心中始終放不下素素姑娘，對王名世惡聲惡氣，也是因為昨晚見到他遣散戲班時親自送素素姑娘走出園子。」

傅春上前挽住他手臂，笑道：「走，我這就帶你去勾欄胡同見素素，一解你相思之苦。」沈德符嚇了一跳，連連掙扎叫道：「不，不能去。」不得已，只得說了今日吃薛素素閉門羹的經過。

傅春笑道：「你傻瓜啊，你平白無故地找上門，她當然就把你普通姐夫[3]給拒絕了。但你我二人現在受東廠邀請協助查案，素素昨晚也在行刺現場，我們找上門去詢問案情，她無論如何也推辭不掉的。」

沈德符料不到還有這樣的說法，不禁愣住。

魚寶寶不以為然地道：「原來你們兩個積極幫錦衣衛調查案子，只是為了假公濟私。」

傅春笑道：「你說得不全對，我們是公私兼顧。小沈，你現在總算明白我為什麼一定要拉你來查案了吧？要贏得佳人的芳心，也該知道對手的底細啊！不過說實話，我對王名世印象滿好的，他這人看起來性子冷峻，但實在不像是什麼壞人。」

沈德符悻悻道：「素素姑娘肯另眼相看的人，當然不會是什麼壞人了。」傅春哈哈大笑道：「你小子還真有度量。走吧，算起來，素素也該起床了。」

沈德符心道：「今日已經吃過一次閉門羹了，無論如何不能再去。」忙道：「我正要去看望馮世伯呢！還是改日再去拜訪素素姑娘吧。你到底是要跟我去鐵獅子胡同，還是要一個人去勾欄胡同？」

傅春笑道：「正事要緊，自然是要跟你去馮府。」又問道，「寶寶你呢？」魚寶寶道：「嗯，我還有事，你們兩個自己去吧。」

沈德符遂與傅春買了一些果品，趕來馮琦府上。正好在大門前遇到遼東巡撫李植和中書舍人趙士楨，四人便一道進來探訪。

馮琦身子仍舊虛弱，尚臥在床上休養。妻妾和長子馮士傑均侍立在房中。馮琦聽說李植幾人來探訪，忙命請客人進來，又道：「士傑，你扶你娘先回去休息，這裡有瀟湘侍奉就足夠了。」馮士傑應了一聲。姜敏只得吩咐道：「瀟湘，你要好好服侍老爺。」夏瀟湘道：「是，夫人。」

馮琦便讓夏瀟湘扶著半躺在床欄上，請沈德符幾人坐在圓凳上。沈德符不敢與李植等同坐，只道：「小姪站著就好。」傅春卻毫不客氣，上前一屁股坐下。

李植道：「老馮，真是對不住，你這全是在代我受過，昨晚那刺客要殺的人其實是我。」馮琦道：「沒事，不過是一點皮外傷而已。」又道，「你就是沈賢姪的朋友傅春麼？我聽說了昨晚的事，你觀察入微，也很有膽色，是個機智聰明的年輕人，很好。」

趙士楨本來還疑惑傅春的身分，聽說他是沈德符的好友，便道：「這房裡的都不是外人，老夫就有話直說了。那刺客當場自殺，可見是怕被捕後被逼供出背後主謀。老李，你要小心些才好，那主使可不是善茬兒。」李植道：「我知道，多謝。」

傅春道：「聽趙中舍的語氣，莫非已經猜到誰是幕後主使了？」趙士楨是個爽快性子，明明是猜測，還是脫口說了出來，道：「除了遼東稅監高淮，誰還有這個膽量？」

傅春問道：「李中丞也是這麼想的麼？」李植微一遲疑，最終還是點了點頭。原來遼東總兵馬林與稅監高淮大起爭端，李植表面中立，一直為二人調解糾紛，甚至還公然吹捧高淮，但暗中卻是支持馬林一方。他自己悄悄上了不少奏章，列舉高淮種種罪狀，請求萬曆皇帝召回稅監。

趙士楨道：「按照慣例，凡在外之題本、奏本，在京之奏本，均由通政使司抄錄登記後呈遞內閣，內閣票擬[4]後再進呈內廷。然而聖上怠政已久，奏本都堆在司禮監中，有的由司禮監掌印代為批覆，絕大多數卻是束之高閣。高淮就是從司禮監出來的太監，我敢說，他一定是打聽到了奏章的內容，恨老李背後捅他一刀，所以他也跟你玩一手陰的——派刺客行刺。」

李植歎道：「聖上素來袒護稅監，我是想，扳倒高淮不容易，所以也想學學李三才[5]，略略用些手段來對付他。」趙士楨嘿嘿道：「李三才，那是什麼人！不是誰都能跟他一樣不擇手段的，你李植跟他不是一類人。你可要當心了，我怕高淮不會就此善罷干休。」李植道：「而今既然撕破了臉皮，就算回去遼東後高淮要真刀實槍地來對付我，我也不怕。」

傅春笑道：「李中丞的計策也不是全無用處。如果高淮被氣得發了瘋，生怕李中丞回京述職對他不利，擅自跟到京師，御史是不是可以彈劾他玩忽職守？那麼他就沒有理由再繼續擔任稅監了。」

趙士楨「哼」了一聲，道：「高淮又不是傻子，他怎麼會膽大包天到……」驀然止住，緊盯著傅春道，「你是說，高淮他真的回來京師了？」傅春道：「我有五成把握可以肯定。」

李植忙道：「你是怎麼知道的？」傅春道：「這個我暫時還不能說。不過既然各位先生如此著急，我這就去尋找十成把握的憑據。」

馮琦一直一言不發，此時居然從床上坐起來，連聲催道：「好，好，傅賢姪，你快去尋證據。一旦有真憑實據，我就立即聯絡各位同僚上書彈劾高淮。」傅春道：「是。」

出來馮府時，正好迎面遇到錦衣衛千戶王名世。傅春忙大致說了高淮可能潛回京師之事。王名世皺緊眉頭，顯然不大相信。

沈德符心中念念不忘，追問道：「關於那塊牙牌，東廠可有查到什麼？」王名世搖了搖頭，道：「廠公還沒有告訴我消息。」忽然意識到什麼，開始用一種奇怪的眼光審視沈德符，似開始懷疑他不斷打聽牙牌一事的目的。

沈德符強做鎮定，道：「什麼？」王名世道：「沒什麼。牙牌的事……！」吞吞吐吐，欲言又止。

傅春見天色已然不早，忙道：「牙牌的事日後再說。王千戶是來找李巡撫問案的麼？他人就在裡面。」又招手叫了一輛大車，扯著沈德符登上車子，吩咐車夫道：「去石大人胡同的宜園。」

車夫問道：「是壽寧公主府上麼？」傅春道：「就是那裡。」

沈德符不解地道：「我們不是要去找冉駙馬麼？該去堂子胡同才是。」傅春道：「你沒看見麼，馮尚書他們憂心如焚，等不及冉駙馬打聽消息了。」

公主是天之驕女，住處當然不同於普通人家。明代立國之初，明太祖朱元璋曾下詔制定公主府第的規制——廳堂九間十一架，施花樣獸頭，梁棟斗拱簷角彩色繪飾，唯不用金；正門五間七架，大門用綠油、銅環，石礎、牆磚鐫鑿玲瓏花樣。

壽寧公主因是當今皇帝最寵愛之女，宅子修建得遠遠超過規制，賜第名「宜園」，不僅房梁等飾金，門窗均用珠寶裝飾，井欄、藥臼、槽櫃等都是金銀製作。床用水晶、玳瑁、琉璃等製作，床腿的支架雕飾也是金龜銀鹿。只可惜金山銀海的閨房中，幽閉的只是公主寂寞孤獨的心。倒不如像普通百姓家那樣，小夫小妻朝夕相對，恩恩愛愛，相伴相依。

來到公主府門前，暮色已濃。

駙馬冉興讓正興沖沖地從街口轉過來，見到沈德符和傅春下車，很是驚異，問道：「你們是來找我的麼？不好意思，我還沒有來得及打聽清楚那個人的來歷。幸好公主今晚又要召見我，我會記得這件事的，明日一早就會有消息告訴二位。」

傅春笑道：「這件事不用勞煩駙馬啦，我自己來辦就是。駙馬請先進去，免得公主久候。」

冉興讓雖然納罕，但他性子單純，也不再多問，憨憨一笑，便先進去了。

傅春又等了一會兒，這才上前對門僕道：「我有急事來找高公公，他人在不在裡面？」那門僕立即露出了警惕之色，道：「什麼高公公，這裡是壽寧公主府。」

傅春笑道：「這我自然知道。而且，我說的不是陪嫁公主的公主府高公公，而是外面回來的高公公。」門僕道：「你是……」

傅春左右望了一眼，有意壓低聲音，道：「我遼東來的。你聽不出我有口音麼？」門僕道：「啊，原來真是高公公的人。快些隨小的進去，公公正在花廳與梁尚宮[6]飲酒。」

傅春道：「進去就不必了，免得外人起疑。你替我帶個條子給高公公就行了。」從懷中掏出一張折紙，遞給門僕。門僕不敢怠慢，忙拿著進去。

一旁沈德符問道：「你給他的是白紙麼？如此會不會打草驚蛇？」

傅春笑而不答，取出一小塊碎銀子給車夫，道：「你速去鐵獅子胡同馮尚書府，就說是沈公子派你去的，告訴馮尚書，那人就在壽寧公主府。」車夫道：「好咧。」收了銀子，趕上大車，摸黑去了。

沈德符道：「那我們要怎麼辦？等在這裡麼？」傅春笑道：「等在這裡做什麼？九門已經關閉，你還怕高淮跑了不成？今晚紫禁城必定天翻地覆，你我去勾欄胡同喝酒聽琴去。再好好睡上一覺，等著明日看熱鬧。」

二人遂往北而來。勾欄胡同與石大人胡同只隔幾條胡同距離，一刻工夫便走到了薛素素家。

婢女豆娘來開了門，她認得傅春，忙告道：「兩位小娘子正在書房寫字畫畫呢。」領著二人進來四合院，到書房外叫了一聲。

齊景雲聞聲迎出來，歡喜道：「我料不到傅郎今晚還會來。」傅春笑道：「今日來有正事要辦，我和沈公子是來找素素的。」齊景雲也不多問，只望了沈德符一眼，便領著二人進來書房。

書房內燈燭通明，薛素素正伏案揮筆，頭也不抬地道：「請二位公子稍等一會兒，等我畫完這幅蘭花。」

齊景雲便請傅春和沈德符隨意坐下，自己親自到廚下烹茶。

薛素素的書房名為脂硯齋，布置得甚為雅致。書案、方桌、座椅等家具均是時下最流行的花梨木，窮盡機巧，極其考究，一望便是姑蘇名匠製作。盆景、畫屏等裝飾器物擺放隨意，卻不凌亂。

北牆正中掛著一幅絹本仕女畫像，高一尺七寸二分，闊七寸二分，畫欄邊石竹下有勾葉蘭，題字曰「玉簫堪弄處，人在鳳凰樓」，學筆弄墨，無不臻妙，小楷有《黃庭》之氣韻。款題「薛氏素君戲筆」，下鈐「第五之名」兩白文方印。原來是薛素素的自寫像。

沈德符心道：「這薛素素當真是全才，非但能在舞臺上扮演武藝高超的武旦，還能寫字作畫，下筆迅掃，出手不俗，意態入神。我居然還一度將她想像成雪素。雪素不過是貧苦賣藝女的女兒，既沒有她的絕色容貌，亦不能有她這份驚世才氣。」

沈德符正凝望畫像出神，忽聽得薛素素叫道：「傅公子、沈公子，請移步一觀。」卻是叫二人過去觀賞她的新作——那是一幅素色墨蘭，逸筆草草，以少少許勝多多許。精工秀麗，落筆不凡，無一點媚俗氣。

傅春笑道：「不錯呀，湘畹一朵，寄韻寫懷，頗展騷人幽抱。素素筆法越來越老道，堪比金陵馬湘蘭[7]了。」薛素素笑道：「公子這話可只能限於在脂硯齋裡說，千萬別讓外人聽見了笑話。」

沈德符的目光卻不由自主落在桌案上的硯臺。那方青硯[8]一望便是珍品，寬一寸五分許，高一寸九分許，小才盈握。質地細膩，如肉之脂，微有胭脂暈及魚腦紋，黯然有光。硯四周鐫刻有「柳枝舊脂猶存」字樣。

薛素素見他雙眼片刻不離硯臺，便笑道：「這是一位朋友送的脂硯，此書房亦得名於此。沈公子出身名門，想來也是行家，不妨品評一下這方脂硯。」

沈德符道：「不敢。」上前取過硯臺，仔細撫摩，道，「這硯上的胭脂純出自天然，難得之極。雕工精細，順理成章，該是姑蘇名匠吳萬有傑作。」又將硯臺高高舉起，卻見硯臺底部刻有一首草書五絕──「調研浮清影，咀毫玉露滋。芳心在一點，余潤拂蘭芝」，落款「素卿脂硯」。乍然驚道，「這……這是王稚登的手筆麼？」

王稚登字百穀，是當世有名的風流才子，少有文名，善書法，四歲能屬對，六歲善書擘窠大字，十歲能作詩，長而駿發有盛名，曾拜名重當時的吳郡才子文徵明為師。嘉靖末年入太學，因寫「色借相君袍上紫，香分太極殿中煙」的牡丹詩名揚京師。萬曆時曾召修國史。萬曆十四年與屠隆、汪道昆、王世貞等組織「南屏社」，廣交朋友，人稱「俠士」。其人雖在山野，卻能詩善書，真草隸篆皆能，聲華顯赫，時人均以得到片縑尺素為勝事。難怪沈德符驚訝，王稚登曾與他父親沈自邠一道修史，沈自邠對其文采風流讚不絕口。沈德符久聞王稚登大名，卻一直無緣得見，想不到今日意外在薛素素處看到其五絕草書，恣意汪洋，果是大家手筆。

薛素素抱過一具珊瑚紅漆盒子，笑道：「沈公子果然好眼力。不錯，這硯是吳萬有所製，硯背草書是王百穀親題。」

沈德符翻過盒子，果見盒底有小楷書款「萬曆癸酉姑蘇吳萬有造」。打開盒子，盒蓋內刻有細暗花紋的薛素素像，憑闌立帷前，筆極纖雅；右上篆「紅顏素心」四字，左下「杜陵內史」小方印，竟是仇英之女仇珠[9]所畫。這珊瑚盒子和硯臺薈萃了三位名師巧匠手筆，本身就是貴重之極的寶物。

沈德符一邊品味筆法，一邊暗道：「連王稚登這樣名傾朝野的大名士都要送脂硯向素素姑娘示好，可見跟她相交的男子，身分地位都是如何的非同小可。我雖微有薄名，終究只是仰仗祖父之靈，一介布衣，怕是無論如何難入她的法眼。」心中頗有自怨自艾之意，忽舉眉揚目，卻見薛素素正目不轉睛地望著自己，眼波朦朧，看起來頗有些脈脈含情的意味。沈德符先是一愣，隨即心口一熱，登時有些意亂神迷起來。

正好齊景雲捧茶進來，沈德符忙放下脂硯，走過來坐下，假意品茶。胸口卻「怦怦」直跳，眼角餘光不由自主地朝薛素素瞟去。她卻甚是平靜，將畫作略作收拾，便過去一起坐下品茶。

齊景雲問道：「二位還沒用過晚飯吧？我和素素也還沒吃，正好讓豆娘多準備一些酒菜，大夥一起吃也熱鬧些。」薛素素笑道：「來得早不如趕得巧。正好昨日有朋友從蘇州來，捎帶了幾罈三白酒，我還沒有來得及啟封呢！」

傅春大喜道：「好極了！當今風尚雖然流行婺州金華，但其實姑蘇三白比婺州金華要好。金華味甘而滯舌，少許尚可，多飲則拖遝不可耐。三白則清亮怡人，喝上一整罈都沒事。」

齊景雲抿嘴笑道：「傅郎又在胡吹了，怕是半罈酒下去就倒了，還一罈酒呢！」薛素素打趣道：「你還不知道傅公子麼？他酒量雖然一般，卻是飲不醉兩下情牽，喚不醒一點心迷。」

傅春笑道：「世事有千變，人生無百年。難忘是花下，何物勝樽前。更何況是姑蘇三白這等天下名酒！咱們今晚就來個一醉方休。」

這一晚，星河明澹，月色如銀，是沈德符一生中極其難忘的一夜。但事實上，他根本記不大清楚這夜做了些什麼，向來不大飲酒的他居然飲得大醉，甚至不知道自己是何時離開了脂硯齋書房，又是如何睡在了薛素素閨房的繡床上。

香來深淺，明月窺窗。花開花落盡，柳飛柳無言。故人不見，好夢驚迴。一半為春愁，一半為花羞。

果然如傅春所料，這個月明之夜也是個天翻地覆之夜。倒不是真有什麼人在京城中鬧得雞飛狗跳，而是次日一早，奏章如雪片般飛到了通政使司通政使楊時喬的案頭——

吏部尚書李戴、刑部尚書蕭大亨、禮部尚書馮琦三大尚書聯名上疏，彈劾高淮「撤離信地遼東，挾兵潛往京師，此為數百年來未有之事」。御史張似渠彈劾遼東稅監高淮私自撤離遼東，潛匿京師，擁兵城下，是「違旨犯禁」。兵科給事中田大益稱：「高淮搜括士民，取金至數十萬，招納諸亡命降人，意欲何為！」又指出高淮不奉詔旨，擅自回京，意在經營窺探，妄圖典兵權，製造禍亂。工科給事中宋一韓奏，高淮在遼東畜養死士，演練射擊，並儼然以將帥自居；同時到處騷擾郵傳，需索營衛，蹂躪地方，凌辱職官，奴役士夫，草菅軍民，劫掠行人，乃至勾通屬國外吏，假傳聖旨，責令朝鮮國王進貢，索冠珠，求貂皮，要馬匹，可謂罪行累累。左都御史溫純稱高淮竊弄皇帝威福，納結虎狼，作威作福。御史袁九皋稱高淮「罪惡萬端」，該逮治嚴刑定罪。

如此等等，均是彈劾遼東稅監高淮、要求將其繩之以法的奏章，來勢洶洶。

按照明代規章制度，大臣寫奏本須用高一尺三寸的花椒白面公文紙，否則就是不如式，最終會影響其任內的考核成績。然而這些上書大多用的是普通紙張，可見有多少九卿大臣連夜奮筆疾書，甚至來不及等到次日到官署用標準規格的公文紙重新謄寫一遍，便逕直投送到通政司，可謂倒高倒得迫不及待。

楊時喬字宜遷，號止庵，江西上饒人，嘉靖四十四年進士。這人是個朝野公認的好官，剛正清廉，絕請託，拒賄賂，謝交遊，住公房，遇事敢言，數陳時政得失，切中要害，中外傳誦。有意思的是，他官任通政使，專管呈遞奏本，但萬曆皇帝卻最煩他本人的奏疏，常常因小過派宦官斥責他，卻從來不問其罪，在京師傳為奇談。

按照慣例，奏章都要先由通政使司啟視後抄錄副本，再呈送內閣，供大學士們票擬。馮琦於壽筵上遇刺一事尚未傳開，楊時喬還不知道事情究竟；而歷來彈劾稅監、陳說稅監之害的奏章不計其數，但像今日這樣眾大臣不約而同地彈劾同一名稅監的事實屬罕見，料想發生了大事，一時也不能相信高淮會愚蠢到私下潛回京師，急忙派屬吏出去打探真相。

不一會兒，屬吏便急匆匆進來稟告道：「不用再去六部求證打聽了！小人路過隔壁錦衣衛官署時，那些校尉們正在談論這件事，說是遼東稅監高淮帶了三百多人偷偷潛回京師，一直躲在壽寧公主府上。還說高淮跟禮部馮尚書遇刺有莫大關係，那刺客要殺的對象本來是遼東巡撫李植。」

一個閹人，居然張狂到敢行刺朝廷重臣，可謂犯了眾怒，難怪這麼多大臣爭先恐後地彈劾他。

楊時喬聞言亦勃然變色，一拍案桌，命道：「快派人將先錄好的奏章送去內閣。本官也要寫封奏疏彈劾這膽大妄為的高淮！」

---

1 據沈德符《萬曆野獲編．宮人姓名》：「本朝宮女命名，最不典雅。如世宗（嘉靖皇帝）壬寅宮婢逆案，其名俱蓮菊蘭荷之屬，與外間粗婢命名無異。然而出外則不然，只如遣出監公主駙馬府者，則聯其父之姓名，如趙甲，則云趙甲女，錢乙則云錢乙女之類是也。」梁盈女，即表示其父名梁盈。

2 張江陵：指權相張居正，江陵人，穆宗隆慶元年（一五六七年）入內閣，神宗即位後為內閣首輔，萬曆十年（一五八二年）病故。申時行：字汝默，號瑤泉，長州（今江蘇蘇州）人。嘉靖四十一年（一五六二年）進士第一，授翰林院修撰，後掌翰林院事。萬曆五年（一五七七年），由禮部右侍郎改吏部右侍郎。又以文字得張居正賞識，以吏部左侍郎兼東閣大學士，參預朝廷機務。張居正死後，繼張四維為內閣首輔。執掌朝政期間，為政務寬大。然只圖自保，多承神宗旨意，不能大有建樹。湯顯祖任南京禮部主事時，曾彈劾他「柔而多欲，任用私人，靡然壞政」。言官說他陽從群臣，暗中巧妙地推卸責任，排陷同僚。萬曆十九年（一五九一年）被劾致仕。萬曆四十二年（一六一四年）卒，詔贈太師，謚文定。

3 明代稱妓女為「小娘」，稱嫖客為「姐夫」。客人稱老鴇為「外婆」。

4 票擬：對內外臣的題奏本章，內閣先草擬出批覆或批辨的意見，「用小票墨書」，即把批閱建議用墨筆寫在紙上，再連同原奏一起呈送皇帝，供皇帝閱審定奪。「票擬」之名出自《明史・鄭以偉傳》：「文章奧博，而票擬非其所長。」皇帝審閱後，用朱筆直接批在本章，成為最後的決策，稱為「批朱」。

5 李三才：字道甫，號修吾，陝西臨潼人，寄籍順天通州（今北京通縣）。萬曆二年進士，授戶部主事，歷郎中。萬曆二十七年（一五九九年）以右僉都御史總督漕運，巡撫鳳陽（今安徽鳳陽）諸府。

當時，礦監陳增肆虐，李三才以各種手段裁抑，不惜買通死囚栽贓陷害來殺其爪牙。陳增為之奪氣，再也不敢橫行。李三才善籠絡朝士，結交者遍天下，與東林黨顧憲成是至交好友，臧否人物，議論時政，聲名極盛。

6 尚宮：宮中女官名稱。宮官女職置六局、一司。六局為尚宮、尚儀、尚服、尚食、尚寢、尚功，一司為宮正；俱正五品。六局分領二十四司，每司二人或四人，女吏十八人，正六品。

7 馬湘蘭：著名的「秦淮八豔」之首，本名馬守真，小字玄兒，因祖籍湘南，又酷愛蘭花，所以常在畫幅中題名「湘蘭子」，所寫兩卷詩集也命名為《湘蘭集》，人們因而稱其馬湘蘭。雖姿容平常，但氣質出眾，且為人曠達，常揮金以濟少年，是以成為金陵首屈一指名妓。癡戀江南才子王稚登，但未成婚嫁。王稚登七十大壽時，集資買船載歌妓數十人，前往蘇州置酒祝壽，「宴飲累月，歌舞達旦」，歸後一病不起，最後強撐沐浴以禮佛端坐而逝，年五十七歲。

馬氏多才多藝，通音律，善歌舞，能自編自導戲劇。在繪畫上造詣很高，其蘭花圖和蘭花詩是當時文人雅士爭相收藏的珍品。《歷代畫史彙傳》中評價其畫技是「蘭仿子固，竹法仲姬，俱能襲其韻」。現有〈墨蘭圖〉存世，收藏於日本東京博物館。

8 即世所盛稱《脂硯齋評本石頭記》之脂硯。清朝末年，滿清大臣端方攜帶脂硯、薛素素自畫像和《紅樓夢》佳本入川，端方後於四川保路運動中被殺。脂硯流落蜀人藏硯家方氏之手，薛素素自畫像和《紅樓夢》佳本則不知所在。

《紅樓夢》早期抄本的批語作者署名「脂硯齋」，成為一大文化謎題。《紅樓夢》學者對其人多有爭議，或謂為曹雪芹之族叔，或謂為曹雪芹之堂兄弟，或謂即曹雪芹本人，或謂為史湘雲。高鶚和程偉元在發行一百二十回《紅樓夢》時，刪除了所有的脂批（脂硯齋批語），並對脂本（有脂批的抄本）文本進行了局部刪改。

9 仇珠：號杜陵內史，太倉（今屬江蘇省）人，仇英之女。仇英工畫，尤精仕女，風調秀雅纖麗，神采生動，為明四大畫家（另三人為沈周、文徵明、唐寅）之一。仇珠秉承家學，工繪事，畫山水人物，秀麗脫俗。

【卷三】綠竹猗猗

塵世間，還有什麼比愛的力量更偉大呢？偉大的父子之愛，足以照亮這深幽的黑獄。那一剎那，沈德符壓抑已久的心胸忽然變得開闊起來。以致吏卒提他到北鎮撫司過堂時，他也不是惶恐的心態，而是做好了坦然面對的準備。

明代自立國以來，出了不少行事古怪的皇帝，如好鬥蟋蟀而有「蟋蟀天子」之稱的明宣宗；寵愛比自己年長十七歲的萬貴妃的明憲宗；嬉戲無度、自封為大將軍率軍出征的明武宗；以及，好求神仙、對自己子孫都嫌惡的明世宗。世宗自嘉靖二十年以後，便開始不親朝政；在這一點上，萬曆皇帝和他的祖父一模一樣。從這些皇帝身上，再也看不到祖輩明太祖、明成祖雷厲風行的強硬特質。

中國歷史悠久，皇帝始終只是政治的產物，政治的軸心則是皇權。但皇權自誕生之日起，並不是至高無上的權威，而是始終處在被挑戰的位置——中國歷史發展的動力，無非是持續的挑戰與應對。當某人費盡九牛二虎之力登上了九五之尊的寶座，他才會發現即使他贏得了天下，卻還是處在各種勢力的約束中，從來就沒有絕對的「以一人獨治天下」。如果遇上英明武斷的皇帝，便會想方設法地加強皇權，如秦始皇、漢武帝、宋太祖等。明代立國不久，明太祖朱元璋廢除了有一千多年歷史的丞相制度和有七百多年歷史的中書、門下、尚書三省制度，這是自秦漢以來，專制和中央集權發展的極致。

然而這時皇權的勝利，實際上只是明太祖個人決心的勝利。將軍政大權獨攬於一身，朝綱獨斷，政務繁重，勢必將大大增加皇帝自己的工作，所以明太祖才有詩感歎道：「百僚已睡朕未睡，百僚未起朕先起。不如江南富足翁，日高一丈猶擁被。」

當皇位傳到才幹和精力遠遠不及的子孫後代手中時，情況又會起變化。由於繼任的皇帝不可能也不願意負擔全部的朝政，只能用付出部分權力來交換，約束皇權的勢力便會再一次抬頭。到明太祖孫子明仁宗時，本只是諮詢機構的內閣開始參加決策，閣臣草擬詔令，權勢隨之增大，品秩與地位不斷獲得提高。到了仁宗之子宣宗手中，開始實行票擬制度來提高行政效率，內閣權力大大膨脹，甚至超過明初的宰相，號為「輔臣」。閣權之重，閣職之隆，自不待言，至此的結果便是——表面上宰相制度廢去，皇帝直接指揮六部、百司，實際上政務多依靠票擬定奪，皇帝的權力受到內閣的限制，意志也受到閣臣的左右。

從另一個方面來說，內閣和票擬制度也間接促進了宦官勢力的崛起。寵信宦官的皇帝往往將「批朱」的大權交給司禮監代行，內閣的職權最終受到宦官的箝制。因而內閣制度日趨成熟之時，就已經存在著內閣與司禮監雙軌輔政、互相制約的局面。

由於內閣學士根本見不到皇帝，而宦官卻有機會與皇帝朝夕相處，因而承認司禮監的權威並討好宦官，也就成了想有所作為的內閣大學士必經之路。即使是權傾朝野的權相張居正也不能例外——身為威震天下的內閣首輔，他也只能向司禮太監兼東廠提督馮保行賄，在他的幫助下才最終掌握實權。

萬曆皇帝登基時還不到十歲，不過是個少不更事的孩童，自然沒有能力擔起天下的重任。他所做的僅僅是將內閣首輔張居正的票擬，按照司禮太監馮保的建議寫成朱批，再於上朝時將馮保的指示告訴張居正。制度本身就是一種力量，萬曆皇帝也成制度的傀儡。他的一言一行均由大臣們教導安排，必須符合道德規範，他的私人感情更需絕對的抑制，小小的心靈常常會感到無端的煩悶——溥天之下，莫非王土；率土之濱，莫非王臣。天下人都匍匐在他腳下，他卻沒有做主的權力。長期的壓抑和憂鬱，養成了他優柔寡斷的性格。

十八歲的時候，久在皇宮的萬曆皇帝覺得憋悶得難受。乾清宮管事的牌子太監孫海便教皇帝效仿鏢客夜遊別宮，小衣窄袖，走馬持刀，尋歡作樂。一次遊到西城，免不得飲酒陶情，逢場作戲。酒酣之際，萬曆命隨侍的太監唱他喜愛的新曲。小太監整日緊閉宮中，如何會唱這種曲子。朱翊鈞龍顏大怒，拔出佩劍，欲斬小太監，嚇得小太監直抖。還是孫海從旁解勸，朱翊鈞才靈機一動，笑著說：「頭可恕，髮不可恕，方顯朕無戲言。」遂令小太監脫下頭巾，割掉了一束頭髮，算做割髮代首。隨後，皇帝仍在兵杖簇擁之中，帶醉回到乾清宮。

但萬曆皇帝的整個戲劇化人生就是從這裡開始。

次日，慈聖太后李彩鳳從司禮太監馮保口中得知兒子的荒唐事，勃然大怒，自著青布袍，撤除簪珥，令人宣萬曆皇帝到慈寧宮。萬曆一進宮門，見母親形神服飾，便知道不妙。李太后一一數落兒子的過失，又讓左右拿出《漢書・霍光傳》讀給皇帝聽——「光即與群臣俱見，白太后，具陳昌邑王不可以承宗廟狀。」說的是西漢霍光輔政時，昌邑王劉賀即位後荒唐無度，被太后和霍光廢掉了皇位。萬曆想不到一晚的狂歡，得到這樣嚴重的後果，嚇得跪在太后面前連連求饒。

還是首輔張居正聞訊趕來為皇帝求情，李太后這才表示給萬曆一個改過的機會，罰萬曆跪了一個時辰，又讓張居正代下罪己手詔，一份給太監們，一份給內閣。乾清宮的太監也被大換血，所有慫恿過皇帝玩樂的太監全部被趕走。

自從這件事後，萬曆才明白自己是不能放縱的。但他畢竟還是一個有血有肉的人，他忘不了張居正代擬的〈罪己詔〉中卑微的語氣，一想到這詔書是以他的名義發出去，他就無地自容。他開始怨恨那些本是臣僚、卻奪走他皇帝權威的人，如張居正，如馮保。可惜周圍的人包括李太后在內都沒有察覺皇帝日益濃重的不滿情緒，更沒有人會料到這種不滿對以後的影響有多大。

皇帝第一個發洩對象就是「大伴」馮保。馮保能寫一手好字，在嘉靖時擔任司禮監秉筆太監，穆宗死後，靠李太后的垂青升為司禮監掌印。由於他是李太后的耳目，萬曆對其極為忌憚，不敢直呼名字，而是稱其為「大伴」。皇帝因縱酒戲割小太監頭髮一事被馮保告訴李太后而引出一連串的事後，他內心對馮保積蓄的怨恨也到了極點。一天，萬曆聽課完畢，預備寫大字賜給大臣。馮保也站在一旁，只因為他站得稍微傾斜一些，被萬曆瞧見，便甩手將飽蘸墨汁的大筆擲在馮保所穿的大紅官服上，淋漓幾滿。馮保驚恐的程度可想而知，就連站在一旁的首輔張居正也變色失措。

但事情還沒有就此而止。

馮保確實有些得意忘形了。他自恃內有李太后做靠山，外有張居正倚靠，一直視萬曆為孩童，甚至連皇帝賞賜宮女東西也要經過他的批准。即使皇帝性格軟弱，也常常對這種挾制感到不能忍受。

萬曆十年，操勞過度的張居正積勞成疾，病死於任上，終年五十八歲，之後埋入家鄉江陵的墓地。他對大明王朝算是鞠躬盡瘁、死而後已，然後身後卻掀起無限的恩怨和不盡的是非。他屍骨未寒，一場清算運動便揭開序幕，第一個倒楣的人又是馮保。

有太監知道皇帝憎惡馮保，趁機攻擊馮保家資饒富，勝過皇室。又揭露了馮保與張居正相交所做的一些有違臣節的事，如張居正先後送給馮保名琴七張、夜明珠九顆、珍珠簾五副、金三萬兩、銀二十萬兩等。正好時任御史的李植收集了馮保十二大罪上疏，萬曆不由得欣喜若狂，立即以「欺君蠹國」的罪名下命逮捕馮保，發配去南京替明太祖守陵。馮保家產均被查抄，得金銀一百餘萬、珠寶無數。其弟馮佑、姪馮邦寧官任都督，削職後又遭逮捕，最終瘐死在詔獄中。

深宮中的李太后對馮保被逮捕抄家完全不清楚。有一天，她向萬曆問起，為何許久沒有看到馮保。萬曆回答：「老奴受了張居正的蠱惑，犯了一些過錯，暫時出宮了，不久我就會召他回來的。」但事實上馮保再也沒有回到京師，他死後就被埋在孝陵附近。

此時正巧李太后的二兒子潞王要結婚，所需珠寶遲遲不能置辦齊全。李太后很不滿意，質問了兒子一句。萬曆氣憤地答道：「這幾年，一些無恥的大臣把珍寶都搜買獻給張、馮兩家了，所以價貴而且難以辦齊。」

這些話很快傳到了外廷。張居正執掌中樞十餘年，為人耿介，得罪的人不計其數。一些有心報復的人揣測皇帝心意，將張居正當作奇貨可居，彈劾他的人紛紛而起，幾乎成了一種風尚。萬曆當然順手推舟，開始大力清算——追奪了張居正的各種封號；抄沒其家，張家子孫十幾人被關在屋子裡活活餓死。大兒子張敬修不堪忍受酷刑自殺；城門失火，殃及池魚。與張居正關係密切、鎮守薊州十六年的戚繼光被調去廣東，所倚重的人被斥削殆盡；張居正所進行有利朝廷的卓有成效改革，一律停止廢除；恨烏及屋，甚至連萬曆皇帝自己鍾愛的鮓魚鮓菜[1]

也，因為產自張居正的家鄉而一併革除。

復仇的慾望終於得到滿足。

但皇帝很快發現，即使他如願以償剷除了張居正的勢力，他依舊不能人權獨攬——奏章依舊由內閣先票擬，若是他不同意內閣意見而改票，內閣便又要封還執奏，直到他順從內閣為止，他根本不可能違背祖制撇開內閣直接內降中旨。萬曆終於明白過來，張居正是內閣首輔，卻不是內閣，內閣是不能違背的制度，不能抵禦的政治力量，走了張居正，還有李居正、王居正。他貴為天子，實際上受制於廷臣，僅有的權威產生於百官的跪拜中，而他最終能控制的微乎其微，甚至包括他個人的生活也受到制衡——不能立心愛的女人鄭貴妃為皇后，不能立寵愛的兒子福王朱常洵為太子。

夢想破碎了，萬曆心中漸漸感覺到一種幻滅般的失落。當最終他明白自己雖是天子，卻只是制度的產物附庸，只是紫禁城中一名衣飾華麗的囚徒時，他徹底地心灰意冷，變得慵懶怠惰，極為討厭奏章和朝會。有人替皇帝出了一個將奏章「留中」的處理辦法，即拖而不決。有了這主意，萬曆就有了藉口，把奏疏留中不發，不予處理，任其自生自滅。到後來，連每日的朝會也不舉行了，稱「天下無一時可憂之事」，終日沉迷於聲色犬馬之中。家事使他憂愁，國事使他害怕。他，大明的皇帝，就在這無邊的痛苦中掙扎著，苦熬著，在無盡的苦海中沉沉浮浮，導演一代王權日薄西山的衰亡史。

歷史上曾有不少皇帝採取荒廢朝政的法子來對抗體制，但從來沒有一位能做到像萬曆那麼頑固——大臣們直言進諫，甚至有大臣上疏痛罵皇帝，也都置之不理。他並不是意志堅決之人，但在消極怠工這件事上，卻顯得異常堅韌不拔。

到萬曆後期，衙門嚴重缺員。馮琦任禮部尚書時，兩京尚缺尚書三名，侍郎十名，科道九十四名。各省缺巡撫三名，布按監司六十六名，知府二十五名。言者請簡補，萬曆一直不批，時人都認為不可思議。一方面官員奇缺，另一方面候補的官員又得不到提升，以至於終身候補。

禮部尚書馮琦因禮部事務繁劇，左右侍郎之職又一直空缺，幾次請求補缺，萬曆不批。馮琦又以身體不適幾次申請致仕養疾，萬曆不允。內閣首輔沈一貫與馮琦素有矛盾，想趁機排擠馮琦出廷，幾次上疏稱：「馮琦為國家寶臣，宜許其暫歸就醫，以待他日大用。」萬曆仍然不批。如此態度，當真令人哭笑不得。

大明的中央官署大多位於皇城之前、正陽門之內，大致對稱分布在千步廊[2]兩側。按照文東武西的格局，千步廊之東有吏部、戶部、禮部、兵部、工部和宗人府、翰林院、鴻臚寺、欽天監、太醫院、上林苑監、會同館等機構，千步廊之西則是五軍都督府、太常寺、通政使司、錦衣衛等。中央重要機構基本都集中在這裡，只有內閣和六科分位於皇城中午門的東、西兩邊，三法司刑部、都察院、大理寺則在西單牌樓附近。

在大明門[3]和正陽門之間，有一條縱橫如棋盤的街道，稱「棋盤天街」，是東、西兩城交通往來的通道。招幌牌匾隨處可見，金店銀鋪人潮如湧，商客如雲，竟日喧囂。特意在中央官署附近設置一塊商業街，意在以天下士民工賈雲集來突顯「國門豐豫」之景。

這條街正好位於北京城中軸線上，因而也是紫禁城通向正陽門的必經要道。每遇皇帝出宮大典時，守護皇宮的御林軍將先期屯兵紮營在此，勒令各店鋪收攤關門，直到儀式結束、皇帝回宮，才能重新開市營業。

棋盤街是禮部尚書馮琦很喜歡的一處地方，他常常在公務閒暇之餘來這裡喝上一碗茶湯、吃上一碟小吃。但近來公務繁重，身體又多有不適，已經有很長一段日子沒有來光顧。今日他強撐病體來到官署辦公時，忽然格外留戀起茶湯來。已經到禮部門前，又轉身往棋盤街走去。

剛到大明門前時，忽見到沈德符正跟一名奴僕模樣的人站在東角門處，很是意外，命侍從過去招呼。

沈德符急忙過來拜見馮琦，告知緣由道：「昨晚壽寧公主召冉駙馬入府相會，公主保母梁盈女乘醉撒潑，對冉駙馬大打出手，要把他趕走。公主出面勸解，梁盈女連公主也一起辱罵起來。公主悲憤不已，痛不欲生。冉駙馬氣憤不過，找小姪幫他寫了一份奏章彈劾梁盈女。駙馬適才親自進宮去遞奏章了，小姪正在這裡等他出來。」

雖然本朝多有公主受制於保母、宦官之例，但壽寧公主是鄭貴妃唯一愛女，更是皇帝的心頭肉，梁盈女說到底不過是個老宮女，雖有官秩，但畢竟是個下人，欺負駙馬倒也罷了，如何還敢騎到壽寧公主頭上？

馮琦愕然不已，道：「怎麼會有這樣的事發生？」沈德符左右望了一眼，低聲道：「跟遼東稅監高淮有關。」

原來，昨晚傅春用話語套問高淮人是否在壽寧公主府上，順手遞了一張紙給門僕，稱那是帶給高淮的書信。其實，那是京師名妓齊景雲去年寫給他的一首贈別詩——「一呷春醪萬里情，斷腸芳草斷腸鶯。願將雙淚啼爲雨，明日留君不出城。」

門僕將書信呈給高淮後，高淮醉意正濃，略略展開一讀，不明所以，便隨手丟到一邊。然而到半夜時，有人趕來告密，說高淮行蹤已洩露，怕是即將有大禍。高淮驚醒過來，無論如何都想不明白自己祕密回京師的消息怎麼會走漏。忽然想到那封莫名其妙的書信，召來門僕一問，聽說送書人與駙馬在門前親密地交談過，登時將所有罪過怪到冉興讓頭上。他自己不便出面，便讓相好梁盈女為他出這口惡氣。梁盈女當仁不讓，居然不顧禮儀，逕直闖進公主閨房，親自帶人動手打了冉興讓一頓。

冉興讓遭毆打後被趕出了公主府，悲憤難名，決意上表控訴梁盈女的罪惡。但他出身貧苦農家，大字不認得幾個，平常奏表都得要公主府的人捉刀，想了一想，也不回家，直接來藤花別館叩門，打算請沈德符幫忙寫份奏疏。哪知道當晚沈德符和傅春二人醉酒夜宿在勾欄胡同，沒有歸家，老僕也不知道主人去了哪裡。

還是魚寶寶從旁指點道：「他二人昨日一道去了馮尚書府上，小沈有可能還在尚書府盡子姪之責，但傅春必定去了勾欄胡同齊景雲處。要不你先去找小傅，問清楚小沈人到底在哪裡。」

冉興讓便來到勾欄胡同，拍了半天門，終於婢女豆娘來開了門，稱沈、傅幾人都已經酩酊大醉，怕是難以喚醒。她不認得冉興讓是當朝駙馬，見他滿面血污，面目猙獰，心中害怕，不敢讓他進門。冉興讓只得一邊抹眼淚，一邊坐在門前臺階上乾等。直到次日一早齊景雲起床後聽說此事，才將冉駙馬請進堂中坐下，拍醒沈德符、傅春二人。

傅春一聽便道：「冉駙馬全然是因我受過。哼，這高淮實在太過張狂，我非找到他行刺朝廷重臣的證據不可。只有如此，才能徹底扳倒他。」遂讓沈德符幫駙馬起草奏章，自己則穿好衣衫，趕去找錦衣衛千戶王名世商議。沈德符寫好奏章，雇了大車送冉興讓回到家中。冉興讓略做梳洗，換上冠服，便帶了侍從入宮。駙馬為人憨厚質樸，沈德符猶自放心不下，便一路護送到紫禁城大明門前，預備等得到確切消息再去忙其他事情。

馮琦聽說風波又因遼東稅監高淮而起，便道：「賢姪放心，我與眾同僚已上書彈劾高淮，這壞小子已成集矢之的，猖狂不了多久了。」沈德符道：「是。馮世伯有事先去忙，我在這裡等冉駙馬出來，再將好消息告知他。」馮琦心事極重，凝思許久，最終還是道：「好。最近事情實在太多，等我忙完這一陣，再好好跟賢姪聊上一聊。」沈德符道：「是。」

經過這一番談話，馮琦也沒有了去棋盤街飲茶湯的心思，轉身又往禮部官署走去。正好在大門前遇到新任的禮部侍郎郭正域，略略寒暄了幾句。

郭正域忽指著西面道：「那是在做什麼？」馮琦回頭一看，一群宦官正圍在一起叫嚷著什麼，也不以為意，續道：「少宗伯，鄉試在即，關於主考官和同考官的人選……」

背後的呼喝嘈雜聲越來越大，還有人在高聲呼叫著什麼。馮琦又回頭看了一眼，驀然留意到原先站在大明門東側角門處的沈德符和僕人都不見了，只剩下車馬。愣得一愣，才反應過來，急忙拔叫朝那群宦官趕去，一邊奔走，一邊喊道：「住手！快住手！」

郭正域和侍從們不明究竟，見馮琦焦急萬狀，急忙跟了過去。

那群宦官正圍住沈德符和僕人暴打，見有人出面干涉，頓時一哄而散。沈德符和僕人橫躺在地，渾身都是塵土和血污，幾乎認不出本來面目。

馮琦忙上前扶起沈德符——他額頭腫起一個大包，兩眼散亂，搖搖欲墜，神志已近昏迷。郭正域簡直不能相信自己的眼睛，問道：「這……這是沈德符沈公子麼？那些太監為什麼要打他？」

馮琦尚不及回答，忽見角門處急奔出一人——頭髮散亂，撕破的衣冠上血跡斑斑，雙腳上只穿著襪子，蓬頭赤腳，狼狽不堪。

正是駙馬都尉冉興讓。一見到馮琦等人，他露出了惶然而羞愧的表情，但當他轉頭看到沈德符被打得遍體鱗傷的樣子時，鼻子一酸，再也忍耐不住，放聲大哭起來。

面面相覷的眾人背後，就是巍峨高聳的大明門，大明帝國的國門——日月光天德，山河壯帝居。

駙馬都尉冉興讓於紫禁城內閣前被一群太監暴打的事件很快瘋傳全城，人們對這位倒楣的駙馬頗多同情。可歎的是，冉興讓的厄運還沒有就此結束。他被圍打的第二天，想再次上疏揭發梁盈女、高淮的罪行，誰知奏疏還沒寫好，皇帝聖旨已下：「嚴厲詰責駙馬，褫奪其蟒袍玉帶，命送至國子監讀聖賢書思過反省三個月，不許再奏。」冉父本是貧民，因子而貴，在朝中為官食俸祿，也因此事被罷職。

壽寧公主憤懣難抑，三次進宮，欲向母親鄭貴妃哭訴真相，不料母親卻拒而不見。可憐公主枉為金枝玉葉，叫天天不應，喊地地不靈，只得一腔悲憤打道回府。

本來即少有大臣願意和冉興讓交往，倒不是因他不通文墨，才疏學淺，而因為他是「國本之爭」禍根鄭貴妃的女婿。但經此一事，眾人發現原來冉駙馬、甚至壽寧公主本人也很可憐。出於對宦官的痛恨，御史楊鶴上疏道：「聖上愛女被躪於宮奴，館甥受撻於朝市，叩閽不聞，上書不達，壅蔽極矣。」萬曆讀到奏疏後頗為震動，這才下令召公主保母梁盈女回宮，至於內官群毆駙馬一事，連問都懶得問一句[4]。

在對待自己愛女、女婿的事情上，萬曆態度都是如此，毫不遲疑地站在宦官一方，更不要說那些彈劾遼東稅監高淮的大臣奏章了。儘管針對高淮的彈劾聲勢浩大，一時驚動天下，以致於連遠在山野的東林黨也加入進來，但深宮中的萬曆皇帝接到奏疏後依然不聞不問，採取「留中」辦法處置。高淮本人則在群臣蜂起上書的當天趕早出城，回去遼東。對皇帝和高淮而言，這件事就像從來沒有發生過。

然而這並不代表萬曆皇帝心中一點也不關注遼東，畢竟是邊關要塞，自古以來就是多事之地。正好此時建州女真首領努爾哈赤入京朝貢，連朝中大臣都不待見的皇帝居然破例召見了努爾哈赤，親自詢問遼東局勢。

當日聖上召見努爾哈赤時，朝臣中只有泰寧侯陳良弼在場，外廷對談話內容不得而知。但就在這次召見後，萬曆皇帝下了一紙詔令，令遼東起了翻天覆地的變化——遼東巡撫李植和遼東總兵馬林均被免職，由前總兵李成梁回任遼東總兵一職，而高淮則繼續當他的稅監，在遼東作威作福。

消息傳出，輿論大譁。人們普遍猜議遼東徹底的改頭換面跟努爾哈赤的進宮面聖有很大關係，但女真部落本身也是稅監的深重受害者，受害程度甚至超過大明子民，如馬匹、貂皮、蜂蜜等都是必須進貢之物，尤其貢蜜數量巨大，每年還得兼開蜜市。努爾哈赤本人跟李成梁之間更是有難解深仇，照理說，他絕不會站在高淮一方，也絕不會幫罷職已久的李成梁說話。然而為什麼偏偏在這次面奏後，萬曆皇帝立即下詔書罷免李植和馬林呢？

雖然內幕成為一大謎題，猜議蜂起，但無論如何，聲勢浩大的倒高事件以朝臣失敗而告終。

傅春一直頗為自責，認為當日貿然闖到壽寧公主府上套問高淮行蹤過於魯莽，不僅牽累了冉駙馬，還打草驚蛇，使得高淮有所準備——他自己雖然悄悄溜回遼東，卻派梁盈女等人一早進宮向皇帝和鄭貴妃進讒言。這次群臣倒高失敗，跟此有很大關係。

沈德符勸道：「這也不能怪你。我剛在國子監看到冉駙馬，他人已經平靜下來，還說這樣也好，正好可以多讀點書。至於高淮不倒，更不是你的過失。多年來彈劾稅監的大臣前赴後繼，卻沒有一個成功，詔獄中關了多少因與稅監衝突而獲罪的大臣，像馮應京這等名士都不能身免。」

魚寶寶道：「我早說過你們這次扳不倒高淮吧。」傅春道：「寶寶又有先見之明了。」

魚寶寶道：「這不是先見之明，而是你們兩個和那幫大臣一樣，沒有認清局勢。高淮是遼東稅監，他的罪惡在於他瘋狂撈錢、貪婪成性，但他撈的錢去了哪裡呢？大多數還不是進了皇帝和皇太后的腰包。你再看看這些大臣，只知道上書彈劾，什麼稅監危害百姓、高淮罪大惡極之類，全是空話套話。皇帝怎麼可能因為這些陳詞濫調，就召回自己親自派出去的撈錢能手呢？」

他這話雖然很有些憤世嫉俗的味道，也的確指出了一個事實——人人都心知肚明稅監禍患的真正源頭在哪裡，卻沒有人敢像魚寶寶這樣公然怪罪到皇帝頭上。好在當今皇帝太懶，疏於朝事已久，若是放在明初太祖或成祖時代，魚寶寶這等言語早就招來殺身滅族之禍了。

傅春驚訝地道：「寶寶這番話可謂一針見血，見識高明。那麼照你說，該如何扳倒高淮呢？」魚寶寶道：「有兩個法子——一是告高淮貪污，皇帝派他出去弄錢，他貪皇帝的錢，那不是自尋死路麼？二是學鳳陽巡撫李三才，找一些殺人放火的罪名安在高淮頭上。兩個法子中，前一個比後一個更有用。」

自萬曆二十七年後，萬曆陸續派出心腹宦官赴全國徵稅、辦礦，稅監恣行威虐，慘毒備至，又科斂無度，任意增加苛捐雜稅，因此而破家者不計其數，士民工商無不恨之入骨。各地多有官民不堪忍受稅監盤剝而奮起反抗之事發生。

如天津稅監馬堂兼領山東臨清稅課，馬堂到臨清以後，零星米豆也要抽稅。臨清人民忍無可忍，舉行罷市，奮起反抗，萬餘名憤怒群眾放火焚燒稅監衙門，殺死馬堂隨員三十七人，馬堂本人被救逃脫。暴動發生後，朝廷震驚不已，萬曆皇帝下令追捕首領。時有民人王朝佐，素慷慨好義，不計較個人生死，見官府到處抓人，殘害無辜，挺身而出，捨己救人，慨然說：「我是領袖，勿累無辜！」於是被押赴刑場處死。臨清人民為了紀念這位大公無私的英雄，暗中立祠祭祀。

又如因江西稅監潘相及其隨行人員恣橫不法，引起公憤，景德鎮萬餘名瓷工發動起義，毀器廠，燒稅署，打死潘相爪牙陸太守，斷潘相飲食。潘相逃走後，誣奏暴民是受饒州府通判陳奇可指使，陳奇可遂被逮捕下詔獄。

再如司禮監太監孫隆督稅浙直，駐蘇州，橫征暴斂，致使廣大機戶關廠停產，織工失業。蘇州織工葛賢忍無可忍，率領百姓反抗，將孫隆的隨員、稅官黃建節等人投入河中，放火焚燒稅棍湯莘等人的住宅，包圍稅監衙門，並要求停止徵稅，史稱「蘇州民變」。事後，萬曆皇帝下令逮捕參加暴動者，葛賢為避免牽連鼓舞，挺身投案自首，迄今仍關在詔獄中。

再如雲南稅監楊榮肆害官民，作惡多端，雲南騰越州人民首先奮起反抗，殺死稅監委官張安民，焚毀稅廠，史稱「雲南騰越民變」。事後，萬曆皇帝下命逮捕「真正首惡，依律處治」。經廷臣一再請求，甚至連司禮監掌印兼東廠提督陳矩也出面陳說厲害，此事才不了了之，無辜免遭株及。

再如御馬監太監陳奉任湖廣稅監，仗勢逞威。又刻意逢迎貪財如命的萬曆皇帝，稱武昌府興國州有人挖掘唐代宰相李林甫妻楊氏之墓，「得黃金巨萬」。萬曆皇帝如獲至寶，命陳奉將黃金沒收，解進內庫。陳奉即對掘墓者進行嚴刑毒打，責其交出所得黃金，並令挖掘境內所有古墓。巡按御史王立賢上奏說：「興國州人所掘乃元代呂文德妻之墓，非李林甫妻墓。奸人訐奏，語多不實，請釋不治，停止開掘各處古墓。」萬曆皇帝不理。於是陳奉便仗勢逞威，嚇唬官民，責令償銀。其黨且有入民家，姦淫婦女，或抓入稅監衙門百般侮辱。終於激起公憤，武昌、漢陽居民萬餘人，衝入陳奉官署，並用瓦片、石塊將其擊傷。

陳奉為報復廣大人民群眾，居然令衛士舉火箭焚民居，打死眾多居民。湖廣巡撫支可大噤不敢出聲，分巡僉事馮應京不畏強禦，挺身而出，為民除害，捕治陳奉爪牙，並疏劾陳奉十大罪。而陳奉則上疏誣陷馮應京阻撓朝命、凌辱命官。萬曆立即下令奪馮應京官，逮下詔獄。武昌人民得知消息後，相率痛哭，憤憤不平，為馮應京呼冤號屈。而湖廣稅監陳奉則派人到大街小巷公布馮應京罪狀，再度引起士民公憤。數萬百姓集合起來，群起包圍陳奉的稅監衙門，「誓必殺奉」，陳奉狼狽逃匿楚王府。憤怒的群眾遂把其黨十六人投入長江溺死；同時，又恨湖廣巡撫支可大為惡助虐，焚其衙門，支可大不敢出門。直到馮應京坐著囚車出來勸解，群眾才慢慢離開，陳奉在楚王府一個多月不敢露面。

如此種種，均是稅監禍及天下、民怨沸騰，以致發生了斬竿揭木之變。鳳陽巡撫李三才上疏論礦稅擾民之害，謂如「一旦眾叛土崩，則小民皆為敵國」，便是這些抗稅起義暴動的生動寫照。但即便引起朝野的激烈反抗甚至民變暴動，事情過後，稅監依舊能肆意妄為，這就全然與皇帝的姑息有關了。

沈德符雖然溫和，卻並不是一心只讀聖賢的書呆子，對稅監危害及其源頭一清二楚，但他受的是傳統儒家教育，「君君臣臣」思想根深蒂固，不敢像傅春那樣公然附和魚寶寶的話，便道：「其實，太后仍然是位賢后。」

這太后，就是指慈聖太后李彩鳳了。她本是服侍裕王妃陳氏的宮女，身分卑微，因生下了皇子朱翊鈞（也就是當今萬曆皇帝）而一步登天，由宮女被冊封為貴妃。朱翊鈞登基為皇帝後，按照明代制度，該尊嫡母陳后為皇太后，生母李彩鳳稱皇太妃，也可以稱太后，但嫡母應特加徽號，以示區別。權相張居正和司禮太監馮保為討好李彩鳳母子，特意尊陳后為仁聖皇太后，尊李妃為慈聖皇太后，仁聖太后居慈慶宮，慈聖太后居慈寧宮，一位太后在名號上已經沒有上下之分了。

李太后柔媚知禮，甚有謀略。她還是貴妃時，便刻意逢迎因生病居住在別宮的陳皇后，每日都要親自帶著兒子到陳后那裡問安，為沒有子嗣的陳后帶來極大的心靈撫慰。陳皇后只要一聽到朱翊鈞的小靴子在階道上的「嚓、嚓」聲，便會連忙起來準備各種糕點食物迎接。到萬曆即位，雖然兩位太后多少有一些利益衝突，但終究因小皇子的緣故，親密得像是一家人。

對十歲即位的萬曆皇帝而言，李太后是一個最能幹、最負責任的母親。萬曆即位後，搬進了皇帝專用住所乾清宮。李太后因兒子年幼，一直陪住在乾清宮，照顧小皇帝的生活、學習。每逢上朝之日，她天未亮就親自來到皇帝臥室，高呼：「帝起！」並命宮人扶萬曆坐起，給他洗臉，然後領著他登輦上朝。

李太后平時教子頗嚴，萬曆少年時代性喜嬉耍，厭惡讀書，課業時有荒廢，常被「召使長跪」。當時，大學士張居正、呂調陽特意編了一本文字俚淺的《帝鑒圖說》作為小皇帝的教材。每月除三、六、九日上朝外，其餘各日都由張、呂二人講課。每次講完，小皇帝回到宮中，李太后還要他複講一遍才算通過。

這種母親陪住訓政的日子一直持續到萬曆大婚為止。在返回慈寧宮之前，李太后特意召來內閣首輔張居正，道：「我不能朝夕陪伴皇上了。先生受過先帝的付託，你要經常教導皇上，不要辜負了先帝的囑託。」此即史論「後性嚴明。萬曆初政，委任張居正，綜核名實，幾於富強，後之力居多」，一代名臣張居正能在萬曆初年有所作為，其實與李太后的信任密不可分。

李太后不但嚴於教子，對娘家的人也約束頗嚴，曾以「謙謹持家」四字賜其父李偉。李太后擅長書法，尤其善書大字，文華殿後殿所懸長匾上的十二個大字「學二帝三王治天下大經大法」即是她親筆書寫，龍翔鳳翥，令人驚羨。又如慈壽寺中寶藏閣牌匾，也是出於她的御筆，旁人觀其結構沈礫之妙，均以為是當今皇帝御書。然而自從萬曆皇帝成人，李太后便不再干預政事，甚至連她之前所倚重的司禮太監馮保被貶、內閣首輔張居正死後被清算等重大事件也懶得過問。她只是一心向佛，篤信佛祖。萬曆皇帝則投母所好，特意為她在京師內外廣建寺廟，「動費巨萬」，「助施無算」，浪費了不少人力物力。

魚寶寶聽沈德符為李太后辯護，冷笑道：「那些山野莽夫被表象矇蔽，稱頌慈聖太后聖明倒也罷了。你沈德符熟知掌故，居然也會這麼想！太后若真的賢明，就不會對皇帝所作所為不聞不問了。雖說本朝祖制不准後宮干政，但當今皇帝在太后嚴訓下長大，素來畏懼太后，只要慈聖太后一句話，稅監弊政舉手可廢。可她偏偏不說，你以為她不知道？不是，其實她早就被皇帝收買了。那些稅監搜刮來的不義之財，大多數進了她的腰包。」

沈德符駭然道：「寶寶，你可不要瞎說。」魚寶寶道：「我哪有瞎說？天下人都知道慈聖太后出身小商之家，雖然也不是什麼丟人的事，卻天生有貪財好利的習性。」

沈德符連連搖頭，道：「你可別再信口胡扯了。傅兄也是出身商賈之家，難道你覺得他天生貪財好利嗎？」

魚寶寶「哎喲」一聲，忙道歉道：「我倒是忘記小傅了。傅春，你不算，你跟那些人都不一樣。」

傅春笑道：「我倒是無所謂。咱們正談論對付高淮的事，還是別扯得遠了。」沈德符歎道：「這事也是說起來容易，做起來極難。」魚寶寶道：「沒有雷厲風行的手段，怎麼能打得了豺狼？所以天下人都佩服李三才，只有他能對付稅監。」

傅春道：「可惜我始終不能找到高淮與刺客的關聯，不然可以用刺殺朝廷重臣這件事將他釘死。」

沈德符心念一動，問道：「不是從刺客身上搜到一塊牙牌麼，東廠有沒有查到來歷？」傅春道：「沒有。據陳廠公告訴王名世，那塊牙牌是假的。那牙牌編號八十八號，他派人翻查了名冊，錦字從一號到三百號都是萬曆初年造的，刺客身上的那塊牙牌年份根本對不上。」原來錦衣衛牙牌除了正反兩面刻有字樣和編號外，在左側脊部還刻有牙牌的製造年份。按照記錄，編號十一號的牙牌製造於萬曆甲戌年，也就是萬曆二年；而刺客身上得到的牙牌，側脊刻的是「萬曆己丑年造」。

沈德符呼吸頓時急促了起來，問道：「那麼錦字八十八號牙牌的真正主人是誰？」傅春道：「這個我也問了。這一點，陳廠公並沒有交代，還是王名世自己暗中翻查了名冊——八十八號原先屬於一名叫楊山的校尉，那人早已死去多年，名冊上顯示他致仕時便已繳還牙牌，但不知什麼緣故，始終沒有找到。」

沈德符道：「楊山？」傅春道：「怎麼，你認得這個人？」沈德符道：「不，不認得。」

傅春道：「總之牙牌這件事有點奇怪。那牙牌雖是假的，可只有年份有破綻，其他細節跟真牙牌一模一樣，連東廠和錦衣衛自己人都不能分辨真假，足見這贗品製作者的技藝何等高超了。可他為什麼要刻意留下一處年份的破綻呢？」

沈德符嚷道：「太巧了！實在太巧了！」傅春見他一改平日從容閒雅，臉頰漲得通紅，神色極其古怪，不由得狐疑問道：「什麼巧？你這麼興奮做什麼？」沈德符道：「己丑年就是萬曆十七年啊。」

那一年，對他是極其難忘的一年——先是寄居在沈家的潤娘失蹤；隨即是父親暴病身亡，他在京師失去了依靠，不得不隨同母親遷回故里。那一年，他才十二歲。就在離開京師當日，沈母又趕走了跟他同歲的雪素。從此，他的人生變得憂鬱。

傅春卻根本聽不懂沈德符的言外之意。還是魚寶寶忍不住道：「我來告訴你吧，就是在那一年，小沈父親去世了，他也不得不離開京師，舉家遷回秀水。」

魚寶寶不過脫口而出，沈德符卻大吃一驚，道：「寶寶……你怎麼會知道我的家事？」魚寶寶道：「哎呀，你那點事又不是什麼祕密，隨便一打聽就知道了。」沈德符父親沈自邠在萬曆五年的進士中，以第一名入選翰林院，在世時書法、才學出眾，是當時最有名的翰林名士，以致三十六歲早逝時，一度成為轟動京城的大事。

沈德符憶起年幼時在京城的風光歲月，亦是心潮澎湃，喃喃道：「這麼多年過去，我以為旁人早就不記得了。寶寶說得不錯，己丑年正是我人生的重大轉折。」

傅春不禁啞然失笑，道：「這只是巧合，小沈，你不要走火入魔，胡思亂想得太多了。」沈德符固執地搖了搖頭：「不，我沒有胡思亂想。你不知道，我曾經見過雪素娘親潤娘身上有一塊錦衣衛牙牌。」

傅春這才大吃一驚，道：「什麼，潤娘？你不是說她只是一名走江湖賣藝的婦人麼？」沈德符心中有事，不及與好友多談，忙道：「傅兄，你跟王名世已略有交情，可否去為我去查一件事？就是關於那校尉楊山，他是哪年致仕、哪年死的？他的牙牌又是什麼時候繳還的？」

傅春道：「這倒不是難事。不過，我始終覺得你想得太多了。你要去哪裡？」沈德符道：「我得去趟尚書府。馮世伯是家父生前最好的朋友，潤娘的事，說不定他會知道些什麼。」除了潤娘的事外，他心中還有更多疑問——最近幾次見到馮世伯，總覺得對方心事重如山，似乎好幾次有話想對他說，卻又有所顧忌。這實在不像馮琦的風格，他太想知道到底是怎麼回事了。

魚寶寶道：「喂，你身上的傷還沒有完全好，不要緊麼？」沈德符笑道：「不要緊，一點皮肉傷而已，我哪有那麼嬌氣？寶寶，可要謝謝你這些日子照顧我、為我買藥。」

魚寶寶癟了癟嘴，道：「誰教我略懂醫術呢！就當是我付你的房租好了。」

沈德符匆匆出門，正好遇上雇請過的幫傭林大郎。後面還跟著幾人，一人是順天府生員皦生光，還有一名宦官模樣的人，以及兩名帶刀錦衣衛校尉。

皦生光一見到沈德符，便嚷道：「沈兄，壞事了！壞事了！」

沈德符道：「原來是皦兄。出了什麼事？」皦生光皺眉道：「前些日子賣給沈兄的玉杯原來是皇宮中的寶物，被這位公公偷出變賣，現在事情敗露，錦衣衛拿了我二人，要追回贓物。」那宦官也苦著臉乞求道：「求公子將玉杯還給自家，自家願意原金奉還。而今只有物歸原處，大家才能平安無事。」

沈德符聞言大為窘困，那玉杯已經作為壽禮送給馮太夫人，如何還能開口索回？

一名校尉不耐煩地喝道：「那玉杯是贓物，你還不快些交出來！」沈德符只得道：「我已將玉杯送人，索回需要些時日。」校尉道：「這可不行。追回皇宮寶物，一刻也耽誤不得。若是交不出玉杯，就將你們幾個全部押回官署去。」

皦生光忙將沈德符拉到一邊，低聲道：「沈兄沒有看出來麼？這公公和錦衣衛是串通好的，你只要破財就能消災，玉杯也不用索回。」沈德符無奈，只得問道：「他們想要多少？」

皦生光便走過去與宦官、校尉低語幾句，又重新走回來，伸出五個手指，道：「二百兩。」

沈德符嚇了一跳，他買那對玉杯才花了五十兩，現下為賄賂要掏四倍的銀子，著實有些氣惱。轉念想到錢財終歸只是身外之物，給這些人一些錢將他們就此打發走，總比向馮府索回玉杯好，至少能保全面子。少不得忍氣吞聲，道：「那麼請幾位稍候。」自轉回去家中取錢。

傅春見沈德符重新返回頗覺奇怪。沈德符被白白訛詐，也不好意思告知，免得傅春出頭打抱不平，反而將事情鬧大，還免不了被魚寶寶冷嘲熱諷一番，只道：「沒事，忘了帶錢。」進房拿鑰匙開了櫃子，取了兩袋金砂，每袋約有十兩，拿出來到巷口交給皦生光。

皦生光將袋子分塞到兩名校尉手中，點頭哈腰地說了半天好話。一名校尉終於道：「好吧，暫時就這樣了。」這才揚長而去。

沈德符頗覺晦氣，好在他家資富饒，也沒有太將這二十兩黃金放在心上。

來到鐵獅子胡同尚書府，門前僕人馮七道：「老爺一大早就被皇上召進宮去了。」

眾所周知，萬曆皇帝不上朝理事、不召見大臣已有近二十年。沈德符不禁聽了大奇，忙問道：「聖上召見馮世伯，是因為那晚刺客行刺一事麼？」僕人道：「不是，皇上召老爺進宮，為的是商議福王的婚事。」禮部除管理全國學校、科舉考試外，還掌吉、嘉、軍、賓、凶五禮之用，皇室婚事歷來由其操辦。福王即是朱常洵，是萬曆和鄭貴妃的愛子，也是「國本之爭」的焦點人物——傳說中，要替代皇長子朱常洛成為太子的人。

沈德符聽說馮琦入宮商議福王婚事，心道：「聖上久不視朝，即使是軍國大事，也一向不聞不問，卻獨獨為了福王婚事召馮世伯入宮，難怪外面紛傳他有心改立福王為太子。」料來馮琦覲見完畢還要去禮部官署視事，不是一時半刻能夠回來，只得憮憮告辭。

剛好馮琦次子馮士楷奔出來玩耍，覺得沈德符面熟，稚氣地問道：「你是誰？」沈德符一把抱起他，笑道：「你不記得我啦？我是小沈哥哥啊，前陣子老跟你大哥在一起那個。」馮士楷笑道：「你說的大哥是士傑麼？其實他不是我親大哥，我們既不同父，也不同母。」

才僅僅是一個三四歲的孩子，居然說出這種話來，實在有些令人瞠目結舌。沈德符一時不知該如何應對，幸好馮琦侍妾夏瀟湘追著孩子出來，便將馮士楷交還給母親。

夏瀟湘紅著臉道了謝，又細聲細氣地問道：「沈公子是來找我家老爺的麼？老爺怕是要晚上才回來，有事，我可以替公子轉告。」

沈德符道：「也不是什麼大事。二夫人千萬別再叫我公子，我是馮世伯的晚輩，也就是二夫人的晚輩。」又逗了馮士楷一會兒，除下中指上的白玉戒指遞過去，笑道，「這個送給你。」

夏瀟湘慌忙推辭不要。沈德符道：「不過是個小玩意兒，留給孩子玩吧。」將戒指套到馮士楷拇指上，又閒扯了幾句，這才告辭。

經過東四牌樓時，沈德符有心去勾欄胡同拜訪薛素素，可轉念想到自己新近才在皇城大明門前挨了打，額頭還有一大塊瘀青未能化散，有礙觀瞻，只得暫時忍了。

逕直回來藤花別館，正要進門時，忽聽見背後有人叫道：「請問這裡是李大帥府上麼？」沈德符聽對方口音極其怪異，應聲回過頭去，卻是一名大漢，雖然包了頭巾，還是一眼認出他是那晚在李成梁府後門見過的女真首領努爾哈赤隨從之一，便隨口問道：「你不是努爾哈赤將軍的隨從麼？」

那大漢曾跟隨努爾哈赤來過李府後門一次，但那後門與藤花別館的大門距離不遠，他這次從胡同口的另一邊尋進來，居然認不清到底是哪個門，正好看見沈德符，便出聲詢問。見對方脫口叫出自己身分，立即將他當成李府的人，笑道：「正是小人。李大帥還好麼？他老人家預備什麼時候動身回去遼東？我們將軍等不及要準備迎候接風了。」

沈德符見狀，料想對方生了誤會，正要告訴他隔壁才是李府後門，忽心念一動，想到街里坊間那些關於努爾哈赤面聖的猜測，便乾脆將錯就錯，假意問道：「你不是跟努爾哈赤將軍回去建州了麼？怎麼人還在這裡？」

那大漢從懷中掏出一封信，道：「噢，本來是動身回去了，但半路上我們將軍想起一件重要事，所以派小人回來送封信給李大帥。」沈德符極想知道那信的內容是什麼，但他終究還是個老實的讀書人，強忍心中好奇，指著一旁的角門道：「那裡才是李府後門，我只是李大帥府上的房客。」

那大漢「啊」了一聲，正好有奴僕開後門出來，便急忙奔了過去。

這已經是沈德符第二次在李府後門遇見女真人，越發滿腹狐疑，心道：「這次事件，遼東巡撫和總兵雙雙被免職，稅監高淮毫髮無損，倒也不足為奇——以往朝臣與稅監爭鬥，被罷免的都是大臣。奇的是，七十八歲年紀的李成梁竟然成了最大的受益者。從努爾哈赤及其隨從的種種表面來看，女真人跟李大帥明顯是一夥子。市井傳聞是對的，李成梁這次回任遼東，肯定是努爾哈赤在聖上面前說了好話。到底是什麼利益能讓愛憎分明的努爾哈赤放棄殺父深仇大恨、甘願繼續忍受稅監盤剝，也要與李成梁化干戈為玉帛呢？」

正百思不得其解，忽覺背上輕輕一拍，回頭一看，卻是魚寶寶，滿臉納罕，問道：「你站在自家門口鬼鬼祟祟地做什麼？」

沈德符知道這位姑蘇秀才精靈古怪，時常有奇思怪談、驚人妙想，卻也不全是怪誕無理。當即說了兩次在寧遠伯後門見到女真人之事，想聽聽他的看法。

魚寶寶道：「這你還不明白麼？一句話，熟人好辦事。努爾哈赤在李成梁府中長大，兩人就算有仇，那也是熟人。何況女真人在李成梁最失意的時候出面支持他，力推他回任遼東總兵，將來必然有豐厚回報。相比於遼闊的地盤，一個稅監的實際危害又能有多大呢？」

沈德符極為驚訝，瞪大眼睛，彷彿才第一次認識魚寶寶一般。魚寶寶反倒被看得不好意思起來，道：「你幹麼那樣看著我？」沈德符道：「寶寶，你有時候真是一眼就看到了底，我和傅春都不如你呢。」

魚寶寶道：「喲，原來鑑古善談的沈大才子也有自愧不如人的時候。」沈德符道：「我自然是……」一語未畢，外面即有人拍門叫喊道：「沈公子！沈公子！」

沈德符忙回身去開門，卻是馮琦府上的僕人馮七，跑得滿頭大汗。

沈德符問道：「出了什麼大事麼？」馮七上氣不接下氣地道：「不是……是我家老爺一回來就要見沈公子……小的怕老爺久等，一路小跑，跑得急了些。」

沈德符聽說，忙跟著馮七重新往尚書府趕去。

在正堂前正好遇到姜敏、馮士傑母子。

姜敏正色道：「你世伯身子不好，要多休息調養才行，賢姪好好勸勸他，別太過操勞。」她是尚書夫人，卻要外人來勸丈夫休息，想來與馮琦疏遠已久。沈德符不敢多問，只喏喏應了，跟隨馮七往萬玉山房而來。

到院門前，正遇到僕人秦德送浙江會館戲班班主薛幻出來。薛幻雖然從事梨園行當，卻是地地道道的蒙古人。曾祖薛綬是明軍都督，在土木之變中為保護英宗皇帝英勇戰死。薛幻也有世襲錦衣衛指揮官職，但他更喜歡聽戲、看戲，索性棄官不做，自己組建了戲班，專門在浙江會館登臺演出。

沈德符乍然在萬玉山房見到薛幻，很是驚奇。薛幻笑道：「馮尚書想要完整的〈牡丹亭還魂記〉戲文，我特地給他送來。」沈德符道：「原來如此。」薛幻道：「沈公子老久不來浙江會館了，有空來看新戲。」招呼一聲，跟著僕人秦德去了。

沈德符進來書房時，馮琦正半躺在書房南窗的大羅漢床上。那床為黃花黎木所製，左右和背面裝有圍欄，正中放著一黃花黎木炕几，兩邊舖設坐墊、隱枕，十分講究。炕几上放著一杯茶盞和一碟點心。馮琦一邊聆聽颯颯竹聲，一邊輕聲吟誦第十二齣戲文「尋夢」中的唱詞：「這般花花草草由人戀，生生死死隨人願，便酸酸楚楚無人怨。」一手中還握著書卷，正是薛幻新送來的〈牡丹亭還魂記〉，顯是愛極湯顯祖這部新戲。

聽到沈德符到來，急忙起身迎客，呼叫他坐下，命小妾夏瀟湘奉茶。

沈德符見馮琦臉色不好，忙上前扶他坐下，勸道：「世伯是朝廷肱股重臣，保重身子要緊，千萬不要太過勞累。」馮琦搖了搖頭，急切地道：「賢姪，那晚壽筵，我說你若能像令祖沈公那樣安居鄉里讀書也是好事，你可明白我的意思？」

沈德符愣了一愣，才道：「小姪尚不能肯定，世伯是要小姪放棄功名麼？」馮琦道：「錯了，全然錯了！大丈夫在世，唯功名可求，千萬不要學那些『安身立命』、『明哲保身』的異端思想。你要記住了，一定要考取功名，金榜題名，方才不辱沒祖先英名。」

自隋朝實行「科舉取士」以來，科舉制度在中國已經施行了上千年，對中國社會和文化產生了巨大影響，成為歷代王朝選拔人才的最主要管道，也成為維護其統治長治久安的重要基礎。科舉任人唯賢，重才學而不重門第，由此被天下人視為登龍門的唯一途徑，深刻地影響了中國政治社會文化多個層面。在古代中國，讀書人的出路只有做官這條正途，而要出仕為官，就必須通過科舉考試。「學而舉則仕」，以考試晉升官場，一路升官發財，透過光宗耀祖來實現自身的價值，這是士人們的普遍心態。

然而自正德、嘉靖以來，王守仁的「心學」對士大夫思想觀念影響極大，人們紛紛從正統程朱理學的綱常名教束縛中解脫出來，變得越來越自我。最突出的表現就是，士人們不再熱中功名，甚至一些人以絕意仕進、棄官不就為榮，如臨川名士湯顯祖；更有人不應科舉，寧願去當名士、院士和狂士，以終身布衣為榮，如吳門才子王稚登。

在這樣的大環境下，社會風尚普遍追求奢靡浮誇之風，士大夫則騰空言而少實用，各種黨派門戶之爭應運而生。沈德符後來亦曾仔細回味馮琦之語，甚至還與好友傅春討論過，認為這位當朝禮部尚書是暗示——以當今朝政之鬆弛，再有抱負的人也難以有所作為，不如寄情山水，悠然樂哉，還可圖一時之樂。

此刻聽馮琦親口解釋，沈德符才恍然大悟，暗道：「原來我全然誤會了馮世伯的意思。馮世伯著急派僕人叫我來，為的就是這件事麼？」雖然有些不解，還是應道：「小姪遵命。」

沈德符心中仍放不下潤娘懷有錦衣衛牙牌一事，本有心詢問一些舊事，但見馮琦臉色難看之極，料想是疲累所致，只得起身告辭。

馮琦道：「先別忙走，我有一詩贈送賢姪。」命夏瀟湘研墨鋪紙，走到書案前，略一思索，即提起毫筆，下筆如飛，一揮而就。卻是一首七絕，詩云──「浩渺天風駕海濤，三千度索向仙桃。翩翩一鶴青冥去，已隔紅塵萬仞高。」

沈德符略略一讀，覺得此詩詩意不祥，隱隱有絕命詩的味道。正待勸慰幾句，忽見馮琦臉色大變，手中毫筆掉落，朝後趔趄兩步，仰天便倒。沈德符大吃一驚，忙扶馮琦坐在屏背椅中，叫道：「馮世伯！馮世伯！」

馮琦臉如金紙，瞪大眼睛，一手扯著沈德符衣袖，一手指著一旁的夏瀟湘，口中「謔謔」有聲，卻怎麼也說不出話來。片刻後，兩手一鬆，就此死去。

夏瀟湘先是一愣，隨即上前跪倒馮琦腳下，放聲大哭起來。

馮府上下不論主僕，不得馮琦命令均不得擅入萬玉山房，書房中的打掃均由夏瀟湘親自動手，就是夏氏的貼身婢女印月，也只能做些打掃的雜活，不能走進書房。僕人馮七候在院子外，聽見裡面著實動靜不小，忙高聲叫道：「印月！印月！」不見人應，這才想起印月請了幾天假到鄉下探望母親了。又趕到門外，喊了兩聲「老爺」，還是無人應答，便大著膽子推門進來──卻見馮琦坐在碩大的椅子上，怒目圓睜，眼、鼻、嘴角有絲絲黑血沁出，情狀極其恐怖。夏瀟湘正撫屍痛哭，一旁沈德符則呆若木雞。

馮七愣得一愣，便大聲叫了起來：「殺人了！殺人了！」

禮部尚書馮琦離奇暴死在萬玉山房，馮氏家眷聞訊趕來。馮妻姜敏出身太醫世家，一看便能斷定丈夫是中毒而死。由於書房中只有沈德符和夏瀟湘，二人難脫下毒嫌疑。姜敏遂命將二人綑送官府調查。

正好錦衣衛千戶王名世有事來尋姨母姜敏，得知馮府再生變故，遂命校尉逮捕沈德符和夏瀟湘，先押送到錦衣衛監獄囚禁。

錦衣衛官署位於大明門千步廊以西，與禮部東、西相望。雖然在京師出生並生活了十餘年，這還是沈德符第一次來到錦衣衛官署。當然，在他內心深處，著實希望永遠不要有機會進來這個傳說中陰森恐怖的活地獄。一進來官署大院，便聽見頭上有怪聲，抬頭一看，卻是槐樹上棲息著一隻怪鳥，身體像鶴而比鶴小，正衝著眾人怪叫，叫聲淒厲，弄得人心裡越發悲涼起來。

錦衣衛大獄位於官署的西南角，到門前正好遇見歐洲耶穌會士利瑪竇。

這位金髮碧眼的異國傳教士是義大利人，萬曆九年就來到中國，先後在廣州、肇慶、韶州、南雄、南昌、蘇州、南京等地進行傳教活動，一邊學習中國語言文化，一邊廣泛與中國地方官吏和士大夫接觸，以求更加瞭解中國的國情和風俗禮儀。

萬曆二十八年年底，天津稅監馬堂向朝廷進利瑪竇所獻方物，奏報利瑪竇請求入京。禮部稱《大明會典》中沒有關於大西洋的記載，利瑪竇來歷不明，與中國人交往，別生事端，其所獻之物也不宜入宮中，請賜給冠帶令其回國，不許在南北兩京居住。萬曆皇帝不聽，下詔准許利瑪竇入京。萬曆二十九年一月，利瑪竇抵達北京城。二月，萬曆皇帝親自召見，此是明朝立國以來皇帝第一次親自接見歐洲傳教士。利瑪竇為人謙和，彬彬有禮，向皇帝進獻自鳴鐘、西洋琴、珍珠嵌十字架、天主像、聖母像、鐵弦琴以及世界各地圖等物。萬曆亦待以優禮，允許他長駐北京傳教，賜屋於宣武門內，其所需銀、米俱由朝廷按時供給。利瑪竇感到無勝榮幸，自此定居北京，他不但在京師中大力傳教，還常常到監獄如詔獄、刑部大獄看望囚徒，給這些絕望中的人撫籍和安慰，居然也因此發展了不少教徒。

遇到沈德符一行，利瑪竇亦相當驚訝，他記得在馮府中見過這個臉色蒼白的年輕人，而那名被校尉粗暴挾持的女子，似乎就是馮尚書的侍妾。那晚馮府壽筵，馮琦驀然遇刺，現場大亂，馮府家眷也都顧不上避嫌，盡數衝出來查看馮琦傷勢。他還記得那女子抱著孩子，站在馮琦身側哭泣，楚楚可憐。愣了一愣，忙上前攔住問道：「這二位是……」

負責押送的錦衣衛百戶王曰乾道：「是害死禮部馮尚書的兇手。」

利瑪竇聽說禮部尚書馮琦遇害，「哎喲」一聲，不及多問，急忙去了。

王曰乾便命校尉押著犯人進來督捕房登記姓名。獄吏蔣守約見罪犯是一對衣飾華麗的年輕男女，很是好奇，問道：「是什麼人？犯了什麼罪？」

王曰乾報了名字和案情，叮囑道：「這是重犯。王千戶已進宮稟報陳廠公，說不定皇上要親自過問案情，可千萬別出了差錯。」蔣守約笑道：「曉得了。」

送走王曰乾，蔣守約慢吞吞踱到夏瀟湘面前，上下打量她一番，連聲歎息道：「好端端一個美貌小娘子，竟然謀殺親夫。你，無論如何是活不了了，可惜了這副花容月貌。」拍了拍手，叫道，「好好招待一下夫人。」便有幾名禁婆搶上來，拿鐐銬鎖了夏瀟湘手腳，又取過一面十五斤重的木枷，將她脖頸和雙手禁錮在木枷中。夏瀟湘淚流滿面，早已癱倒在地，禁婆不得不拖著她一路走下地道。

蔣守約又走到沈德符面前，道：「看你模樣，也是有錢人家的公子哥兒。你可看見了剛才那婦人的狼狽樣子？詔獄的規矩，無論是誰，下囚室都得戴上三木刑具。當然，事情也不是一概而論……」一邊說著，一邊伸出右手，將大拇指和食指撚在一起。

沈德符初見馮琦暴斃慘狀，又是驚愕又是傷痛，以致不能替自己辯白。但被帶來錦衣衛官署後，那怪鳥的慘叫促使他從渾渾噩噩中驚醒過來，可惜王名世已先行離開，無人肯聽他解釋。此刻一見蔣守約的手勢，便明白對方是在公然索取賄賂。久聞獄事黑暗，果然如此。然而當此境遇，除了低頭，他也別無可想，當機強忍悲憤，從身上摸出所有的銀子，又解下腰間玉珮，一齊遞了過去。銀子只有幾兩，但那玉珮卻是沈家祖傳玉珮，古意盎然，觸手生溫。

蔣守約居然是個識貨之人，笑道：「這玉珮成色還算不錯，是祖傳的麼？」沈德符道：「是。」賠笑道，「這不過是一點小意思，官爺若肯知會我家人一聲，另外還有重謝。」

蔣守約笑道：「這個好說。到底是知書識禮人，我就喜歡跟公子這樣的聰明人打交道。進來這裡，苦頭是免不了要吃的，但只要能行方便之處，公子儘管開口便是。」問了沈德符住址，這才派吏卒帶沈德符入詔獄。

令人聞名色變的詔獄位於地下。囚室共分兩層——最下層完全由巨石壘成，一年四季不見絲毫陽光，完全靠微弱的火光照明。牆壁厚達丈餘，囚犯在內中呼號連天，鄰室也聽不到一點動靜。對祕密刑訊、處死犯人極其有利；上層是半地下，磚石築成，牢房中有一小方孔開在地面，略通光線，比下層黑窟要好一點，但也是光線暗淡，白天亦難辨認囚室內的東西。

這裡如同煉獄一般，冬日無火，如同冰窟，夏天悶熱，蚊蠅虱蚤，橫行其中，惡臭熏天，時疫流行。犯人的生活，連牲畜都不如。關在這裡的犯人，大多數要受重刑，受刑後還要同時戴上枷鎖鐐銬，一動也不能動。到了夜晚，老鼠成群結隊地出來齧肉飲血，犯人甚至連手指、腳趾都被咬斷。有一次，一位名叫孟昭的刑官因事來到獄中，看到犯人們被老鼠咬得血肉淋漓，一時動了惻隱之心，便自己掏錢買了幾隻貓放入獄室裡，詔獄的鼠患才減輕了一些。

錦衣衛大獄門禁森嚴，每送入一物，必經數道檢查，飲食衣物十不能得一。大獄不允許探視，犯人一入獄中，便再也不能與家人相見。只有在犯人過堂被拷問的時候，才許可親屬跪在堂下一丈遠的地方，遙遙望上一眼。講話只能高聲問答，而且還不准說自己家鄉的方言土語，不許談及有關案情的事。

在押犯人大都染有各種疾病，而獄官對患病囚犯不會給予任何醫藥治療。有錢的犯人還可以要家屬重重賄賂獄卒，偷偷地帶一些藥品進來；至於那些家道貧寒或已被敲詐破產的犯人，便只能忍受疾病的折磨。實在無藥可醫之下，便只好喝自己的尿，稱做「輪迴酒」。在各種非人的虐待之下，許多犯人入獄後不久便痛苦地死去，官方稱為「瘐死」；而那些僥倖不死的，案子又遲遲不能了結，只能被無限期地關押在獄中。

錦衣獄內經常祕密處死犯人，獄卒稱其為「壁挺」。殺人之後，不會立即通知親屬領屍埋葬，往往拖延數日，等到屍體完全腐爛、蟲蛆遍體時，才用葦席將屍體裹出。所以，親屬們往往不知道死亡的確切日期。有時甚至連屍首也無法辨認，只好根據頭髮鬍鬚的顏色和長短來辨別。

難怪人們說比起詔獄，刑部和督察院的監獄實在是天堂了。

自詔獄建成以來，被關押或折磨死在這裡的名臣或名人不計其數。與高僧紫柏並稱大明兩大教主的名士李贄，便是在去年被朝廷以「敢倡亂道，惑世誣民」的罪名逮捕，瘐死在詔獄中。

走下陰森森的地道，沈德符心中不由得湧起了深切的悲涼。他知道自己無辜，卻不知道自己還有沒有命走出去。關在詔獄、死在詔獄的人，又有幾個是真正有罪的呢？他不是第一個，也絕不會是最後一個。

沈德符被關進上層臨近入口的囚室中。囚室狹小，不過數尺見方。一進去就覺得陰風撲面，聞見一股奇怪的臭味，令人欲嘔。他本能地用手捂鼻孔，等到目力大致適應陰暗，才摸索著靠牆坐下。

忽聽得有人陰惻惻地問道：「你叫什麼名字？是什麼人？」

沈德符嚇了一跳，循聲望去，發現牆角亂草堆上縮著一個人，頭髮淩亂，衣衫破碎，人不像人，鬼不像鬼，這才知道自己還有個牢友，忙報了自己名字，問道：「不才請教老先生尊姓大名。」他熟知京師掌故，自是知道詔獄關押的並不是什麼窮凶極惡的罪犯，而多是朝中官員，或忤逆了皇帝旨意，或得罪了稅監，總之沒有真正的壞人，甚至可以說這裡的絕大多數囚犯都是耿直報國的忠臣。他聽對方聲音蒼老，年紀似已不輕，料想必是什麼大官，是以特意用了敬語。

那人奇道：「你姓沈，跟翰林院沈自邠沈北門是什麼關係？」沈德符道：「啊，我正是他的長子。先生認得亡父麼？」那人道：「認得。沈北門……你父親……他已經過世了麼？」沈德符道：「是，家父過世已經有十四年了。」

那人歎了口氣，道：「唉，我被關進詔獄已有二十一年，外面的很多事都不知道。」沈德符聽說他入獄已經二十一年，驀地心念一動，失聲問道：「先生莫不是前臨江錢知府？」那人笑道：「不錯，我正是錢若賡。想不到還有人知道我的名字。」

錢若賡是浙江寧波人，隆慶五年進士，萬曆即位後任禮部官員，因進諫阻止皇帝在民間選妃充實後宮，被萬曆記恨，有心殺他。但當時萬曆即位日淺，大權又盡在內閣首輔張居正手中，皇帝難依己意行事，只將這筆帳記在心裡。萬曆十年，張居正病逝，萬曆立即將錢若賡調為臨江知府，不久給他安了個「酷吏」的罪名，命錦衣衛逮下詔獄。但實際上錢若賡非但不是酷吏，更是有口皆碑的好官。臨江府百姓聽說知府無辜蒙難，自發湊錢結隊到京師為其鳴冤，一連數年，人數最多一次達千人。

但萬曆卻堅持要將錢若賡處死。當時內閣首輔申時行知道錢若賡實屬冤枉，便設法營救，與法司密議，表面遵從皇帝旨意判處錢若賡死刑，然而每到行刑時，就找個理由如天象有異之類緩期執行，改以長繫詔獄。早年張居正出任首輔之時，權高震主，皇帝不過是個龍椅上的擺設。中時行繼任之後，內閣的權勢依然強大，萬曆也不得不聽。日後歷任內閣首輔如王錫爵、趙志皋均同情錢若賡，指使司法機構對其暗中保護。加之萬曆皇帝困於國本之爭，很少上朝理政，錢若賡的案子才不了了之。但皇帝只是忘記殺他，並沒有下詔釋放，他等於被判了終身監禁，活著與死無異。

沈德符在詔獄中與傳奇人物錢若賡相逢，既意外又難過，見他形容枯槁，衣衫襤褸，便脫下自己的外衣，為他披在身上。

錢若賡道：「多謝。年輕人，外面都發生了些什麼大事？你給我好好講講。」沈德符一時也不知從何講起，便揀了件最重大的事先說：「最大的事，就是聖上在兩年前立了長子為皇太子。」

錢若賡道：「那麼聖上本人呢？」沈德符道：「聖上依舊不上朝，沒有什麼改變。」

錢若賡歎息道：「我本來一直被關在最底層不見陽光的囚室中，幾日前吏卒忽然將我移來這裡，不但去掉了手腳的桎梏，伙食也有所改善。我還以為是聖上要放我出去。」他被關押二十一年，身披三木，動彈不得，每日唯等死而已。忽然生命中露出一絲自由的曙光，哪知道瞬間又熄滅了，這打擊不可謂不大，軟軟靠在牆上，露出失望之極的神色來。

沈德符本有心安慰幾句，可人們都說進了詔獄等於進了閻羅殿，九死一生，他自己莫名身陷囹圄尚無出去的希望，更何況錢若賡這樣被皇帝銜恨的欽點要犯呢？勉強安慰也是蒼白無力之語，還是不要說為好。

漆黑的夜晚深邃幽長，不時有絲絲寒意肆虐侵襲而來。沈德符困意極濃，但腦海意識裡卻絲毫未有要睡的慾望，神智始終處於一種迷離而茫然的異境，似乎醒著，又似乎睡著了。他能聽見各種各樣奇怪的聲音，哭聲、笑聲、歎氣聲、囈語聲、尖叫聲，彷若來自大地深處的幽靈，看不見，摸不著，卻又無處不在，令人恐懼。他甚至分不清這是幻聽，還是現實。

也不知過了多少時候，忽有吏卒舉火開了牢門，帶他出來。

卻見傅春和魚寶寶正站在督捕房中徘徊。

見到沈德符出來，魚寶寶先搶上前來，問道：「還好麼？有沒有受刑？」沈德符見他滿臉憂色，頗為感動，道：「暫時還沒有。」

傅春道：「我和寶寶聽到吏卒報信，便趕來這裡見你，哪知道遞了許多銀子，依然進不來。還是素素出面求情，王千戶才肯破例帶我進來見你。」

沈德符大為意外，道：「素素姑娘肯為我出面求情？」傅春道：「啊，閒話以後再說。你明日就要過堂了，快告訴我們到底是怎麼回事。」沈德符便大致說了經過，又道：「老實說，我也覺得馮世伯死得莫名其妙，可我對這件事真的是一點也不知情。」

傅春凝思片刻，轉頭叫了一聲。

王名世走進來問道：「你們講完了麼？」傅春道：「還沒有。這案子有許多疑點，我們想當著千戶的面問小沈。」

王名世道：「無所謂啊。不過有個不好的消息要告訴你們，馮尚書夫人往宮裡遞了緊急奏疏，說案情關乎家醜，怕是有礙馮尚書清譽，請聖上祕密審訊。馮夫人的父親姜太醫曾為聖上治病，聖上一直感念在心，所以特別批准了奏疏。因而現在這樁案子不會經過三法司，只會在錦衣衛內部解決。」

沈德符一聽，越發焦急起來，道：「我沒有下毒害人，你們一定要相信我！」魚寶寶也道：「小沈亡父跟馮尚書是故交，他自小出入馮府，馮尚書待他如親子，他亦一向以父禮視之。怎麼可能妄生歹念？」

傅春道：「小沈，你別著急。我來問你，書房內是不是只有你和夏瀟湘兩個人？」沈德符道：「是。」

傅春道：「既然不是你下的毒，那麼一定是夏瀟湘了。」沈德符遲疑了一下，反問道：「會是她麼？」

沈德符不由得又回憶起馮琦臨死前的情形來——馮琦一手扯著他衣袖，一手指著一旁的夏瀟湘，好像要說什麼話，卻又說不出來。莫非馮琦當時已經意識到是侍妾下毒，所以刻意提醒他，好讓他知道夏瀟湘就是凶手？可這完全說不通啊。自從他認識夏瀟湘以來，一直覺得她柔弱善良，逆來順受，只知道相夫教子。退一萬步說，她雖為馮家生下兩個兒子，地位卻並不鞏固，倘若有心為自己謀取利益，便更加不可能下手毒死她正需要依靠的丈夫。

魚寶寶也道：「夏瀟湘尚有幼子需要撫育，確實不可能加害馮尚書。就跟小沈尚需要馮尚書提攜前程，不可能下毒害人一樣。下毒殺人不會是臨時起意，小沈和夏瀟湘毫無動機，又怎麼會下毒害死馮尚書呢？王千戶，有沒有可能是有人事先在送去書房的茶水中投了毒？」

他說話又急又快，就像一長串鞭炮一樣「啪啪」炸過。王名世愣了一愣，才答道：「我已經派人驗過，茶水中根本沒毒。這也是尚書夫人懷疑沈公子和夏瀟湘的原因——書房裡沒有任何東西有毒，但馮尚書卻中毒而死，那麼只有二位有機會下手了。」

魚寶寶道：「小沈，你進書房後，有沒有發現夏瀟湘有異常的行為？再好好想想。」他倒不是刻意將矛頭對準夏瀟湘，只是所有的證據都指向沈德符和夏瀟湘，他既選擇相信沈德符，便只能懷疑夏瀟湘是凶手了。

沈德符只得說了馮琦臨死前的異狀。魚寶寶道：「如此，倒可以作為夏瀟湘下毒害人的一條證據。」他一心要營救沈德符出牢獄，甚至提出想見見夏瀟湘，卻被王名世斷然拒絕。

魚寶寶對此頗為不滿，道：「千戶之前不是還邀請傅春和小沈一起來查案麼？這麼快就忘記了。」王名世道：「我是奉陳廠公之命，邀請傅公子協查馮尚書遇刺一案，跟沈公子捲進的馮尚書中毒案是兩碼事。」

魚寶寶道：「馮尚書遇刺在先，中毒在後，這兩個案子說不定有所關聯。」王名世冷冷道：「魚公子機敏善辯，這話怕是你自己也不信吧。馮尚書遇刺一案，刺客的真正目標是李巡撫，跟馮尚書並無關係，跟馮尚書中毒自然沒有關係。」頓了頓，又道，「明日審案，除了證人外，馮府作為苦主和原告，也會派人來旁聽。傅公子、魚公子，你們這就請回吧。」

魚寶寶無可奈何，只得握了握沈德符的手，道：「放心，不會有事的，一定有法子能證明你的清白。」沈德符苦笑幾聲，就此作別。

被押回牢房後，錢若賡尚未入睡，問道：「怎麼，你就要出去了麼？」沈德符道：「不是，只是見了兩個朋友。」錢若賡聞言，只重重歎了口氣。

沈德符見他意興闌珊，便安慰道：「我是使錢賄賂獄吏才沒有戴械具。錢先生既然境遇有所好轉，肯定也是外面有人出力。我聽說歷任內閣首輔都很同情你的遭遇，說不定是有朝廷重臣暗中營救也說不準。現任內閣首輔沈端公，不正是先生的同鄉麼？」

錢若賡道：「你初來詔獄，不懂這裡的規矩。這裡就是活地獄，獄吏一手遮天，不使銀子，首輔出面說情也休想去掉鐐銬枷鎖。我被關在這裡已經二十一年，內閣大學士換了一撥又一撥，誰還會記得我，肯為我花錢？」

沈德符道：「很可能是錢先生的家人呢！」錢若賡搖了搖頭，道：「我被錦衣衛逮捕時，所有家產都被抄沒充公。可憐我孩兒敬忠才剛生下來幾個月，尚在襁褓之中，從此生生分離，再也沒有見過。也不知道他們母子怎麼生活，現在可還好？」

不過因為一紙勸諫皇帝選妃的奏疏，便是二十一年不得與妻兒相見的局面。那麼沈德符自己又會是什麼命運呢？一時心頭沉重，再也說不出話來。

次日，沈德符懵懵懂懂地醒來時，陽光透過小窗，正好照射在錢若賡身上——他仰靠在牆壁上，斑白頭髮披散開來，臉頰枯槁如雞皮，滿身瘡瘍，膿血淋漓，看起來已是行將就木的老人，情形極為可憐。

忽然，老人睜開了眼睛，看到沈德符正凝視著自己，便舉手捋了捋頭髮，微微一笑，道：「早。」沈德符道：「早。」

錢若賡道：「年輕人，不要這麼沮喪，儘管已經進來了這裡，難以扭轉局面，但還是要有信心。」沈德符苦笑道：「不是我沒有信心，而是案情對我很不利，我真不知道有沒有機會洗脫冤屈。」

錢若賡笑道：「你知道我的遭遇了，完全清白無辜，不一樣還是在這裡被關了二十一年？千萬不要寄希望於有機會從這裡脫身，期待越高，失望越大。」沈德符道：「那麼我還能有希望洗脫冤屈麼？」

錢若賡道：「你心中可有放不下的人？」沈德符道：「自然有，有許多。」

錢若賡道：「你一定要堅信你還有跟他們再見面的一天。不然，在詔獄這樣的地方，哪裡還有活下去的勇氣？」歎了口氣，將目光投向窗外，悠悠道，「我相信在我有生之日，一定能見到我的敬忠孩兒，這是支撐我苦苦熬著活下去的唯一信念。」

望著這位被折磨得骷髏一般的老人，沈德符被深深感動了。塵世間，還有什麼比愛的力量更偉大呢？偉大的父子之愛，足以照亮這深幽的黑獄。那一剎那，他壓抑已久的心胸忽然變得開闊起來。以致吏卒提他到北鎮撫司過堂時，他也不是惶恐的心態，而是做好了坦然面對的準備。

1 鮓魚：鮓，讀作「眨」，這是一種用鹽和紅麴醃的魚。鮓菜，則是用米粉、麵粉、玉米粉等加鹽和其他佐料拌製的切碎的菜，可以長期儲存，如鮓茄子、鮓藕。鮓類食品以湖北所產最為知名，楚中魚鮓自古以來就是皇室貢品。作者個人最愛家鄉的鮓廣椒（湖北對辣椒的叫法），認為是人間第一美味，每每提起便會垂涎欲滴。

2 千步廊：在承天門至大明門之間，中間供皇帝出入的御道，以石板鋪成。御道兩側建有連簷通脊的千步廊，東西廊房各一百一十間；又東、西折有向北廊房各卅四間，東接長安左門，西接長安右門，皆連簷通脊。千步廊之外，環築高達六公尺以上的紅色宮牆。

3 大明門：清代稱大清門，民國稱中華門。單簷歇山頂，紅牆黃瓦，門洞三間，門前左右有下馬碑及石獅，蔚為壯麗。正門除國家大典以外，常年不開。一九五四年天安門廣場擴建時，大明門被拆除；一九七六年在大明門舊址興建毛主席紀念堂。

4 明代公主、駙馬生活細節及駙馬都尉冉興讓的經歷均為歷史真事，冉興讓也因為在紫禁城被內官群毆而成明代歷史上最著名的駙馬。壽寧公主一直活到崇禎十六年，駙馬冉興讓則活到明朝滅亡。李自成攻占北京後，冉興讓被抓去嚴刑拷打，逼索財產，最終不堪折磨自縊而死。

5 馮應京：字可大，盱眙（今屬江蘇）人，萬曆二十年（一五九二年）進士。萬曆二十八年（一六〇〇年）任湖廣僉事，分巡武昌、漢陽、黃州三府。當時湖廣稅監陳奉凌辱婦女，用火箭焚燒江夏民房以取樂，並使兵士擊殺救火者。馮應京上書列舉陳奉十大罪，因而觸怒萬曆皇帝，被逮解入京，下錦衣衛獄。武昌、漢陽、黃州三府士民相率進京為他申訴，均未獲准。入獄後堅持著書，朝夕不息。傳教士利瑪竇曾多次到獄中探視，遂歸信天主教。後因天象異變而獲釋。

6 王守仁（一四七二～一五二八）：字伯安，浙江餘姚人。一度隱居紹興陽明洞中，世稱陽明先生。弘治時進士，先後任刑、兵部主事。正德初年因反對宦官劉謹當權，被貶謫貴州當了四年驛丞。劉謹伏誅後，由任廬陵知縣相繼升遷。因鎮壓農民起義與平定「宸濠之亂」（明武宗時寧王宸濠的反叛）有功，封新建伯，官至南京兵部尚書。在學術上發展了主觀唯心主義的理學，和南宋陸九淵合稱「陸王學派」，與程（程顥、程頤）朱（熹）學派相並立。曾被明廷譽為「學達天人　才兼文武」的「真儒」。

7 錢若賡的故事均為歷史真事。萬曆四十七年（一六一九年），錢若賡之子錢敬忠會試榜上有名，卻有意不參加殿試，由此引起朝野矚目。他連上三封奏疏，到午門長跪，泣陳父親錢若賡繫獄慘狀及家眷流離情景，為父鳴冤，請以身代。在京的臨安人氏紛紛聲援他，遂演變成民意沸騰的公共事件。萬曆皇帝下旨道：「錢敬忠為父呼冤，請以身代，其情可哀。汝不負父，將來必不負朕。」錢若賡由此得釋，時在獄中已達三十七年之久——入獄時不滿四十，出獄時已七十九歲。

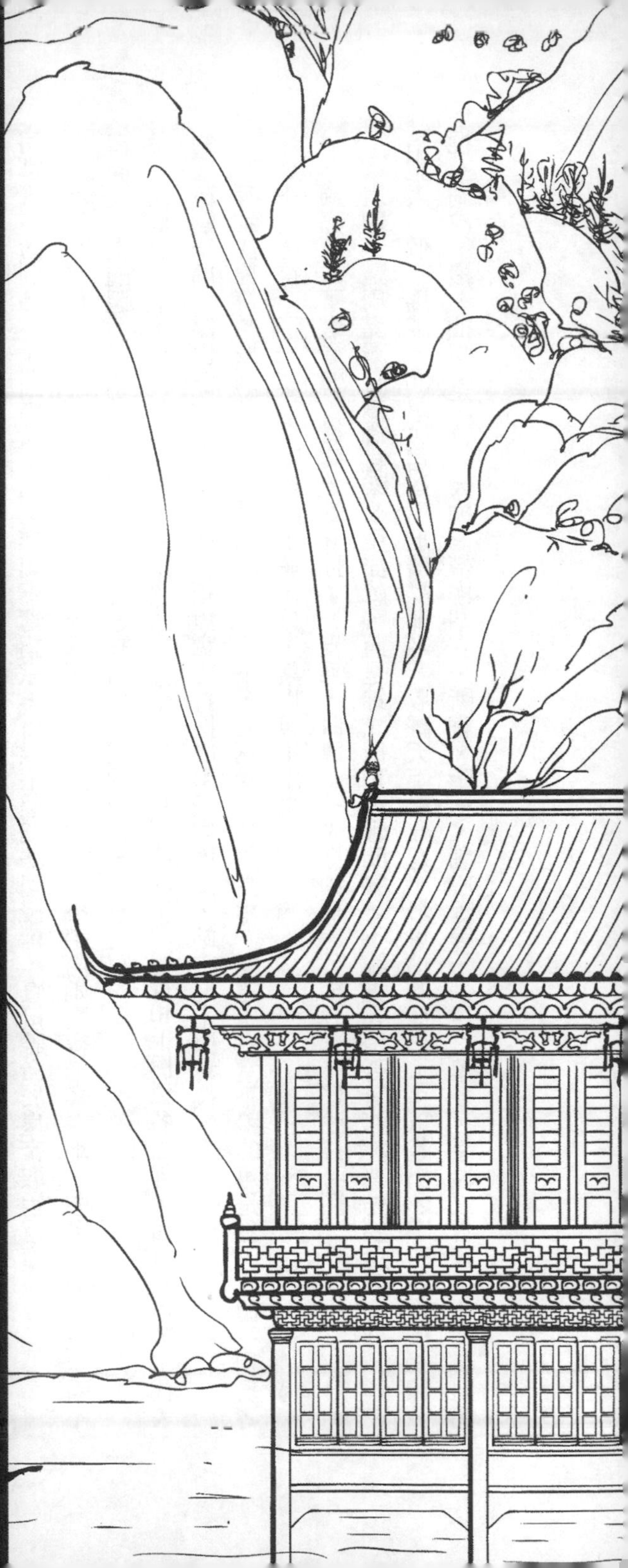

【卷四】意氣相期

馮琦生前曾明確交代，死後讓門生公鼎為書行狀，請前內閣首輔王錫爵為書墓誌。然而下葬時，姜敏命嗣子馮士傑轉求現任內閣首輔沈一貫為書碑文。馮琦生前兩次被人舉薦入內閣，均為沈一貫所阻，二人堪稱宿敵。姜敏一定要找仇人來為丈夫書寫碑文，時人大惑不解。

沈德符先被帶來督捕房。獄吏蔣守約已經等在那裡，命人取來械具為他一一戴上，又笑道：「不用擔心，這不過是為沈公子上堂做個樣子。沈公子再回來這裡時，我自會命人取下。」

那木枷足有十五斤重，一套上來，便將沈德符壓得弓背彎腰。當他勉強抬腳邁步，才真正知道披枷帶鎖的滋味——木枷鎖住了他的脖子和雙手，後頸的負重和木枷本身的重量使得身體的重心前移，他不得不像顆蝦米般低頭前傾，才能勉強保持身體的平衡；而腳上的鐐銬彷若有千斤重，每挪一步都十分困難。平常人最簡單不過的走路，對他而言已成了難以名狀的痛苦和負擔。他幾乎不能想像，錢若賡居然戴著這些械具度過了二十一年的光陰！

錦衣衛是個大衙門，下設經歷司、南北鎮撫司。經歷司主管公務文書出入、謄寫及檔案封存等事項；南鎮撫司掌管本衛刑名，兼理軍匠；北鎮撫司專管詔獄，可以不經三法司授權，直接聽命於皇帝取旨行事。

沈德符被校尉帶來北鎮撫司大堂時，夏瀟湘已經先跪在堂中。枷鎖將她壓得匍匐在地，頭髮披散，完全看不清面孔。堂前還等著數名馮府家僕，大約是被召來作證的證人。

大堂上除了主審官北鎮撫司鎮撫周嘉慶、陪審官錦衣指揮僉事鄭國賢和千戶王名世外，作為原告苦主代表的馮琦嗣子馮士傑也在一旁旁聽。傅春和魚寶寶打扮成跟班的樣子，站在馮士傑背後。

等到沈德符被按到堂中，跟夏瀟湘並排跪下，周嘉慶一拍驚堂木，問道：「堂下跪的可是犯人沈德符和夏瀟湘？」沈德符應了一聲，夏瀟湘除了發抖外，話也說不出來。

周嘉慶皺了皺眉頭，從案上籤筒抽了一支籤，命道：「先拖到刑房，杖五十，好生打著問。」

這倒不是周嘉慶有意擺官架、用淫威，而是錦衣衛和東廠問案，不論犯人是否有罪，都先要用刑拷打，意在給犯人一個下馬威。北鎮撫司以用刑殘酷聞名，收羅天下最殘忍、最可怕的刑具，可以說出名字的就有械、鐐、棍、剝皮、拶、抽腸、鉤背、大枷、帶枷站立、斷脊、墮指、刺心等等，名目之繁多，手段之毒辣，不在昔日唐代酷吏來俊臣之下。即使是普通杖刑，也有講究，尋常囚犯一般只說「打著問」，重者要加「好生」二字，最重者則稱「好生著實打著問」。

周嘉慶下了加重打的命令後，掌刑校尉應了一聲，正要上前拖起犯人，魚寶寶忙叫道：「等一等！沈德符是國子監貢生，有功名在身，不可輕易用刑。」一旁錦衣指揮僉事鄭國賢忍不住笑出聲來，道：「在這裡挨打受刑的朝廷大員多不勝數，何況一個小小的太學生呢！」

魚寶寶是以苦主跟班的身分進來錦衣衛大堂，居然敢當堂阻止鎮撫用刑，可謂膽大包天。周嘉慶臉色一沉，正要喝令將他趕出去，忽見千戶王名世朝自己打了個眼色，便不得不將已到嘴邊的話溜了回去。

周嘉慶跟王名世同官秩，都是正五品官職，但他掌管北鎮撫司，有權直奏皇帝，就連錦衣衛最高長官指揮使也要給他七分面子，又何懼一個區區錦衣衛千戶？此外，他還有另一重身分，是吏部尚書李戴的女婿。況且就個人情感而言，周嘉慶一向厭惡王名世──此人簡直就是錦衣衛中的另類，武藝高強、力奪三元也就罷了，居然還通經史，能寫詩，善書法，時人稱其武藝、詩詞、書法為錦衣衛「三絕」。這樣的人才，還留在錦衣衛做什麼，大可以去邊關當武將了。

然而終有人相當欣賞這種怪才，譬如司禮監兼東廠提督陳矩，命王名世同時兼任東廠的掌刑千戶，這立即使得他身價百倍，成為錦衣衛的頭號人物。明中葉以來，凡朝廷會審大案、錦衣衛北鎮撫司拷問重犯，東廠都要派人聽審。不光三法司、錦衣衛如此，京師各個衙門都有東廠人員坐班，監視官員們的一舉一動。一些重要衙門如兵部的各種邊報、塘報等，東廠都要派人查看。王名世是錦衣衛的千戶，但他也是東廠派在錦衣衛的監視者，後一種身分，不得不令周嘉慶忌憚九分，於是勉強揮手止住校尉，道：「問案要緊，這頓打先記下。」頗有自我解嘲的味道，又命校尉除掉犯人木枷。

錦衣指揮僉事鄭國賢是正四品官員，為堂中品秩最高者。他還有另一重身分，是鄭貴妃伯父鄭承恩之子，也就是當今最得寵的鄭貴妃堂弟，見到堂堂北鎮撫司鎮撫周嘉慶居然因一名跟班的辯解破天荒地停止打樁，很是好奇，不由得朝魚寶寶多看了幾眼。

周嘉慶先問了沈德符姓名、籍貫、職業，這才重重拍了一下驚堂木，喝道：「犯婦夏瀟湘，快將你下毒謀害馮尚書的事情經過從實招來。」

夏瀟湘身上的木枷已經去掉，卻依然不敢抬頭，只伏在地上，道：「我……我……」渾身抖搜個不停，再也說不出來一個字。

鄭國賢笑道：「怕是鎮撫問不出什麼口供了，這婦人已經嚇得尿褲子了。」

眾人循聲望去，果見女犯下身子下有水滲出，一股尿騷味漸漸彌散開去，有不少校尉跟著笑了起來。夏瀟湘又羞又愧，眼淚撲簌簌地掉落了下來。

魚寶寶很是看不過眼，正要出聲，一旁傅春忙扯了扯他衣袖，低聲道：「你忘記咱們事先的約定了麼？小不忍，則亂大謀。」魚寶寶這才勉強忍住。

鎮撫周嘉慶倒是見慣夏瀟湘這種一上大堂就嚇得說不出話來的犯人，錦衣衛也最喜歡這類犯人，寫好口供後叫他簽字就簽字，絕不敢拒絕。當即不再理睬夏瀟湘，轉而審問沈德符，問道：「你是如何勾結犯婦夏瀟湘謀害禮部馮尚書的？快從實招來。」

沈德符道：「我沒有害死馮世伯。」大致說了事情經過，道，「我只是奉召到萬玉山房，才不過與馮世伯說了幾句話，變故忽生，但情形究竟到底如何，我實在一無所知。」

馮府僕人馮七上堂作證道：「事情確實如沈公子所言。昨日老爺一大早被召進皇宮中，下午才回來家中，直接就去了萬玉山房，只有二夫人在裡面侍奉。萬玉山房是禁區，不得老爺召喚，他人是不能進去的，只有二夫人例外，老爺也一向只要二夫人服侍，小的們只能守在院門外。後來二夫人從書房出來，招手叫小人，說老爺要見沈公子，小人就去尋了他來。送他進萬玉山房時正好遇到浙江會館戲班班主出來。沈公子在門口跟薛班主說了幾句話，薛班主就跟著秦德走了。沈公子獨自進去書房。再後來，小人聽見裡面傳出二夫人的哭聲，就喊了幾聲老爺，沒有人應，小人擔心有事，壯著膽子進去一看，老爺已經……已經……」回憶起馮琦死狀恐怖的一幕，猶自驚心，再也難以說下去。

僕人秦德作證道：「老爺離開禮部官署時，派小人去浙江會館，想找薛班主索要一本〈牡丹亭還魂記〉戲文。薛班主聽說，便跟小人一起回來尚書府，一來可以親自把書交給老爺，二來上次尚書府請戲班唱戲銀子還沒有結清，他順便可以找馮管家辦了。老爺拿到戲文後很高興，當面謝了薛班主，命小人送他出去。我們在門前遇到沈公子，薛班主跟沈公子打了招呼，我們就一起到前院去找馮管家了。至於書房後來發生的事，小的全不清楚。」

戲班班主薛幻、馮府管家馮安先後上堂作證，證實了這一經過。

錦衣衛百戶王曰乾也在堂上道：「當日屬下跟隨王千戶前去禮部尚書府辦事，剛好遇到馮尚書中毒暴斃一事，王千戶遂命屬下檢視現場。查得案發時，萬玉山房中只有馮尚書、馮尚書侍妾夏瀟湘、及國子監生沈德符三人在場。而且案發當日也只有七人進過萬玉山房，除了前面提到的馮尚書、夏瀟湘和沈德符三人外，還有早一步到過書房的僕人秦德和戲班班主薛幻，以及更早進過書房的馮尚書長子馮士傑和次子馮士楷。馮士楷是在午飯後自行闖入萬玉山房，馮士傑則是追隨弟弟進入，進去找到弟弟後就拖他退了出來。有多名僕人口供為證。又查得書房中茶水、食物俱沒有下毒。這些俱是事實。當時王千戶也在場，可以佐證。」

一旁王名世點了點頭，表示王曰乾的證詞無誤。

證人一一作證完畢，鄭國賢越發興趣大增，忍不住道：「新鮮，茶水、食物都沒有毒，那麼馮尚書是如何中了毒？」王曰乾道：「這正是這件案子最奇怪的地方。屬下也反覆想過，覺得只有兩種可能性——一是有毒的糕點已經被馮尚書吃掉了；但這一點似乎又不大可能，因為僕人稱當日馮尚書回來後，馮夫人命人往書房送了兩碟共十塊糕點，象棋餅五塊，骨牌糕五塊，這十塊糕點都沒有動過。如此就是第二種可能了，是有人用另外的法子往馮尚書身上下了毒。」

鄭國賢兩眼炯炯放光，興奮之極，連聲道：「對，對，你說得對。可有在書房中找到帶毒的物品？譬如像《金瓶梅》那樣的書卷什麼的。」他提及《金瓶梅》，並非暗指堂堂禮部尚書馮琦對淫穢小說有興趣，而是牽涉到一樁著名故事。《金瓶梅》作者自署蘭陵笑笑生，顯然是個假名；有傳聞說，其真正作者是嘉靖名士王世貞。當年王父王忬獻名畫〈清明上河圖〉給權臣嚴嵩和嚴世蕃父子，結果被唐順之識別為贗品，王忬因此被嚴嵩父子殘害致死。嚴世蕃酷愛閱讀淫穢小說，忘形之下常常用食指蘸口液翻書。王世貞為了替父親報仇，就將《鳴鳳記》抄本的殘本增補成《金瓶梅》，並在每頁紙上塗上了毒藥，然後設法將書送給嚴世蕃。可惜由於毒藥抹得太淡，最終未能毒死嚴世蕃。

王曰乾卻沒有領悟鄭國賢的言外之意，只愣了一愣，便乾脆地答道：「沒有。」

鄭國賢便直截了當地問道：「那麼那本薛班主送的〈牡丹亭還魂記〉呢？可有查驗是否有毒？」王曰乾道：「沒有。」

魚寶寶插口道：「是查了沒有找到，還是根本就沒有想到要去查？」王曰乾看了他一眼，又看了看頂頭上司王名世，還是說了實話：「只查了茶水、食物，沒有檢驗其他物品。」

傅春道：「如此，可謂取證不全了。我提議先將審案暫時押後，等補充完物證再過堂不遲。」

周嘉慶勃然大怒，但又忌憚跟班打扮的傅春和魚寶寶有什麼了不得的後臺，強壓怒氣，下堂走到二人面前，冷冷問道：「這兩位看起來不像是馮大公子的親隨，你們到底是什麼人？」傅春正色道：「跟周鎮撫一樣，是想查明真相的人。」這句話捧得周嘉慶甚是舒服，臉色登時和緩了許多。

傅春又上前一步，朝周嘉慶附耳低聲道：「其實我們一直暗中在幫周鎮撫。鎮撫沒有想過麼，鄭僉事為什麼會在這裡？要我猜，肯定是聖上派他來觀案的，由此可見馮尚書一案在聖上心目中的重要程度。周鎮撫如果稍有過錯，那可就立即上達天聽了。」

鄭國賢官任錦衣指揮僉事，負責皇宮禁衛，很少來錦衣衛官署，而且仗著是皇親國戚，一向不把其他錦衣衛官員放在眼裡。今日他突然跑來北鎮撫司，說是想旁聽馮琦被毒死一案，周嘉慶以為他只是好奇，沒有多想，此刻經傅春一語提醒，才悚然而驚。轉頭見鄭國賢正以奇怪的目光打量著自己，心中頗驚，忙問道：「那現在這案子要怎麼辦？」竟是在徵詢傅春意見。

傅春悠然道：「既然鄭僉事暗示毒藥有可能塗抹在書卷，那麼當然要按他的意思，重新去萬玉山房取證。」周嘉慶想了一想，不得不道：「好吧，反正這惡人也是鄭僉事當了。」

周嘉慶重新回到堂上，一拍驚堂木，道：「先將犯人押下，等補充了物證再行審訊。」又道，「王千戶，這案子一開始是你經手，那麼重新取證的事還是勞煩你來做吧。退堂！」

王名世依舊一副無動於衷的表情，只命王曰乾去召集人手，又道：「鄭僉事對此案如此關注，不如跟我一起去吧。」鄭國賢自是樂意之極，笑道：「早就聽說萬玉山房大名，這次終於有機會看看了。」

一行人遂往禮部尚書府而來。馮士傑雖然百般不情願，還是不得不陪同眾人來到書房。眾校尉一齊動手，將書房翻了個底朝天，書籍、字畫一一用銀針探驗，一直折騰到傍晚，也沒有發現任何有毒的物件。

鄭國賢歎了口氣，道：「如此看來就只有一種可能性了。」魚寶寶問道：「是什麼？」鄭國賢卻只是神祕一笑，也不說出到底是什麼，藉口還有公務，拱手先告辭。

就在鄭國賢離開後，事情忽然有了轉機——一名校尉在書房對面的臥室中發現了一個乳白半透明的小玉杯，雖然是空的，但他極有心地往裡面加灌了一些清水，再用銀針測試，銀針立即變黑，可見這杯子中原先盛裝的茶水是有毒的。僕人證實，這貴重玉杯是馮琦新送給夏瀟湘的，是二夫人的專用之物。

這可說是一個重大發現。既然毒藥是下在夏瀟湘的玉杯當中，她就不會是凶手了，那麼是否凶手要毒害的人本來是夏瀟湘，而馮琦不過是誤飲了侍妾之水，就跟當日壽筵行刺他代遼東巡撫李植受過一樣？

若果真如此，那麼除了馮琦和夏瀟湘外，當日進過萬玉山房的人中，戲班班主薛幻跟著僕人秦德進來書房，交付書卷後便立即離開，前後停留不到半刻，可以排除嫌疑，其餘三人馮士傑、馮士楷、沈德符就都有嫌疑了，而嫌疑最大的當數馮士傑。

魚寶寶不由得狐疑地望著馮士傑，問道：「馮公子，你真的是為了追令弟才進來萬玉山房麼？」馮士傑一張白臉登時漲得通紅，道：「莫非你們懷疑是我下的毒？」

魚寶寶道：「不是你，難道是你弟弟馮士楷，難道是小沈麼？」馮士傑連連搖頭道：「我沒有下毒害人，真的沒有，我可以對天發誓。」

傅春曾多次聽沈德符提過馮士傑為人，說他是天下第一老實人，雖然資質平庸些，可從小孝順父母，聽話之極，從來不惹事生非，身上沒有一點官宦子弟的惡習，堪稱京城最省心的公子哥兒。此刻見他頗為惶恐不安，願意賭咒發誓，便相信了他的話，朝魚寶寶使個眼色，示意他不可放肆。

王名世與馮府是親眷，更是瞭解馮士傑人品，忙道：「士傑表弟不必如此慌張，你在案發當日進來過案發現場，照例是要問上一問的。既然跟你無關，說清楚便可。」安慰了幾句，命人攜了玉杯，告辭出來。

到前院時，正好見到馮琦次子馮士楷坐在地上大吵大鬧，哭著要媽媽，僕人、婢女勸也勸不住。馮士傑上前道：「二弟，快些起來，你別再鬧了。」馮士楷哭道：「不，我就要媽媽。快把媽媽還我。」

忽聽得有人喝道：「有外客在，鬧什麼鬧！」正是姜敏的聲音。

馮士楷對嫡母甚為畏懼，立即停止哭鬧，乖乖爬起來，由婢女牽了手往後院去了。

姜敏這才對王名世點頭招呼，道：「名世也來了。」

王名世忙上前參見，稟報了審案和事情經過。

姜敏只淡淡道：「有勞了。士傑，你替我送客。」便扶著婢女的手去了。如此波瀾不驚的態度，不免令眾人又驚又訝。

到萬玉山房二次取證，雖有重大發現，可非但沒有解釋之前的種種疑點，反而令案情更加撲朔迷離。

回去的路上，傅春見王名世一路默不作聲，一副心事重重的樣子，便道：「千戶反正也是一個人，不如去我和寶寶那裡，喝上幾杯，閒扯幾句，也許會有發現。」王名世道：「不必了，多謝。」拱手告辭。

魚寶寶氣咻咻地道：「他擺明是要跟我們劃清界線。哼，小人一個。」轉身就走。

傅春叫道：「喂，你要去哪裡？」魚寶寶頭也不回地道：「去找能救小沈的人。」傅春忙拉住他，道：「寶寶，這件案子非同小可，你可不要亂來。」

魚寶寶道：「怎麼，你覺得我會害小沈麼？」傅春道：「那當然不會，我看得出來，你和小沈……不，是你對小沈很關心，但這件案子牽涉朝廷重臣，證據又對小沈不利，你胡亂找人也沒有用的。」魚寶寶道：「沒試過怎麼會知道？」甩手自去了。

傅春便自行回到藤花別館。

沈家老僕正為主人的命運擔心，預備寫信回家鄉，向主母報告這場無妄之災。

傅春忙阻止道：「寫信告知沈家人也是無用，不過徒增煩憂。你給我半個月時間，我看能不能想法子救小沈出來。」老僕勉強同意，正要下廚為傅春做飯，傅春道：「算了，我自己出去吃。」

明人講究飲食，人際關係多以吃為紐帶，因而北京有俗語流行，稱：「柴米夫妻，酒肉朋友，盒兒親戚。」像地處東四牌樓這類繁華地帶的飯館酒肆，到月上柳梢頭時，往往高朋滿座，賓客如雲。鱗次櫛比的店鋪高掛起各種彩燈，爭相吸引目光，好招徠客人。畫屏燈淺色，繡球燈雜彩，綴細巧懸絲帶，金銀宮闕樓臺，華燈爍爍，好一條錦繡天街。

傅春本是喜歡熱鬧之人，正抬腳欲進酒樓時，忽然覺得有些落寞，想了一想，便買了些食物酒菜裝入食盒，雇了一名夥計提著，往勾欄胡同而來。

正好在薛素素門前遇到王名世。

王名世甚是尷尬，正要轉身走開，薛素素親自開門出來，請二人進去。又命婢女豆娘接過傅春帶來的飯食，在藤花架下置了一桌酒席，叫齊景雲出來，請傅、王二人坐下，邊吃邊聊。

席間，薛素素自然問起案情。王名世只是幾句話簡略帶過，不願多談。

薛素素道：「我是真的很想知道究竟呢，這裡又沒有外人。」傅春道：「素素別逼王千戶，他有公職在身，按律是不能與外人談未結案子的，我來告訴你經過。」大致說了一遍，問道，「依你們二位才女的眼光來看，兇手會是誰？」

齊景雲先搖了搖頭，道：「這件案子可說是詭異之極，馮尚書回家後中毒而死，按理說，凶手必是接近過書房的人。可是沈公子不可能，夏娘子也不可能，她總不能自己給自己下毒吧。至於馮大公子，我上次到馮府扮花旦賀壽時見過他，覺得他真的是個很可愛的老實人，絕對不可能做這樣的事。也不可能是馮二公子吧，他還只是個三四歲的小孩子呢！」

薛素素思索過一回，道：「我倒覺得這案子沒有那麼複雜。」傅春道：「噢，願聞素素高見。」

薛素素道：「先不管要毒害的對象到底是誰。按目前的情況看來，凶手無非是在馮士傑、馮士楷、夏瀟湘、沈德符四人當中。最先可以排除的是馮家二公子，他還不到四歲，年紀實在太小。接下來可以排除沈公子，他是個外人，又沒有任何要害死馮尚書或夏瀟湘的動機。那麼就只剩下兩個嫌疑人，凶手不是馮士傑，就是夏瀟湘。先說馮士傑，有可能他銜恨夏瀟湘母子得寵，所以溜進萬玉山房將毒藥下在夏瀟湘的專用玉杯中，想要害死庶母，既可以鞏固自己的嫡子地位，又可以為嗣母出口惡氣。如果死的是夏瀟湘，那麼毫無疑問，馮士傑是頭號嫌疑人，但現在死的是馮尚書，這裡面就有疑點了。」

傅春聽得饒有趣味，道：「如果馮士傑是凶手，他往玉杯中下毒，必然是想毒死夏瀟湘，但最終被毒死的卻是馮尚書。這是因為內中出了紕漏，但疑點又在哪裡呢？」

薛素素道：「疑點在玉杯上。按照傅公子的描述，玉杯是白玉所做，瑩白勝雪，如果用它沏過茶，哪怕是盛裝過茶水，內壁都會留下棕色的茶垢印跡，但既然你們什麼都沒發現，那就表明玉杯裡面盛裝的是清水，而不是茶水。像馮尚書這般喝慣濃茶的人，除非有人刻意促使，否則決計不會輕易更改口味去喝白水。那玉杯擺在臥室而不是書房中，正好佐證了這一點。也就是說，按照日常習慣，馮尚書根本不可能喝到玉杯中的毒水，也就不可能中毒而死。但既然他死了，也就可以反過來論證馮大公子不是凶手。」

這是因為甲而推出了乙，既然結果不是乙，那麼原因也就不會是甲。雖然不算百分之百的縝密，但確實極有道理。

傅春立即悚然動容，道：「難道素素認為凶手是夏瀟湘？」薛素素道：「老實說，我從內心深處不願相信她是凶手。我上次到馮府扮武旦時見過她，她雖然已經算是有名分有地位的姬妾，但仍是一副極為卑微的姿態，那些下人也不怎麼拿她當主子對待。我覺得這樣的女子，應該沒有膽量殺人，況且要殺的對象還是自己的夫君。但就目前官府所找到的證人和證據來看，凶手既然不是馮士傑，就只能是夏瀟湘了。」

齊景雲很是不解，道：「可毒藥分明是下在夏娘子自己的玉杯中啊。」薛素素道：「這就是夏瀟湘的高明之處了。馮尚書一死，她作為身邊人，必然成為首要疑犯。但如果最終發現毒藥是下在玉杯中，旁人就會誤以為凶手要害的人是她，馮尚書之死只是誤殺，就不會再有人懷疑她，她由此可以輕鬆脫身。我猜應該是在小沈進去萬玉山房前，她就已經拿有毒的水誘馮尚書喝下，再將玉杯放回臥室中，這樣就萬無一失。」

傅春道：「不錯不錯，素素的推測的確可以完美解釋整個行凶過程，現場發現的物證也都能對得上。但我還是有兩點疑問——第一，殺人依舊不是一件簡單的事，最重要的是要有動機。尤其是下毒，事先得精心謀畫、預備好毒藥，那麼夏瀟湘的殺人動機是什麼？她為什麼要毒死自己在馮府、甚至是世上的唯一靠山？第二，按照素素的推論，玉杯是夏瀟湘脫罪的重要證據。但今日在大堂上，她一個字也沒有提到，全是因為錦衣衛指揮僉事鄭國賢隨口的一句話，王千戶才會帶人到萬玉山房再次取證，才會意外發現玉杯的端倪。如果不是這樣，玉杯這一關鍵證據就完全被忽略了。按照常理，夏瀟湘應該迫不及待指出書房中飲食無毒的破綻，主動督促主審官去尋找毒藥來源才合乎情理。」

薛素素歪著頭想了一回，道：「你我都不是夏瀟湘肚子裡的蛔蟲，不瞭解她心中到底在想什麼，也許她自有殺人動機，只不過旁人不知道而已。至於玉杯這一證據，不管出於誰的提示，你們不是都已經找到了嗎？我當然希望夏瀟湘不是凶手，但我更希望沈公子沒事。」一邊說著，一邊有意無意地瞥了王名世一眼。

王名世便站起身來，道：「明日還要審案，我這就告辭了。」先行辭去。

三人頗為無趣，又飲了幾杯悶酒。

傅春歎道：「素素，你別怪我多嘴，你關心小沈沒錯，可這麼說就是傷了王千戶的心了。」薛素素道：「誰說我關心他了？我誰也不關心。」賭氣進書齋去了。

次日，北鎮撫司繼續審理禮部尚書馮琦被害一案。由於有新物證出現，第二次過堂前，鎮撫周嘉慶先與指揮僉事鄭國賢、千戶王名世在後堂密議了許久。來旁聽的馮士傑等得都不耐煩了，幾次起身到大堂外徘徊。如果不是假扮成親隨的傅春阻止，怕是他早就一走了之。

大半個時辰後，堂官們終於出來，各自就座。

周嘉慶一拍驚堂木，命校尉帶犯人上堂，先取玉杯給夏瀟湘看，問道：「你可認得這玉杯？」夏瀟湘勉強抬頭看了一眼，茫然不答。雖不再像上次那樣在公堂上只知道哭泣流淚，卻也變得癡癡傻傻，似乎對一切苦難和折磨都麻木不仁起來。

沈德符忙道：「我認得。那是我前不久送給馮太夫人的壽禮，本來是一對，這是其中一只。」眾人這才知道玉杯來歷，連傅春和魚寶寶也是頭一次聽說玉杯原來是沈德符所送，極為驚訝。

周嘉慶便命傳馮府僕人馮七上堂，詢問玉杯究竟。馮七道：「這玉杯確實是沈公子送給太夫人的壽禮，太夫人很喜歡，自己留了一只，另一只送給了二夫人。」

傅春這才知道之前僕人說玉杯是馮琦所送並非事實，心道：「太夫人這麼做，是很明顯要抬高夏瀟湘地位的意思。如此看來，馮士傑的嫌疑就相當重了。他要維護嗣母地位，想下毒害死夏瀟湘，既有動機，也有機會，當日又正好進去過萬玉山房。」一想到此處，便轉頭留意馮士傑，果然見他正傻傻瞪著玉杯發呆，顯是滿腹心事。

周嘉慶又問：「你可有留意到當時這兩名犯人有什麼異常之處？」馮七道：「異常之處？沒有吧。」撓了撓頭，才道，「嗯，倒是老爺死的當日上午，沈公子在大門前跟二夫人說了很久的話，小人覺得有些怪異，因為二夫人話向來是極少的，好像沈公子還塞給二夫人什麼東西。對了，是個玉戒指。」

周嘉慶一拍桌子，道：「這就是鐵證！果然是早有預謀，嘿嘿。」沈德符雖然不大明白「鐵證」是什麼，但料來不是什麼好事，慌忙辯解道：「我當時只是在逗二公子玩而已，根本沒有什麼怪異的。玉戒指也是給二公子玩的。」

周嘉慶一拍驚堂木，喝道：「還沒有問到你，不要隨便隨意插話！」頓了頓，又問馮七，「你覺得是誰下毒害死了你家老爺？」馮七愣了一愣，才道：「鎮撫官爺是問小人麼？小的可不知道。不過沈公子自小就常出入馮家，老爺一向很喜歡他。二夫人為人也很好，在小的們面前也從來沒有架子，對老爺更是敬如天神。按理說……」

馮七本來想說夏瀟湘和沈德符不大可能下毒害死老爺，可轉念想到書房裡面只有馮琦、沈德符、夏瀟湘三人，所以馮琦一死，沈、夏二人理所當然地成為首要嫌疑犯；而書房外面只有自己一人，婢女印月正好請假不在，若是說沈、夏不可能下毒，那豈不等於說他自己有嫌疑麼？遲疑了片刻，遂改口道：「這個……小人實在不敢瞎猜。但當時書房裡確實只有老爺、二夫人、沈公子三個人，除了他們兩位，小人想不出還有別人會有機會暗害老爺。」頓了頓，又特意補充道，「老爺非常依賴二夫人，飲食都要經過二夫人之手才能吃得下。」

周嘉慶滿意地點了點頭，道：「很好。」命馮七在小吏記錄的供狀上簽字畫押、按下手印，又轉頭問道：「馮公子，你認為是誰下毒害死了令尊大人？」馮士傑與沈德符交好，根本不想參與這種場合，只是迫於嗣母之命來此觀案。聽鎮撫問自己的意見，既沒有勇氣為沈德符開脫，也不願說出違心之語，只得勉強應道：「這裡是公堂，自有鎮撫秉公斷案……」

傅春忽插口道：「馮大公子當日進過萬玉山房，也是嫌疑人之一，鎮撫怎麼能問他的意見呢？」

周嘉慶早前曾特意向王名世打聽傅春來歷，王名世只簡單答道：「他不是什麼人，不過之前在馮府壽宴上為陳廠公解過圍。」周嘉慶恍然大悟，道：「原來如此。」

得知傅春是司禮監掌印兼東廠提督陳矩賞識的人之後，周嘉慶自然要忍讓三分，也不敢拿出堂官的架子呵斥，只得耐著性子解釋道：「傅公子說得極是。但有多名僕人可以做證，馮大公子進去書房是在午飯後，如果是他下毒，應該是在那個時候。時隔不久，夏瀟湘回來萬玉山房，又過了一個半時辰，馮尚書才回到家中。那玉杯是夏瀟湘專用，下午那麼毒的太陽，一個半時辰中，她不可能連一口水都不喝，如果是馮大公子下的毒，她早就該被毒死了。所以由此可以斷定，馮大公子跟案情無關。玉杯中的毒藥只能是夏瀟湘所下，目的在於日後好為她自己脫罪。」

傅春心中暗道：「不錯，這是個極好的推論。雖然素素也推斷馮士傑與此案無關，但周嘉慶所言的可信性要比素素的強多了。也不知道是他自己想到的，還是王名世抑或鄭國賢的見解。嗯，肯定是王名世，這些人之中，就他還是一號人物，其他人都是草包。王名世昨晚在素素那裡就應該已經想到了，卻有意不說，當真是心深似海，令人捉摸不透。」

沈德符這才知道發現了新物證，驚道：「玉杯中下了毒藥？」本能地轉頭去看好友，顯然極為震撼，難以置信。傅春點了點頭，示意證據是真。

周嘉慶便命人往玉杯注入半杯清水，再用銀針探視，毒性猶在，銀針立即變得青黑。又喝問道：「你還裝作不知道麼？」沈德符道：「我……我是真不知道。」轉頭問夏瀟湘，「真的是你殺了馮伯父？」夏瀟湘只是木然不應。沈德符卻還是不能相信，連聲否認道：「不，這不可能。二夫人不可能下這樣的毒手。適才馮七也說過，二夫人在馮家的名聲都很好，對馮伯父敬如天神，她怎麼可能下毒害死自己的丈夫？」

魚寶寶知道目前所有的證據都指向夏瀟湘，她萬難脫身，沈德符為她辯護，只會徒然攬禍上身，忙道：「你不是說過麼？馮尚書死時，一手扯著你的衣袖，一手指著夏瀟湘。這分明是在暗示你，夏瀟湘就是凶手。」沈德符卻固執地搖搖頭，道：「不。殺人要有動機，二夫人根本沒有殺人動機。既然沒有動機，又怎麼可能事先準備好毒藥投毒？」

周嘉慶冷笑道：「想不到你還是有情有義的男子，到眼下這一步，還要竭力為你的姘頭辯解。本官現在就當堂講出你的動機。各位，證人馮七剛才說，沈德符昨日上午到過馮家，還跟夏瀟湘在門口聊了半天，本官敢說這二人關係一定不尋常。肯定是他們之間有姦情，結果被馮尚書發現，他們氣急敗壞之下，乾脆殺死馮尚書滅口。」一語驚人，公堂上上下下，就連傅春這樣機智的人都呆住了。這雖只是周嘉慶的胡亂臆想，但它確實合理解釋了沈德符和夏瀟湘殺人的動機。而今他二人是僅有的兩名嫌疑人，一旦動機確認，就等於是鐵板釘釘的凶手，足以定罪了。

周嘉慶見眾人沉默不語，很是得意，道：「像這種因男女通姦而殺人的案子，本官見得多了，一看這二人就知道有問題，女的年輕貌美，男的英俊瀟灑，年齡又正相當，一旦對上眼，那還不得是像乾柴烈火。」當即一拍驚堂木，喝道：「你們這對狗男女，快些老實招供，不然少不得要受皮肉之苦。來人，搬刑具出來！」

幾名掌刑校尉取了一具鐵器出來，上面綳有一些鋼絲，外形頗似琵琶。

周嘉慶大聲恐嚇道：「你們一個是禮部尚書的侍妾，一個是國子監貢生，當堂剝下褲子打屁股有辱斯文。但本官實話告訴你們，這刑具可比打板子還要厲害。唐代酷吏來俊臣的名字你們都聽說過吧？他曾發明過不少專門對付重犯的刑罰，其中一件叫『鼠彈箏』，專門用來拷掠犯人雙手，劇痛難忍，卻又不會立即昏死過去，厲害無比。昔日宋太宗在斧聲燭影中即位後，人心不服，他可是用鼠彈箏降服了不少對手[2]。擺在你們面前的叫『琵琶』，就是鼠彈箏的改良版。快說，是不是你們通姦合謀害死了馮尚書？」

沈德符已經完全失去了方寸，只是徒然大叫道：「冤枉，冤枉啊。我跟二夫人總共只見過幾次面，哪有苟且之事？鎮撫不信，可以傳馮府下人們作證。」

周嘉慶笑道：「既是苟且，當然要掩人耳目了。看樣子，不動大刑你們是不會說實話了。」瞟了一瞟王名世，見他木無表情，心中有數，抽了一支籤，道，「最毒婦人心。來人，先拷問這謀害親夫的賤人。」四名掌刑校尉搶上前來，二人挾住夏瀟湘肩膀和手臂，令她直著身子半跪在地上，另二人握住她雙手，將手指一根根套入刑具的鋼絲中。夏瀟湘話也說不出來，只恐懼地瞪大眼睛。片刻後，校尉扳動機關，她發出一聲尖銳而淒厲的慘叫，身子像水蛇般狂擰了幾下，便叫道：「我招，我招。」

周嘉慶示意校尉略略緩力，卻不完全鬆開刑具，問道：「犯婦夏瀟湘，你是不是跟國子監貢生沈德符有姦情？」夏瀟湘連聲應道：「是，是。」

周嘉慶道：「你們是怎麼合謀害死馮尚書的？」夏瀟湘道：「我們……我們……」正不知該如何回答，忽覺手指上鋼絲再度絞緊，天旋地轉，眼前金星亂舞，耳中彷彿有無數隻蜜蜂「嗡嗡」鳴叫。錐心劇痛之下，話語頓時出奇地流暢起來，哭道，「我們……我和沈公子一直有私情。昨日老爺叫沈公子來書房議事，沈公子偷偷摸了我的手，被老爺當場發現。老爺質問我們二人的關係，很是生氣，不得已，我們只好合力毒死了他。」

沈德符大驚失色，道：「二夫人，你可千萬不能瞎說。」又憤然道，「鎮撫用酷刑套取口供，慘烈荼毒之下，無論你要二夫人承認什麼，她都會照你的話說。如此，不是另一樁荷花兒冤獄麼？」

荷花兒案一度是轟動全城的大案。隆慶六年，錦衣衛指揮周世臣妻子病逝，他不願花錢續娶，只與婢女荷花兒同居在東城的一條小巷中；另有一名男僕王奎，負責做些雜務。當年九月十一日天黑時，忽然有一夥強盜持巨斧破門而入。周世臣拿起棍棒上前驅趕強盜，打倒了一個，最終還是寡不敵眾，被其餘強盜合力殺死。荷花兒和王奎各自躲在暗處，嚇得魂不附體，不敢出聲。強盜翻箱倒櫃，找到一百五十兩銀子後揚長而去。強盜離開後，荷花兒才敢出來，撿起失落的銀錢，到王奎房中商量如何報官。

當時正是明世宗梓宮出葬的時候，京城內外戒嚴，兵馬指揮司張國維奉兵部之命遊徼街市，正好東城這一帶是他的管轄範圍，周世臣又是外戚慶雲侯周壽之孫，聽說出了強盜劫殺皇親的事，深感事態嚴重，立即親自帶兵趕到周家。院中只有周世臣的屍體，王奎和荷花兒則站在房中相對哭泣。而另一名前來討取肉帳的鄰居盧錦聽見巡邏士兵來了，嚇得躲進床底，卻被搜出，當做賊人綑了起來。

張國維問明經過和三人身分後，懼怕因沒有及時捕捉強盜而受到責罰，就稱三人是奴婢通姦、勾結強人、搶劫殺主，當作罪犯捕走。

案子移到刑部。在審訊過程中，荷花兒等三人都聲稱冤枉，而且法司也找不出三人通姦弒主的確證。負責問案的刑部郎中潘志伊認為此案疑點重重，懷疑是一樁冤案，不願輕易決斷。當時刑部事務由刑部侍郎翁大立署理，翁大立堅信是荷花兒通姦弒主，一再催促潘志伊儘快結案。潘志伊依然持謹慎態度，翁大立只得另委郎中王三錫、徐一忠參與審理。在翁大立的催促下，刑部最終以奸殺罪名上奏，王奎、盧錦、荷花兒三人都在西四牌樓刑場被處以磔刑，時人拍手稱快。

蒼天雖則無眼，日月終究有光。萬曆六年，這件案子忽然自己真相大白。原來真凶名叫朱國臣，跟盧錦一樣是個屠夫，黑夜裡兼帶著地痞無賴幹一些搶劫勾當。手頭的錢多了以後，他花錢買了兩個瞎眼女子，請人教她們彈唱，白天出去為他賣唱賺錢，夜裡則陪他睡覺。稍不如意，便是拳打腳踢。兩名盲女實在不堪忍受他的虐待，便找機會告官，說是朱國臣殺死了皇親周世臣。朱國臣由此被捕，招供說：「周世臣多次上下打量我，他是錦衣衛指揮，我疑心他是在辨認形貌，弄清楚了以便抓我，所以我就決心先下手殺了他。」還供出合力殺死周世臣的同夥。

消息傳開，滿城百姓競相替荷花兒叫冤，群情激憤，物議沸騰，連新即位不久的萬曆小皇帝都聽說了這件事。在首輔張居正的主持下，當年參與審案的刑部三位郎中潘志伊、王三錫、徐一忠均貶謫外任；翁大立已經年老致仕歸鄉，亦被追奪官職；罪魁禍首兵馬指揮司張國維則被判充軍戍邊。雖然處罰猶輕，但總算給了含冤而死的荷花兒三人一個交代。

荷花兒案是本朝著名冤案，沈德符自是氣憤之下用來質問主審官。周嘉慶卻笑道：「難道你想說是強盜闖進禮部尚書府，毒死了馮尚書，然後又揚長而去麼？難不成馮府那些僕人都瞎眼了？真是天大的笑話。本官看你就是皮癢，別著急，一會兒你就會嘗到茶毒的滋味。等本官問完夏瀟湘的口供，自然會輪到你。」

王名世忽然插口問道：「犯婦夏瀟湘，既然是因為馮尚書發現沈德符摸你的手，你們二人才臨時起的歹意，那麼你們又從哪裡得到的毒藥？」夏瀟湘道：「我……我不知道……官爺說是從哪裡來的，就是從哪裡來的。」手指忽然又是一陣劇痛，忙改口道，「我說……我說……毒藥是……是沈公子帶來的。」

周嘉慶問道：「是沈德符教你將毒藥下在玉杯中的麼？」夏瀟湘道：「是……是沈公子教我的……嗚嗚，好痛，官爺饒了我吧……嗚嗚……」

一旁馮士傑再也忍耐不住，起身搖頭道：「荒謬，這實在太荒謬了。請恕我先行告辭。」

傅春忙道：「馮兄，請先等一等。」一轉頭問道，「犯婦夏瀟湘，你是不是跟馮府大公子馮士傑有姦情？」夏瀟湘早已精疲力盡，只求速死，一聽有人厲聲發問，忙不迭地應道：「是，是。」

堂上登時一片譁然，就連馮士傑也呆住，結結巴巴地問道：「傅兄，你……你在說什麼？」

傅春也不理睬他，又質問夏瀟湘：「是不是馮尚書發現了你們母子亂倫、要處以家法，所以你們狗急跳牆，就共謀害死了馮尚書，並打算嫁禍給沈德符？」夏瀟湘道：「是，是。啊，痛，痛死了，快些殺了我吧。」

傅春這才道：「各位親眼所見，正如沈德符剛才所言，在酷刑威逼下，不管給夏瀟湘安什麼罪名，她都會承認。周鎮撫，我同意你關於沈德符和夏瀟湘有姦情的推論，非常有道理，可以合理解釋殺人動機。可我關於馮士傑和夏瀟湘通姦的推論也一樣很有道理，而且更有道理，同時也一樣取得了夏瀟湘的口供。這可要如何是好？」

周嘉慶愣了一愣，才道：「你說的根本不可能，馮公子午後到萬玉山房的時候，夏瀟湘還在北院陪馮老夫人用餐，根本不在書房中。」

魚寶寶立即挺身而出，擺出了一副胡攪蠻纏的架勢，道：「那也不能說明什麼啊！捉姦要捉雙，周鎮撫又沒有親眼看見沈德符和夏瀟湘睡在一起，怎麼就能捕風捉影地認定二人有姦情？你能捕風捉影地認定沈德符和夏瀟湘暗中通姦，為何我們就不能說馮士傑跟庶母也有不正常的關係？他們雖是母子，卻是朝夕相對，日久生情也是順理成章之事。」又轉頭問道，「鄭僉事，你是這裡最明白事理的人，你來做個決斷，兩對男女，前一對總共才見過幾次面，後一對卻是朝夕相對，你覺得哪一對通姦的可能性更大？」

魚寶寶表情嚴肅，問得煞有其事，鄭國賢遲疑道：「這個……自然是後者的可能性大。」

王名世雖然也是堂官，卻在堂上極少發言，此時見傅春為救沈德符不惜敗壞馮士傑聲名，還用言辭引誘鄭國賢站到他那一方，忍不住喝道：「傅、魚兩位公子，你們可不要信口胡言。」魚寶寶正色道：「王千戶終於要出頭了！千戶認為，我們誣陷馮大公子和夏瀟湘私通敗壞馮家名聲，那麼周鎮撫誣陷夏瀟湘與沈德符有苟且之事，不也一樣敗壞了馮家聲名？」

周嘉慶斥道：「胡說，本官哪有誣陷？本官是根據證人證詞合理推斷。」魚寶寶道：「哈哈哈，合理推斷？只不過是有僕人見過沈德符和夏瀟湘站在大門口談了幾句話而已！鎮撫如果召齊馮府上下，所有人都會作證看見過馮大公子和二夫人說話，而且不只十次、百次。」

周嘉慶怒道：「你這是強詞奪理！」魚寶寶道：「我哪有強詞奪理？周鎮撫掌管詔獄，最知道以理服人的道理。只要你證據足、道理大，我自然服你。我要問一句，周鎮撫可有沈、夏二人通姦的實證？」

幾人爭論不休，反而是話題中心的沈德符和馮士傑二人一言不發，只相視苦笑。

周嘉慶本來以為這樁案子今日就可以結案，卻被傅春、魚寶寶一番胡亂攪和，弄得人頭昏腦脹，甚是氣惱，心道：「得先想法子打發走這兩個亂七八糟的混帳小子，不然總是個麻煩。但我不能做惡人，得讓王千戶出面才是。」一拍驚堂木，喝道：「來人，先把犯人押下去，好生看管。」

校尉先帶走了沈德符。禁婆上前拉夏瀟湘時，她卻癱軟在地，無論如何也不肯站起來。兩名禁婆強行拖起她，轉身走出幾步，這才發現她身子底下除了尿液以外，還有大灘棕紅色的血跡，以及一個橢圓形的肉球，血肉模糊，不知道是什麼東西。

鄭國賢最先看見，先叫了出來，道：「啊，這犯婦有了身孕，當堂小產了。」

鄭國賢喝破夏瀟湘小產後，她低頭一望，身子下果然落有一個未成形的胎兒，慘叫一聲，登時昏死過去。驚變忽起，眾人從未遇到過這種狀況，盡皆呆住，不知該如何處置才好。只有馮士傑不顧污穢，搶上前抱住夏瀟湘，哭叫道：「二娘！二娘！」

眾人更是驚奇。鄭國賢連聲嚷道：「啊，你們看，你們快看，他……馮士傑果然跟夏瀟湘有私情！這兩位……你姓魚，對吧？魚公子，你和這位傅公子可真是神人。」魚寶寶道：「哪裡哪裡。還是鄭僉事高明，全靠你的指點，才能找到玉杯證物。」

傅春卻顧不上理睬這個膿包指揮僉事，忙抓住機會，上前喝問道：「周鎮撫，你擅自用酷刑拷問孕婦，令她當堂流產，這可是馮尚書的子嗣，你到底有何居心？」

夏瀟湘當堂小產，這件事必然會傳到皇帝耳中。周嘉慶本已惶恐，又聽傅春言語聲色俱厲，暗示自己有迫害馮尚書子嗣之意，更是嚇了一大跳，忙道：「我……我只是照規矩審案。」還是王名世道：「事已至此，無可挽回。周鎮撫，不如先派人救護這犯婦，免得她也死在堂上。」

周嘉慶這才回過神來，忙派禁婆先將夏瀟湘抬去空房，請大夫延治，又命校尉將那胎兒用布包扔了出去。馮士傑還想跟著出去，卻被校尉舉刀攔住。

周嘉慶甚是煩躁，在堂上來回走了數圈，最終走到傅春面前，低聲下氣地問道：「依傅公子看，現下該如何是好？」傅春咳嗽一聲，朗聲道：「而今夏瀟湘有兩份口供，一份是她跟沈德符通姦，合謀毒死馮尚書，一份是她跟馮大公子通姦，謀害了馮尚書。嘖嘖，真假難辨，真假難辨哪。」

他雖然口稱「兩份口供真假難辨」，卻有意將目光掃向馮士傑，帶有極強的暗示意味。眾人適才親眼見到馮士傑不願意見夏瀟湘受刑欲起身離開，又不避嫌疑當眾抱起她，不由得開始有幾分相信傅春的話。

沈德符被帶離大堂之時，尚未有人發現夏瀟湘的異狀。他出堂後才聽見背後有人驚叫，但不及轉頭便被校尉強行押走。重新押回詔獄後，心情很是沮喪。

錢若賡詳細問了經過，又問了一些問題，凝思片刻，笑道：「賢姪不必再垂頭喪氣，你很快就要出去了。」沈德符極為驚愕，忙問道：「錢先生何以這般說？」錢若賡道：「你有一個極聰明的朋友。」沈德符道：「先生是說傅春麼？他人是絕頂聰明啦，但他這次為了救我拖士傑下水，未必明智。」錢若賡道：「我倒認為這恰恰是小傅最高明的一招，嗯，很有些我當年智斷鵝案的風采。」

錢若賡任臨江知府時以明察秋毫著名，智斷鵝案則是他任內所斷的一樁著名案子——當時有個鄉下人帶著一隻鵝來到臨江城，因帶鵝逛街不方便，便將鵝臨時寄存到一家客店中。但等到他辦完事回來取鵝時，店主卻賴帳不肯歸還，還說：「天下長得相同樣子的鵝太多了，你看，我店中還有三隻一模一樣的鵝，難道說這都是你的鵝嗎？」鄉下人被趕出客店，越想越窩囊，便到臨江知府衙門擊鼓告狀。

錢若賡親自接了這樁奇怪的案子，聽完鄉下人的陳述，微一思索，便叫手下到客店將四隻鵝全部帶回來，分別放到四個地方，每隻鵝跟前放一張白紙和筆硯，說是要讓鵝自己寫供狀。手下人都覺得十分荒唐可笑，卻不敢違抗知府的命令，只在暗中偷笑。將鵝安頓好後，錢若賡便叫退堂。等到吃過午飯，又休息了一會兒，這才閒庭信步地來到公堂上，問道：「四隻鵝是否寫了供狀？」下屬均掩嘴而笑，正色答道：「回明府，尚未寫出。」

錢若賡便自己走下堂來，往四隻鵝身邊各巡視了一圈，突然指著其中一隻鵝道：「這隻就是鄉下人的鵝。」隨即派人將店主捉來，告知判案結果。店主先是目瞪口呆，但在鐵證面前，不得不磕頭謝罪。原來，鄉下人的鵝之前吃的都是青草，糞便的顏色是綠的；而店主的鵝養在城中，只能餵穀糠，所以糞便是黃色的。錢若賡就是根據鵝糞便的顏色斷出哪隻鵝是鄉下人的。這件事傳開後，人們無不驚歎知府的精明睿智。

沈德符熟知掌故，自是知道這樁公案，但重新想了一回，還是想不明白傅春在公堂上用姦情死拖馮士傑下水，高明在何處，不得不問道：「恕小子愚鈍，還請先生明言。」

錢若賡道：「我先問你，依你看來，是誰往玉杯中下了毒？」沈德符道：「我也不知道。我只知道不是我，也根本不可能是二夫人，她沒有這個心計。但除了她，我又實在想不到別人，因為馮世伯習慣用自己的茶盞喝濃茶，如果不是二夫人刻意引導，他是不會喝玉杯的水的，也就不可能中毒而死了。」

錢若賡道：「這就是這件案子最奇怪的地方。不僅你不相信，大夥誰都不會相信夏瀟湘有能力和動機毒害丈夫，所以鎮撫司的堂官一定要扯上你——夏瀟湘沒有這個心計，你有啊。自古以來，男女私情就是最好的殺人動機。但這些都是後來隨著人證、物證陸續浮出水面以後的推斷，咱們暫且放在一邊。現在先從頭開始，馮琦中毒死後，賢姪和夏瀟湘立即被認定是首要嫌疑人，原因就在於當時萬玉山房只有你們兩人。對不對？」沈德符道：「對。」

錢若賡道：「如果你們兩個人都不是凶手，那麼下毒者一定另有其人，而且事先經過了周密的謀畫和安排，從而使自己能夠從容置身事外。能夠做到進出萬玉山房全然無跡可循的，自然只能是馮府內部的人。」沈德符道：「這一點我也曾經想過。可馮府家大業大，上上下下一百多號人，我實在想不出誰會有這麼大膽子，敢下毒謀害一家之主。」

錢若賡道：「這個其實不難猜到，就跟我當年斷鵝一樣，看糞便！你只看看馮琦之死對誰最有利，誰能在他死後獲得最大利益，這個人就是嫌疑最大。」沈德符道：「可是毒藥是下在玉杯中啊。會不會凶手要殺的其實是二夫人，馮伯父不過是誤飲中毒？」

錢若賡道：「你不是已經說過了麼，馮琦喝慣濃茶，那麼夏瀟湘自會依照以往習慣服侍他，不會奉水給他。除非她知道玉杯有毒，有心要殺馮琦。這點你也說過了，她沒有這個心計，所以也不可能發生。」沈德符道：「我全然給弄糊塗了。」

錢若賡悠然道：「你只是當局者迷。照我看，玉杯有毒不是重點，重點是，死的人是馮琦。砍倒一棵大樹，無須關注旁枝末節，只要砍斷其主幹即可達到目的。你只要專心想，誰最有可能殺馮琦？他死了對誰最有利？」

沈德符搖頭道：「我實在想不出馮世伯死了會對誰有利。倒是最不利的人有一個，那就是二夫人。我現在回想起當時情形，才算真正明白了馮伯父牽著我衣袖指著二夫人的意思，他是怕他走後二夫人母子受到欺侮……」不經意間，驀地想到一事，登時呆住。

錢若賡笑道：「終於想到還是有這麼一個能從馮琦之死得利的人吧？你那個聰明的朋友小傅一定早已經想到

了，所以他才有意拖馮士傑下水。因為『她』可以不關心任何人，卻不能不關心馮士傑。照我猜想，她謀畫這一切，應該也是為了保住馮士傑在馮府中的嫡長子地位。」沈德符心中的震驚著實難以形容，過了好大一會兒，才期期艾艾地道：「她……馮伯母……怎麼會是她……」

錢若賡道：「姜敏這個女子，我是久聞大名，姜太醫家的一朵鮮花，當年也是個名動京華的人物，到她家提親的權貴子弟不計其數，據說把姜府的門檻都踩平了。但姜敏獨獨相中了新科進士馮琦，並不顧家人反對，堅持嫁給他，可見是個極有主見的女子。」沈德符心道：「我向來自命見聞廣博，京師各種人物掌故無不了然於胸，但居然從來沒有聽過這件事。」暗暗叫一聲慚愧，忙問道：「馮伯父家世不差，馮家四世進士，也算得上名門世家。馮伯父更是不到二十歲就高中進士，隨即選入翰林院，是本朝最年輕的翰林，可謂春風得意，一帆風順。姜家人為何要反對馮伯母嫁給馮伯父呢？」

錢若賡道：「這個說來話長。聽說是慈聖太后相中了姜敏，想娶她做當今聖上的皇后，還曾將她接進皇宮中住了一個月。但後來不知什麼緣故，姜敏自己跑出宮來，回到家中後向父母表示非馮琦不嫁。姜家人自然不同意。但後來慈聖太后沒有再提此事，又為皇帝選了錦衣衛都督同知王偉的長女做皇后。姜家人見姜敏意志堅決地要嫁馮琦，只得勉強同意了這樁婚事。她和馮琦結婚的當年，正好也是天子大婚。雖然皇帝沒有娶到姜敏，但對馮家一直很好。據說姜敏每次上功德疏[3]，皇帝都要親自批示。慈聖太后也常常召姜敏入宮。」

沈德符知道姜敏與後宮太后、嬪妃走得極近，常常奉召入宮，但一直以為那是因其父姜太醫和她本人亦通醫術的緣故，現在才知道另有緣由。心道：「原來馮伯母差點就當上了母儀天下的皇后。那麼她對馮伯父到底是什麼樣的感情呢？會不會因後悔而有所怨恨？這麼多年來，她始終沒有生下一兒半女，盡心主持馮府大小事務，與馮伯父倒也夫妻恩愛，相敬如賓，直到夏瀟湘出現，情況才完全變得不同。只是……只是……」

他雖然早就知道馮琦、姜敏夫婦因為夏瀟湘母子不大和睦之事，但無論如何也難以想像身為三品夫人的姜敏，會因想要保住嗣子馮士傑的地位而毒死相伴十餘年的丈夫。但除了她，馮府中還會有誰有這個動機和能力？想過一回，還是對為什麼單單只有馮琦一人中毒感到不解。

錢若賡道：「照我推斷，毒藥一定是下在馮琦的茶盞中。至於後來錦衣衛檢測不到毒藥，要麼是錦衣衛校尉說了謊，要麼是有毒的茶水已經被姜敏搶先換掉。賢姪也說過，姜敏是除了僕人馮七外最先進到萬玉山房的人。至於玉杯之毒，最大的可能是姜敏本來要連夏瀟湘也一併除去，但夏瀟湘一直沒有用玉杯喝水，因而逃過一劫。」

沈德符聽後思潮如海，仔細想過一回，雖也承認錢若賡的推斷合情合理，動機、手段、過程均沒有任何破綻，但內心深處還是覺得難以置信，連連搖頭道：「不，這不可能，我相信馮伯母不會那麼做。傅兄也想錯了，回頭我見到他一定要跟他說清楚。」錢若賡歎道：「你真是個善良的好孩子，即使身處危境，還是不肯用惡意去揣度他人，寧可自己吃虧。唉，希望好人有好報吧。」

錢若賡是胸襟坦蕩之人，見對方不願相信姜敏是惡人，便不再多提這件事，一轉話題道：「沈賢姪，你我能在詔獄相遇，也算是有緣。有件事我想拜託你，你這次出去後，可否幫我找個人？」沈德符道：「先生放心，如果小子這次得脫大難，一定幫先生找到錢夫人和錢公子。」

錢若賡搖頭道：「不，我要找的不是他們母子。雖然當年錢家家產被抄沒，但公道自在人心，料來民間有不少人肯暗中照顧他們母子，絕不至於淪落街頭。」

沈德符道：「那麼先生要找的人是誰？」錢若賡道：「我弟弟錢若應。若應是我小弟弟，比我小上二十歲。當年錦衣衛校尉到臨江時，將他和我一起逮捕，但他半途掙脫桎梏跳水了。雖然屍首沒有打撈到，但我一直以為他早已經死了，直到這次能與你同獄。」

沈德符道：「先生認為是，尊弟若應先生暗中賄賂了獄吏，所以才得轉到這間囚室？」錢若賡道：「嗯，我反覆想過，除了若應，我實在想不出還有別人。」沈德符道：「好。我出去後一定為先生辦這件事。」錢若賡歎道：「二十多年不見，他如果還活著，算年紀也是中年人了，不知道相貌有沒有變，有沒有成家？」

沈德符道：「先生放心，這件事包在我身上。」又忍不住問道，「如果賄賂獄吏的人真是尊弟，他為何不來詔獄探視先生？」錢若賡道：「詔獄不允許探視，這是鐵律，誰也不能例外。犯人要跟家屬見面，只能在提審過堂時隔著柵欄看上一眼。況且若應還是官府名單上被緝拿的逃犯，他應該用了化名，不過他右手的虎口處有一塊傷疤，是小時候抓火鉗不小心燙的。你找到他，只要提起這件事，他就會知道是我派你去的。」

沈德符道：「原來如此。」心道，「難怪之前傅兄說花了許多錢也進不來，最後還是素素出面向王名世求情。唉，我可欠下了素素一個大大的人情。」

事實並不像錢若賡所推測的那樣。傅春強行稱馮士傑跟夏瀟湘有姦情時，還沒有懷疑到馮府女主人姜敏身上，他只是感覺證人和證據都對沈德符極其不利，錦衣衛必然會指控沈德符是這件謀殺案的主謀，夏瀟湘不過是個幫凶。正好當時馮士傑起身欲走，他情急之下，便將通姦的罪名照貓畫虎搬到馮士傑身上，僅僅想藉此說明一個道理——不能僅憑推測和酷刑來坐實通姦一事，官府沒有取得通姦實證，就不能以此作為殺人動機。

哪知道世事微妙得很，沈德符被帶走後，夏瀟湘被發現當堂流產，馮士傑的反應更是出人意料——在眾目睽睽下流露出對夏氏的真切關懷和愛惜。傅春和魚寶寶的信口胡扯居然立即變得有模有樣，連錦衣衛指揮僉事鄭國賢也公然表示支持二人。

然而，令所有人瞠目結舌的事情還在後頭。

馮士傑凝視堂中地上殘留的血跡許久後，長歎一聲，打破了大堂的沉默，道：「好吧，我實話告訴你們，是我往二娘的玉杯中下了藥。我想給她一個教訓。」

本來眾人才剛剛懷疑他跟夏瀟湘有私，他卻忽然主動坦白了下毒之事，無不大出意料。

魚寶寶奇道：「是你？真的是你？原來你之前賭咒發誓沒有下毒，全是在騙我們。」馮士傑道：「我沒有騙你們，沒有騙過任何人。」

鄭國賢道：「馮大公子是不是因為大夥正懷疑你和夏瀟湘有私情，所以想假意承認下毒謀害庶母，以轉移視線？」馮士傑道：「是我往二娘玉杯中下了藥，但我告訴你們，我下的絕對不是什麼毒藥。」他蒼白的臉頰逐漸紅潤起來，聲音也變得高亢尖銳，道，「你們若不信，我可以馬上證明給你們看。」上前端起公案上作為證物的玉杯，將裡面的水一飲而盡。

王名世大吃一驚，忙上前奪下杯子，喝道：「你做什麼？」又呼叫校尉快去請大夫。

馮士傑道：「不必，我就是要證明給你們看，玉杯裡面只是類似瀉藥的東西，雖然有毒，但只會讓人難受，卻不會害死人。」王名世道：「當真？」馮士傑道：「當真。我怎麼會害二娘？又怎麼會拿自己的性命開玩笑？」

傅春問道：「你為什麼要這麼做？是嫉妒夏瀟湘母子得寵麼？」馮士傑不願回答，道：「總之我只是想要作弄一下二娘，這藥絕不會害死人。」頓了頓，又道，「我本來可以不說出這一點的，可我不願意看到玉杯誤導了你們破案的方向，我也希望能早日將害死父親大人的凶手繩之以法。」

鄭國賢驚道：「公子的意思是，馮尚書不是喝了玉杯的毒水而死，是另外有人在馮尚書身上下了藥？」馮士傑道：「那還用說！我早說過了，我下在玉杯中的只是瀉藥！是絕對喝不死人的！」話音剛落，肚腹中忽然傳出「嘟」的一聲巨響，他急忙捂著肚子跑了出去。

校尉忙舉刀攔住。馮士傑嚷道：「我要解手！解手！」推開阻擋的錦衣衛，往院側的茅房跑去。王名世生怕他有事，急忙跟了進去。果見馮士傑飛快地解開褲子，蹲到茅坑上，「撲哧」一聲，登時臭氣熏天。

大堂上周嘉慶等人面面相覷。隔了好半晌，鄭國賢才問道：「不是喝了玉杯中的水，那麼馮尚書到底是怎麼中的毒？這……這不是等於又重新回到起點了麼？」

周嘉慶的心思卻全然不在案情上，小心地問道：「鄭僉事，你看夏瀟湘在堂上小產這事……」鄭國賢會意過來，道：「噢，這個不是什麼大事。周鎮撫事先又不知道她懷了孕，馮府也沒有人提過，周鎮撫只是照規矩辦事，沒事，就是皇上知道了也不會多說什麼。」周嘉慶這才放了心，討好地道：「這件案子審結後，我請鄭僉事喝酒。」鄭國賢道：「好說，好說。」

鄭國賢本人還是頭一次參與審案，對這樁繞來繞去的怪案很感興趣，話題一轉，又引回到案情上，道：「眼下終於可以弄明白一件事，那就是——案子跟馮大公子無關。傅公子、魚公子，你們之前說馮大公子跟夏瀟湘有姦情，看來是不對的。如果他們兩個人相好，馮士傑就不會下瀉藥整夏瀟湘了。對不對？」

傅春道：「鄭僉事分析得極是。不知道僉事有沒有興趣進一步發掘一下？」鄭國賢道：「好啊，好啊，是要重新再回去馮府取證麼？」傅春道：「不，我們去查查玉杯上的毒。馮大公子說是瀉藥，至少我們要驗證他的說法，是不是？」鄭國賢道：「那是。」

魚寶寶道：「周鎮撫，這案子怕是要延後了。還有，馮大公子是不是也應該扣押下來，等驗證了他的話，再放也不遲。」正好王名世帶著拉完肚子的馮士傑進來，周嘉慶便道：「這件案子重新取證需要時日，只能他日再審了。幾位以為如何？」見鄭國賢和王名世均無異議，忙道，「好，就這麼辦。來人，請馮大公子先到空房中暫作歇息，等查明真相，再做處置。」

傅春遂用手帕包了玉杯，跟魚寶寶、鄭國賢一道出來。

王名世疾步跟了出來，叫道：「傅公子、魚公子，我理解你們想救朋友的心情，但我可要警告二位，別再玩火。從現在開始，我不會再讓你們踏進錦衣衛的大門一步。」魚寶寶道：「呀，千戶這是在威脅我們麼？」

鄭國賢忙道：「哎，王千戶別說得這麼嚴厲。傅公子適才在堂上雖然有強辯的意味，但話聽起來也有幾分道理。好在已經弄清楚馮大公子很不喜歡夏瀟湘，更談不上有苟且之事，你不如專心去尋找沈、夏二人通姦的實證。不是有僕人作證說，看見沈德符送給夏瀟湘玉戒指麼，那戒指在哪裡？找到它，不就可以以理服人了麼？旁人老說咱們錦衣衛如何如何，這次事關禮部尚書命案，一定要以理服人，才能不負聖上所託。」

鄭國賢官秩比千戶要高出許多，又是皇親，王名世不得不躬身應道：「鄭僉事教訓得是。」狠狠瞪了魚寶寶一眼，轉身去了。

離開錦衣衛官署後，王名世逕直來到馮府，先向姨母姜敏稟報了案情進展，包括小產及馮士傑。姜敏居然沒有露出一絲意外，照舊保持了一貫波瀾不驚的風度，只淡淡道：「有勞了。」

她這般態度，既不催促錦衣衛快些審出凶手，也不託付外甥照顧嗣子，實在大異常人。王名世雖然奇怪，也不好多問什麼，又說了還要尋找證據一事。姜敏道：「那麼便照章辦事吧。來人，帶千戶去搜二夫人住處。」

王名世便帶了校尉往後院而來，先搜了夏瀟湘在北院的住處，卻沒有找到玉戒指。

僕人馮七道：「二夫人大多時候跟老爺住在竹林那邊，不如官爺再到書房看看。」便引著錦衣衛朝萬玉山房而來。

卻見書房前門大開。王名世不由得暗覺奇怪，因為自從馮琦中毒死在裡面以後，萬玉山房被視為凶地，沒有人再願意踏足半步，當即問道：「裡面好像有人。是誰還會來這裡？」

馮七先是一愣，「咦」了一聲，隨即省悟過來，道：「可能是印月。她是二夫人的心腹婢女，剛回鄉探親回來，一向跟著二夫人住在竹林這邊，可能是過來收拾東西。」便揚聲叫道，「印月，是你在裡面麼？」卻聽見裡面「砰」的一聲，似有什麼重物墜地。王名世隱隱覺得不對，急忙抬腳進去。一進院子，就看見印月歪倒在花樹下，雙眼緊閉，似已昏暈了過去，大吃一驚，忙叫道：「來人，快些圍住書房。」

王名世衝進書房時，正見到一條灰色人影從後窗跳出，大喝一聲，叫道：「是誰在那裡？站住！」也跟著躍出窗外時，竹影幢幢，早已經不見了人影。

他急忙分派人手到附近一帶搜索，自己則回到院子，叫過馮七問道：「萬玉山房可有地道、祕道、夾牆什麼的？」馮七莫名其妙，道：「這是官宅，哪裡有什麼祕道、夾牆？至少小人從未聽過。」

王名世想了一想，命人拿涼水潑醒印月，問道：「是誰打暈了你？」印月一片茫然，不斷撫摸後腦痛處，道：「婢子也不知道。婢子奉夫人之命，要收拾好物事搬去北院，剛一進來，就被人打暈了。」

王名世見也問不出什麼，便命她先下去歇息。

馮七道：「會不會是因為老爺不在了，有手腳不乾淨的下人起了歹意？」

眾人便進去仔細檢視書房，並沒有丟失什麼物品，像案頭的玉鎮紙、瑪瑙硯臺、金銀小對刀等值錢物件都還擺置在原處。只有書架前滾落了一個銅爐，半散開一張圖軸，撿起來一看，卻是一名女子的全身畫像。畫中女子二、三十歲年紀，豐豔有肌，戎服佩劍，極有英氣。

王名世道：「這畫裡面的女子是誰？」馮七道：「這小的可不知道。千戶得去問二夫人。」

王名世指著第二層書架問道：「這銅爐原先是放在這裡麼？」馮七道：「是啊，原先就在這裡。這一定是適才那竊賊在翻找東西，聽見有人進來，慌亂之下給碰掉了。」王名世見第二層書架並沒有放置書籍，而是一些卷軸，問道：「這些都是什麼？」馮七道：「這小人可不知道。」

正好百戶王曰乾搜索竹林完畢，進來稟報道：「沒有發現那竊賊的人影，不過在後牆根下發現了腳印，大概他已翻牆逃走，屬下已派人去追了。」

王名世道：「這人能從我們這麼多人眼皮下溜走，全靠竹林掩護。他之前肯定來過這裡，熟悉地形。」思忖片刻，將那幅女子畫像捲好，道，「馮七，你立即將這層書架的卷軸都收起來，抱去交給夫人保管，順便將今天有竊賊來過萬玉山房的事情告訴她。如果夫人檢視卷軸後有什麼發現，即刻通知我。這幅女子畫像，應該是那竊賊剛剛正展開看的，我先帶走，看看是否能追查到線索，等做完證物，再送還回來。」馮七雖不明所以，見王名世面色凝重，忙連聲應了。

百戶王曰乾道：「會不會跟馮尚書毒殺案有關？」

王名世一時也想不通竊賊到底在萬玉山房找什麼，又跟馮琦中毒有什麼關聯。進去夏瀟湘臥室搜索，找到項珠、纓絡、耳墜等物，卻沒有玉戒指，依然一無所獲。

王曰乾道：「該不會是剛才那人搶在我們前面拿走了玉戒指？」王名世搖搖頭，道：「知道玉戒指一事的人不多，這應該不可能。」又到後院找到馮府二公子馮士楷，問道：「有位姓沈的大哥哥給過你娘一個玉戒指？它在哪裡？」

馮士楷因為見不到母親剛剛大哭過，蘋果般的小臉上還掛著淚水，很不耐煩地道：「什麼送給我娘的，那是沈哥哥送給我的。」王名世道：「那麼玉戒指呢？」馮士楷道：「奶奶看見後，說那東西不是小孩子玩的，替我收起來了。」

王名世便命校尉先退出去，自己到後院求見馮老夫人。

馮老夫人潛心向佛已久，其居處名為「真如院」，取唐末秀才張拙〈開悟偈〉——「斷除妄想重增病，趨向真如亦是邪」之意[4]。她正在居處與紫柏禪師談輪迴往事，不肯見王名世，只說身子不好，不便見外客。對於錦衣衛指名追索的玉戒指證物，更是聲稱從來沒有見過。王名世無可奈何，只得退了出去。剛走出真如院，背後忽有人叫道：「千戶！」回過頭去，卻是紫柏禪師追了出來。

紫柏是江蘇吳江人，俗姓沈，名真可，字達觀，晚號紫柏。年少時相貌偉岸不群，性格剛烈勇猛，慷慨義氣，有豪俠之風。十七歲時辭親遠遊，本欲到邊關從軍，立功塞上，途經蘇州閶門時遇上大雨，無法行進，遂投宿在虎丘雲岩寺。當晚，紫柏聽見寺僧課誦〈八十八佛洪名〉，內心莫名歡喜。翌日清晨，便解下腰纏十餘金設齋供佛，請求明覺法師為其圓頂證盟。從此終日閉戶讀經，精勤用功。二十歲從講師受具足戒，至武塘景德寺閉關三年。出關後，回雲岩寺向明覺法師告假辭別，行腳雲遊，以究明生死大事。自是氣宇超絕諸方，聲名越顯，成為當世高僧，弟子遍天下，與大名士李贄並稱南北兩大教主。

紫柏氣蓋一世，能於機鋒籠罩豪傑，不僅門徒眾多，與京城達官顯貴也多有來往。當今慈聖太后篤信佛教，仰慕紫柏大名，多次請他入宮講法。當年，慈寧宮宮女王氏被萬曆皇帝臨幸後懷孕，慈聖太后還特意請紫柏到五臺山道場做法，祈願王氏所懷為男性，後來王氏果然生下了長子朱常洛，也就是當今太子。以致後來萬曆皇帝寵幸的鄭貴妃懷孕，皇帝也請紫柏代為做法，但鄭貴妃第一胎卻生了個女兒，即壽寧公主朱軒媁。傳說皇帝勃然大怒，從此嫌惡紫柏，不准他再進皇宮講法，直接主持祈嗣法會的五臺山僧人德清也被流放嶺南。而等到鄭貴妃再次懷孕時，萬曆也不再向佛祖求助，而是派人到武當山，請真武大帝庇護愛妃，鄭貴妃由此產下了愛子朱常洵，也就是當今盛傳有心謀奪太子之位的福王。

儘管與皇室交惡，但紫柏聲名著於海內，所到之處官民無不爭相趨迎。萬曆一朝自權相張居正死後，皇帝怠政，稅監四方滋事擾民，時局日壞。紫柏也利用自己的影響力參與了一些政事，如積極解救因拒不執行稅監徵稅命令而被逮下詔獄的南康太守吳寶秀，並感歎道：「老憨不歸，則我出世一大負；礦稅不止，則我救世一大負。」

王名世在馮家見過紫柏多次，並不大喜歡這個人，出家人就該有出家人的樣子，像紫柏這樣積極奔走於官場的僧人實在稱不上方外世人。但他也知道紫柏能耐不小，不能輕易得罪，便行了一禮，問道：「尊者有事麼？」紫柏道：「千戶年紀輕輕，同時執掌廠衛千戶，該明白得饒人處且饒人的道理？」王名世道：「名世愚鈍，請尊者有話明言。」紫柏道：「這是老夫人要貧僧轉給千戶的原話。」又喃喃誦道，「假借四大以為身，心本無生因境有；前境若無心亦無，罪福如幻起亦滅。」合十行禮，歎息一聲，轉身去了。

王名世心道：「我來尋玉戒指做證物，老夫人卻說『得饒人處且饒人』，莫非是在暗示我不要再多為難夏瀟湘？」揣度既然玉戒指落入馮老夫人之手，她又託紫柏帶了這樣一句話，看來斷然不肯交出證物，只得悻悻去了。

1 鎮撫：錦衣衛最高長官為錦衣衛指揮使（正三品），其下有錦衣衛同知二人（從三品）、錦衣衛僉事二人（正四品）、鎮撫二人（正五品）、十四所千戶十四人（正五品）、副千戶（從五品）、百戶（正六品）、力士、校尉等。錦衣衛都督（正一品）、錦衣衛都督同知（從一品）、錦衣衛都督僉事（正二品）、錦衣衛都指揮同知（從二品），均為加銜。例如內閣大學士權力很大，位比宰相，名義上卻只是正五品官，但加太師銜後，就成為正一品大官。

2 鼠彈箏：此段故事可參見吳蔚小說《斧聲燭影》。

3 功德疏：凡遇大典，或皇太后、皇帝、皇后，乃至皇貴妃生日之類，命婦也得和她們的丈夫一樣上書祝賀或感謝恩賞，單獨具名，不過不叫賀表，叫功德疏。這類文字一般多由丈夫捉刀，北宋名臣司馬光的文集中就收有這類他代夫人捉刀的功德疏。

4 唐末五代時，禪宗鼎盛。有一秀才叫張拙，向一位禪師問道。禪師問他叫什麼名字，他說我叫張拙。禪師說：「找個巧都找不到，哪裡來個拙呀！」張拙由此悟道。

【卷五】憂來慮少

已是夏季了，但幽深的廳堂裡還是有些陰陰的涼。那種森森的涼意竟讓沈德符莫名其妙地想起了雪，想起了雪素，想起了那個蒼白無塵的季節，心中竟有些無謂地感傷起來。

剛出鐵獅子胡同口，便有校尉飛騎來報道：「周鎮撫和鄭僉事請千戶速速回去，說是有重大發現。」王名世一聽，急忙趕回錦衣衛官署。

原來當真有重大發現——傅春、魚寶寶、鄭國賢幾人拿著玉杯去了棋盤街的藥材舖，請店主檢驗玉杯中的殘留藥物。店主一聞便道：「這裡面有打胎藥。」

能發現這其中的端倪，全靠傅春細心。瀉藥通常都是大黃等物，有輕微毒性，用銀針探視亦能檢出，但傅春見那玉杯連續兩次沖水都還能用銀針檢驗出毒性，心中不免懷疑這「瀉藥」的藥性不同尋常。拿到藥材舖一檢驗，是瀉藥不假，卻是比普通瀉藥藥性要毒上千百倍的打胎藥。

眾人盡皆目瞪口呆。周嘉慶卻欣喜若狂，至少他可以將夏瀟湘在堂上流產的意外完全推到馮士傑頭上，不用再背負迫害故禮部尚書後嗣的罪名，由此對機敏過人的傅春也有好感起來，心道：「難怪這個人能為堂堂東廠提督解圍，果然是有過人之處。」越發起了巴結的念頭，遂主動問道：「傅公子，依你看，這是怎麼回事？是不是馮士傑心中嫉妒夏瀟湘母子得寵，所以暗中下藥，想打掉夏氏腹中胎兒？」

傅春不及回答，鄭國賢搶先嚷道：「鎮撫是瞎子啊？夏瀟湘在堂上小產時，馮大公子露出來那股心痛勁兒，那哪是仇人，分明是一對情侶啊。我敢打賭，夏瀟湘肚裡的孩子十有八九是馮士傑的。他怕事情敗露後身敗名裂，所以才暗中下藥，想打掉孩子。要照我看，馮尚書的死，他也脫不了干係。你們想想看，馮士傑的嫌疑可比沈德符大多了，他是天時、地利、人和三樣……」

正好王名世進來，周嘉慶便重重咳嗽一聲。

鄭國賢不能把話說完，未能盡興，很不痛快，旁人忌憚王名世有東廠掌刑千戶的身分，可他是皇親國戚，是最得寵的鄭貴妃親姪，並不大將東廠放在眼裡，當即賭氣道：「噢，我倒是忘記了，王千戶跟馮士傑是親眷呢！不過按照本朝律例，王千戶該主動上書迴避才是。」

王名世也不答話，只道：「傅公子，請借一步說話。」傅春道：「我正和周鎮撫、鄭僉事二位商議案情呢。」王名世上前一步，抓住傅春胳膊，將他強行拉出堂來，問道：「你那位伶牙俐齒的朋友呢？」傅春道：「千戶是說寶寶麼？他去國子監替小沈請幾天病假。千戶有事要找他麼？」

王名世道：「他人不在最好。你跟我來。」帶著傅春到自己在官署的休息室，掩好門窗，這才正色問道：「傅公子，我們雖然不是什麼好朋友，但我自問還算是對得起你。」

傅春道：「這我承認，沒有千戶的默許和支持，我和寶寶是不可能到北鎮撫司參與旁聽的。但我認為千戶當時肯這麼做，還是多出於公義之心，因為你也相信小沈不是凶手。」王名世道：「可我想不到你的能耐這麼大，為了幫助你朋友脫困，在公堂上千方百計地引導案情不說，還要敗壞馮家聲名，用心未免太險惡了些。」

傅春道：「噢，千戶這麼快就識破我的險惡用心了？好吧，我承認，今日我和寶寶在公堂稱馮士傑跟夏瀟湘有私，確實有胡扯之嫌，萬分抱歉。可是後來馮大公子自己跳了出來，還承認是他往玉杯下的打胎藥，導致現今種種不利的證據都指向他，這些可都與我和寶寶無關了。」

王名世道：「那麼你相信是馮士傑毒死了馮尚書麼？」傅春道：「不相信。馮士傑如果真是此等窮凶極惡之徒，他絕不會站出來承認是他往玉杯中下的毒，也絕不會當眾表露出對夏瀟湘的關心。我甚至很懷疑他往玉杯裡下打胎藥這件事——他雖承認自己下了藥，但這實在不像他會做的事。不過他親眼看到夏瀟湘小產後，情緒失去控制，實實在在表現出內疚來，說明了他知道下的藥是打胎藥，但很可能不是他的主意。」

王名世道：「很好，你把剛才這番話告訴周鎮撫和鄭僉事去。」傅春道：「等一等，現在還不到時候。我想到詔獄探訪夏瀟湘，還請千戶再行個方便。」

王名世冷冷道：「你是想教她幫沈德符對口供麼？這可辦不到。」傅春道：「千戶，你若不肯幫我，也就難以幫令表弟脫罪。」

王名世有些惱怒起來，道：「你明明知道士傑跟馮尚書中毒案沒有關係，卻要死拖他下水，不過是想變著法子幫沈德符脫罪而已。」傅春卻依舊一副戲謔口氣，道：「既然是我死拖馮士傑下水，千戶為何不及時挺身而出？你身兼東廠掌刑千戶，出面說一句話，鎮撫一定會聽的。」

王名世怒道：「清者自清，濁者自濁。我無須畫蛇添足，自會有證據證實士傑無辜。」正要走去開門，傅春叫住他，正色道：「千戶別生氣，我如果真要拉馮士傑下水，就不會告訴你我相信他的人品了。有幾句正經話我想問問千戶，你跟尚書夫人是親戚，時常走動，論起來也不算是外人，對馮府上下都很瞭解。千戶既然相信馮士傑，難道就相信夏瀟湘那樣一個柔弱女子會做出毒殺親夫這樣大逆不道的事麼？」

王名世道：「可是事實俱在……」傅春道：「我不聽事實，只問千戶你相不相信夏瀟湘的人品？」王名世沉默許久，最終還是點了點頭，道：「相信。」傅春道：「千戶肯說出真心話，足見是個正人君子。那麼，我就更有把握了。」

王名世道：「這話是什麼意思？」傅春道：「我原本還懷疑錦衣衛在萬玉山房收集的物證有假，既然現在能肯定千戶是正人君子，那麼就不會再懷疑這一層了。」

王名世道：「你懷疑什麼物證有假？」傅春道：「就是書房中的糕點、茶水啊什麼的，錦衣衛不是一一驗過，文書上記錄為無毒麼？這可是極其重要的物證。千戶想想看，馮尚書中毒而死，但這些入口的飲食卻沒有被下毒，不是很奇怪麼？」

王名世這才會意過來，道：「你懷疑我令手下在證據上作假？」傅春道：「我懷疑過，但現在不懷疑了。這也怪不得我多疑，千戶自己想想看，飲食無毒，馮尚書卻中了毒，難道是小沈和夏瀟湘強行往他口中灌下毒藥麼？如果真是這樣，馮尚書該大力掙扎叫喊才對，為什麼守候在門外的僕人沒有聽見一絲動靜？」

王名世道：「這一點我也考慮過，我是指還沒發現玉杯物證的時候。也許是沈德符和夏瀟湘合力捂住了馮尚書的嘴巴，令他不能叫喊。況且萬玉山房處於竹林當中，竹聲颯颯，日夜不息，也許叫喊聲被竹葉聲掩蓋住，僕人沒能聽見。這一點，並不能作為沈德符脫罪的證據。」

傅春道：「嗯，我還有幾個問題想問問千戶，希望千戶能如實回答，這可是關鍵。」王名世道：「請問。」傅春道：「千戶雖然不是最先到達萬玉山房的人，但畢竟親自去過現場，不知可有留意到一些細節，譬如書房中的陳設、案桌上飲食的狀態等？」

王名世道：「書房中沒有爭鬥的痕跡。兩杯茶水，泡的都是今年新採的毛尖，一杯是新泡的，摸上去還是溫的，沒有動過，應該是給沈德符的；另一杯已經見底，是馮尚書的，茶盞也是他個人專用。如果你懷疑有人在我趕到前暗中調換了有毒的茶水，這是不可能的——一則沈德符那杯茶表面結有一層茶釉，正符合僕人馮七所稱沈德符進書房的時間。而馮尚書那杯只剩杯底，如果有人要破壞證據，要麼連茶葉帶水倒掉，要麼會換上一杯無毒的茶，不會單單留下小半杯茶根；二則留著有毒的茶水，不是更有利嫁禍給沈德符和夏瀟湘麼？」

傅春道：「千戶說得一點也不錯。如此悄無聲息又不留痕跡的毒殺案，沈德符和夏瀟湘是絕對做不到的，所以我才說既然馮士傑已經被拖下了水，就不能輕易放他上岸，這樣才好將真正的凶手逼出來。」王名世一時愣住，半晌才道：「難道你……你懷疑……是……」驚愕得無以復加，最終還是沒有說出後面的下文來。

傅春正色道：「這件案子離奇之極，蹊蹺之極，巧合之極，難道千戶不想知道真相麼？這就帶我去詔獄見夏瀟湘吧。千戶心中比誰都清楚，適才她在大堂上的那些供詞都是做不得數的。」王名世沉默許久，才道：「我可以帶你去見夏瀟湘，甚至是沈德符，但有一點，你必須得先答應我。」傅春道：「千戶請說。」

王名世道：「你絕對不可以懷疑馮夫人。我敢以自己的身家性命擔保，她決計不會做這樣的事。」頓了頓，又道，「別人可能不知道，但我比誰都清楚，馮夫人極愛馮尚書，甚至可以為了他去死。本來……」他遲疑許久，依然說出了從根本上扭轉傅春觀點的話，「馮夫人本來可以當皇后的，她卻因為馮尚書放棄了。」肯為一個男人放棄母儀天下機會的女人，天下沒有幾個。這其中所付出的犧牲和勇氣，外人所能想像的往往不及當事人所經歷的十分之一。

傅春沉默許久，才道：「好，我答應你。你也要答應我，從現在開始，你要完完全全地站在我這方，不能向任何人、尤其是馮夫人透露我剛才的話。」王名世道：「如果馮夫人當面問我，她是我姨母，我怎麼能不說實話？」

傅春道：「馮夫人問你，你就照實說，譬如目下證據對馮士傑極其不利等，但不能說我的看法。」王名世狐疑道：「為什麼？」傅春道：「這解釋起來很費勁。簡單地說就是，現在這件案子如果馮夫人不出面，要不就會這樣拖下去，要不就會很快結案。凶手要麼是沈德符和夏瀟湘，要麼是馮士傑和夏瀟湘。目前看起來，後者嫌疑更大。所以馮夫人一定會出力營救兒子，她能救馮士傑，自然也就能救沈德符和夏瀟湘。」

王名世還是不明白。

傅春道：「日後你就會知道奧妙。走吧，我們先去看看夏瀟湘。」

二人來到關押夏瀟湘的空房。她只是傻傻地縮坐在炕上，盯著地上的青磚發呆。那空洞的眼神，令她看起來像個活死人，彷若一座廢棄已久的墓碑，全身上下明顯散發出腐朽的氣息。

傅春溫言道：「我知道夫人是無辜的。如果夫人肯將當日實情相告，也許可以幫助夫人早些離開這裡。」

夏瀟湘始終只是垂著頭，恍若未聞。她不過是個普通平凡的柔弱女子，忽逢巨難，身體心智均遭受極大打擊，一時恍惚不能自辯，也是常見之事。

王名世早已見慣這種場面，道：「怕是從她口中難以問出什麼了。傅公子，咱們還是走吧，你不是還想看看沈公子麼？」

沈德符一被吏卒帶來督捕房中，便立即將傅春扯到一邊，低聲道：「你是懷疑馮伯母牽涉其中，才將馮士傑拖下水的麼？」傅春道：「啊，你已經猜到了？那實在太好了，省我一番口舌。」頓了頓，又覺奇怪，道，「不對，你還不知道夏瀟湘小產和馮士傑承認往玉杯中下毒的事，你是怎麼懷疑馮夫人的？」

沈德符大吃一驚，道：「什麼，是士傑往玉杯中下的毒？」傅春忙道：「不是毒藥，是打胎藥，不過玉杯這件事跟馮尚書中毒一點關係也沒有。」當即說了經過。

沈德符無比駭異，半晌才道：「士傑他……他人呢？」傅春道：「放心，馮大公子沒吃什麼苦頭，周鎮撫只將他軟禁在官署，並沒有下詔獄。現在局面對他很不利，他的嫌疑比你大得多。」

沈德符道：「不管怎樣，你不能以拖士傑下水來救我。別說士傑無辜，就是馮伯母，我也不相信她會那麼做。」傅春道：「實話說，我之前是真的認為尚書夫人嫌疑很大，但既然你和王千戶都這麼說，那麼我也只好不相信她會毒死親夫來嫁禍夏瀟湘。」

沈德符急道：「那麼你快些設法救士傑出去，免得馮伯母擔心。」傅春道：「這可不行。要救你出去，關住馮士傑才是關鍵。」

沈德符大惑不解，道：「你到底在玩什麼把戲？」傅春道：「你還看不出來麼？眼下要解決這件事，最關鍵的是尚書夫人的態度。她是原告苦主，是她控告你和夏瀟湘下毒謀害了馮尚書，如果就此定罪結案，你和夏瀟湘冤死不要緊，凶手還在逍遙法外，馮尚書可就是白白枉死了。」

沈德符越聽越糊塗，道：「我還是不明白。」傅春道：「我猜尚書夫人心中也很清楚你和夏瀟湘不是害死馮尚書的凶手，但馮尚書既然死了，利用這件事剷除一個對手總是好的，所以她咬定你和夏瀟湘有下毒嫌疑。你只是誤打誤撞上的，湊巧在錯誤的時間出現在錯誤的地方，尚書夫人想對付的其實是夏瀟湘。如果讓她得逞，那麼朝野都以為馮尚書是被你和夏瀟湘害死的，不但於馮尚書名譽有損，也沒有人再去追查真凶了。」

沈德符道：「真凶不是馮伯母，那麼又會是誰？既然馮伯母知道真凶另有其人，為何還肯放過他？」傅春道：「這些疑問，就要等你出去後，跟我、還有王千戶一塊兒調查了。我總覺得這次的事件不是那麼簡單，尚書夫人一定在掩蓋些什麼。」

沈德符苦笑道：「你真認為馮伯母會因為士傑而投鼠忌器，改口為我和夏瀟湘說話麼？」傅春道：「那是當然！尚書夫人是名門之後，又是三品誥命夫人，最看重的是聲名和地位。這次就算你和夏瀟湘被當作凶手祕密處死，她如願以償，但謠言遲早會傳開去。俗語有云『千人所指，無病自死』，市井坊間那些議論她袒護嗣子、誣害侍妾的閒言碎語就足夠殺死她許多次了。況且目下尚書府中，她還不是至高無上的女主人，馮老夫人還在世，還有那些在朝為官的馮家族人，一定會出面干涉的。」又拍了拍好友肩膀，安慰道，「你大可以寬心了，不出數日，你就可以大搖大擺地離開這裡。」

沈德符道：「承你吉言，但願如此吧。多謝。」傅春道：「我本來也沒有法子救你，以為你這次死定了，全靠馮士傑自己良心發現，出來承認是他往玉杯下藥，不然這件案子又誰能弄得清？小沈，這也是令尊在天之靈保佑你啊。」

沈德符問道：「二夫人……她可還好？」傅春道：「剛剛小產過，身子還是很虛，精神更差，一句話也不說。好在目下錦衣衛將她安置在空房中，一時不敢再對她用刑。」

沈德符很是自責，道：「馮伯父臨死前指著二夫人，其實是囑託我照顧她，可我什麼都沒做到。」傅春道：「這怎麼能怪你？你身遭大難，自顧不暇。」安慰幾句，這才依依辭別。

事情當真像傅春所預料的那樣，甚至比他預想的來得還要快。次日，馮夫人姜敏親自來到錦衣衛官署，告知馮琦的確是中毒而死，但他中的是烏頭毒，跟當日壽筵上刺客短刀上塗的毒是一樣的。烏頭是標準的軍用毒藥，常用以塗抹兵器、配置火藥，常人不易得到，因而基本上可以排除沈德符和夏瀟湘的嫌疑。也許是馮琦身上餘毒未能完全拔出，他又日夜操勞國事，身體不適也強行忍耐，不肯及時尋醫救治，最終再次引發毒性，劇毒攻心、深入肺腑，再無回天之力。

尚書夫人姜敏這般解釋合情合理，東廠和錦衣衛表示均無異議。極關注此案的萬曆皇帝，派司禮太監兼東廠提督陳矩到錦衣衛傳旨釋放了沈德符、夏瀟湘，也不再追究馮士傑往庶母玉杯中下藥一事。此案就此而結。幸虧姜敏之前上奏要求祕密審訊，又極力約束知情人士的口風，案情竟沒有傳揚開來，馮府總算沒有因為這場額外的鬧劇再失顏面。喪事自然是要公布的，對外只宣稱馮琦是病死。皇帝甚是悼惜，下詔贈太子少保。

馮琦生前有過明確交代，死後讓門生公鼎為書行狀，請生平知己、前內閣首輔王錫爵為書墓誌。然而下葬時，姜敏命嗣子馮士傑轉求現任內閣首輔沈一貫為書碑文。馮琦生前兩次被人舉薦入內閣，均為沈一貫所阻，二人堪稱宿敵。姜敏卻一定要找仇人來為丈夫書寫碑文，時人大惑不解。

只有傅春歎道：「馮夫人當真不簡單，這是學『死姚崇算計活張說』啊。」

唐代時，宰相張說與另一名相姚崇關係不好，二人一直勾心鬥角，互相排擠。姚崇臨死時，怕張說將來報復自己的兒子，就對兒子說：「我為相數年，所言所行，頗有可述，死後墓銘，非文家不辦。當今文章宗匠，首推張說，他與我素來不睦，若往求著述，必然推卻，我傳下一計，可以在我靈座前，陳設珍玩等物。張說來弔喪時，若見此珍玩，不顧而去，是他紀念前仇，很是可憂，你等速歸鄉里！倘若他逐件玩弄，有愛慕之意，你等可傳我遺命，悉數奉送。即求他作一碑銘，以速為妙！待他碑文做就，隨即勒石，並呈皇上御覽。我預料張說性貪珍物，足令智昏，若照此辦法，他必追悔。你等切記勿違！果能如我所料，碑文中已具讚揚之詞，以後想尋仇報復，不免自相予盾。」姚崇死後，張說果然前來弔唁。

姚崇之子姚彝已經按父親囑咐將珍玩擺列靈前。張說一見珍玩立即起了貪財之心，忍不住上前摩挲玩弄。姚彝趁機上前道：「先父有遺言，說同僚中肯作碑文，就將遺珍贈他，您是當代文家，倘不吝珠玉，不肖等應銜圖報，微物更不足道。」張說欣然允諾。姚彝等再拜稱謝，請他快寫。張說回去後寫了一篇為姚崇歌功頌德的碑文。姚家也信守承諾，將珍玩送到張家。姚家得到張說所作的碑文後，連夜讓人刻碑，還特意將底稿呈給唐玄宗。唐玄宗看了也極口稱讚，道：「似此賢相，不可無此文稱揚。」張說事後才省悟，暗想自己與姚崇不和，怎麼能讚揚他，忙派人索還原稿，只說文章草率，需要修改，不料姚家說已刻成碑，並上呈御覽。張說不禁頓足道：「這皆是姚崇遺策，我一個活張說，反被死姚崇所算了。」

薛素素聽見笑道：「馮夫人再厲害，在馮尚書中毒這件案子上不也一樣敗給了傅公子？我們景雲當真是法眼無花，在眾多的追求者中一眼相中了你。喂，你打算什麼時候迎娶景雲過門啊？」

傅春道：「嗯，等明年二月鄉試放榜以後，無論能不能考中，我都打算帶景雲回去老家。」

薛素素道：「如此，佳期可期。」一拍桌子，舉杯道，「今日我做東，本來是要為沈公子接風洗塵，慶賀他得脫牢獄之災。現在又聽到傅公子對景雲的親口承諾，可謂雙喜臨門。來，咱們四個一起乾一杯。」

沈德符忙道：「這次素素姑娘幫了不少忙，本來應該是我來張羅……」薛素素笑道：「什麼你我的，誰張羅不是一樣麼？」沈德符心中一漾，忽然有一種小小的滿足感——與最好的朋友和心儀的佳人歡聚一堂，真希望時光可以永遠停留在這裡。

四人熱飲正酣時，婢女豆娘進來稟報道：「王千戶來了。」

薛素素先是一愣，隨即笑道：「請他進來，正好一起喝一杯。」豆娘道：「王千戶不肯進門，他說他是來找傅公子和沈公子的，請二位速速出去。」

齊景雲登時一驚，道：「不會又有什麼不好的事吧？」傅春忙道：「別擔心。他肯定是為馮尚書的案子而來。」

薛素素聞言便道：「那你們趕緊去吧，早日找出真相要緊。」沈德符道：「那好，改日我再做東回請二位。」

出來見到王名世時，沈德符頗覺尷尬。他知道王名世愛慕薛素素已久，而薛素素則似乎對自己青眼有加。這倒也沒什麼，男女之間的關係本就微妙，總有對得上眼、對不上眼的，可他落難詔獄時，還是薛素素出面請王名世幫忙，王名世居然也真的幫助了情敵，而今又在勾欄胡同見面，便實在有些難堪了。

好在王名世一句廢話也沒有，只道：「馮尚書遺體已運回故里安葬，姨母也是剛剛回來京師，同意跟二位聊一聊。」「姨母」就是尚書夫人姜敏，王名世生母也姓姜，跟姜敏是堂姐妹。

傅春道：「太好了。咱們這就走吧。」

途中，沈德符又向王名世表示謝意。

王名世淡淡道：「謝我做什麼？就算我幫過沈公子，那人情也自有人還。」當即領先而去。

傅春低聲道：「你別往心裡去。他這人為人其實不錯，就是面冷口冷。」沈德符道：「嗯，我知道。錦衣衛中有他這號人物，可算十分難得了。不過這次我能逃過大劫，全靠傅兄你機智。其實論起來，我們非親非故，真正交往的時間並不長，但傅兄你這次如此仗義相助，我真不知道該怎麼報答你才好。」

傅春笑道：「你我一見如故，情如兄弟，何必這麼客氣？其實還有一個人，你該好好道謝的。」沈德符道：

「是寶寶麼？嗯，他這次也出了不少力。」

傅春道：「寶寶可不只出了一點力。他為了你去當說客，腿都快跑斷了。」當即說了經過。沈德符這才知道魚寶寶登遍了他父親沈自邠所有故交的門，訴說沈德符無辜，低聲下氣地懇請這些權貴出手援救故人之子。而之前到詔獄賄賂獄吏的錢財，也全是魚寶寶所出。

傅春道：「雖然那些朝廷大員都將寶寶敷衍了事打發走，但這次事情能這麼快解決，除了馮夫人自身投鼠忌器外，一定還有其他有權勢有影響力的人使了力，只不過咱們明裡不知道而已，這可完全是寶寶的功勞。」

沈德符呆了半晌，才道：「原來寶寶為我做了這麼多事，這可苦了他了。可不知道為什麼今日我叫他一道來勾欄胡同飲酒取樂，他突然又生了氣，甩手摔門而去。嗯，一定是我不小心哪裡惹惱他了。」心中感念不已，恨不得馬上找到魚寶寶，當面向他道謝兼道歉。

傅春問道：「你以前真的不認識魚寶寶嗎？」沈德符道：「當然不認識。當日在國子監同時遇到你和他，那是我第一次見到他。」

傅春道：「嗯，原來是這樣。你覺得寶寶這個人怎麼樣？」沈德符想了想，道：「他表面很刻薄，嘴上不饒人，好冷嘲熱諷，還有點小心眼，但其實為人很好，熱心、周到。」

傅春道：「是呀，寶寶為人仗義，是個好事之人。當晚冉駙馬在公主府被梁盈女暴打，駙馬來找你幫忙寫奏章，正好只有寶寶一人在，那他為什麼沒有立即出手相助呢？」

沈德符道：「可能寶寶覺得，既然冉駙馬是指名找我，還是由我出面比較好吧。咦，你提這件事做什麼？」

傅春見他死活不開竅，不明白自己話意的弦外之音，也不再多說，道：「沒什麼，走吧。」

按照明代制度，北京、南京兩京建有大量官房，供各衙門在京官員寓住。馮氏在西山一帶有處別墅，占地不小，山水秀麗，但位於鐵獅子胡同的禮部尚書府卻是公宅。馮琦去世後，按理馮家人該搬出這處豪華宅邸，由官府收回。不過皇帝並未任命新任禮部尚書，禮部事務暫且由禮部侍郎郭正域署理，沒有人提起搬家這件事。甚至有不少人還暗中告訴馮府家人，根本不必做搬家的打算，因為根據當今皇帝的怠政作風判斷，禮部尚書的位子會一直空缺下去。反正兩京已缺三名尚書多年，也不在乎多缺一名。

其實，搬不搬出尚書府倒不是馮府最優先要考慮的事，一家老少尚未決定何去何從。按照馮母蔣氏的意思，既然一家之主已經不在了，就該舉家遷回山東老家，馮夫人姜敏卻不願意。這也難怪，她娘家親屬都在京師，嗣子雖有嫡長子之名，畢竟不是馮琦的親生兒子。馮琦在世時，馮母便公然表現出對夏瀟湘及其所生二子的偏愛，一旦遷回山東，馮氏家族勢大，只怕姜敏、馮士傑母子二人再難有昔日地位。既然各持己見，分裂便不可避免。湊巧這時夏瀟湘一病不起，事情遂耽誤下來。

雖然馮琦靈柩已經運回原籍，下葬在馮家祖墳[1]，但馮府內外尚留有濃重的殯喪痕跡，馮夫人姜敏的氣色也不怎麼好，不停地咳嗽，喝了嗣子馮士傑端來的一碗藥湯，才略略好些。

寒暄一陣，王名世小心翼翼地道：「姨父的案子雖已了結，但沈、傅二位公子尚有一些疑問，一直想當面請教姨母。」姜敏道：「你和沈賢姪都不是外人，傅公子的才幹和人品我也見識過，幾位有什麼話就直接問吧。」

傅春道：「多謝夫人，有冒犯之處，還望海涵。我想問一句，馮尚書真的是因為烏頭餘毒發作而死嗎？」馮琦係中毒而死，按照慣例要由官府仵作檢查後填寫正式文書，姜敏不願丈夫屍首多受侮辱，是以拒絕了官方驗屍，自己親自上陣。但結果全是她一人說了算，是以傅春有此一問。

姜敏道：「當然。莫非傅公子懷疑我的診斷？」傅春道：「不敢。夫人是太醫院名醫之女，自然沒有人敢懷疑。」姜敏歎道：「說起來我也有責任，該早些發現老爺身上餘毒未清。」轉頭叫嗣子道，「士傑，你去奶奶那邊看看，順便把昨日買的補品拿去一些。」

馮士傑遲疑了一下，還是遵聲出去。

姜敏又屏退貼身婢女，這才道：「我下面說的話，事關重大，禍福難料，各位在決定聆聽之前可是要想清楚。」她的聲音陡然變得低沉起來，語氣中充斥著難以名狀的無奈和哀傷。

王名世從未見過姜敏這般神情，也悚然變色，問道：「姨母你……」姜敏道：「我沒事。」歎了口氣，又自我解嘲地道，「新死了丈夫，又無法知道真正害死丈夫的凶手，是不是該裝作沒事的樣子？」

傅春正色道：「夫人既然也想知道真相，何不將疑點指出來？」姜敏道：「傅公子……你不是懷疑是我毒害了老爺麼？你……相信我？」傅春正色道：「實話說，不是我信得過夫人，是小沈和王千戶都相信夫人不會這麼做，我只是相信他們兩個的判斷。」

姜敏「噢」了一聲，朝沈德符點點頭，道：「沈賢姪，實在抱歉，將你牽連了進來。」沈德符道：「無妨，我也不過是虛驚一場。倒是二夫人在堂上受了刑，吃了不少苦。」頓了頓，終於還是鼓足勇氣說了出來，「還望馮伯母看在馮伯父的分上，日後盡量對二夫人好一些。」

姜敏沉默不答，許久後才道：「你們都以為我是個心狠手辣的女人，那麼做只是要對付夏瀟湘，對也不對？」傅春道：「我們的確是這樣想的，但後來夫人不也出面救了小沈和二夫人麼？結果最重要。馮尚書地下有知，也會很欣慰的。」

姜敏搖了搖頭，道：「你們都想錯了。我是不喜歡夏瀟湘，就算她為馮家生了兩個兒子，畢竟還是侍妾的身分。以她的地位，老爺在世時尚不能與我爭鋒，更不要說老爺死後了，我怎麼可能想要除掉她呢？當時我之所以稱她和沈賢姪毒害了老爺，只是要保全馮家。」當即原原本本說明了原委。

原來，當日馮琦一早被召入皇宮商議福王婚禮一事。這是皇帝怠政多年來第一次召見外臣，天大的榮幸居然落在馮琦頭上，馮府上下都很高興，姜敏特意多派了僕從扈從馮琦前往紫禁城。到正午時，有僕人趕回來稟報道：「有公公出來告知，老爺已陛見完畢，但一時還回不來，因為皇上賜了食，老爺要吃完午飯才會出宮。」

明朝立國之初有朝參賜食的制度，太祖皇帝朱元璋每日視朝奏事畢，都要在奉天門或華蓋、武英等殿設宴賜百官食。公、侯、一品官侍坐於門內，二品至四品及翰林院等官坐於門外。其餘五品以下官於丹墀內，文東武西，重行列位贊禮贊拜叩頭，然後就坐。光祿寺[2]進膳案後，以次設饌。文武百官食罷，仍拜叩頭而退，率以為常。然而到洪武二十八年時，禮部大臣奏言道：「百官朝參賜食，實出厚恩。因職事眾多，供億為難，請罷賜食。」太祖皇帝批准。自此以後，百官朝參完畢各回其衙門，不再賜食。

正因洪武以後賜食極為罕見，聽說馮琦獲得皇上格外恩賜後，馮府上下歡欣雀躍，均認為這是馮琦即將入閣為內閣大學士的前兆。

然而過了一個時辰，又有僕人回來稟報，說馮琦吃完御食後，預備直接回禮部官署辦公。走到午門廷杖之地[3]時，忽覺身體不適，仆倒在地，全靠引路的內侍攙扶才能站起來，於是就近到午門東面的內閣官署休息。他是外臣，不便滯留皇宮，停留了一會兒後，便讓內侍扶著勉強走出皇城。後來僕從在長安左門接到馮琦，扶他到禮部官署歇息了一會兒，這才乘轎子回家。姜敏得知消息後趕到大門迎接，想看看馮琦的病情。馮琦卻斥責她大題小作，稱自己沒事，轉而去了萬玉山房。

姜敏說了大致經過，歎道：「後來所發生的事，你們都已經知道了。現在，你們該明白我的苦衷了。」

沈德符起初尚不明白姜敏所稱的「苦衷」是什麼，但見一旁王名世眉頭緊鎖，眼簾低垂；傅春則愣在當場，木呆呆地望著桌案上一張大紙，正是當日馮琦死前寫給自己的那首〈浩渺天風〉，心中默默誦讀了一遍這首絕命意味濃厚的詩，這才回過味來——

原來，姜敏當日驗過書房糕點、茶水無毒後，早斷定沈德符和夏瀟湘不可能下毒害死馮琦，而馮府其他人又沒有動機和機會，因而從一開始她就懷疑馮琦是在馮府外中的毒。聯想到馮琦當日行蹤，可能的中毒地方只有皇宮和禮部官署。再聯想到馮琦在皇宮中吃完賜食後的莫名不適，以致倒在午門附近，那麼最大可能性的地方只有一個——紫禁城。這一念頭只要略略飄過腦海，就能給人的脊背帶來寒冬臘月最冰冷的寒意，所以見過無數大世面的姜敏，第一個作法就是立即指控夏瀟湘和沈德符是下毒的凶手，只有如此，才能完美遮掩馮琦的死因。

姜敏又立即上書，以家醜不可外揚為名，要求此案不經過三法司，只由廠衛祕密審訊。皇帝立即准奏，甚至還派內弟錦衣指揮僉事鄭國賢到北鎮撫司聽案，越發證明她的推斷無誤。雖然她不知道緣由，也不想知道緣由，她只是本能地要保護家人，如此便不得不犧牲夏瀟湘和沈德符。而她也知道找不到二人行凶動機將成為案情最大的疑點，是以早早先派人暗示北鎮撫司鎮撫周嘉慶，稱夏、沈二人有私情。馮琦閉門中毒，房中只有夏、沈二人，二人又暗中通姦，有殺人動機，玉杯證物出現後，越發加重嫌疑，遂成為一樁天衣無縫的冤案。

偏偏事情被那為朋友打抱不平的傅春所破壞。就是聰明絕頂的傅春，也沒想到這案子背後的複雜性和難言性。夏瀟湘當堂小產後，馮士傑承認是他往玉杯中下藥，再到後來得知那藥是打胎藥，不由得令許多人將懷疑的目光投向馮大公子。傅春卻不相信馮士傑會做弒父的事，他認定夏瀟湘、沈德符、馮士傑不會是凶手，那麼凶手定然另有其人，而精明如姜敏者不會不知道夏、沈殺人的可能性微乎其微，她既然當場極力指認是二人下毒，正說明她除了要藉機剷除夏瀟湘之外，一定還想掩飾真相，而這真相多半跟她本人有干係，這是簡單的推理。

傅春起初懷疑的對象正是姜敏本人。他明知道馮士傑無辜，卻有意引導審案的堂官們懷疑其人，無非是想將姜敏嗣子拖下水，來個敲山震虎。後來王名世和沈德符都不相信姜敏會跟毒殺案有關，他便不再將矛頭指向姜敏，卻越發懷疑她最初誣陷夏、沈二人是欲蓋彌彰——就算案情跟她無關，她多少也是知情者。果不其然。只是這「情」太過重大。

等到姜敏閃爍其詞地說完，堂中立時陷入了死一般的沉寂中。

已經是夏季了。北京的暑天談不上酷熱，可畢竟七月流火，人即使穿著單衣，還是會感到沉悶的熱意。但在這幽深的廳堂裡，有的只是陰陰的涼。那種森森的涼意竟讓沈德符莫名其妙地想起了雪，想起了雪素，想起了那個蒼白無塵的季節，心中竟有些無謂地感傷起來。

還是傅春打破了凝重的沉默，沉聲道：「多謝夫人肯將如此重大之事告知，單是這份信任，小生便感激不盡。但這件事，未必是夫人想的那樣。」

姜敏眉毛一挑，呼吸明顯急促了起來，問道：「傅公子的意思是……」

傅春道：「夫人之前指控夏瀟湘毒害馮尚書，之所以要扯上小沈，目的就是要製造一個動機。請恕我無禮，我提起舊事只是想要做個類比，可見『動機』在謀殺案、尤其是下毒案中是至關重要的。那麼請問那個……那個誰要害馮尚書的動機是什麼呢？聖上不見外臣多年，這次因為福王婚事召馮尚書入宮，本是一件喜慶之事，卻要在宮中下毒暗害禮部尚書，這不是完全不合情理麼？」

姜敏道：「傅公子說得有理。我也反覆盤算過，覺得老爺因賜食中毒的可能性很小，最有可能是在會極門中的毒。」會極門是紫禁城內金水橋東門的宮門，是京官上本、接本的地方，各項本奉旨發抄也都在這裡。因內閣官署在會極門內，所以此門又成為內閣的代名詞。

一旁的沈德符這才恍然大悟，心道：「難怪馮伯母要請內閣首輔沈一貫撰寫馮伯父身後碑文，原來她真正懷疑的對象是沈一貫。」一時感慨不已，對這位意志堅決、應對敏捷的女人不由多了幾分欽佩之意。

姜敏道：「但這件事……這件事……老實說，我根本不太敢多想，更不要說派人去查了。傅公子，照你看，你覺得會是怎麼一回事？」傅春想不到姜敏會反過來徵詢他的意見，很是意外，沉吟了許久，道：「這個……沈閣老跟馮尚書不和是眾所周知的事，但朝廷重臣下毒暗害政敵，尤其沈閣老還是宰相，聽起來還是很有些匪夷所思。」

姜敏道：「沈賢姪，你熟讀史書，精通典故，可知道歷史上有宰相下毒謀害大臣的故事？」

沈德符略一遲疑，即應道：「自然是有的。宋代黨爭激烈，多有宰相下毒剷除政敵的事件發生。南宋時，余玠主持四川防務，卓有成效，入閣拜相指日可待，由此為左丞相兼樞密使謝方叔所嫉恨。余玠後來莫名中毒而死，雖然沒有確實證據，但時人都稱是謝方叔指使余玠下屬統制姚世安下的毒手。

「還有一個更為著名的例子，宋理宗時，權臣史嵩之被罷相後，杜範入拜右丞相。但杜範拜相不到八十天，便暴斃而死。一個月後，受杜範提拔的工部侍郎徐元傑在閣中吃過午飯後，離奇中毒，指爪爆裂而死。宋理宗才剛下詔將閣中承侍吏役逮交臨安府審訊，戶部侍郎劉漢弼又因在閣中會餐，忽然得病身死。當時杜範、徐元傑、劉漢弼被稱為『淳祐三賢』，杜範與史嵩之素來不合，是政治上的死對頭；劉漢弼、徐元傑更是堅決上書要求罷免史嵩之之人。時人都懷疑三人死得不明不白，是被史嵩之謀害而死。有傳說稱史嵩之知道杜範嗜書如命，便先將毒藥塗在書上送給杜範，杜範得到書後日夜翻看，毒氣進入體內，就此失明而死；而徐元傑、劉漢弼則是吃了有毒的食物中毒而死。氣氛如此緊張，以致群臣到閣堂會食時，竟然沒有人敢動筷子。尤其離奇的是，史嵩之的姪子史璟卿不久後也暴病而亡，更讓人懷疑這一連串事件是史嵩之策畫。但由於宋理宗的庇護，案子最終都不了了之。」

姜敏道：「沈賢姪和傅公子都是讀書人，名世也一直在朝中為官，該知道本朝黨爭之烈，實不亞於前朝。不瞞各位，今年有多位重臣上書舉薦老爺入閣補缺，老爺入閣幾是定局。上次老爺在壽筵上遇刺，我就懷疑刺客要殺的對象就是老爺本人，並不是眾人所想的那樣是誤將老爺當成了李巡撫。不過是前一次的行刺不成功，才有了後一次的投毒。」

王名世問道：「那麼姨父這次中的毒真的是烏頭麼？」姜敏道：「這個……恕我才疏學淺，看不出老爺中的到底是什麼毒。」

姜敏頓了頓，又道：「本來這件事我也沒有打算如何，但話既然已經說到這裡，我有一事相求，想請三位暗中設法查清楚老爺的死因。如果是沈一貫下的毒，以他的地位我也不能怎樣。萬一不是他做的，那麼至少我可以消除對他的恨意。」

沈德符有心推辭，卻又不好意思說出口。王名世只是一聲不吭。只有傅春應道：「調查這件案子，即使是有王千戶幫忙，也怕是不容易。」

姜敏道：「我知道這件事很難很難，可我不著急，我能等，哪怕等上一年、十年都沒關係。名世是我外甥，撇開不提，沈、傅二位賢姪，此後在京城的一切花銷，都由我來出。」沈德符嚇了一跳，忙道：「馮伯母切不可如此。」

傅春也道：「哪敢要夫人出錢。」不顧沈德符一再使眼色，慨然應道，「好，這件事我答應了。」姜敏道：「如此多謝。名世是我外甥，這是他分內之事，萬難推辭。那麼沈賢姪你呢？」事已至此，沈德符還能說什麼，只得應道：「我也答應了。」姜敏道：「好。名世，你替我謝謝他們兩位。」王名世應了一聲，朝沈、傅二人跪拜下去。沈德符忙扶住他，道：「千戶請起，大可不必如此。」

姜敏道：「沈賢姪，你馮伯父一直視你為子。名世是我外甥，也等於是我的孩子，如果不是因為他是家中獨子，我早就過繼他做嗣子了。你們日後以兄弟相稱，不要再見外。傅公子，你也是。」見三人點頭應允，這才又道，「我建議三位先從那樁懸而未決的行刺案下手，既可掩人耳目，也更方便行事，也許可以從它追到中毒案的線索。」

王名世道：「那件案子，不僅外人都說，是遼東稅監高淮指派刺客向前遼東巡撫李植下手，連東廠和錦衣衛內部也是這麼認為。」

姜敏道：「但事實未必真是如此。我在內宮見過高淮很多次，這個人粗鄙貪婪，雖然不是什麼心思縝密之人，但也不至於笨到要親自潛回京師指揮行刺的地步。你們認為是皇上庇護高淮，以致滿朝文武上書彈劾高淮都不能奏效，其實是有人事先將這番道理講給了皇上聽，皇上先入為主地認為大臣們不過是無事生非，想借彈劾高淮一事來進奏裁撤稅監，這是他最忌諱之事，所以他根本看都懶得看那些奏章，更不要說追究高淮了。」

王名世道：「姨母說得極是。不過名世的意思是，那樁案子，已經沒有人再願意去查了，我忽然出面，反而會引人懷疑。」姜敏微一沉吟，即道：「你顧慮得對，那麼就暗中進行吧，名世你要盡量少動用公職。」頓了頓，又道，「你們查案的事，我只能從財力上資助，其他的事情，很難幫得上忙。」

她特意補上後面這一句，無非是因為外面盛傳她與慈聖太后及內宮嬪妃關係很好。其實無須她強調，沈德符等人也知道本朝家法嚴厲，後宮起不了什麼作用。明代立國以後，明太祖朱元璋設下了各種規章制度，嚴禁後宮和外戚干涉政治。如洪武元年三月，明太祖朱元璋命儒臣修《女誡》，纂集古代賢德婦女和后妃的故事，用來教育宮人，並規定皇后只能管宮中嬪妃之事，宮門之外不得干預。宮人不許跟皇宮外邊通信，違者處死。外朝臣僚命婦按例於每月初一、十五朝見皇后，其他時間，沒有特殊緣由，不許進宮。皇帝不接見外朝命婦。皇族婚姻選配良家子女，后妃必選自民家。外戚只給高爵厚祿，不許干聞政事。

即使是當今萬曆皇帝寵愛鄭貴妃如心頭肉，禮遇之隆堪比正宮皇后，卻也不能輕易插手朝政。當年大內有個很有名的太監名叫史賓，擅長書法，詩文極佳，因才華而貴顯，蟒玉侍奉於御前，很得皇帝喜歡。正好有一天有人來報告文書房缺員，萬曆皇帝順口便說史賓可以補充這個缺位。正好鄭貴妃在一旁，也極力稱讚史賓才幹，慫恿皇帝讓史賓補缺。皇帝登時勃然震怒，認為鄭貴妃有心交結內臣，下令杖責史賓後驅逐南京。鄭貴妃嚇得渾身戰慄，連連跪下請罪，雖然未受處罰，卻由此在相當長時間內失去皇帝的寵愛。正好當時國本之爭曠日持久，文武大臣不斷上書請立太子，慈聖太后又一再堅持要他冊立長子朱常洛而非鄭貴妃之子朱常洵。萬曆內外受壓，惱怒之下，下詔立皇長子朱常洛為太子。等到與鄭貴妃重新和好後，已是追悔莫及。而引發帝妃不和的導火索史賓，也是在最近才結束了放逐生涯，被重新召回京師。

傅春忙道：「不勞夫人費心，我等自會小心行事。」

王名世又問道：「上次萬玉山房出現竊賊那件事，姨母可有想到其人到底想偷什麼？」姜敏道：「那些卷軸，不過是你姨父自己的一些字畫手跡，也有同僚朋友們相互贈送的作品，不乏名家之作，拿到外面賣也可以賣不少錢。但卷軸的收藏一向是你姨父自己經手，至於有沒有丟失？到底丟的是哪一幅？我也不大清楚。」

王名世道：「我當時見竊賊匆忙翻窗而出，手中並未拿有卷軸之類。」傅春道：「如果是這樣，竊賊一定是有目的而來，只不過還沒找到要找的東西就被王兄意外打斷了。」

王名世便取出上次竊賊失落在書架前的畫軸，道：「我進去之時，竊賊似乎正在展看這幅像。姨母可認得畫中女子？」姜敏道：「不認得。雖然是你姨父的手筆，但他極少畫人物。」

傅春側頭一看，啞然失笑道：「這是蒙古韃靼首領三娘子的畫像。」三娘子名鐘金哈屯，是蒙古瓦剌部長哲恆阿合之女，韃靼部首領俺答之庶妻。這位蒙古公主一生充滿傳奇色彩，而今更是執掌蒙古大權，左右著北部邊疆時局，是連當今大明皇帝也要傾心籠絡的風雲人物。

明太祖洪武元年，元順帝被明軍逐出北京。元朝勢力雖然退出中原，元順帝名義上仍是蒙古帝國的大汗，對蒙古各汗國、部落享有宗主權。因而即使元朝滅亡，蒙古帝國的勢力和根基依然存在，歷史上將這一政權稱為「北元」。北元勢力退出中原後，蒙古貴族追憶中原的繁華與富庶，「猶有覬覦之志」，一心想要重新入主中原，不斷組織力量反攻。而明太祖朱元璋為鞏固自己的統治，對蒙古採取征討和招撫並用策略，結果雙方都沒能如願以償，從而形成了大明與北元南北對峙的局面。

北元自元順帝後，先後由其子孫繼位，他們是蒙古黃金家族成員，在名義上保持了元帝國的正統。然而到了永樂元年，韃靼部首領鬼力赤篡奪了北元黃金家族帝位，廢除了元朝的稱號，改國號為韃靼，自稱為韃靼可汗。鬼力赤的篡位加劇了蒙古各部落的分裂，紛爭進入白熱化狀態。

及至明成祖朱棣在位時，蒙古已經分裂為兀良哈部、瓦剌部和韃靼部三部，各自為政。兀良哈部散居在遼河、西遼河、老哈河流域一帶，靠近中原，實力相對比較弱，在明太祖朱元璋一朝時就已經內附中原。瓦剌部主要駐牧地在科布多河、額爾齊斯河流域及其以南的準噶爾盆地附近。韃靼部以和林為中心，活動在鄂嫩河、克魯倫河流域以及貝加爾湖以南地區，勢力最強，是明朝廷的主要威脅。

永樂八年一月，成祖朱棣經過周密準備，下詔親征韃靼。成祖朱棣親率五十萬大軍北進，在成吉思汗發跡之地斡難河擊潰了韃靼主力軍。明軍的火器優勢在此戰充分展現，明軍神機營所使用的神機銃每矢可斃敵二人，眾銃齊發，聲震數十里。韃靼軍無不驚恐萬分，倉皇逃遁。

這一戰是明朝歷史上皇帝第一次統率大軍北跨瀚海，親自指揮作戰，獲得勝利。成祖朱棣在凱旋班師回北京的歸途中，登臨了擒胡山，御筆勒銘記功於岩石上說：「瀚海為鐔，天山為鍔，一掃胡塵，永清沙漠。」以此紀念這次出塞所取得的重大勝利。

此後，韃靼和瓦剌互相衝突，明朝採取雙方離間政策，有時趁機出兵助弱抑強。成祖朱棣又四次親征蒙古，想使漠北蒙古各部之間保持勢力均衡，藉以減輕邊防上的威脅。在第五次親征的歸途上，有「馬上天子」之稱的朱棣病死在榆木川的軍營裡。

韃靼實力大為削弱後，瓦剌日益強盛起來，控制了蒙古各部落，時常騷擾明邊境。明英宗正統十四年，瓦剌首領也先以明朝失信為名，大舉侵明，並在土木之變中俘虜大明天子英宗皇帝，從而取得北元與明朝對抗以來的最大勝利。但瓦剌內部也是矛盾重重。不久，首領也先在內部爭鬥中被殺，蒙古重新陷入互相攻訐仇殺的分裂狀態。

蒙古各部落內訌的同時，並未停止對明邊境的掠奪，屢犯明邊遼東、宣府、大同等鎮。毛里孩、孛來等部先後進入河套，並以此為根據地——出河套，則寇宣府、大同、三關，可以震畿輔；入河套，則寇延綏、寧夏、甘肅、固原，可以擾關中。明朝廷稱占據河套地區的這部分蒙古部眾為「套寇」，套寇成為明朝的心腹大患。為阻遏蒙古騎兵南下，明朝廷先後投入大量人力物力修繕和加固長城，將原先不相連接的關監和長城連接起來。明朝全線連接的完整長城防禦體系，就是在這樣的歷史背景下形成。這時期修築長城，和明朝建國之初沿邊修建關隘的性質完全不同，已經蛻化為消極防禦的軍事工事，即便如此，還是沒能起理想的作用。

明憲宗成化年間，蒙古東部韃靼勢力再次興起，其首領達延汗先在韃靼內部實現了統一，隨即擊敗瓦剌，接著又兼併兀良哈部，最終將韃靼、瓦剌和兀良哈部三大部落基本統一。在達延汗統治初期，由於他主要集中力量統一蒙古，無暇騷擾明邊境，所以基本上和明朝廷保持著和平的關係。

達延汗死後，其第三子俺答汗成為蒙古部落中最有影響力的人物，對明朝廷重新構成了巨大威脅。隆慶初年，明朝廷開始了一連串針對俺答的應變措施，入閣不久的張居正在首輔徐階和內閣重臣高拱的支持下，全面主持固罣邊防的工作。名將戚繼光被調至北方抗擊俺答，被授為神機營副將，總理薊州、昌平、保定三鎮練兵事宜，總兵官以下，悉受節制。從此，戚繼光到北邊練兵，北部邊防大大得到加強。

隆慶四年，韃靼內部發生矛盾，俺答之孫把漢那吉攜妻子及心腹隨從十幾人到大同請求內附。原來，俺答第三子死時留有遺孤，即把漢那吉，為俺答正妻一克哈屯所養育。把漢那吉長大娶妻比吉，後愛上姑母之女三娘子並再娶。三娘子的母親為俺答長女，依名分上論來，是俺答的外孫女，把漢那吉的表妹。表哥娶表妹，也算是親上加親。然而，三娘子容貌清麗，頗具才華，身為外祖父的俺答也愛上了她，打算據為已有。於是，祖孫之間為一個小女子而心中結怨，把漢那吉爭不過祖父，乾脆離家出走，投降明朝以示抗議。

大明朝可從來沒有碰過這等事。加上俺答從嘉靖朝開始就是明朝最大的敵人，把漢那吉身分特殊，朝中很多大臣極力反對他受降，認為敵情叵測，廷議紛紛不決。只有內閣大學士高拱和張居正二人認為應該收留把漢那吉一行。於是明朝授把漢那吉為指揮使，賞大紅紵絲衣一襲。

俺答正妻一克哈屯生怕中國誘殺愛孫把漢那吉，日夜與俺答吵鬧。俺答也有些後悔起來，立即召集十萬軍隊，如黑雲壓城至北方邊境，氣勢洶洶地要找明朝索要孫子。宣府總督王崇古早有準備，飛書傳檄各鎮，嚴兵戒備，大眾堅壁清野，對待俺答。俺答攻無可攻，掠無可掠，弄得進退兩難，不得已遣使請命。王崇古早在張居正的授意下以其孫要挾，意思是說，你不退兵，我就殺了你的孫子。俺答雖然奪走了孫媳婦，但依舊愛惜孫子的性命，終於被迫妥協。張居正順水推舟應俺答之求，禮送把漢那吉回鄉，俺答則把趙全等明朝叛臣綁送明軍大營。把漢那吉穿著大明皇帝官賜的大紅絲袍回韃靼帳幕時，俺答非常感動，說以後不再侵犯大同，並決定請求封貢、互市，和明朝友好相處。

隆慶五年，明朝廷詔封俺答為順義王，並在沿邊三鎮開設馬市，與蒙古進行貿易，此即歷史上著名的「隆慶和議」。而精明能幹的三娘子嫁給俺答後，逐漸在蒙古的軍政中占據重要影響力。俺答對她非常寵愛，「事無巨細，咸聽取裁」。三娘子渴慕中原文化，所以力主和平，對維持蒙漢民族之間的和睦貢獻巨大。

萬曆九年十月，七十五歲的俺答汗死，俺答長子黃台吉[4]任韃靼首領。按照蒙古族古老的習俗，黃台吉可以娶繼母三娘子為妻。但時年三十二歲的三娘子嫌黃台吉年紀太老，容貌又醜，不願接受，帶著部眾往西出走。黃台吉垂涎三娘子的美麗已久，認定繼母也是父親的遺產，自己當然有繼承的權利，加上繼母地位非凡，沒有她的支持，自己很難入承王位，於是帶著輕騎向西追趕。張居正得知此事，認為三娘子是一個得力的工具，假如她和黃台吉脫離，會失去應有的作用，對於明朝廷便是一種損害，連忙派人勸說三娘子。識大體的三娘子這才重新回頭，嫁給黃台吉，成了第二代順義王夫人。此時的三娘子已成為韃靼核心人物，「群情依為向背」，當時奉表稱謝者皆以三娘子為主名，凡赴內地均須攜帶三娘子簽發的文書，方准通行。

黃台吉在位僅四年便死了，當時王篆和兵符都在三娘子手中，她一度打算將王位傳給自己的兒子不他失。於是黃台吉長子撦力克[5]自立為王，三娘子權衡利害，最終將王篆交給了撦力克。撦力克也娶三娘子為妻。三娘子的年紀比撦力克要大許多，但撦力克絲毫不介意。為了娶到繼祖母，撦力克還事先將所有的姬妾都趕走。撦力克於萬曆十五年三月襲封順義王，冊封三娘子為忠順夫人。

因三娘子貌美不衰，通達事務，胸襟開闊，三代韃靼首領都對她非常寵愛，言聽計從。數十年間，三娘子「主兵柄，為中國守邊保塞，眾畏服之」，她參與掌握兵權，主持貢市，約束蒙古各部，為維護韃靼和明朝和平友好的局面，起了極其關鍵的作用。自「隆慶和議」之後，從宣府、大同至甘肅，邊陲晏然，數十年不用兵革，其實三娘子個人的功勞占了相當大一部分。

眾人聽說馮琦畫中的女郎竟然就是叱吒風雲的三娘子，均覺難以置信，然而看那女子裝束，又確有幾分蒙古公主的超邁和豪氣。

王名世極為驚奇，問道：「這真是三娘子畫像麼？你怎麼會知道？難道你見過三娘子？」傅春笑道：「我身在京師，怎麼會有機會見過三娘子？只是根據詩意猜測。」

眾人仔細一看，圖軸左上方題有一首七絕詩——「塞北佳人亦自饒，白題胡舞爲誰嬌。青霜已盡邊城草，一片梨花冷不銷。」下題有「琢庵」二字，正是馮琦之號，取「玉必琢而器始完」之意。

姜敏道：「我倒是忘記這件事了，老爺年輕時曾遊塞外，見過三娘子本人，大約是後來憑記憶畫下了三娘子的容貌。」眾人這才釋然，只是難以想通那竊賊為何單單對這幅三娘子畫像感興趣。傅春道：「或許竊賊只是無意中看到，覺得三娘子貌美，所以多留意了幾眼。」

姜敏道：「那竊賊會不會在找暗格裡的東西？我忘記告訴你們，老爺書房的書桌下有一個暗格機關，是精銅所鑄，極為隱密牢固，只有老爺才有鑰匙，一直貼身收藏。但老爺過世後，我並沒有在他身上找到鑰匙，想來鑰匙應該在夏瀟湘身上。但她從詔獄回來後，一直神志恍惚，意識不清，我問過她幾次，都不得要領。」

傅春忙問道：「那麼夫人可知道暗格中收藏的是什麼東西？」姜敏搖了搖頭，道：「不知道，老爺從來沒有讓人看過。但我可以告訴你們的是，裡面絕對不會是金銀珠寶一類的財物。」

傅春道：「我們不妨再去書房看看，也許可以發現一些線索。」

幾人遂一道趕來萬玉山房。果見書房書桌右側角上裝有一個精銅的暗格。

傅春心細，特意鑽到桌下，點燈近照——卻見暗格鎖孔周邊有幾道細銳劃痕，痕跡猶新，顯然是近日有人所為。傅春道：「似乎有人發現了這個暗格，又沒有鑰匙，所以想用工具巧力開啟，才留下了這些痕跡。」

姜敏雖然不知道丈夫到底在暗格中藏了什麼，但料想收藏得如此隱密，必定是非凡之物，更可能是見不得光之物，很是著急。沈德符安慰道：「馮伯母不必憂慮，這暗格如此精巧，尋常之人根本發現不了，更不要說打開它了。那竊賊既然還在書架卷軸中翻找，應該是未能得手才對。」姜敏這才略略放心。

傅春道：「也許我們可以找一個高明的工匠來打開暗格，看看裡面還有沒有東西，由此也可以確認竊賊到底有沒有打開過它。」王名世道：「暫且不用找工匠，也許我可以設法找到鑰匙。」那鑰匙既然如此重要，不在馮琦身上，就一定在夏瀟湘身上。但案發後她立即被逮捕押送錦衣衛詔獄，下獄前照例要由女禁婆搜身檢查，她的私人物品包括鑰匙多半被禁婆截留了。

傅春來回在書房走了幾步，道：「我有個想法，說出來各位勿怪。那日王兄在萬玉山房撞見的竊賊，跟暗中開啟暗格者未必是同一人。王兄，你帶人進來時，那竊賊正在書架前翻找物品，對不對？」王名世道：「不錯。我雖然沒有親見，但進來前，聽見有銅爐砸地的聲音，進來時，書架前散有那幅三娘子畫像。」

傅春道：「如果竊賊目的是要盜竊暗格中的東西，王兄進來時，他要麼坐在書桌下開鎖，要麼已經得手離去，這才合乎常理，對不對？如此也可以推斷，開啟暗格者跟王兄撞見翻找卷軸的竊賊必定是兩個人。」沈德符道：「不錯，是這樣。而且暗格如此精緻小巧，裝書信還差不多，根本不可能放得下卷軸，必定是兩個人。」

姜敏問道：「那麼那竊賊到底有沒有盜得暗格中的東西？」傅春道：「這我無法推斷，只能設法打開機關，看到暗格是否還有物品後才能確認。」沈德符道：「其實最好的確認法子，就是直接問二夫人。馮伯母，這件事……」

姜敏道：「我會設法再問夏瀟湘的。」正要走出書房，忽又想起一事，回身道，「另外還有一件事，不知道跟竊賊有沒有關係。老爺靈柩運回家鄉下葬前，曾設靈堂弔唁，老爺的生前好友都來了，包括趙中舍、李中丞等。趙中舍祭拜完畢後，向我索要一幅圖，說是當日婆婆壽宴帶來府中，預備與老爺、還有李中丞一道品評，後來暫時寄放在萬玉山房。我也沒有心思多問這件事，就命人帶他自己去翻那些卷軸，後來他也說找到了，拿了就走了。」

沈德符忙道：「呀，我記得這件事，當日壽宴，士傑先帶我去萬玉山房見客。我進去時，馮世伯、趙世伯、李世伯正圍在案桌前品評著什麼。不過等我進去後，他們三位就沒再多提，趙世伯還將那幅畫捲了起來。」

王名世道：「你肯定是一幅畫麼？」沈德符道：「我也沒有看得很清楚，不過應該是一幅畫。這個不難弄清，回頭得空去找趙世伯問一下便是。」

幾人出來後院時，正好遇到馮士傑，手中提著一個木盒，滿臉沮喪，顯然是吃了閉門羹，被馮老夫人趕回來了。雖然官方並未追究他往夏灩湘玉杯中下打胎藥一事，而馮府現由姜敏當家，上下也沒有人敢多說什麼，但馮老夫人卻不肯原諒馮士傑，甚至當面聲稱他不是馮琦的兒子，有要將其掃地出門的意思。

王名世幾人知道究竟，也不好多說什麼，只打了聲招呼，便就此作別。

剛走上甬道，遠遠見到馮士楷站在一株海棠旁，正朝眾人招手。

沈德符忙走過去問道：「你是叫我嗎？」馮士楷怯生生地問道：「小沈哥哥，我有點害怕。」沈德符道：「你娘親已經回來了呀，你還怕什麼？等她病好了，就可以像以前一樣照顧你。」

馮士楷道：「就是因為娘親回來了，我才害怕。」沈德符道：「為什麼呢？你娘親那麼喜歡你，你不是也一直吵著要媽媽嗎？」

馮士楷忽然不耐煩起來，道：「娘親以前是最喜歡我，可她變了，她最喜歡的是肚裡的小寶寶。奶奶早就不喜歡我了，她最喜歡的是士桀。爹爹最喜歡的是娘親，大娘最喜歡的是士傑。總之，這裡再沒有人喜歡我。」

沈德符笑道：「傻孩子，你怎麼說這樣的傻話，你是馮世伯的親生骨肉，這裡誰不喜歡你？」馮士楷氣嘟嘟地道：「這不是傻話，是印月告訴我的，而且我發現確實是這麼回事。」

沈德符道：「印月？印月是誰？」馮士楷道：「印月是娘親的心腹婢女啊，她們兩個還是同一個村子裡的呢！」沈德符道：「這都是印月瞎說，她騙你的。」馮士楷道：「印月沒有瞎說，真是這樣的。」一旁傅春聽見，心念一動，問道：「那麼印月有沒有說，如果你娘親再生下一個弟弟或妹妹，你就更加沒有人喜歡了。」馮士楷先是呆呆看了傅春一眼，隨即轉身就跑。

傅春忙上前捉住馮士楷，厲聲喝道：「你做了壞事，所以心中才一直害怕，對不對？男子漢大丈夫，敢做就要敢當。」沈德符忙勸阻道：「傅兄你做什麼？別嚇壞孩子。」

馮士楷使勁掙扎，卻始終掙不脫掌握，登時暴露出來，喊道：「是我做的又怎麼樣？是我往娘親杯子中下了藥，我不要她再生什麼弟弟或妹妹。」

沈德符大吃一驚，道：「是你下的藥？你……你從哪裡得來的藥？」馮士楷道：「印月給我的，她說娘親吃了這藥就會拉肚子，弟弟或妹妹就不會有了。放手，快放手！」

傅春道：「放開你可以，你得先告訴我，為什麼你大哥馮士傑要站出來替你揹黑鍋，是你告訴他的嗎？」馮士楷道：「爹爹死了，娘親也不見了，我很害怕，就悄悄告訴了士傑是我下的藥。他很吃驚，問我是什麼藥，我說就是拉肚子的藥，然後他就讓我千萬不要告訴別人，他會自己解決這件事。」

沈德符忙問道：「那麼，還有別人知道這件事嗎？」馮士楷道：「沒有了。我只告訴了士傑，還有你們。放手啦！」傅春便鬆了手，馮士楷一溜煙地跑走了。

王名世在旁聽說究竟後，急忙親自去逮婢女印月。

沈德符一時愣住，半天才感慨道：「想不到士傑肯為沒有血緣關係的掛名弟弟犧牲。」傅春道：「能如此忍辱負重，的確不容易。我猜馮夫人早猜到了，所以對士傑並無半分責備之心。」

沈德符道：「我……我竟然一點也沒有想到，居然……居然會是士楷。」傅春道：「他不過是個想要得到他人關注和寵愛的小孩子，也不全是他的錯，倒是那婢女印月，可謂用心陰險了。」

等了好大一會兒，王名世匆匆回來，道：「印月在馮尚書下葬前就已經逃走了，看來她早猜到事情終究會有敗露的一天。」

馮府因遭逢變故，最近辭退了不少幫工，也有奴婢暗中逃亡，馮府不及追究，也不想生事，就此不了了之。王名世卻不肯就此罷休，仔細問明印月籍貫來歷，好派人捉拿。

原來印月姓客，今年十八歲，保定定興人氏，嫁與當地小民侯二為妻，後因家鄉貧困，來到京師謀生，入馮府當了馮老夫人的婢女。因為人乖巧，長相不錯，會做幾樣家鄉小菜，很會討好人，深得馮老夫人歡心。某日馮老夫人帶她去寺廟還願，她從車上看見了路邊有人賣身葬父，一眼認出是同村的夏瀟湘，忍不住下車招呼。馮老夫人動了憐憫之心，幫助夏瀟湘安葬了父親，又收留她進了馮府。哪知道夏瀟湘後來居上，很快被馮老夫人許配給馮琦，雖然是作妾，卻也是主母的身分。客印月反而成了侍奉夏瀟湘的婢女。夏瀟湘對這位有恩於自己的同村姐妹極為尊敬，從沒有擺出半分架子，但客印月反而暗中利用馮士楷加害她，具體緣由雖不得而知，但顯然是出於嫉妒之心。

玉杯下藥案至此方才真相大白。王名世召來校尉，命他辦理駕帖，速到客印月家鄉保定追捕，預備等拿到人再將真相告知馮府。

辦完緝捕客印月之事，三人才一道回來藤花別館，掩好門窗，祕密商議姜敏交付的大事。

王名世道：「我奉陳廠公之命主持調查馮尚書遇刺案時，詢問過許多文武大臣意見，都是當晚到過壽宴的官員，小部分脾氣剛直者如趙中舍直截了當地說是遼東稅監高淮所為，大多數人雖然不願發表公開意見，包括前遼東李巡撫在內，但言語中其實也暗示高淮是罪魁禍首。難道他們都看錯了麼？」

傅春道：「那刺客明顯有遼東口音，當時局勢又是如此，眾人不得不如此猜測。但事後來看，馮夫人的分析確實有道理，高淮不會笨到親自溜回北京來主持行刺。更重要的是，那刺客若真是高淮所派，他有很多法子可以混進馮府，不必刻意裝成東廠的番子。不然引得眾人懷疑東廠，同時得罪了司禮監，對高淮自己又有什麼好處？」

沈德符道：「『好處』其實應該是作案的關鍵。我們先不用考慮馮伯母的看法，還是認為刺客要殺的對象是當時的遼東巡撫李植，這是公論。如果刺客得手，李植被殺，最大的獲利方是誰呢？」

傅春道：「表面看起來是遼東稅監高淮，因為李巡撫這次回京，目的就是要彈劾高淮的罪行。」

沈德符道：「『表面』兩個字用得好！傅兄你說說看，你為什麼要刻意加上『表面』？」傅春笑道：「後來有了聲勢浩大的彈劾高淮，幾乎是全城倒高，不還是沒能扳倒他麼？所以高淮並不算真正的得利方。如果李巡撫當場遇刺身亡，最大的獲利者應該是下任遼東巡撫。」驀然想到了什麼，失聲道，「難道你是在暗示……得利方是他？」舉起手來，朝隔壁指了指——隔壁，便是寧遠伯李成梁的宅邸了。

沈德符點頭道：「正是。這次倒高事件後，遼東巡撫李植和遼東總兵馬林均被免職，真正得利的只有他一個人。」王名世道：「你懷疑是寧遠伯策畫了行刺事件？」沈德符道：「我只是說，寧遠伯是高淮事件的唯一受益方。」

傅春道：「呀，小沈不簡單，居然能想到他，一般人可絕對懷疑不到他身上。」沈德符道：「我只是跟錢先生學的，斷鵝看糞便。」又問道，「王兄，我託你查關於錢先生忽然被轉獄的事……」

王名世習慣性地皺緊了眉頭，道：「我暗中調查過，確實是有人用重金賄賂了獄吏，託他妥善照顧錢若賡錢先生。一路順藤摸瓜，我查出付這一大筆錢的人並不姓錢，而是李良木。」沈德符道：「李良木？那不是隔壁李府的管家麼？」王名世道：「嗯，正是他。」

傅春道：「這應該不是巧合。那麼王兄有沒有問寧遠伯的管家，為什麼肯花重金為錢若賡轉到條件稍好些的囚室？」王名世道：「聽獄吏說，是寧遠伯憐惜錢若賡無辜，主動願意出資。」

傅春道：「寧遠伯貪財好色，眾所周知，他怎麼可能忽然出這麼多錢幫助一個在詔獄被關了二十年的囚犯？」王名世道：「但要指控寧遠伯這等身分的人，須得有真憑實據，寧遠伯幫助錢若賡的理由雖然牽強，卻也沒有任何破綻。」

沈德符道：「那刺客會不會是……王兄，那刺客屍首呢？」王名世道：「首級已梟首示眾，殘屍早就拖到城外亂崗地埋了。」沈德符道：「那麼王兄可還記得他的樣貌特徵，他右手的虎口處是否有一塊傷疤？」

王名世道：「嗯，這我還記得。我從他手中奪過匕首時，是感覺到他的虎口處有塊傷疤。怎麼，沈兄認得刺客？」沈德符道：「不，不認得。但我懷疑這個人就是錢若應，錢若賡先生的小弟弟。」當即原原本本說了錢若賡的往事。

傅春道：「如此，倒能解釋寧遠伯李成梁為什麼要花錢在錢若賡身上。」

如果那刺客果真就是錢若賡幼弟錢若應，那麼他必定是受寧遠伯李成梁的指使，前去馮府行刺前遼東巡撫李植。作為交換的條件是，李成梁出資買通詔獄獄吏，暗中照顧他的兄長錢若賡。李植一死，正與稅監高淮爭鬥的遼東總兵馬林越發孤立，陷入困境是遲早的事，李成梁便可以趁機東山再起。而事情比李成梁預料得還要順利，馮琦遇刺後，眾人不約而同地將罪過記在稅監高淮頭上，湊巧高淮又私自潛回京師會老相好梁盈女，行蹤敗露後引發朝臣倒高，反而因此激怒萬曆皇帝，李植和馬林被同時免職，李成梁重新掛帥遼東，再次成為封疆大吏。

可這一切只是推測，沒有確切證據證明刺客就是錢若賡的幼弟錢若應，也沒有確切證據證明李成梁和錢若應有關聯。也就是說，就算知道了這樁案子跟寧遠伯李成梁有干係，也只能就此而止。沈、傅、王三人均是深明利害之人，見馮琦遇刺案已走到盡頭，便長歎一聲，不再多議。

沈德符道：「我還是不明白，如果刺客真是錢若應，他身上怎麼會有一塊假的錦衣衛牙牌？」傅春道：「這不奇怪，那牙牌只是贗品。也許這也是李成梁的伎倆之一，故意引眾人懷疑東廠和司禮監，其實是要將懷疑的視線引到高淮身上。畢竟，高淮是他最好的替罪羊。」

沈德符格外關注那塊牙牌，問道：「王兄，之前我託你查八十八號牙牌主人楊山之事，可有下文？」王名世道：「名冊上記錄校尉楊山於己丑萬曆十七年致仕，同年病死。」

沈德符失聲道：「呀，又是萬曆十七年！」王名世道：「假牙牌上刻的製造年份正是這一年，楊山也死在這一年。我覺得蹊蹺，所以暗中打聽了一下，東廠還有老人記得楊山這個人——他是當年東廠提督張鯨的心腹，時常出入禁宮。但不知怎的，有一天有人將他從宮中抬了出來，說是忽然病倒，抬回家後不久就死了。至於他的牙牌，名冊上記載說已收回，但庫中沒有找到，也再沒有記錄。」

傅春道：「這麼說，楊山之死也相當可疑了。當日馮府壽筵，會不會是因為陳廠公也知道楊山這件事，認出了牙牌的編號，以為那是楊山的舊牙牌，所以才臉色大變？」沈德符道：「真牙牌下落不明，平地裡冒出一塊假牙牌。這……這到底是怎麼回事？」

王名世沉吟道：「有一件事，我一直沒有告訴二位，也是跟這塊假牙牌有關。馮尚書遇刺後，我在尚書府遇見過兩位，其實當時我不是去找李植巡撫，而是馮尚書聽說刺客身上搜到一枚牙牌後，很想親眼看看，派人向我索要。我想這也不是什麼大不了的事，於是去找陳廠公領那塊假牙牌，但陳廠公不但拒絕交給我，而且聽聞是馮尚書想要索看後，神色極其古怪。我只好親自去尚書府，找個藉口回覆馮尚書。馮尚書的神情也很是詭異，當時我看到他那麼緊張的樣子，一度起疑他認得那塊牙牌，甚至可能認識刺客本人。」

沈德符更是疑竇叢生，心道：「東廠陳廠公到底在隱瞞什麼？那塊假牙牌為什麼要刻意留下萬曆十七年的破綻？雪素母親潤娘身上的牙牌是真是假？她為何又偏偏在那一年失了蹤？馮世伯也是認得潤娘的，會不會他知道其中有所關聯？要不然，為何堂堂禮部尚書會緊張一塊錦衣衛牙牌？」一時心亂如麻。驀然間又想起一事來——潤娘是個走江湖的繩伎，不但身輕如燕，身手了得，而且有一手銀針開鎖的絕技。那潛入萬玉山房開啟暗格的竊賊，會不會就是失蹤已久的潤娘？他念念不忘的雪素又去了哪裡？

傅春不像沈德符這般執著糾結於往事，既然牙牌沒有太多線索，便轉換了話題，道：「而今已經可以確認馮尚書遇刺案跟中毒案沒有關聯，可要追查中毒案可就難得多了。小沈，你別走神，假牙牌的事暫且放一放，你當時在場，馮尚書死前可有留下什麼特別的話？」

沈德符躊躇了一會兒，還是說了出來：「我覺得馮世伯好像真的預先知道了什麼似的，他叮囑了我一些事，又寫下那首詩給我，他當時的神色，似乎知道……知道自己就快要去了。」

傅春道：「如此越發證明馮尚書對中毒之事心知肚明，他應該知道凶手是誰，只有位高權重者，至少得有內閣首輔那樣的身分才能令他隱忍不發。內閣在皇城中，除了王兄外，我和小沈根本進不去。」

王名世道：「如果馮尚書是在內閣飲用茶水時中的毒，那麼侍奉的吏役一定是知情的。」傅春道：「不錯，就算首輔沈一貫有心害死馮尚書，也絕不會親自動手。這樣即使事情敗露，對他而言，還有回旋的餘地。」

王名世道：「那好，我先去查一下當日內閣值守吏役的名單。」傅春道：「好，我和小沈去找趙中舍，看看能不能從竊賊那件案子追到線索。」又特意叮囑道，「王兄要當心那些紹興師爺。」言外之意，無非是指內閣吏員多是吳越人，要提防他們暗中串供。

明代任官有迴避制度。洪武時，太祖皇帝規定戶部中無論官吏，均不得任用浙江、江西二省及蘇、松二府人。因為戶部收受錢糧，而浙江這些地方賦稅多，民風不淳，恐官民勾結，飛詭為奸。然而中明以後，制度鬆弛，雖然戶部官員禁用蘇松江浙人，但吏員淨是浙江人，尤以浙江紹興人居多，即所謂紹興師爺。不獨戶部，其他衙門亦是如此，形成獨特的「紹興師爺」現象。

王名世正色道：「傅兄可別看不起紹興師爺，我和沈兄都是浙江籍，我是武官，沈兄是秀才，不也可以稱得上是『紹興師爺』嗎？」傅春道：「王兄教訓得極是。我本來的意思是，沈一貫執掌內閣已久，內閣中多是他的心腹，王兄得格外小心才是。」哈哈一笑，決意分頭行事。

正好遇到駙馬冉興讓來訪，王名世便先行離去。

沈德符招呼冉興讓堂中坐下，問道：「駙馬在國子監還不到三個月，是壽寧公主為駙馬求了情麼？」冉興讓道：「嗯，今日宮裡有公公來宣旨，說公主很思念我，准我早些歸府。我回來後，公主託心腹轉告我一件事，要我來告訴二位，跟高淮有關。」

沈德符道：「什麼事？」冉興讓道：「公主也是聽公主府的下人說的，高淮潛回京師後，除了躲在公主府中外，還祕密去會過寧遠伯。」傅春與沈德符相視一眼，忙問道：「可知道是為了什麼事麼？」

冉興讓道：「不清楚。公主也是知道寧遠伯又當了遼東總兵後，才覺得有些奇怪，要我將這件事告訴你們。」忽然一眼留意到桌上的字幅，問道，「這字寫得好看，是誰寫的？」沈德符黯然道：「是故禮部尚書馮世伯臨死前寫給我的，算是遺詩。」

冉興讓勸道：「人死不能復生。沈公子也不要太傷心了。」他識字不多，勉強掃了一遍那首絕命詩，道，

「這個真巧，翊坤宮中有兩處居室就叫『海濤』、『仙桃』。」翊坤宮就是他岳母鄭貴妃的寢宮了，位於皇后居住的坤寧宮以西，是東西六宮中，地位僅次於坤寧宮的宮殿群。

沈德符聽了也未在意，又閒話幾句。

傅春忽道：「駙馬，有一件私事，不知道是否可以麻煩公主進宮時幫忙打探一下？」冉興讓道：「傅公子請講。」

傅春道：「小沈一直對宮廷制度很有興趣，立志要寫一本書來記錄各種典故。聽說當日聖上召見馮尚書商議福王婚事，因時已近午，特恩旨賜食。賜食一事，已二百餘年未見於記載，不知道經過到底是怎麼樣的。」一邊說著，一邊朝好友打了個眼色。

沈德符只得接道：「譬如按照故例，該由光祿寺進宴。然則本朝賜食制度廢棄已久，光祿寺應該不會有任何準備，那麼會不會改由尚膳監[7]進食？」

冉興讓道：「我記下了。今晚我就會告訴公主，等公主打聽清楚，我再來回覆二位。」他久不見壽寧公主，想到今晚終於可以和公主相會，且不必再受那惡保母梁盈女的箝制，很是興奮，興沖沖地告辭去了。

沈德符狐疑道：「莫非你懷疑馮伯父是在紫禁城中中的毒？你自己不都說了麼，賜食中毒根本不可能。」傅春道：「我只是保險起見，反正公主進宮時順便打聽一下，又不費什麼事。」

出門時正好遇到魚寶寶，聽說二人要去找中書舍人趙士楨查案，當即自告奮勇道：「我也要去。」

1 馮琦墓，古蹟猶存，在今青州城西堯王山麓，原有六幢蛟龍御祭碑。明熹宗朱由校繼位後，常常追念馮琦功績，先後六次派遣朝官到青州立碑祭祀，贈馮琦官太子少保，諡號「文敏」，並追封入閣，因而明代有「死後入閣，馮琦一人」的說法。

2 光祿寺：位於皇城東安門內，負責御膳食材的採買。凡祭饗、宴勞、酒醴、膳羞之事，都由光祿寺「辨其名數，會其出入，量其豐約，以聽於禮部」。

3 廷杖之地：明代廷杖規矩是由太監監刑，「令錦衣衛行之」。彼時，午門前兩側設有錦衣衛值房，凡朝臣中有違背皇帝意願者，即令錦衣衛當場逮捕，在午門中央甬道的東側行刑拷打，多數受刑者被打死。

4 黃台吉：原名辛愛，本小說〈卷七妖書再現〉亦可見其事蹟。

5 撦：讀作「扯」。

6 駕帖：明代秉承皇帝意旨，由刑部簽發逮捕人的公文。據沈德符《萬曆野獲編》：「祖制：錦衣衛拿人，有駕帖發下，須從刑科批定，方敢行事，若科中遏止，即主上亦無如之何。如正統王振、成化汪直，二豎用事，時緹騎偏天下，然不敢違此制也。」萬曆初年，內閣首輔高拱被張居正、馮保聯合排陷，罷官閒住。馮保私下派錦衣衛校尉到高拱家鄉，稱欽差拿人，脅令高拱自裁。家人皆慟哭。高拱諳熟典故，當面向校尉索取駕帖，校尉無法拿出，高拱才沒有枉死。

客印月：即是在這一年設法進入皇宮，成為侍奉王才人（太子朱常洛嬪妃）的宮女，後又負責哺育小皇子朱由校（即後來的天啟皇帝明熹宗）。皇宮中人情淡薄、缺少溫情，幼小的朱由校渴望親情、渴望呵護，所以與朝夕相伴、關懷照料他的乳母客氏分外親密，不僅在生活上離不開客氏，感情上也依賴客氏，對她的感情甚至勝過自己生母。後來朱由校當上皇帝，封客氏為「奉聖夫人」。客氏倚仗皇帝眷顧，與宦官魏忠賢勾結，人稱「客魏」，把持朝政十餘年，作惡多端，加速了明朝的衰亡。崇禎皇帝朱由檢（明熹宗弟）即位後，才處死了魏忠賢、客印月團夥。

7 尚膳監：宦官二十四衙門之一，掌御膳及宮內食用。

【卷六】七月流火

沈德符心中默誦這個當年轟動京華的名字，驀然生起一種歲月如流、年華婆娑的感覺來。他不是不記得潤娘這個人，相反地，這幾個月來，他一直念念不忘想要弄清楚當年她身上到底發生了什麼事，她的神祕失蹤是否跟他父親暴死有關。

北京正陽門、宣武門、崇文門是北京內、外城的界線，這三處城門聚集有大片會館。中書舍人趙士楨住在宣武門外的西河沿，離浙江會館極近，宅第不大，剛好與義大利教士利瑪竇相鄰。

趙士楨算是本朝極為傳奇的人物，因書法出眾得到當今皇帝賞識，欽召入文華殿。文華殿是主上與東宮講讀之所，等同於唐代之延英殿、宋代之集賢殿，其地最為親切，非如武英殿為雜流窟穴。其中書房入直者，稱天子近臣，從事翰墨。然而趙士楨以儒士在直十八年，官銜仍然只是鴻臚寺主簿，直到最近才升為武英殿中書舍人。按照常人的眼光來看，未免升遷得太慢。好在他本人對功名利祿全然不在意，只專心研究軍事和火器，備極勞苦，孜孜矻矻，千金坐散而不顧，卻因此與家人不睦，單獨居住在別宅。

沈德符三人乘車來到趙府，下車時正好看到歐洲傳教士利瑪竇經過。沈德符忙上前打聲招呼，問道：「利先生最近可還要去詔獄傳教？」利瑪竇道：「過幾天要去。」

沈德符道：「可否煩請先生幫我帶一些食物、用品給錢若賡錢先生？」利瑪竇道：「當然沒問題。」回頭叮囑一名親隨道，「記得明日去沈公子府上取東西。」那親隨應道：「是。」

沈德符卻覺得那親隨甚為眼熟，問道：「你不是浙江會館薛家戲班打雜的阿元麼？」阿元笑道：「是我。沈公子好眼力。」利瑪竇道：「是薛幻班主叫他來舍下幫手的，你們認得就更好了。沈公子有事儘管吩咐，不必客氣。」

沈德符忙不迭地謝了，目送這位白髮斑斑的老教士走遠，才跟傅春、魚寶寶一起到趙府叩門。

趙府管家姓毛名尚文，是個魁梧精幹的中年漢子，臉上生著厚厚的虯髯，幾乎遮住了大半邊臉。

三人剛抬腳跨進門檻，便聞見一股濃烈的火硝味。舉目望去，不大的院子中堆放有各種形狀的木器、鐵具等，大約是做火器試驗用的用具，望上去彷若亂七八糟的工匠作坊，渾然不似堂堂武英殿中書舍人的居處。

趙士楨正在書房閉門見客，聽說沈德符三人到來，便道：「這幾位都不是外人。」命毛尚文請三人進來。書房中的客人除了前遼東巡撫李植外，還有工匠趙士元。他與趙士楨並無半分親戚關係，只是其研製火器的得力幫手。趙士元原是京城製彩燈名匠，所製炎紗屏和燈帶精巧異常，稱為「鬼工」；時人逢燈節，以懸趙士元彩燈為勝事。

沈德符正要介紹魚寶寶，趙士楨道：「魚公子，老夫早見過了。當日沈賢姪落難詔獄，魚公子來過我這裡，深更半夜地在門外等了一個多時辰，只為懇請老夫出手相助。」

魚寶寶紅著臉道：「小子無知，當晚言語多有衝撞冒犯之處，還請趙先生原諒。」趙士楨呵呵笑道：「不要緊，你有情有義，老夫讚賞還來不及，怎會怪你？沈賢姪，你可別辜負了魚公子這番盛情。」

沈德符道：「是。」一眼留意到桌案上展放著一幅絹畫，問道：「這是趙世伯當日從馮府取回來的那張畫麼？」趙士楨道：「嗯，這張畫是兩幅火器圖，可以說是老夫的半生心血。原先裝備軍隊的火器完全是為抗倭而研製，只適用於南方海濱。而今倭患漸平，北虜成為邊境主要矛盾，我又根據遼東地形、地勢和敵情，改製成一種新型火器，就是左邊這幅。右邊這幅是一種新式車銃，比單兵火器威力大上千百倍，堪比西洋的紅夷大炮，用來裝備防守城池，一座車銃便可以當千軍萬馬。」

魚寶寶咋舌道：「有這麼厲害？」趙士楨道：「這車銃只是草圖，還沒有真正製成。正好上次老李從遼東回來，我便帶了圖紙到老馮那裡與他商議，預備壽宴結束後再好好研究一番的，哪知道後來變故迭起，圖紙就一直擱置在萬玉山房裡，不及取回。老馮不幸過世後，我聽說有竊賊到過萬玉山房，擔心圖紙有事，就去找馮夫人要了回來。」

傅春道：「我們正是為這件事而來。請恕小子冒昧，敢問先生，這兩幅火器圖有多大價值？」趙士楨道：

「那要看落在什麼人手裡了。如果是落在像你們這樣的讀書人手裡，自然是一錢不值。但如果落在倭寇或是北虜手中，他們又能找到像士元這樣有製作本領的工匠，那麼後果便不堪設想。」

李植也插口道：「自古以來，兵器是對敵制勝之根本。昔日秦國統一天下、漢代擊敗匈奴，全仗弓弩之利。本朝成祖皇帝幾次親征大漠，蒙古人望風遠遁，全仗有神機銃利器。老趙研製的火器，裝備輕巧，發射方便，射程又遠，堪稱當世第一等神兵利器，若是被敵人知道了製造之法，等於我大明朝軍隊優勢全無。」沈德符道：「如此看來，當日潛入萬玉山房翻找卷軸的竊賊，真正想要的就是這張圖紙了。」

魚寶寶道：「雖然天下人都知道趙中舍是大明朝的火器行家，但竊賊怎麼會知道這張價值連城的火器圖紙在萬玉山房呢？」趙士楨道：「嗯，這是個很好的問題。五年前，我和老趙製成鷹揚、震疊、翼虎、三長、奇勝等新火器式樣後，家中也曾有竊賊光顧，幸好被士元及時察覺，取火器放了一槍，嚇得那人翻牆逃走。你們也可以看到，我家裡是家徒四壁，唯一值錢的就是火器了，所以當時我就猜想那竊賊是為火器圖紙而來。自那以後，我要麼將圖紙隨身帶在身上，要麼都留在中書舍官署裡。」中書舍官署跟內閣一樣，位於紫禁城中，尋常人望塵莫及，自然是再安全不過的地方。

沈德符道：「如此說來，當日馮府壽宴，趙世伯將圖紙留在萬玉山房只是偶然，除了馮世伯、李世伯寥寥幾位外，再無旁人知情。竊賊更不可能知道書房中有火器圖紙，也許只是巧合，他的目標並不是火器圖紙，而是其他什麼東西。」

趙士楨「嘿嘿」兩聲，道：「世上可沒有那麼多巧合。老夫潛心研究火器已逾十年，天下人盡知，如果真是有心人要得到圖紙，會刻意留意老夫的一舉一動。他暗中監視跟蹤老夫，發現我帶著卷軸與李植一道進了馮府，由此推斷出那卷軸可能是火器圖紙，也不是什麼稀奇之事。」

魚寶寶插口道：「也有可能是有人洩了密。當日馮府壽宴，進出書房的人不少，也許是在書房服侍的僕人無意中看見圖紙，隨口說了出去，正好被有心人聽見呢。」趙士楨道：「這也有可能。不管怎麼說，老夫不相信竊賊潛入老馮的書房會是巧合。」

沈德符聽了大為震動，心道：「趙世伯這等名士都說世上不會有那麼多巧合。那麼那些事情會不會也不是巧合——萬曆十七年，身懷錦衣衛牙牌的潤娘莫名失蹤，身子一向硬朗的父親離奇病死，錦衣衛校尉楊山也在當年病死；今年，則是馮世伯在府中遇刺，刺客身上出現萬曆十七年刻造的假牙牌，編號與當年校尉楊山的牙牌一模一樣，就連馮世伯也異常關注。這其中一定有什麼聯繫，只不過我愚笨無知，一時還沒有發現而已。」他心事重重，一番思慮，只覺得頭緒越來越多，纏繞糾結，亂如麻團，無論如何都難以捋清。

傅春問道：「那麼依趙中舍看，什麼人最想得到這張圖紙？」趙士楨道：「那還用說，當然是韃靼人、瓦剌人或是女真人。」

沈德符道：「蒙古部落以韃靼勢力最強，然自從三娘子執政之後，韃靼少有擾邊之舉。但一旦三娘子故去，形勢便難以預料。女真人……」一提到女真人，腦海中便回想起女真首領努爾哈赤那雙鷹一樣犀利的眼睛來。

李植憤然接道：「最有可能的就是女真人。女真人表面臣服於大明，其實才是大明真正的心腹大患，這是我和前遼東總兵馬林的一致看法。現任總兵李成梁雖然戰功赫赫，究竟是朝鮮人，非我族類，對女真首領努爾哈赤一再姑息養奸，任其坐大一方，可謂居心叵測。馬林到任遼東總兵後，感到女真勢力越發擴張，遂徵發兵丁民夫，預備在女真駐地和大明邊境之間再加築一道高牆，如此有備無患，至少可以有效抑制女真騎兵。結果才修了一小段，馬林就被免了職。李成梁回任遼東總兵後，所做的第一件事就是下令拆除邊牆。你們說，他這不是在幫女真人麼？」

沈德符腦海立即浮現幾次親眼見到女真人出入李成梁後門的情形，更是暗暗心驚，心道：「原來寧遠伯只顧自己的利益，一直暗中跟女真人有勾結，越發證明上次行刺之事跟其有關。如此危險的人物，居然擔任邊關統帥，大明可謂危矣。」

辭出趙府，沈德符、幾人心頭均沉重之極——邊關局勢動盪，皇帝卻已經三十年不御朝，唯一關心的就是那些派往全國各地撈錢的稅監。朝中文武大臣大多尸位素餐，只知道爭權奪勢。具才幹、有抱負者如李植被免職，憂國憂民如趙士楨者不得重用，不由人不心灰意冷。

當夜，紫禁城發生了一件大事，萬曆皇帝突然患上重病，以為自己大限將至，急召朝中重臣到仁德門，命內閣首輔沈一貫單獨入啟祥宮後殿西暖閣見駕。沈一貫到達時，萬曆已奄奄一息，有氣無力地道：「朕病重，在位已久，已沒有什麼憾事了。朕將太子託付給你，要盡力輔佐。初設礦稅礦監，是出於修建三殿、二宮之需，只是權宜之策。自今開始，礦稅、江南織造、江西燒造，俱止勿行，所遣內監，俱令回京。」親筆寫了一道諭旨，交給沈一貫帶出，並道，「對此命令，如有奸惡截阻，以及驛遞應付遲慢者，指名參處。」

稅監橫征暴斂，民間怨聲載道，危害天下已久。鳳陽巡撫李三才曾上疏描述稅監禍患，內中道：「殺人父母，使人成為孤兒；殺人丈夫，使人成為寡婦；破人家庭，掘人墳墓。」萬曆素來置若罔聞，卻終於在病危時天良發現，眾大臣得知後均歡呼雀躍，甚至忘記了臣子該對皇帝的病重表示難過。當夜，群臣都在宮中通宵議擬，預備即日廢除稅監。

然而，這種完全仰仗皇帝本人意志的恩賜實在不能愉悅長久。次日，萬曆皇帝轉危為安，心中反悔起來，下令收回諭旨。幾位內閣大臣均不信，說天子無戲言。沈一貫亦不解猶豫，遲遲沒有反應。結果追繳聖諭的太監來了一撥又一撥，前後共計二十餘人次，逼迫內閣交出聖旨。沈一貫雖然也反對稅監，但他以善於奉承皇帝歡心入閣，又當上了內閣首輔，自然不願危及自己的地位，當即不顧其他大臣反對，將萬曆手書封還，撤銷礦監、稅監之事就此告吹。雖然之後諸大臣、言官請罷礦稅之疏絡繹不絕，然而萬曆不理不問，稅使肆虐如故。終萬曆一朝，礦稅之弊不能除，積害很深。

當時，其實只要內閣首輔沈一貫稍微堅持，迅速將萬曆手書詔告天下，稅監之患將就此而去。然而其人一味逢迎上意，招來許多人不滿，認為他只知阿諛奉承，不能為國分憂。甚至還有人將沈一貫上奏皇帝的奏書傳了出來，內稱：「臣前日侍班，蒙皇上念臣風寒，時賜伏羌甜食，至今感刻不忘，皇上體悉微臣，真同心膂，不能展布四體，而竭忠殫獻以報於萬一，非人也。皇上天性獨厚至仁，乾綱獨斷，臣既蒙皇上超群之視，不敢自視為尋常之臣。」卑躬屈膝到令人肉麻的地步，一時傳為笑柄。

王名世暗中對沈一貫的調查還算順利。他一一找到了當日當值的吏役，吏役們雖然不願意多話，但提問者兼有東廠和錦衣衛千戶的身分，也是個不好惹的人物，不說實話，不免後患無窮。目擊者都稱馮琦當時滿頭冷汗，臉色蒼白，好像就要虛脫了的樣子，被兩名太監一左一右攙扶著進了內閣。馮琦是禮部尚書，也是中樞重臣，吏役們不敢怠慢，當即有人飛奔去通知三位閣臣。與馮琦交好的內閣大學士沈鯉最先趕來，其次是朱賡，最後才是首輔沈一貫。馮琦與幾人略微寒暄幾句，只說是老毛病犯了，索要濃茶。朱賡說他那裡有家鄉山陰新送來的臥龍[1]，親自去泡了一杯，端來給馮琦。馮琦一飲而盡，又添了一泡水，喝下半杯，這才略略好些。

沈一貫字肩吾，號龍江，浙江寧波人，著名詩人沈明臣從子。隆慶二年進士，選庶吉士，授檢討。萬曆二十三年以尚書兼東閣大學士入內閣參與機務，時年六十五歲。萬曆二十九年十一月成為當朝首輔。由於萬曆皇帝長期稱病疏於朝綱，沈一貫遂網羅朋黨，大力排除異己，成為浙江籍官僚首領，人稱「浙黨」。此時東林黨人正「自負氣節，與政府相抗」，浙黨遂與東林黨爭鋒相對，互相爭鬥。東林黨人以講學聯絡人士，浙黨則恃權求勝。黨爭綿延，朝政廢弛，內外解體。朝野對沈一貫非議頗多，「枝柱清議，論者醜之」。

但沈一貫在促使萬曆皇帝早立太子一事上頗有功勞。萬曆寵愛鄭貴妃所生之子朱常洵，不願立皇長子朱常洛為太子，導致十餘年間立儲之事爭諫不絕。兩年前，沈一貫聽說皇帝與鄭貴妃因小事不和甚久，正好朱常洛年滿十八，到了婚冠的年齡，遂上疏以「多子多孫」苦勸皇帝早立太子，儘管他沒有指名道姓提及到底立誰為太子，卻收到了立竿見影的奇效。萬曆遂詔將行冊立太子禮，立長子朱常洛為太子。鄭貴妃因此與萬曆大鬧一場，皇帝又開始動搖，藉口「典禮未備」，要改期冊立太子。詔書到內閣時，沈一貫當場將手詔封還，堅決不同意冊立改期。受明代制度限制，萬曆不可能繞開內閣直接內降中旨，只要沈一貫堅持不同意，皇帝也無可奈何。

正彷徨無奈時，鄭貴妃使出了最後的殺手鐧——當年她生下兒子朱常洵後，恩遇正濃，遂邀請皇帝一起到大高元殿拜神。萬曆皇帝在殿前向鄭貴妃發下誓言，必立她的兒子為太子，並將誓言寫在黃紙上，密封保存於玉盒中，賞賜給鄭貴妃作為憑證。鄭貴妃聽說皇帝將立皇長子為太子，便當著皇帝的面取出玉盒，密封的標識仍和當初一樣，打開盒子，那張記有誓言的黃紙完好如初，唯獨「常洵」二字被蛀蟲蝕得蕩然無存。宮中制度，皇帝發布的詔令文書必須使用黃紙，一是可以突顯皇帝身分的尊貴，二來黃紙是一種用黃柏汁浸染過的特殊製紙，能防蟲蛀，可以長久保管。因而看到眼前這一幕後，鄭貴妃驚訝無比，皇帝則心中恐懼，遂下定決心，正式冊立朱常洛為太子，封朱常洵為福王。因而沈一貫雖與東林黨不和，但純粹是門戶之見，在擁立太子一事上還是一致的。

沈一貫文章寫得極好，結構精美，人稱「句章公」。佛學造詣亦深，作詩亦常融入禪理，詩中多有佳句，如「鐵笛一聲秋月曉，素琴三疊晚雲哀」均是傳誦一時的名句。

朱賡字少欽，號金庭，浙江山陰人，隆慶二年進士。後改庶吉士，授編修。他在宮中擔任侍讀日講官時，針對宮中大興土木一事，極言宋朝「花石綱」之害，萬曆大為震驚，多納其言。萬曆中，累官至禮部尚書，是馮琦的前任。萬曆二十九年，朝臣廷推九人，萬曆皇帝選中馮琦入內閣。首輔沈一貫極力反對，稱馮琦還不到五十歲，閣臣該選立老成大臣，因而皇帝改選朱賡。朱賡遂以東閣大學士參與機務，加太子太保，進文淵閣大學士。但他能順利進入內閣，並非因為才幹出眾，主要還是靠沈一貫的大力提攜——二人不僅同年，還同是浙江籍老鄉。因而在關鍵立場上，朱賡總是跟沈一貫站在一起。

沈鯉字仲化，號龍江，河南商丘人。嘉靖四十四年進士，授檢討。累遷吏部左侍郎。拜東閣大學士，加少保，進文淵閣。曾擔任萬曆皇帝的經筵講官，其人峻潔峭直，方正剛介。萬曆初，權相張居正秉政，某日生病，滿朝官員爭相前去探望，並謀畫為張首輔設壇祈禱，唯獨沈鯉不肯去湊這個熱鬧。有官員「好心」勸他道：「同官之誼，你應該去。」沈鯉卻回答：「事當論其可與不可，豈能論同官不同官！」張居正還曾約沈鯉在自家私宅一塊兒寫奏摺，沈鯉當即拒絕道：「國政絕於私門，非體也！」一時傳為佳話。萬曆皇帝喜愛珍寶，曾花銀兩千萬兩買一顆寶珠，朝臣紛紛為皇帝捐俸，並自以為得意。沈鯉卻說：「我只知養謙，不知逢君之欲。」令聞者無不自慚形穢。

當年內閣首輔申時行去職時，沈鯉與沈一貫同入內閣。申時行退而不休，寄了一封短信給沈一貫，信上只寥寥幾字：「藍面賊來矣，盾備之！」這「藍面賊」即是指沈鯉，因其面色青黑，故有此外號。後來沈一貫果然與沈鯉處處不合，還曾經寫信向漕運總督李三才問計，道：「沈公來必奪我位，該何以備之？」李三才答稱沈鯉忠實無他腸，勸沈一貫同心。從此，沈一貫亦忌恨李三才。

然而沈鯉歷嘉靖、隆慶、萬曆三朝，被稱為「三代帝王師」，極得萬曆皇帝敬重，即使沈一貫和朱賡二人聯手，也不能輕易將其排擠出內閣。只是沈鯉以一敵二，也難免有孤立之感，因而他極力推舉禮部尚書馮琦入閣補缺。馮琦已有兩次被列為內閣大學士人選，一度被皇帝選中，這次再經沈鯉推薦，入閣順理成章。事情本幾成定局，誰料馮琦竟不幸亡故。

王名世聽說茶水是內閣大臣朱賡親手所奉，料到難以作假——一則朱賡為人柔和謹慎，即使在大事上附從沈一貫，但與馮琦本人關係還算友善，不至於為沈一貫利用來謀害大臣；一來那臥龍茶葉正是朱賡每日必飲之物，而馮琦不過是身體不適、臨時到內閣歇息，朱賡如何能事先料到、又預備好毒藥？

如果不是在內閣中毒，那麼就只有一種可能性了，可這種可能性幾乎讓人想都不敢去想。王名世正感氣沮之時，居然意外在直所[2]得到一則重要訊息——那就是，馮琦出皇城後回了禮部官署，之後並沒有直接回去馮府，而是去了棋盤街一趟。直所的一名差役正好到棋盤街購買物品，親眼見到馮琦進了棋盤天街的大門。

王名世急忙找來當日侍從馮琦的僕人詢問究竟。僕人們面面相覷，支支吾吾半天，終於還是有一人說出了真情，原來馮琦當日確實去了棋盤天街，到他最喜愛的茶湯舖喝了一碗茶湯。

王名世道：「你們為什麼不早些說實話？」那僕人道：「小的們也是怕夫人怪罪，多一事不如少一事。況且那茶湯不只老爺，小的們當時也都各自喝了一碗，不是都沒事麼？所以也從來沒有往這方面想。」

王名世便命那僕人帶路，趕來棋盤天街。

那茶湯舖名叫「大碗李」，是家老字號。中國古代有以權力控制天下財富的政治傳統，因政權頻繁更迭、執政者常常為一己私利巧取豪奪民間財富的緣故，極少有超過百年以上歷史的營商。「大碗李」號稱是老字號，也不過五、六十年的歷史。

茶湯舖裡坐有數名閒客，正有幾名京師口音的本地人議論著禮部尚書馮琦之死。

一人道：「聽說馮尚書被皇上召入宮中商談福王婚期，走到半路忽然倒下，被人攙扶而歸，回到家就死了。」一人歎道：「要我說，馮尚書就是活活給累死的。禮部事務繁忙，左右侍郎之職一直空缺，直到最近才補了一名侍郎。多年來，禮部大大小小事情就是馮尚書一人頂著，最終積勞成疾，英年早逝。」另一人也跟著歎道：「皇帝長期不視朝，政務荒怠，這下可好，馮尚書過世，禮部尚書的位子怕是一直空下去了。」言語中頗多惋惜之意。

王名世自己也來過這家茶湯鋪幾次，實在難以想像這樣一家民間老店會下毒暗害朝廷重臣。他因職務的緣故常行走於民間，知道小民小商極其辛苦，往往一點小是非就足以傷其元氣。是以也不公然調查，只叫來夥計，低聲詢問當日情形。

夥計是個新人，不認得一身便服的王名世是錦衣衛千戶，雙手一攤，為難地道：「客官，您瞧這人來人往的，一日進進出出起碼得有上千人，小的哪裡記得住？」

還是店主在一旁聽見，扶著手杖走過來告道：「原來是千戶。小老兒還記得，當日馮尚書的確來過。他的臉色不大好，我還勸他不要太勞累，不可太過操勞。可惜……」

王名世道：「當時有沒有什麼人尾隨馮尚書進來？」店主道：「這小老兒可就不記得了。」頓了頓，還是按捺不住好奇，問道，「千戶親自來問這些話，莫不是馮尚書之死有蹊蹺？」

馮琦的死因對外公布是病死，王名世不欲節外生枝，道：「不是，我只是例行公事，隨口問問。」料想茶湯鋪這條線索也難以繼續追查下去，遂來到藤花別館找沈德符、傅春二人商議。

傅春道：「如果我是沈一貫，想下毒剷除政敵，我不會選擇在內閣下手，風險太大，很容易引火燒身。最好的辦法就是派人到禮部官署或是一路尾隨馮尚書到茶湯鋪下毒。王兄已經到大碗李茶湯鋪查看過，那裡人來人往，眾目睽睽下落毒幾乎是不可能之事。」

王名世道：「但多名僕人包括禮部吏役都作證說，馮尚書回到官署後，只坐下休息一會兒便離開了。所以，馮尚書如果不是在……」他停頓了一下，便略過這句話，續道，「就應該還是在馮府中的毒。」

傅春道：「其實我們都知道前種可能性……就是王兄省略的那句話可能性更大。」王名世道：「無論怎麼樣，這件案子不能也不可能再調查下去了。不如由我去跟馮夫人說清楚……」

正說著，駙馬冉興讓拍門進來，高聲嚷道：「沈公子、傅公子，你們想知道的事，公主已經打聽清楚了。」

傅春忙讓他進來坐下，問道：「公主怎麼說？」冉興讓先不好意思地道：「當時二位公子跟我描述得挺清楚的，想知道什麼賜食制度典故的，但我見到公主時就忘記該怎麼講了，所以我請公主詳細問了當日馮尚書進宮的情形。」

按照壽寧公主的描述，馮琦進宮後，被太監直接帶到啟祥宮。啟祥宮是內廷西六宮之一，原名未央宮，因嘉靖皇帝的生父興獻王朱祐杬生於此宮中，故於嘉靖十四年更名啟祥宮。萬曆中，萬曆居住的乾清宮發生火災，皇帝遂搬到啟祥宮居住，與他寵愛的鄭貴妃所居翊坤宮僅一牆之隔。

傅春一聽開頭便覺得不對勁，追問道：「馮尚書去的是啟祥宮麼？」冉興讓道：「是啊。皇上不上朝已經很多年，偶爾在內廷召見大臣也不奇怪啊。前些日子，不也是在啟祥宮西暖閣召見內閣首輔的麼？」

傅春道：「怎麼不奇怪？聖上久不視朝，忽然因福王婚期召見馮尚書，這樣的場合，慈聖太后理該在場，所以地點應該在太后的慈寧宮才對。」

冉興讓摸了摸腦袋，道：「是麼？典章制度是這麼規定的麼？」又笑道，「噢，是我忘記說了，後來太后也來到啟祥宮，一起商議福王婚事，到正午時才結束。馮尚書告退出來後，有太監追上來說皇上特恩賜食，食物都是從御膳房取來的。宮人還記得菜餚，有烤鴨、長壽菜、瓤豆腐，還有一些時令蔬菜果品。」

賜食也是宮廷禮儀之一，對菜餚有嚴格規定，這幾道菜都是傳統宮廷名菜——烤鴨是取玉泉山放養的鴨子，用調料醃製後，再用炭火燒烤而成，鴨子皮黃酥香，肥而不膩。長壽菜即是燒香菇，因受到明太祖朱元璋的喜愛，被定為國宴之菜；自大明立國，浙江龍泉所產香菇就是指定的貢品，專門用於燒製長壽菜。瓤豆腐原是安徽鳳陽某鎮黃家小阪店的名菜，用肉末加豆腐烹製，價錢便宜，味道又好。朱元璋出身鳳陽，幼年家貧，曾到黃家飯店作幫工，為店裡姓黃的廚師所賞識，經常給他吃瓤豆腐，久吃不厭。朱元璋當上皇帝後，還經常想念鳳陽瓤豆腐的美味，命人將黃師傅請到宮中當御廚。瓤豆腐由此成為宮廷宴席上的一道佳餚，從此身價百倍，名揚江南。

傅春問道：「後來呢？」冉興讓道：「後來？後來馮尚書就吃賜食，再後來就走了。聽說到斷魂橋上時，馮尚書忽然感到身體不適，捂著肚子站了好大一會兒，太監還問過他要不要緊。」斷魂橋即是武英殿東石橋，位於武英殿東牆外、思善門前，是前朝外西路進入內廷的重要通道。此橋建於元代，曾有皇子與嬪妃暗中通姦淫亂，事發後，皇子被皇帝一腳踢在下腹部。為了警示旁人，還將皇子挨打的形象刻成獅子狀，雕在橋東側由南向北第四柱頭上。獅子一爪在後腦，一手在下腹，即世稱「一手捂瓢，一手捂羼」[3]，由此得名斷魂橋，歷來被視為不雅之橋，皇帝路經此橋必放輻簾。

傅春道：「那馮尚書怎麼說？」冉興讓道：「馮尚書自然說沒事。一直到快出午門時，他才感到體力不支，所以去了附近的內閣官署歇息。」

傅春還要追問，沈德符忙插口道：「有勞公主、駙馬了。」

冉興讓道：「這些對沈公子作書有用麼？」沈德符道：「有用。」冉興讓道：「那好，等沈公子的書寫好，我一定要好好拜讀。」沈德符道：「不敢。」又寒暄幾句，冉興讓這才去了。

沈德符這時才向傅春叮囑道：「傅兄，事關重大，你那些稀奇古怪的懷疑以後只能放在心裡，切不可說出來。幸好冉駙馬是個老實人，沒有多想，不然……」傅春也不理睬，埋頭苦思許久，道：「不，這裡面一定有什麼不對勁的地方。」沈德符道：「就算有對不上的地方，可是從始至終只有馮世伯是當事人，而今他已經過世，你總不可能當面去問太后和聖上。」

傅春道：「小沈，你說老實話，其實你早就懷疑馮尚書是在紫禁城中中的毒，對吧？馮尚書自己一定也有所察覺，所以他才在回家前去了最愛的茶湯舖，命僕人去浙江會館取他喜愛的〈牡丹亭還魂記〉本子，又在臨死前寫了絕命詩給你，這些分明是他在與塵世一一訣別啊！那首絕命詩一定是刻意留給你的線索——浩渺天風駕海濤，三千度索向仙桃。冉駙馬之前不是說過，翊坤宮中有兩處居室的名字就叫『海濤』、『仙桃』嗎？」

沈德符道：「馮世伯去的是啟祥宮，翊坤宮是后妃宮殿，是鄭貴妃居處，他根本不可能進去過，怎麼會知道那裡有居室叫『海濤』、『仙桃』？這不過是巧合，你別瞎聯想了。就算馮世伯真想留下線索，為什麼偏偏要給我呢？我究竟只是個貢生。留給馮伯母，哪怕是留給王兄，都比留給我要好很多。」

傅春道：「馮尚書聰明一世，一定有他的用心，一定還有什麼細節，是我們沒有留意到的。」王名世道：「我同意沈兄的看法。傅兄，你想得太多了。這件案子到此為止吧，我會去跟馮夫人交代清楚。」

正好浙江會館轉送來一封家書。沈德符展信一讀，是母親親筆所寫，慈母望子成龍，殷切之心躍然紙上，一時無言。再看那邊傅春，也是長吁一聲，若有所思。

王名世道：「鄉試在即，你們二位也該好好準備應試，就算有疑問，也等秋試後再說吧。」

沈、傅二人再無話說，只得默默點頭應了。

次日一早，沈德符去了一趟國子監。想到不久前還蹲在錦衣衛詔獄中，徘徊在生死邊緣，當真恍若隔世。到集賢門時，卻見那賣過玉杯給他的暾生光手裡拿著一本書卷，正扯著同室貢生苗自成在說著什麼，便走過去問道：「出了什麼事？」苗自成慌忙將書卷奪過來收入懷中，迭聲道：「沒什麼，沒什麼。」一邊說著，一邊連使眼色，示意暾生光快走。

皦生光便笑嘻嘻道：「那我明日再來。」大大方方朝沈德符打了個招呼，這才悠然離去。

沈德符問道：「是不是皦生光在設法訛詐你？」苗自成瞪大眼睛，剛一點頭，又立即搖頭道：「沒有這事，沒有這事。」沈德符道：「我告訴你，這個人生性狡詐，最擅長打詐。我已經上過一次大當，你可千萬不要再被他騙了。」

之前皦生光曾經賣過一對玉杯給沈德符，等沈德符將玉杯當作壽禮送出後，又稱玉杯是宮中之物，盜取玉杯的太監被錦衣衛拿獲，要索回玉杯。沈德符不得不拿了一大筆錢賄賂錦衣衛校尉，以求息事寧人。但事後仔細一想便明白過來，這是皦生光與太監、錦衣衛校尉幾人串通好了做戲，目的就是要敲詐他，那三人的身分是不是真的都十分可疑。可這件事當真做得十分高明，沈德符吃了啞巴虧，有苦說不出，適才見到皦生光扯著苗自成不放，苗自成又是一臉狼狽相，料想又是皦生光故技重演。

苗自成聽完經過，哭喪著臉道：「可是這次我撞上的事不同於你那次，我早就識破了這皦生光的真面目，卻還是得給他賠錢。」取出懷中書卷給沈德符看。

原來苗自成平日愛寫詩，有不少佳作，也想在鄉試前學唐代白居易那般溫卷，意即將詩集刊刻後投送權貴，可以預先博取一些名聲。這本是士子常用的手法，正好皦生光又來國子監拉活兒，稱可以低價刊刻詩集，苗自成便委託他為自己刻一本詩集。哪知道皦生光故意在詩集中放了一首五律，其中有「鄭主乘黃屋」之句，即暗示鄭貴妃為自己的兒子福王朱常洵奪取皇太子位。苗自成一時不察，成書後，皦生光立即拿著書來訛詐苗自成，說他詩集中有悖逆語，要向官府舉報，除非他願意花錢了事。苗自成情知上當，卻也無可奈何。

沈德符道：「這皦生光當真可惡，訛人的法子層出不窮，真要想個法子治治他才好。」苗自成垂頭喪氣地道：「而今他手裡有我的把柄，還能有什麼法子？只能出錢了事。小沈，你先借給我一百兩銀子，可以嗎？」沈德符道：「這當然沒問題。不過我身上沒帶這麼多錢，回頭我叫老僕給你送來。」

進來藤花別館時，傅春坐在院子中飲酒。魚寶寶正纏著他詢問案情，見沈德符回來，忙道：「小沈你回來得正好，我剛剛想到一條重要線索。」

沈德符道：「什麼？」魚寶寶道：「馮尚書中毒案啊。你們不都已經確認他是在皇宮中中的毒麼？」

沈德符嚇了一跳，忙道：「噓，你小點聲。」魚寶寶道：「這裡又沒有別人，怕什麼？我告訴你們，事情應該不是你們想的那樣，就算馮尚書是在紫禁城中中毒，下毒害他的未必就是……就是那個人。你們想想看，皇宮中的人成千上萬，至少有成百上千種可能。」他雖然沒有明說「那個人」是誰，但旁人都知道是指萬曆皇帝。

沈德符道：「這件案子已經了結，馮伯母也同意不再追查。寶寶，你就別再多管閒事了。」魚寶寶道：「哎，我可是在幫你！你嘴裡說放下，心裡難道真的就放下了嗎？事情從一開始，刺殺、中毒、行竊，都跟馮尚書有關，還有那塊奇怪的牙牌，你自己不也覺得巧合得不可思議麼？」

沈德符心頭再一次為濃厚的陰翳所覆蓋，渾然不知身在何處，不由得再次惘然起來。

傅春道：「寶寶說得對。小沈，如果你心中始終不能放下，那麼還是設法查明真相為好，不然這是你一輩子的負擔。寶寶，你說，你想到的重要線索是什麼？」

魚寶寶道：「馮尚書在皇宮中中的毒，這是確認無疑的事。那麼毒藥一定是下在賜食中，這也是確認無疑的事。你們之所以不敢再繼續追查，只因為你們想當然地以為指使下毒的人是皇上。但皇上久不視朝，因福王婚事才不得不召馮尚書入宮，為什麼要趁這個機會害他，尤其毒藥還是下在百年難遇的賜食中？你們不覺得很不可思議嗎？這不是等於皇上自己告訴天下人，是他下毒害死了禮部尚書嗎？再傻的人，也不會選擇這種法子，何況他還是皇帝。我知道，你們兩個都不傻，但你們不敢深入多想，一牽涉皇宮，思緒就自動止住了。」

傅春道：「寶寶說得對，我們之前的確顧慮太多，連事情發生的可能性有多大也不敢推測。那麼寶寶認為，指使下毒的人可能是誰？」魚寶寶道：「嫌疑最大的，自然是翊坤宮姓鄭的那位。」

鄭貴妃銜恨馮琦自有一番由來。兩年前，萬曆皇帝終於下定決心冊立長子朱常洛為東宮太子。執掌冊立太子儀式的太監知道皇帝真實心意，又想討好鄭貴妃，便藉口時間倉促、費用不足，想拖延不辦。馮琦深知後宮諸皇子爭鬥儲君之位激烈，生怕日久生變，上奏道：「今日禮為重，不可與爭。」當時，其堂弟戶部主事馮瑗正押解餉銀四萬餘兩出京，馮琦立刻派人追還馮瑗，用這筆餉銀臨時湊數，解決了禮儀費用問題，使得冊立太子的事情順利進行。如果不是馮琦當機立斷，怕是立太子一事又起風波。

沈德符道：「追餉這件事，我倒是聽許多人提過。天下人都以為是內閣首輔沈端公一力結束了國本之爭，事實上，最終促使太子冊立的因素有許多，馮世伯所出之力，遠遠在內閣大學士之上。」

魚寶寶道：「不是這件事。聽說皇上一直想廢去王皇后，改立鄭貴妃為皇后，這樣福王就有了嫡子身分，理當取代太子之位。可馮尚書以本朝慣例不得無緣無故廢后為由，一再拒絕。他官任禮部尚書，在這件事上說話的分量比內閣首輔還重，他堅決不同意，皇帝也無可奈何。」

皇帝是一國之君，其個人生活當然會直接影響朝政。所謂皇帝的家事，通常也是國事，乃至天下事，所作所為均受到禮制約束。萬曆皇帝不喜歡王恭妃所生的長子朱常洛，鍾愛鄭貴妃母子，這本是皇帝家事，但立誰為太子則關係到國本，家事成了國家大事，大臣們絕對不能容忍不符合祖制的事情發生，軟磨硬泡十餘年，最終迫使萬曆妥協。同理，皇帝平常喜歡哪名妃子，本也是皇帝個人的私事，但一旦涉及皇后之位，則立即成了天下事。

明代自立國以來，極少有廢后事件發生。宣德年間，明宣宗朱瞻基不喜歡正宮皇后胡氏，而寵愛貌若天仙的孫貴妃。為表示恩寵，宣宗皇帝還特地在「貴妃」名號之前加個「皇」字，冊封孫氏為皇貴妃。按照祖制，明朝冊封皇后時授予皇后金璽和金冊，貴妃則有冊無寶。但宣宗特意賜寶給孫氏，貴妃有寶乃自孫氏開始，可見宣宗對孫氏的寵愛程度。因胡皇后沒有子嗣，宣宗想以此為藉口廢掉胡氏，改立孫氏為皇后。大臣們反對道：「胡皇后沒有什麼過錯，不能隨便廢立。」宣宗也無可奈何。最後還是胡氏自己上表，請辭皇后之位，在宣宗一再保證仍然會厚待胡氏的情況下，孫氏才被立為皇后。即便如此，每每皇宮舉行家宴，太后總是命胡氏坐在孫皇后的上座，孫皇后經常因此怏怏不樂，但也無可奈何。

另一起廢后事件發生在成化年間，明憲宗朱見深熱戀比他大十七歲的貴妃萬貞兒，而且終其一生都沒有改變。萬貴妃仗著憲宗寵愛，不把皇后吳氏放在眼中。吳皇后非常生氣，斥責她無理。可萬貴妃非但不知收斂，還對皇后惡語相譏。一次惹得吳后生氣，命宮人將她拖倒在地，親自取過杖來打了她幾下。萬貴妃大怒，找憲宗皇帝大吵大鬧。憲宗便去見太后，說吳皇后舉動輕佻，不守禮法，不堪居六宮之首，定要廢去。周太后勸阻道：「冊后才一月便要廢去，豈不惹人笑話？」憲宗皇帝堅持要廢，周太后溺愛兒子，只得由他。於是，一道廢后詔書下達，命吳氏退居別宮。但即便如此，萬貴妃也因年長，且出身微賤，無法當上皇后。

鄭貴妃自寵冠後宮以來，多有將其比作萬貴妃者。大明朝為了她的一己私念，在國本之爭上空耗了十六年光陰。在眾人心中，她就是一個以美色蠱惑皇帝、意圖奪嫡的壞女子。這樣的人，怎麼適合當母儀天下的皇后呢？

沈德符一經提醒，立即道：「啊，這點我完全沒有想過。不錯，馮世伯是禮部尚書，只要他反對，鄭貴妃絕對不可能當上皇后。」魚寶寶道：「所以了，鄭貴妃絕對是想搬掉這塊絆腳石。」

傅春道：「寶寶說得極是。上次聽冉駙馬大致說了馮尚書進宮的情形後，我就想整件事都不對勁。按理來說，皇帝應該是在外廷便殿召見馮尚書，即使是在內廷，也應該選慈聖太后所居的慈寧宮，畢竟是皇孫大婚，太后則是後宮之主，這才符合禮制。可皇帝卻偏偏選在自己的寢宮啟祥宮，而且也沒有等太后到來，就先自行召見了馮尚書。」

魚寶寶道：「我敢說，召馮尚書入宮一定是鄭貴妃的主意。她以商議兒子婚禮為名，其實早打算借此機會毒殺馮尚書。太后事先根本不知道有這回事，後來得到消息，才臨時趕到啟祥宮。」

傅春道：「鄭貴妃仗著皇帝的寵愛，苦心經營十來年，勢力不算小，兄弟伯姪均在朝中任職。她如果早有心對付馮尚書，應該會有更好的路子，不會選紫禁城中下手吧。」魚寶寶道：「這就是你的天真了。天下還有什麼地方比紫禁城更適合下毒呢？就算有人起疑，事涉皇宮，也絕對沒有人敢追究。你如此，小沈如此，王名世如此，馮夫人亦是如此，這不就是逃脫罪名最好的方法嗎？」

傅春道：「不錯不錯，如果是派刺客行刺之類，事後必然有人追查。即使掩蓋痕跡，但世上沒有不透風的牆，終究還是有蛛絲馬跡可循。只有深宮事祕，外人不得而知，亦不敢多想。」

這一番議論，沈德符亦覺馮琦入宮見駕不合禮制的矛盾點極多，尤其是當今皇帝事母極孝，既然事關福王婚期，又是在內廷召見大臣，不可能不等到慈聖太后到場就先行商議。很可能就如魚寶寶所言，李太后事先根本就不知道有這回事。那麼，皇帝召見馮琦的動機就相當可疑了。既然是以福王婚儀為由召馮琦入宮，皇帝怎麼會事先不告知太后？既然皇帝沒有知會太后隻言片語，是不是表示他召見馮琦另有緣由？這緣由是不是跟鄭貴妃的目的一致？按魚寶寶所推測，皇帝捲入毒殺案的可能性極小，那麼就當萬曆對此全然不知情，那麼他在啟祥宮召見馮琦的真實目的又是什麼呢？

沈德符說出了自己的疑惑。

傅春道：「小沈比我們想得更為周到。不錯，皇帝一定是為了別的事才召馮尚書進宮，福王婚儀是個幌子，只是要掩人耳目。只有如此，才能解釋為何召見地點不在慈寧宮，以及慈聖太后半道才來。」

魚寶寶道：「會不會皇上召馮尚書入宮就是要商議改立皇后之事？這件事，自然不能讓太后知道。結果馮尚書還是當面拒絕，鄭貴妃氣急敗壞之下，決意下毒害死他。」傅春道：「寶寶的推測合情合理，而且符合整個經過情形。冉駙馬說過，馮尚書辭出宮後，在半路才被太監追上，聲稱主上有賜食，這賜食很可能就是鄭貴妃的主意。寶寶，你實在太聰明了。」

魚寶寶不無得意地道：「一是聰明，二是敢想。」

正說著，門外有人打門高聲叫道：「傅公子在嗎？」

傅春急忙起身出去應門，在門檻邊跟人說了幾句話，打發那人走後，即進來告道：「我有事要出去一趟。」沈德符頗害怕和魚寶寶單獨相處，忙問道：「你要去哪裡？要不要我陪你去？」傅春道：「不用了，我去會個朋友，一會兒就回來。」

魚寶寶冷笑道：「人家要去勾欄胡同會老相好，你跟去幹麼？噢，我倒是忘記了，那裡也住著沈公子的一位紅顏知己呢！」沈德符紅了臉，訕訕道：「胡說些什麼。」又想起苗自成的事，忙叫老僕去送錢。

魚寶寶聽說究竟後，道：「這嫩生光好生可惡，我幫你想個法子治治他。」沈德符很是意外，道：「你有法子？」隨即搖搖頭，「這嫩生光是京師的老油子，還是不要招惹這種地痞為好。」

魚寶寶道：「就是因為有你這樣姑息養奸的人，壞人才越來越囂張。你放心，惡人自有惡人磨，這次我魚寶寶就當回惡人，好好治治這個姓嫩的小子。這人居然姓嫩，白糟蹋了一個好姓氏——譬如玉石，皦然可知。其上不皦，其下不昧。」

沈德符知道魚寶寶精靈古怪，雖然頑劣大膽，不以功名為意，也確實有幾分機智，便道：「那好，你要答應我，千萬不要給自己惹禍。」魚寶寶道：「嗯。事成後你要怎麼謝我？」沈德符道：「你要我怎麼謝都可以。」

魚寶寶道：「好，那咱們一言為定。你先去國子監找苗自成，要他告訴嫩生光，三日後在國子監大門前交易，一手交銀子，一手交詩集。」

沈德符道：「你要去哪裡？」魚寶寶道：「我去找道具啊。你也說了，皦生光是老油子老地痞，要對付這種人，沒道具怎麼行？」

眾人雖推測出了馮琦遇害真相，但還是等於沒有真相，眾人既不可能到皇宮取證，也不可能僅憑推測便指控鄭貴妃毒殺當朝重臣。大約馮琦早就猜到真相，但除了不了了之外，還能做些什麼呢？所以他只在毒發前趕去棋盤街飲最愛的茶湯，派人到浙江會館索要〈牡丹亭還魂記〉戲本，無非是想毫無遺憾地安安靜靜死去。只是想到一條活生生的人命就此死於宮廷陰謀中，沈德符還是覺得不寒而慄。

他先去了一趟國子監，按魚寶寶交代，告知苗自成三日後與皦生光交易，回來時順便去了鐵獅子胡同禮部尚書府，正好遇到王名世領著一名巧匠來開萬玉山房的暗格。

之前本來推測暗格的鑰匙在馮琦侍妾夏瀟湘身上，下詔獄時定被搜身的禁婆截留，但王名世到錦衣衛追索鑰匙時，沒有一人肯承認自己拿過一柄鑰匙。王名世無奈，只得如實稟報馮夫人姜敏。姜敏見夏瀟湘變得癡癡傻傻，病情一時難以好轉，便要王名世找鎖匠來，打算強行打開暗格。來過好幾撥鎖匠，都是來看了就連連搖頭。不得已，姜敏懸賞出了重金，今日這姓白的工匠就是聞訊主動趕來的。

白工匠還不到三十歲年紀，在鎖匠這一行當裡可謂相當年輕的了。本來王名世也沒有抱多大希望，但那白工匠鑽到桌子底下，不知道用什麼東西鼓搗了幾下，只聽見「咔嚓」一聲脆響，鎖居然開了。

王名世大喜過望，忙將白工匠從桌子底下拉出來。那白工匠亦是喜不自勝，抓耳撓腮，大約因為可以得到一筆賞金而激動。王名世道：「你放心，我答應你的錢一定會照給。你將來有什麼為難之處，儘管來錦衣衛官署找我。」一命僕人帶他到前院找管家領錢，又命人請姜敏來。

沈德符心中躊躇許久，還是打算告辭。

姜敏道：「你這孩子又不是外人，難道伯母還怕你會洩露什麼嗎？」命所有人退出，只留下沈德符和王名世二人在書房中，微一遲疑，即伸手拉開了那暗格的抽屜。

六隻眼睛死死盯著抽屜，生怕裡面會有什麼東西飛出來，但令人失望的是，那抽屜裡面除了舖著一小塊綠色絲絨錦緞外，空無一物。

這正是姜敏最擔心的，喃喃道：「沈賢姪，會不會是當日那竊賊已然打開了暗格，取走了裡面的東西？」

沈德符死死瞪著那抽屜，也不應答。

王名世叫道：「沈兄！」沈德符回過神來，道：「王兄，借你牙牌一用。」

王名世不明所以，仍依言解下腰間牙牌遞了過去。他佩戴的是武官牙牌，長方形，上邊為圓弧狀。沈德符仔細看過，再將牙牌小心翼翼地伸入抽屜，比了比，搖頭道：「不對。王兄，你手下校尉呢，他們身上可有牙牌？」

王名世便到門前向一名校尉要了一塊「錦衣衛東司房旗尉牙牌」，呈八角橢圓形。沈德符如法炮製，將其伸入抽屜中，正好壓在絲絨錦緞的深色印跡上，絲毫不差。

王名世登時明白過來，道：「這裡面以前裝的就是一塊東廠錦衣衛牙牌。」沈德符點點頭，道：「王兄可還記得當日壽宴有刺客行刺，那刺客身上搜到的編號八十八號假牙牌，正是這種形狀的旗尉牙牌。陳廠公一見之下臉色大變，將其拿走。後來馮伯父還曾經向王兄你索看過。」王名世道：「不錯。不過我當時完全沒有多想，以為馮尚書只是好奇刺客身分。倒是我向陳廠公索要時，他拒絕給我，我有些奇怪。畢竟那牙牌是證物，馮尚書是當事人，索看也是正常的。」

姜敏還是第一次聽說這件事，道：「老爺為什麼要看那塊牙牌？」王名世道：「馮尚書……」他與馮琦素來疏遠，背後總習慣稱呼官職，見姨母臉色不快，才忙改口道，「姨父沒有說，而且他讓我不要將這件事告訴旁人。我也是後來受沈兄託付打聽八十八號牙牌原主人校尉楊山之事，覺得太過巧合，才將這件事告訴了沈兄和傅兄。」

姜敏道：「也許是行刺發生後，老爺發現書房的牙牌不見了，又聽說刺客身上搜到一塊牙牌，他懷疑是同一塊，所以才想索看。」沈德符道：「伯母推斷得極有道理，只有如此，才能解釋馮伯父向東廠索看證物之舉。如此可以推測，在刺殺案前，就有竊賊到過萬玉山房，設法打開暗格，取走了裡面的牙牌。至於後來再來書房翻找卷軸的竊賊，應該是為趙世伯的火器圖而來，是另一夥人了。」

如此一來，疑問就更多了，刺客身上的牙牌跟書房暗格的牙牌到底是不是同一塊？如果是，馮琦為何會將一塊假牙牌收藏得如此隱密？如果不是，那麼書房的那塊牙牌又是什麼來歷？莫不是就是那塊神祕失蹤的八十八號真牙牌？

姜敏道：「老爺已經過世，瀟湘又成了傻子，暗格裡面的牙牌到底是怎麼回事，無論如何都難以再弄清楚。但刺客身上找到的那塊牙牌，真也好，假也好，一定有蹊蹺，不然陳廠公不會是那樣的反應。名世，這件事……」王名世道：「姨母放心，我會設法暗中調查，不會讓陳廠公知道。」

姜敏歎道：「本來多一事不如少一事。但老爺將牙牌收藏得如此隱密，必有緣故。偏偏又被人竊去，萬一被有心人大加利用，禍及馮氏全家，我可就萬死莫贖了。」王名世道：「是，姨母放心，名世必定竭盡所能，查清楚這件事。」

出來馮府，王名世道：「而今我和沈兄是站在同一岸邊了。」沈德符佯裝不懂，問道：「王兄這話作何解？」王名世道：「沈兄不是一直懷疑，刻著萬曆十七年造的假牙牌巧合得詭異麼？我也有這種感覺。」

沈德符道：「那好，麻煩王兄從東廠取出那塊假牙牌，我們一起好好探究探究。」王名世搖搖頭，道：「那塊牙牌一定是假的，如果是真的，陳廠公那般忌諱，不會再對我多費唇舌，多解釋那麼一番話。」

沈德符道：「莫非王兄懷疑馮世伯書房中被盜走的，就是編號八十八號的真牙牌？」王名世道：「牙牌是不是八十八號我不能肯定，但我想它一定是真的。」

沈德符道：「不錯，馮世伯是禮部尚書，最熟悉禮制，牙牌的形狀、大小、刻字再清楚不過，他絕不會將一塊假牙牌收藏得如此隱密。」王名世道：「嗯，沈兄先回去，我設法去追查竊賊這條線，一有線索，我就到藤花別館找你。」

沈德符忙問道：「王兄去哪裡？牙牌失竊在馮世伯遇刺之前，時間過了這麼久，王兄預備如何追查？」王名世道：「我去找適才那姓白的鎖匠。能打開暗格的鎖匠少之又少，他既是行家，一定知道京城中還有什麼人有本事能打開暗鎖。」

沈德符聽了大為佩服，忙問道：「那麼追查盜取火器圖竊賊之事，王兄可有好主意？」王名世想了想，道：「那人要的是火器圖，一日不到手，就一日不會放棄，與其抽絲剝繭，不如引蛇出洞。這件案子事關邊防安危，錦衣衛理該出力，等我去找完那姓白的鎖匠，就來助沈兄一臂之力。」沈德符道：「好。」

二人就此辭別。

路過東四牌樓時，沈德符徘徊了許久，最終還是忍不住抬腳往勾欄胡同而來。

開門的正是薛素素本人，形容慵懶，不事妝扮。齊景雲正在書房收拾書籍，聽說沈德符來找傅春，忙道：「傅郎有三日沒有過來了，是不是出了什麼事？」沈德符道：「沒有。應該是去浙江會館了。我大致瞄到一眼，來找他的似乎是薛家戲班的人。」又見院子中擺有數只籐盒木箱，問道：「這是要搬家麼？」

薛素素道：「我預備等春榜公布、景雲正式嫁給傅公子，就賣了這處宅子，回去金壇老家。」

沈德符還是第一次聽薛素素說到籍貫之事，很是吃驚，道：「原來素素姑娘也是金壇人。」薛素素道：「是啊，沈公子有什麼認識的朋友是金壇人麼？」

沈德符本想說他兒時玩伴雪素祖籍也是金壇，轉念想到在薛素素面前提起雪素不妥，便改口道：「聽說國子監那名死去的貢生于玉嘉就是金壇人。」薛素素道：「哦？是那名被故禮部尚書馮琦杖死的貢生麼？我聽過他的名字，不知道沈公子怎麼看待這件事？」

沈德符心中其實並不大贊成朝廷公然迫害李贄、甚至焚毀其著作，于玉嘉也不過是當面指斥了馮琦幾句，因此被杖死實在是冤枉，這件事也可說是馮琦生平最大的罪過，但他既是馮琦的後生晚輩，不便公然反對，只道：「這個，于同學罪不至死，但馮尚書也是秉公行事……」

薛素素驀然臉色大變，腰肢一扭，逕直進房去了，任憑沈德符乾晾在那裡。還是齊景雲過來道：「沈公子別怪，素素預備離開京師，畢竟這裡是她生活多年之地，又是孤身一人返鄉，前途未卜，心情難免蕭索不佳。」

沈德符聽到「孤身一人返鄉」一句，不知怎的，心口一熱，竟脫口說道：「如果素素姑娘不嫌疑，沈某願意……願意照顧她一輩子。煩請景雲姑娘轉告她。」

齊景雲愕然道：「可沈公子在家鄉不是已經有妻有妾、有子有女了麼？」沈德符道：「這個……我自然不能像傅兄那樣，一心要娶景雲姑娘你做正房夫人，素素在沈家可能只有侍妾的名分，但我可以發誓，我會一輩子對她好的。」

齊景雲咬著嘴唇笑道：「這種賭咒發誓，素素可是聽得多了。」沈德符道：「我是真心的。」

齊景雲道：「那些排隊追求素素的男子，哪個不稱自己是真心實意？」沈德符道：「我小時候答應過一名叫雪素的女孩，長大後要娶她做妻子，一輩子對她好。雖然她後來走了，可我始終沒有忘記當年的誓言。我第一次在鐵獅子胡同見到素素時，心中就已經將她當作了雪素。」齊景雲聽了頗為感動，道：「沈公子這話我會轉告素素的，回頭等素素心情好些，再請公子過來聽琴飲酒。」

沈德符便辭別出來。

回到藤花別館時，正好在大門前見到魚寶寶扶著傅春下車。傅春肩頭、左臂上均有傷口，渾身上下血跡斑斑，模樣既狼狽又恐怖。沈德符大吃一驚，道：「出了什麼事？」魚寶寶道：「遇上打劫的強盜了。」一邊說，一邊忙和沈德符一起攙扶傅春進來。

原來，之前魚寶寶出門後便雇了輛車子，逕直往宣武門外趙士楨宅邸趕去。按照他的想法，要對付皦生光這種人，當然要以其人之道還治其人之身，也弄個什麼來栽贓陷害。正好馮府萬玉山房兩樁盜竊案都還是無頭懸案，其中一件，已經可以確認那翻找卷軸的是為中書舍人趙士楨的火器圖而來，那麼他只要弄一張、哪怕是半張火器圖，就足以陷害皦生光下詔獄。他當然也沒打算要害人，只不過是要以此來威脅那姓皦的，要令其膽顫心驚，以後再也不敢靠訛詐人為生。

他心中盤算得極美，餘下的難題就是如何說服趙士楨，腦子閃過了無數個主意，雖然沒有把握，但少不得要試上一試。

車子剛過琉璃廠，便聽見前面一聲巨響，馬匹受了驚嚇，往旁一歪，多虧車夫老道，及時圈住了馬頭。

魚寶寶道：「出了什麼事？」車夫道：「前面動靜不小，聽聲音，很像是神機銃。」到底是京師人，見多識廣，居然能從聲響聽出是火銃。頓了頓，又道，「會不會是王恭廠[4]出了事？可王恭廠在內城，方向不對啊。」

魚寶寶驀然得到提示，「哎喲」一聲，急忙躍下車來，急朝趙士楨宅子奔去。這一段路不算太遠，到得門前，正撞見傳教士利瑪竇、其弟子徐光啟[5]以及親隨阿元，因聽見動靜而來查看究竟。

卻見趙府大門洞開，裡面有兵刃交接之聲。進來一看——院門口橫著一名青衣漢子的屍首，胸口一個大血窟窿，血肉模糊，發出焦臭之氣，顯是被火器所傷。工匠趙士元歪倒在臺階上，身子下一大灘血跡，手中尚握著一根嚕密火銃。院中還有三名凶神惡煞的大漢手持明晃晃的單刀，正圍著兩人惡鬥，一人是趙府管家毛尚文，另一人卻是剛離開藤花別館不久的傅春。兩人手中均無正式兵刃，毛尚文手中操著一根短鐵棒，傅春揮舞著一個長方形的怪異鐵器，都是順手從院中取來的器物，以二敵三，猶自不落下風。

魚寶寶還是第一次見識到傅春原來武藝如此高強，不由得驚叫一聲。傅春卻被這一熟悉的叫聲弄得分心走了神，轉頭一看，即被面前大漢舉刀削中他肩頭。另一名大漢趁機用單刀劃傷他手臂，上前奪過他手中的一片絹布，隨即退開幾步，打聲呼哨。其同伴便不再戀戰，只揮刀舞成一團，且戰且退。

利瑪竇等人看得目瞪口呆，竟然忘記閃避，好在那三名強盜也沒有繼續傷人的意思，並排衝了出去。

魚寶寶瞪了那三人背影半晌，才驚叫道：「呀，強盜，強盜！快，快去報官。」利瑪竇醒過神來，忙催道：「阿元，快去！」阿元這才恍然大悟，自趕去管轄南城的南城兵馬司報案。

魚寶寶忙趕進來，與毛尚文一道扶起傅春，問道：「到底出了什麼事？這些強盜是什麼人？」

傅春受傷不輕，強打精神，道：「他們是什麼人我也不知道。我本來是去浙江會館找朋友的，順道經過這裡時，正好見到有人在門外鬼鬼祟祟地窺測，我上前叫了一聲，那人就急忙轉身走了。想到之前不斷有人覬覦趙中舍的火器圖，我便想還是進來提醒一下趙中舍為好。哪知道今天是前遼東巡撫李植返鄉之日，趙中舍出城送客，正好不在家，家中只有毛管家和趙工匠。我便將門外可疑情形告知了他二位，正在說話當口，就有四名強盜破門而入，持刀逼住我們三個，索要火器圖。毛管家假意答應，稱要和工匠一起進屋拿圖，趙工匠卻突然從背後取出一柄火器，射死了一名強盜。但他還來不及再次裝填火藥，就被另一名強盜上來一刀殺死。強盜又從他身上搜出火器圖，我和毛管家見勢不對，便決意反抗，我趁機奪到絹圖，後來你們就來了，結果你也看到了，絹圖還是被他們拿走了。」

魚寶寶道：「哎呀，火器圖被他們奪走了，那怎麼辦啊？」傅春道：「快，快報官追他們回來……」失血過多，不及說完，便暈厥了過去。

正好阿元在附近尋到一隊巡邏的兵馬司兵士，領了進來。兵士見朝臣家中光天化日之下發生強盜入室事件，被搶走的又是事關大明安危的火器圖，不敢怠慢，急忙分幾路去報告各官署長官。魚寶寶見傅春傷勢不輕，便雇了車子，先帶他回來。

沈德符聽說究竟，忙助魚寶寶一起安頓好傅春。魚寶寶略通醫術，裹了傷口，自去開方子抓藥。

到天黑時，錦衣衛千戶王名世匆匆趕來，道：「我聽說了個大概。傅兄，到底是怎麼回事？」傅春倚靠在床頭，歉然道：「抱歉，我也不想弄成這樣，我沒能保護好火器圖。」

魚寶寶道：「這怎麼能怪你呢？那些強盜人多勢眾，有備而來。不過，我實在想不到小傅你武藝會這麼好。」傅春道：「有什麼奇怪的，你忘了我以前總跟戲班廝混在一起，不過是跟武行師傅學幾手三腳貓功夫防身而已。」魚寶寶笑道：「你那可不是三腳貓功夫。回頭應該找個機會，讓你跟我們的武三元好好較量一下，說不定你能打敗大明第一武狀元。」武三元即指王名世，鄉試、會試、殿試均是第一名。

傅春苦笑道：「寶寶從來不肯放過一點機會，你就使勁挖苦打趣我吧。」

王名世道：「傅兄素來精細過人，既然與那些凶徒交過手，能猜得出他們的身分麼？」傅春遲疑道：「這個……」王名世道：「我們相交時間雖然不長，可交情不算淺，傅兄即使信不過我錦衣衛千戶的身分，難道還信不過我王名世麼？」傅春道：「那好，我就直說了。交手中，我曾聽到那些凶徒互相喊話，我懷疑他們是女真人。」

魚寶寶道：「其實我早就懷疑是女真人幹的。李先生任遼東巡撫數年，斷定女真是大明的心腹大患。趙先生最新研製的火器，就是專門針對女真人的。一定是女真首領努爾哈赤得知了消息，決意不惜代價，派人將火器圖搶到手。」

王名世道：「東廠和錦衣衛也懷疑是女真人下的手，現在全城封鎖，凶徒暫時出不了京城，我們會找到他們的。」沈德符接口道：「有一點很奇怪，上次趙先生說過，火器圖他要麼是帶在自己身上，要麼是放在皇城中書舍官署裡。趙士元身上怎麼會有火器圖呢？那幅圖會不會是假的？」

忽聽得有人接口道：「那幅圖是真的。」卻見趙士楨大踏步走了進來，眾人忙起身迎接。趙士楨道：「不必。」歎了口氣，說了經過。

原來，近來趙士元加緊了製造車銃的工作，時時要用到火器圖，趙士楨遂從官署中取了火器圖，帶在自己身上。今日正好前遼東巡撫李植離開京師回鄉，趙士楨帶了兩名童子相送，臨時將火器圖留給趙士元。哪知僅此一念，便為他招來了殺身之禍。最重要的是，二趙合作經年，趙士元最知道趙士楨的意念和構想，車銃即將大功告成，他忽遭此不幸，等於是前功盡棄。又失去了火器圖，怕是世間再難有趙氏車銃。

沈德符忙道：「趙世伯請放心，眼下兵馬司和東廠錦衣衛正全城搜索，相信一定可以找到那夥賊人。」

趙士楨性格堅定，雖然長吁短歎一番，最終還是道：「好，最要緊的是奪回火器圖，哪怕毀了它都不要緊，千萬千萬不能讓它落在敵人手裡。」又上前握了握傅春的手，道，「多謝。小毛會武藝我是知道的，跟他家附近軍營的官兵學過，請他來做管家，其實也是看中他這一點。不過今日要不是你，怕是小毛也被凶徒一起害了。」他雖有妻有子，但多年來只與趙士元、毛尚文幾人住在一起，情感有如親人。

傅春道：「都是我不好，未能保護好火器圖。」趙士楨道：「你已經盡力了，好好養傷，改日再來看你。」

眾人送走趙士楨，王名世也起身告辭。

沈德符送他出來，問道：「王兄今日去尋那姓白的開鎖工匠，可有收穫？」王名世道：「我按他留的地址沒有能找到他。那個人是京師口音，我找了不少人打聽，就連東廠的番子也從沒聽過有個姓白的京師人會開鎖，我懷疑那只是假名。」沈德符道：「有這樣一手本事，足以在京師謀生，為何還要隱姓埋名？」

王名世道：「我聽好幾位行內工匠說，那暗格鎖具極為精巧，是不可能用工具打開的。可之前有竊賊光顧，後來又有姓白的鎖匠輕鬆開啟，即使京師藏龍臥虎，未免還是太巧合了，所以我有些懷疑姓白的這個人就是之前到過萬玉山房的竊賊。你放心，我已經畫下他的樣貌交給東廠番子，只要他還在京師，一定能找出他來。」沈德符道：「甚好。」

送走王名世，沈德符正要返回胡同，一旁黑暗處忽竄出一人，問道：「你是沈德符沈公子麼？」沈德符見他神色緊張，言語問得冒失，心生警惕，也不直接回答，只問道：「你是哪位？」那人道：「我是誰不重要，適才我在大街上揀到一樣寶貝，覺得沈公子應該會有興趣。」

沈德符登時想起那個專設騙局的皦生光來，連連擺手道：「沒興趣，沒興趣。」忙不迭地轉身走開。那人卻追了上來，粗暴地將他推靠在牆壁上，道：「公子看都沒看，怎麼就說沒興趣。」一邊嚷著，一邊將一件東西塞到沈德符手中。

沈德符被那人大力一推，後背重重撞到牆上，痛徹骨髓，又驚又怕，正想出聲呼救，對方忽又鬆手退開，恍然覺得手中物事軟軟綿綿，似是布帛一類，心念一動，忙抖開舉到月光下一看，竟是那幅傾城尋找的火器圖。

沈德符這一驚非同小可，見那人正走開，忙追上去問道：「你是誰？從哪裡得到的這幅圖？」那人不耐煩地道：「你那麼多廢話做什麼？還不趕快拿著這圖邀功請賞去。」

月光直瀉下來，清楚地照映出那人半邊臉龐，不知怎的，沈德符驀然覺得他有些眼熟，脫口叫道：「啊，你……你是寧遠伯府上的人？」那人乍然吃了一驚，返回來抓住沈德符的衣領，惡狠狠地道：「什麼寧遠伯！你再多嘴多舌，小心連你這條小命也沒有了。聽見沒有？」逼迫沈德符點了頭，這才鬆手去了。

沈德符震駭不已，忙返回家中，將適才之事告知好友。

傅春大為驚異，道：「竟然有這等事？快把圖給我看看。」仔細看過一遍絹布，才道，「不錯，就是這幅圖，這上面還有趙工匠的血跡。」

魚寶寶道：「那些女真凶徒處心積慮，好不容易才搶到火器圖，怎麼會輕易遺失在大街上呢？真真可笑。」

傅春道：「這不可笑。現在全城搜捕，女真人難以藏身，必定要躲在一個常人想不到的地方，才能逃過劫難。」

沈德符道：「你是說，隔壁寧遠伯府上收留了這些女真人？」傅春道：「寧遠伯李成梁一直暗中跟女真人有勾結，你是知道這一點的。」魚寶寶道：「可既然這樣，寧遠伯的人為什麼又要將火器圖交還給小沈呢？」

傅春道：「依我看，李成梁跟女真人也不是什麼牢固的聯盟，而是相互利用的關係。李成梁需要利用女真人向朝廷謀取利益，但他也不希望女真坐大到他自己也無法控制的地步。他雖是朝鮮人，可帶的都是大明朝的軍隊，女真人暗中謀奪火器圖，已然逾越了他能容忍的底線。他人雖然在遼東，可好幾個兒子都在北京做官，府上也養了不少聰明人。暗中殺掉這些女真凶徒，將火器圖還回來，以免事態進一步擴大，其實是最聰明不過的法子。小沈，他們找上你而不是別人，可見你這一陣子已經引起他們足夠的注意，你得小心些才好。」

沈德符道：「可能是……我是他們的租戶，家裡又時常有錦衣衛出入吧。」

魚寶寶道：「那我們要怎麼辦？這件事就這麼算了麼？」傅春道：「不然你還能怎樣？這已經是寧遠伯那夥人最大的誠意了，他們完全可以悄悄殺掉女真人，再將火器圖藏起來抑或毀掉，根本無跡可循。況且，他們選擇將火器圖交給小沈，必然是有恃無恐，你總不希望小沈有危險吧。」魚寶寶這才氣鼓鼓地不作聲了。

沈德符道：「那我現在就去找王名世，稱是有人將火器圖丟在了門口。」傅春道：「如此最好。」長歎一聲，道，「想不到這件事會這麼解決。」

魚寶寶道：「等一等，我還要用這幅火器圖呢。」說了自己打算用火器圖栽贓皦生光的計畫。

沈德符聽了連連搖頭，道：「這不行。這幅火器圖何等重要，豈能用於兒戲？況且你那麼做，跟皦生光又有什麼區別？」魚寶寶聞言大怒，道：「原來我做的全是兒戲。」一甩手，賭氣回房去了。

傅春道：「寶寶全然是為了替你出氣，你這麼說，可是傷了他的心了。」沈德符道：「火器圖非同小可，不管怎樣，都不能落在皦生光那種人手裡。」傅春道：「那好，你去取絹布來，我來照貓畫虎，弄個大概像火器的圖樣，給寶寶拿去用。」

沈德符雖覺不妥，可轉念想到魚寶寶之計終究是為了治惡人，便道：「你受了傷，哪敢要你動手，還是我來吧。」回到房中，取絹布大致描了幾下，便拿了原圖連夜送去錦衣衛官署。

雖然中書舍人趙士楨家中遇盜案一度驚天動地，但瞬間便悄無聲息。官方公布的說法居然完全按照沈德符的描述——有人暗中將火器圖丟在藤花別館門前。於是，城中盛傳是京師大俠所為。

三日後，沈德符的同學苗自成如約來到國子監大門前，等待皦生光前來交易。沈德符和魚寶寶二人躲在一旁，預備趁此機會好好整治皦生光一番。

哪知道等了許久，都不見皦生光的人影。苗自成有些不耐煩起來，正要返回國子監時，一名三十歲左右的青衣文士匆匆走過來問道：「你是苗自成公子麼？」苗自成見他手中提著包袱，露出印版的一角，忙道：「我是。」

是皦生光派你來的麼？」

那文士點點頭，道：「錢準備好了麼？」苗自成忙將包袱遞過去，道：「這是二百兩銀子。」那文士接了過來，看也不看，便將手裡的包袱遞過來，道：「這是有『鄭主乘黃屋』五律的印版。」他似有急事要辦，也不多說，轉身欲走，卻被趕過來的沈德符一把扯住衣袖，嚷道：「原來是你！你讓我們找得好苦！」

魚寶寶緊跟過來，正掏絹布，打算趁亂塞到青衣文士身上，聞言一愣，問道：「他不是皦生光麼？」沈德符道：「不是。他就是我和王名世一直在找的那名姓白的鎖匠。」魚寶寶道：「好啊，那咱們倒是省事了，這就送他去錦衣衛吧，好好拷問他的來歷。」

那青衣文士聽說要扭送他去錦衣衛，大急道：「這根本不關我的事，我只是替我阿兄來取錢而已。」原來他是皦生光的同胞弟弟皦生彩，正好皦生光今日有事，便要弟弟拿著印版到國子監跟苗自成換銀子。

沈德符不欲多生枝節，便轉頭示意苗自成先離開。

沈德符這才道：「不是這件事，你可還記得之前你曾到禮部尚書府萬玉山房開鎖？」皦生彩曾在萬玉山房見到過沈德符，料想難以抵賴，只得道：「是有這麼回事。可我是堂堂正正應募進去的，馮家也有人在場，我又沒做什麼犯法的事。」

沈德符道：「可你用了假姓，你當時自稱姓白，對不對？白就是皦的半邊，你不敢用真名實姓，分明是心中有鬼。萬玉山房曾經失竊過，錦衣衛王千戶懷疑你就是那名竊賊。」皦生彩大叫道：「冤枉啊，小生雖會開鎖，平生卻清清白白，從來沒有幹過三隻手的勾當。就是因為擔心被誤會，我之前才用假姓，就是怕許多失竊過的京師權貴將罪過算到我頭上。」

魚寶寶見他堅決不認，道：「這裡人多眼雜，不如送他去錦衣衛再說。」

沈德符卻另有想法，他蹲過詔獄一次，深知獄政黑暗，尋常人沾點錦衣衛的邊，不死也要脫層皮。他見皦生彩焦急萬狀，神色不似做偽，不願事情弄到不可收拾的地步，道：「也不一定要去錦衣衛，只要皦公子肯說實話就好。」

便帶著皦生彩回來藤花別館。沈德符隨即詢問道：「皦公子如何謀生？」皦生彩道：「小生也是讀書人，平常幫助我兄長刊刻些書籍。」

魚寶寶道：「你可知道你大哥平日常常幹些訛詐人、坑害人的勾當。」皦生彩囁嚅半晌，才道：「知道。可他是兄長，我也不能多說什麼。」

傅春得知究竟後，亦問道：「聽你的口氣，皦家也是書香門第，你從哪裡學來的一手開鎖絕技？」皦生彩知道今日不說實話，無論如何都難以脫身，只好實話實說道：「是我年少時跟天橋一名繩伎學的。」

天橋位於正陽門、永定門內，始建於元代。南北走向，橋身很高，跨河而過。所用石材為漢白玉，共有三梁四欄，橋北東西各有兩座亭子。這裡是帝王到城郊祭天的必經之路，所以得名天橋；又被認為是龍的鼻子，因而橋下的河流便被看作是龍的鬚鬚，稱為「龍鬚溝」。

天橋雖地處城南郊外，但這一帶有大量水域，綠波蕩漾，蓮花亭亭玉立於其中，岸邊則是垂柳依依，風光極其秀麗。每到夏秋之際，不時有舟船、畫舫留連於天橋附近，船中遊人或飲酒賦詩，或品茶賞荷，極盡雅趣風流。因而自元代以來，這裡便成了文人雅士、遷客騷人以及官宦權貴尋歡作樂、觀賞遊玩的地方。到明代時，天橋成為南北交通要道，日趨繁華。明代嘉靖以後，由於外城的修建，天橋地區成為北京城市區域的一部分，越發刺激了商業的發展。所謂「酒旗戲鼓天橋市，多少遊人不憶家」，天橋人氣之旺可見一斑。這裡既有三教九流、五行八作，又有什樣雜耍、百樣吃食，深受民眾喜愛。

皦家就住在天橋一帶，皦生彩自小就愛去天橋看雜耍。他曾見到一名繩伎幫助掉了鑰匙的看客開箱子，只有一根竹簽一捅鎖孔，銅鎖應聲而落。他大為傾倒，佩服得五體投地，求了那繩伎許多日，才終於學到她的開鎖絕技。但皦家家長不准他玩這些把戲，所以他只是偷偷練習，多年來孜孜不倦，自覺手藝早不在昔日繩伎之下，只是從未在人前顯露。直到最近，他聽天橋鎖匠說，故禮部尚書馮琦書房中有個暗格，十分精巧，沒有人能打開，一時技癢難耐，便冒充姓白的鎖匠，到馮府一試身手。結果馬到功成，自然喜不自勝。

皦生彩到萬玉山房開鎖時，沈德符也在當場，登時記了起來，道：「不錯，鎖打開時，你很高興。我當時還以為你是貪圖懸賞呢。」

傅春卻想到了另外一件事，追問道：「那繩伎……就是你向她學開鎖手藝的婦人叫什麼名字？」皦生彩道：「我不知道她的真實姓名，但我聽見有人叫她潤娘。她還有個當時全北京人人都知道的藝名——人間白鶴。」

沈德符一時呆住——雪素的母親潤娘，當年是北京天橋最走紅的繩伎，可以僅憑人力在高聳入雲的旗杆軟索上行走，白衣勝雪，翩翩似仙，號稱「人間白鶴」。

「人間白鶴。」沈德符心中默誦這個當年轟動京華的名字，驀然生起一種歲月如流、年華婆娑的感覺來。他不是不記得潤娘這個人，相反地，這幾個月來，他一直念念不忘想弄清楚當年她身上到底發生了什麼事，她的神祕失蹤是否跟他父親暴死有關。但直到此刻聽到「人間白鶴」四個字，方能具體回憶起她的樣子，回憶起她走繩時翩若驚鴻的身影。然而這個女人的影像已離他如此久遠，現下又驟然浮現在他腦海裡，恍然若南柯一夢。

1 山陰：今浙江紹興。南宋高似孫《剡錄》載：「越產之擅名者，有會稽之日鑄茶，山陰之臥龍茶，諸暨之石筧嶺茶。」此三種茶均為浙東名茶，統稱「越州茶」（因前身是春秋時期越國所在地而得名）。

2 直所：內閣大學士在皇城外各有直所，大多在長安門東。直房居有堂，寢有室，食有庖廚。內閣直所其實就是設施更為齊備的專用朝房，而百官朝房（百官待漏之所，即等待上朝的地方）則列於西長安門外，分東西兩仙。

3 東石橋：此石橋和此怪異造型的石獅子至今尚存，位於故宮外西路。

4 王恭廠：明代工部製造、儲存火藥的兵工廠，又稱「火藥局」，在今永寧胡同與光彩胡同一帶。凡京畿駐軍使用火器所需的鉛子、火藥都由王恭廠預造。

明熹宗天啟六年（一六二六年）五月初六巳時，王恭廠一帶爆出一聲巨響，隨後天昏地暗，狂風驟起。北京城內，東自今宣武門大街，北至刑部街，數萬間房屋轟然傾倒，許多大樹連根拔起。象房倒塌，象群驚狂逸出。萬眾狂奔，驚恐萬狀。明熹宗聞聲衝出乾清宮，急奔交泰殿，御座俱傾，東暖閣窗震落傷太監二人。石駙馬街有五千斤石獅子被擲出城外。長安街一帶，從空中飛墜人頭，德勝門外墜落人臂人腿。密雲境內，居然飛來二十餘棵大樹。

更加令人不可思議的是，死傷的人無論男女老幼，大多數都是赤身裸體，衣服不知去向。這場災難約兩萬餘人喪生，史稱「古今未有之變也」。當人們來到爆炸聲發出地王恭廠時，發現這裡並沒有焚燒的跡象。一時間，眾說紛紜。明熹宗不得不下罪己詔，大赦天下。學術界對此災成因眾說不一，迄今仍是歷史未解之謎。

5 徐光啟：字子先，號玄扈，松江府上海縣人。天主教徒，教名保祿（Paul）。萬曆二十五年（一五九七年），因考官焦竑賞識而以順天府解元中舉，萬曆三十二年（一六〇四年）中進士。是中西文化交流的先驅和思想家之一，與利瑪竇合譯《幾何原本》前六卷，譯文裡的「平行線」、「三角形」、「對角」、「直角」、「銳角」、「鈍角」等中文名詞術語，都是經過徐光啟嘔心瀝血反覆推敲才確定下來。

【卷七】妖書再現

關於馮家的流言又開始多了起來，市井坊間有各種版本的故事流傳，大多對馮夫人姜敏不利，將她描述成一個剋子剋夫的壞女人。京師本來就是這樣一個地方——有人把酒論國事，友朋同歡宴；有人紅燈綠瓦觀風景，散言碎語歎人間。

秋天是北京一年中最美的季節，黃花開遍，秋容如拭。

桂子飄香時，鄉試亦如期在貢院舉行。今年的試題是——「不知命，無以為君子也；不知禮，無以立也；不知言，無以知人也。老吾老，以及人之老；幼吾幼，以及人之幼。極高明而道中庸。」沈德符雖一揮而就，提前交卷出來，對考試的結果卻茫然不知，心底深處隱隱有種很不好的感覺。即便如此，他還是要等到二月正式放榜後，才能返回家鄉探親。

天氣逐漸陰冷了起來。沈德符的心情也如這行將即逝的秋天一樣，灰暗冷靜，慘然不樂。

魚寶寶不以為然地道：「不過是場鄉試而已，就算考上也只是個舉人，離進士還遠著呢，你有那麼在意嗎？」沈德符也分不清自己到底是不是為功名而煩惱，只悶悶道：「我可做不到像你和傅春那般自在，連鄉試的機會都放棄了。傅春父母已經過世，你的家人也不介意，我家中的慈母書兒可都還等著喜報呢。」

魚寶寶道：「是你的終究是你的，不是你的愁也愁不來。不如我陪你去白塔寺許個願吧，求菩薩保佑，總比你坐家裡發呆胡思亂想好。」

沈德符聞言不禁一呆：「白塔寺？」魚寶寶道：「是啊，就是城西阜成門街的妙應寺，那裡有白塔，白塔上有風鈴，可以說是京師最特別的寺廟了。怎麼，你不願意去？還是，有什麼心事？」

沈德符歎了口氣，道：「我還在襁褓之中時，由父母做主，曾與蘇州徐氏約為婚姻，當時就是在白塔寺許的願，因為家母名諱妙應，正好應了白塔寺的名字。」

魚寶寶很是驚訝，道：「可你現在的妻子不是姓錢嗎？你原來的未婚妻子呢，她現下人在哪裡？」沈德符道：「她的名字叫安生，我從來沒有見過她，也不知道她去了哪裡。你也是蘇州人，難道沒有聽說徐氏之女徐安生的故事麼？」

魚寶寶道：「原來是蘇州大才女徐安生，她的逸聞趣事我聽過不少。」

徐安生是當世著名畫家徐季恆之女。徐季恆與沈父沈自邠友善，當年沈自邠得子沈德符後，徐季恆亦以暮年得女，取名安生，遂彼此約為兒女親家。後來徐季恆攜幼女離開京師，回家鄉蘇州定居。萬曆十七年，沈自邠病死於京師，沈德符年幼無依，隨母親遷回浙江老家。年滿十八時，徐家派人來提親，但他心中念念不忘兒時玩伴雪素，不願娶一個素未謀面的女子。當時徐安生已因才貌雙全、多才多藝揚名江南，能文善詩，畫作水準不在其父之下，其寫生畫被譽為「出入宋、元名家」[1]。如此美貌聰慧的女子，卻被沈德符拒婚，徐安生得知後勃然大怒，於是憤然嫁給姑蘇世家邵氏，但傳聞其性情放蕩，不守婦禮，不久即因失行被邵氏驅逐。又改嫁給里中黃生，亦是名家之子，卻為黃父不容，遂離家出走，下落不明。

若不是魚寶寶湊巧提起白塔寺，沈德符幾乎已經忘記徐安生這個名字。然而此刻回想起來，她的諸多放誕作為是受刺激所致，多半與自己貿然拒婚有關，想來自己也算有負於她，卻不知道她現下身在何方，是生是死，不覺越發懨懨。魚寶寶卻不容他徬徨，拖著他朝白塔寺而來。

白塔寺的主體建築白塔是一座喇嘛塔，建於元代至元八年，由元世祖忽必烈親自勘察選址，入仕元朝的尼泊爾匠師阿尼哥主持，經過八年的設計和施工，才算大功告成，隨即迎請佛舍利入藏塔中。白塔塔體為磚石結構，由塔座、塔身和塔剎組成——塔座為三層須彌座式；塔身為覆缽式；剎頂為銅製鎏金小型佛塔，塔剎由碩大的下大上小十三重相輪，托起一個巨大銅製華蓋，其周邊垂掛著帶有佛字和佛像的華蓋，下面各繫一個風鈴。

白塔竣工後，元世祖忽必烈親自蒞臨，以塔為中心，往東南西北四方各射一箭，以射程為界占地，興建了規模宏大的大聖壽萬安寺。從此這裡便成為元代皇家寺院，也是百官習儀和譯印蒙文、維吾爾文佛經的地方，是蒙古人心中的神聖之處，寺內香火極為旺盛。元朝皇帝常常到此主持佛事活動，最多一次的參加者達七萬之眾。然而到了元末，一場雷電大火焚燒了寺院所有的殿堂，唯有白塔倖免於難。

明代天順元年，明英宗下令以白塔為中心重建寺廟，改名「妙應寺」，但因白塔之故，民間仍然俗稱白塔寺。新建的白塔寺規模不及元寺的十分之一，由山門、鐘鼓樓、天王殿、意珠心鏡殿、七佛寶殿、塔院以及兩側的配殿、廂房、方丈院、藏經閣等組成。塔院用紅牆圍成，白塔在院中央偏北，四角各有一亭，塔前有一座「具六神通殿」。

魚寶寶和沈德符二人進來寺廟塔院時，意外在白塔下見到了傅春。他正高昂著頭，瞻仰塔頂的華蓋，帶著罕見的莊重凝思。好惡作劇的魚寶寶躡手躡腳走到傅春背後，驀地拍了拍他肩頭。傅春回過頭來，驚惶異常，那模樣倒像偷糖果時被當場捉住的孩子。

魚寶寶哈哈大笑起來，道：「我還沒見過小傅這副樣子。小沈，你看他嚇的。」

傅春不滿地道：「寶寶，你無端端嚇人一跳做什麼？人嚇人，會嚇死人的。」又問道，「你們來這裡做什麼？」魚寶寶道：「求菩薩保佑啊，保佑你和小沈早日金榜題名。喂，你知不知道，二十多年前，小沈的父母就是在這裡為他定下了三生之約。」

傅春道：「啊，竟有這等事？我還以為……」見沈德符神色尷尬，便及時住了口，笑道，「我其實也是來許願的，咱們這就去燒香吧。」

三人遂來到天王殿，各自上香祈禱。

出來時，傅春問道：「王名世追查那塊牙牌的事，可有下落？」沈德符道：「沒有。編號八十八號牙牌的原主人校尉楊山死後，他家人也舉家離開了京師，不知道去了哪裡。陳廠公的口風很緊，王兄也不能公然調查，這件事可以說完全沒有線索。」

傅春道：「也許真牙牌難以追查，但假牙牌近在眼前，如果能拿到仔細研究，說不定會發現線索。」沈德符道：「這我和王兄也想到過，可無論王兄如何試探，陳廠公都不願意交出那塊假牙牌，只推說不知道丟到哪裡了。」傅春道：「這樣子，牙牌的線索確實就是死胡同了。」

魚寶寶道：「不是還有潤娘那條線索麼？我敢說，那個從萬玉山房暗格中盜走真牙牌的就是潤娘本人。」傅春道：「這似乎不大可能，潤娘消失了這麼久，忽然出現就是為了一塊牙牌麼？那牙牌對她全無用處。而且就算真的是她拿走了，她必定是有重大圖謀，為什麼得手後又再次銷聲匿跡了呢？」

魚寶寶歪著頭想了半天，道：「那不如我們現在去天橋看看，那裡是潤娘成名的地方，說不定能打探些什麼。」沈德符道：「呀，這倒是個好主意，我怎麼沒想到。」魚寶寶道：「你是名門貴公子麼，怎可能會想去天橋那種市井地方！」

三人遂雇了輛大車，往南而來。

及近西四牌樓時，車子速度明顯慢了下來。又走了一小段，乾脆就不動了。魚寶寶是個焦急性子，伸頭出去看了一眼，罵道：「這當街廟為什麼還不拆掉？給蒙古人立廟，也不嫌丟人。」

魚寶寶說的當街廟，即建在西四牌樓北側道路當中，占地不小，擠壓了道路，車馬通過，均須由廟的兩旁繞行。西四一帶本就是京師交通要道，車水馬龍一多，往往會壅堵上半天。但令明人憤恨的還不是當街廟本身，而是這廟紀念的並不是什麼了不得的英雄人物，而是蒙古瓦剌首領也先。

當年土木之變，正是瓦剌首領也先俘虜了大明英宗皇帝。英宗在北方過了一年囚徒生涯後被放還回朝，一回到北京即被親弟景帝囚禁在南宮中，過起了屈辱的太上皇生涯。閒庭草長，別院螢飛，英宗境遇淒涼，沒人記得這位曾經的大明天子。唯有昔日的對頭也先還惦記著英宗，經常派人送來一些禮物，聽說英宗的情況不好後，生怕他孤單寂寞，還一度想派人將自己的妹妹送來侍奉。

八年後，大明發生奪門之變，英宗復辟，重新登上皇位，而也先已經在蒙古內訌中被殺。英宗心中感念，特在西四牌樓當街修廟，以紀念也先。時人均認為英宗無恥，竟然建廟紀念敵人。然而，英宗皇帝的際遇難免不讓他在心中將也先與親兄弟景帝對比，在複雜的歷史環境中，誰才是真正的敵人，實在一言難盡。

又等了小半個時辰，馬車才慢慢通過西四牌樓。之後的道路就順暢多了，一路往南出宣武門，走完宣武門大街往東，走騾馬市街到了天橋。

天橋是個吃喝玩樂的好地方，尤其是小孩子鍾愛的樂園。這裡有各色小吃，物美價廉，最出名的有炸黃花魚、豆汁、爆肚、炸了蒸、扒糕、涼粉、酸梅湯等。炸黃花魚就是將一條半斤來重的黃花魚裹上麵粉，丟入油鍋中炸得焦黃，再從鋥光瓦亮的大銅鍋中舀一勺鹵汁澆在剛出鍋的魚上，滋滋作響，香氣四溢，只要十文錢。豆汁是將豆子上磨碾，隨碾隨兌水，碾完後，細的是豆漿，粗的做麻豆腐，而稀的就是豆汁了。爆肚用的原料是羊肚，有散丹、麻肚、肚仁等區別，佐料有芝麻醬、醬豆腐、韭菜花、辣椒油等；把爆肚擱開水裡過一下，馬上就撈出來，風味獨特；這道小吃關鍵在火候，火大了再撈出來，就成猴皮筋了。

除了吃喝外，還有熱鬧可看。天橋是民間藝術聚集地，有許多江湖藝人在這裡賣藝，不乏身懷絕技、技藝高超者。賣藝人先要撂地，也就是在地上畫個白圈，作為演出場子，行話「畫鍋」。鍋是做飯用的，畫了鍋，有了個場子，藝人就有碗飯吃了。有顯示臂力的開拉硬弓、平舉大刀的，有顯示硬氣功的綳鐵鏈、睡釘板的，有展現高妙輕功的爬竿、走繩的。表演各式各樣，令人眼花撩亂，十分精彩。

三人來到賣藝人集中的地方，各自去向人打聽潤娘。提到「潤娘」的名字，並沒有多少人知道，但只要一說

「人間白鶴」，幾乎人人豎起大拇指。但這些人也只是聽聞人間白鶴繩技無雙，對其來歷去向並不清楚。

如此耗費了大半個時辰，依舊一無所獲，沈德符頗為沮喪。魚寶寶趕過來道：「垂頭喪氣做什麼？真相如果有那麼好查，不就人人都知道了麼？」沈德符心頭一凜，道：「你說的極是。寶寶，真要謝謝你的鼓勵。」正說著，傅春匆匆過來叫道：「喂，你們兩個跟我來。」

沈德符、魚寶寶以為傅春問到了潤娘的線索，忙跟在他背後。一路往西，進了路邊的一家古董鋪。店中堆滿各色物件，櫃檯後坐著一名白髮老翁，手舉刻刀，正在雕琢一件木器。

沈德符道：「他知道潤娘的消息？」傅春道：「不是，我沒有打聽到潤娘的事。而是我想到了一個辦法，也許能幫你拿到牙牌，但這需要冒很大的險，不知道你有沒有這個膽量？當然，要辦成這件事，還需要王名世加入。」沈德符大概猜到傅春所稱的辦法，一時猶豫，半晌才道：「這事非同小可，得跟王兄好好商議一下。」

奔波了大半日，三人也累了，見天色不早，遂回來藤花別館。

馮府僕人馮七正哭喪著臉守候在門前。沈德符見他一身衰服，心中登時一沉，上前問道：「出了什麼事？」馮七道：「二夫人她……她自殺了。」

故禮部尚書馮琦侍妾夏瀟湘在經歷了許多病痛和瘋魔的折磨後，終在某個深夜上吊自殺，用五尺白綾結束了年輕的生命。於是，關於馮家的流言又多了起來，市井坊間有各種版本的故事流傳，大多對馮夫人姜敏不利，將她描述成一個剋子剋夫的壞女人。京師本來就是這樣一個地方——有人把酒論國事，友朋同歡宴；有人紅燈綠瓦觀風景，散言碎語歎人間。

但很快又發生了一件古怪大事，只一夜之間，便在京師掀起了驚濤駭浪，令舉朝失色。

十一月十一日清晨，內閣大學士朱賡在家門口發現了一冊刊書，封頁上題有「國本攸關」四字，內裡扉頁上題「續憂危竑議」，後面則是一份揭帖，全文如下——

或有問於鄭福成曰：今天下太平，國本已固，無復可憂，無復可慮矣，而先生常不豫何也？鄭福成曰：是何言哉？今之事勢，正賈生所謂厝火積薪之時也。

或曰：亦太甚矣，先生之言也！得無謂儲宮有未安乎？曰：然。夫東宮有東宮之官，一官不備何以稱乎？皇上迫於沈相公之請，不得已立之，而從官不備，正所以寓他日改易之意也。

曰：改立誰其當之？曰：福王矣。大率母愛者子貴。鄭貴妃之專擅，回天轉日何難哉？

曰：何以知之？曰：以用朱相公知之。夫在朝在野固不乏人，而必相朱者。蓋朱名賡，賡者更也，所以寓他日更易之意也。

曰：是固然已，朱公一人安能盡得眾心，而必無變亂乎？曰：陋哉？子之言矣！夫蟻集膻蠅逐臭，今之仕宦者皆是，豈有相公倡之，而眾不附者乎？且均是子也。長可立，而次未必不可立也。侯之門，仁義存，誰肯捨富貴而趨死亡乎？

或曰：眾附姓名可得數否？曰：餘數之熟矣。文則有王公世揚、孫公瑋、李公汶、張公養志，武則有王公之楨、陳公汝忠、王公名世、王公承恩、鄭公國賢，而又有鄭貴妃主之於內，此之謂十亂，魯論所謂有婦人焉，九人而已。正合文王舍伯邑考，而立武王之意也。

曰：然則何以知此數人之所爲乎？曰：數公皆人傑，無不望分茅胙土。如姚廣孝，豈止富貴終其身而已乎？故有王世揚、陳汝忠，則靖難之兵取諸京營而自足矣；有李汶則三邊險要有人控之矣；有孫瑋於保定則扼天下之咽喉，四方勤王之兵無由至矣；有王之楨則宿衛禁城，有誰人能斬關而入乎？

曰：是固然矣。若張養志、王承恩、王名世者何飲？曰：養志朱公私人也，而二王者則朱公之鄉人也，無不願借相公之餘光者，況有以招徠之乎？

曰：然則事可濟乎？曰：必濟庸人倡義人尚景從，而此數公皆人傑也。且復有鄭妃與陳矩朝夕比周於帝前，以爲之主，共舉大事何謂無成？

或曰：蛟門公獨無言乎？曰：蛟門爲人險賊，常用人而不用於人，故有福己自承之禍，則規避而不染，何以見其然也？夫錦衣衛西司房類奏，有名祖宗來，未有不升者。而皇親王道化本內有名竟不升，豈其才力出諸菜傭下哉！蓋沈相公欲右鄭而左王，故核實之時令，親家史起欽抑其功而不錄，亦王之楨有以默授之也。

曰：然則子何以處此？曰：天之所興，不可廢也；天之所廢，不可興也。餘止聽天耳！安能反天乎？

或人唯唯而退。

萬曆三十一年，吏科都給事中項應祥撰，四川道御史喬應甲書

此文採一問一答形式，回答者自稱名叫「鄭福成」，所謂「鄭福成」，即——鄭貴妃之子福王朱常洵當成功。文意大概是說——當今萬曆皇帝立皇長子朱常洛為皇太子實出於不得已，正準備更易太子，動搖國本；皇帝用朱賡為內閣大臣，是因為「賡」與「更」同音，寓更易之意；鄭貴妃正意圖廢太子，冊立自己的兒子福王朱常洵為太子；鄭貴妃一黨包括戎政尚書王世揚、錦衣衛千戶王名世等十人，稱「十亂」；司禮太監兼東廠提督陳矩、內閣首輔沈一貫、包括內閣大學士朱賡在內都是鄭貴妃的同謀。

這揭帖名〈續憂危竑議〉，實際上已暗指內容延續了萬曆二十六年妖書案中的〈憂危竑議〉。文中將朝中圍繞皇太子之位紛爭的實質，以及日後可能發生的變故一一指了出來，指名道姓地指出上至皇帝，下至沈一貫、朱賡等重臣，都有易立太子的意圖。

最駭人聽聞的是，不僅朱賡收到了刊書，之前一夜，這份揭帖更以傳單形式在京師廣為散布，上至宮門，下至巷衢，到處都有。此揭帖大概只有三百來字，但內容威力卻不亞於西洋紅夷大炮，一經面世，即在京城掀起軒然大波——時人以為「詞極詭妄」，故皆稱其「妖書」。

十一月十二日，東廠太監陳矩將〈續憂危竑議〉進奏御覽。萬曆皇帝勃然大怒，拍案而起，下令東廠、錦衣衛以及五城巡捕衙門嚴加搜捕，務得造書主謀。並責令妖書上落款的兩名官員吏科都給事中項應祥和四川道御史喬應甲即刻回奏，說明事情緣由。第二次妖書案由此而起，京城的空氣立刻緊張起來。

最惶惶不安的，自然是揭帖最後那真名實姓落款的兩人——項應祥和喬應甲。

項應祥字汝和，號東鼇，浙江遂昌人。萬曆八年進士。初任福建建陽知縣，為官清正，力雪冤獄，建陽稱頌「抱案吏從冰上立，訴冤人向鏡中來」。後升任給事中，有「不畏強禦」之名。其最著名之事，是上奏彈劾萬曆二十五年順天府鄉試副主考官焦竑。當年士子徐光啟因受到焦竑賞識而以解元中舉，卻被認為其文多險誕語，能高中順天府第一，一定是背後有私下交易。由於項應祥的彈劾，焦竑被貶官，降為福州同知。

項應祥人在朝中雖有正直之名，其家屬在遂昌卻是橫行鄉里的地方惡霸，拖欠官府錢糧不說，兒子還一貫欺壓百姓，姦淫民女，甚至強令佃戶人家，凡子女婚事，他享有初夜權。歷任官令對項家都不敢得罪，甚至趨炎附勢，沆瀣一氣。人們敢怒不敢言。萬曆二十一年，湯顯祖調任遂昌知縣，想了個巧妙的辦法，趁項應祥告假返鄉之際，在縣衙設宴款待。席間，有人在衙門外擊鼓鳴冤，湯顯祖便邀項應祥共同升堂審案。告狀的百姓湧進公堂，狀紙寫滿項應祥之子的罪惡。項應祥目瞪口呆，不得已，同意湯顯祖懲處這個不肖子，但自此與湯顯祖結怨。

萬曆二十六年，湯顯祖赴北京上計。按照明代制度，地方官即外官，每三年由吏部和都察院進行一次考察。犯有貪、酷、浮躁、不及、老、病、罷、不謹的八等官員，將分別給以革職、閒住、致仕和降調的處分。項應祥官認吏科給事中，監察和彈劾正在其職權範圍之內，他趁機點評湯顯祖「浮躁」。浙江按察使李維楨和湯顯祖從未會面，卻久聞其為官清廉，體恤民情，深得民心，為其慷慨申辯，差不多要聲淚俱下，還是未能挽回局面。湯顯祖落了個「罷職閒住」的處分，氣憤之下向吏部告長假回鄉，從此致力於戲劇和文學創作活動，再沒有出仕。湯顯祖素來與東林黨往來密切，清流派因而有不少人反感項應祥其人，東林黨領袖鄒元標有「天下之大，竟容不下一個湯顯祖」之怨語。

至於喬應甲，其人字汝俊，號儆我，山西臨猗人。萬曆二十年成進士。初授湖北襄陽府推官，一年前才提升為四川道監察御史。他曾經到過淮揚，對漕運兼鳳陽巡撫李三才行事作風極為不滿，稱其「性不能持廉」，並在木板上書寫李三才之「五好十貪」，傳之於衙門。因此與李三才交惡，也受到東林黨人的嫌惡。

〈續憂危竑議〉落款為項應祥、喬應甲的名字，顯然是有人刻意為之，背後有著說不清、道不明的恩恩怨怨。二人被一紙揭帖推到了刀口上，慌忙進奏申辯，稱「從來妖書譭謗別人，從無自我署名的道理」。萬曆皇帝倒也相信，沒有下令將兩人逮捕下獄治罪。

然而一書掀起千層浪，朝野震動，甚至攪翻了後宮，關於妖書作者的猜測不絕於耳。由於落款的項應祥、喬應甲二人均是與東林黨有仇怨之人，因而有人說此書出自清流之手，目的是傾覆東林黨的死對手內閣首輔沈一貫，項應祥、喬應甲只是被順帶捎上。有人馬上為東林黨辯解，說沈一貫一直聽命於鄭貴妃，認定此書出自清流之手，是想誣陷清流領袖郭正域，因為郭正域人望所歸，正見忌於沈一貫，這是一個陰謀。

一些關於首輔沈一貫的內幕也逐漸被發掘出來。有流言說，兩年前沈一貫上書請立太子，其實是要為鄭貴妃說項，請立鄭貴妃之子朱常洵為太子。之所以沒有在奏疏中指名道姓，是因廢長立幼於禮不合，他不敢冒受清議指責的危險。哪知道皇帝被打動了不說，還誤解了首輔的意思，決意立長子朱常洛為太子。後來，萬曆皇帝又被鄭貴妃的眼淚動搖，派人通知內閣改期立太子；表面是沈一貫不同意皇帝改期，其實是內閣大學士沈鯉力爭的結果。沈鯉道：「天下人都已經知道是沈端公促使皇上立長子為太子，如果再不堅持，端公豈不成了首鼠兩端之人？」沈一貫不得已，這才當場封還詔書。皇長子朱常洛終於得立為太子，歷時十六年的國本之爭終於結束。

顯然，〈續憂危竑議〉的中心議題還是國本之爭。那麼，這封攪得京師雞犬不寧的妖書到底是出自反鄭朝臣之手，還是鄭貴妃指使心腹黨羽所為？到底是有意構陷，還是要反傾害？這無疑是時下最大的熱點謎題。

妖書中所提及的，除了化名「鄭福成」外，其餘人物均是朝中大臣，無不爭相上書自辯。朱賡道：「臣居卿立朝，斤斤自守，未嘗樹恩，亦未嘗樹怨，應無切齒於臣者，不知何故召此奇禍，因請避位。」自稱已是七十衰病之人，地位又在沈一貫和沈鯉二人之下，沒有任何希覬之心，造書者是神謀鬼術，聲東擊西，借此攻彼。

內閣首輔沈一貫也引咎自陳，道：「此書混淆皇上庭闈宮禁之情，離間皇上父子骨肉之愛，掩抑皇貴妃贊成之盛德，點染福王孝弟之令名，誣陷大小臣工，坐以翻天覆地之罪，臣與斯人非有不共戴天之誓，何為至此！」又表示願意與造書者當面對質，以示內心無愧。

餘人如司禮太監陳矩、京營巡捕都督陳汝忠、錦衣衛千戶王名世等均先後具疏。萬曆皇帝遂好言安慰道：「朕尚被妖書誣枉，何況你們呢？」

二十年未上朝的萬曆皇帝震怒了！他一改渾渾噩噩的狀態，不斷召見廷臣，同時嚴令東廠、錦衣衛訪拿主謀，務在刻期查獲，不准怠緩姑息。又下令九卿科道等官將案情進展情況及時會同上奏，並限兵部一個月之內必須偵破此案。

在如此急迫的詔令下，京城內外差役四布，偵校塞路。京營派重兵守衛各個城門，對進出人士嚴格盤問搜查。凡是散住在京城內的山人、遊客、術士、僧道、罷閒官吏等都被立即驅逐，逗留者緝拿究問。凡在京城搭設茶房、在街巷坐地叫賣者，都被禁止。同時禁止地方白蓮教、無為教活動，不准善男信女聚眾湧入寺觀拜佛進香。

一時間，訛言四起，人人危懼。市井街坊上最熱鬧的酒肆、飯店等處門可羅雀，再無人敢到公開場所暢談酣飲，以往歡聲笑語的八大胡同也變得冷冷清清。人心也彷彿這嚴冬一樣，進入了死氣沉沉的休眠狀態，沒有了生氣的北京越發變得蕭索起來。

皇帝如此雷厲風行，擺出一副不找出妖書主謀誓不罷休的姿態，不僅名列書中的大臣驚恐萬狀，其他無干的人士也不免惴惴不安。

有風吹，便會有草動。妖書案席捲全城，意味著必然有人因此遭殃，也必然會有人因此得賞。為鼓勵儘快破案，皇帝明張榜文，懸賞五千兩銀子和三品錦衣衛指揮僉事官階，以捕緝妖書主犯。於是，紛紛有人主動站出來檢舉揭發——

錦衣衛主要官員王之楨、鄭國泰、王名世、王承恩四人均在〈續憂危竑議〉上掛名，被鄭福成指斥是鄭貴妃的十黨之一。於是四人聯名上書，稱妖書是北鎮撫司鎮撫周嘉慶有意為之；理由是，錦衣衛五大要員中有四人上了妖書，只有周嘉慶一人不在其中，分明是周嘉慶想陷害同僚，獨掌錦衣衛大權。周嘉慶於是被逮捕下獄，下到東廠審問，備受拷掠。之前周嘉慶掌管北鎮撫司，拷問過無數犯人，現下酷刑都一一輪迴到他自己身上，可謂絕妙的諷刺。他全家人都受到了牽連，遭受嚴刑拷打。周嘉慶死也不承認跟妖書有關。他岳父是吏部尚書李戴，參與堂審，親眼見到女婿被拷打得體無完膚，不忍目睹，起身離開大堂。萬曆皇帝聽說後，次日下詔罷免了李戴官職，令其致仕回鄉。

又有同知胡化告發妖書出自教官阮明卿之手。胡化和阮明卿因此都被逮捕，受到嚴刑拷問。不久，即查明這兩起告發純屬誣告。妖書案真相未明，反而成了廷臣之間互相傾軋、發洩宿怨、打擊異己的藉口。朝堂之上烏煙瘴氣，案情越發撲朔迷離。

一時間，京城大小官吏全都程度各異地捲進了這個涉及國本和未來皇帝的巨大漩渦之中，互有猜疑。不少人因此被錯捕、錯殺，到處冤疑橫生，誅連無辜。就連京營武官楊於世執著吏部尚書李戴手書及公劄前往遼東執行公事時，也被遼東稅監高淮當成妖書嫌疑人犯，在山海關附近將其逮捕，解送回京請功。

即使是位高權重的宰輔大臣也不能置身事外。在〈續憂危竑議〉文中，作者指名道姓攻擊了內閣首輔沈一貫和大學士朱賡，說二人是鄭貴妃的幫凶。兩位閣老自然大驚失色，除了上疏為自己辯護外，為了避嫌，不得不待罪在家。

沈一貫在位已久，老謀深算，決意學習寧遠伯李成梁東山再起的法子，盡量將所有人一鍋端掉，好讓自己化被動為主動。他指使心腹黨羽刑科給事中錢夢皐上疏，稱禮部右侍郎郭正域以及另一名內閣大學士沈鯉，與妖書案有關。

之所以要攀牽沈鯉，除了因為沈鯉與沈一貫一直不和外，還因為當時內閣只有首輔沈一貫、次輔朱賡，以及沈鯉三人。沈一貫和朱賡均被「妖書」點名，只有沈鯉一人榜上無名，獨自主持內閣工作，成為實際上的內閣首輔，理所當然地該被懷疑。而妖書出現當日，沈鯉正好因事請假不在內閣。後來得知消息，也不贊成萬曆皇帝窮究極治，大肆搜索京城。

至於牽扯郭正域，原因則更為複雜。一是因為他是東林黨人，儼然以東林黨在朝領袖自居，在楚王華奎與宗人華越糾紛案上與內閣首輔沈一貫意見不合，沈一貫恨其入骨，早有心排擠出朝；二是同知胡化告發妖書出自教官阮明卿之手，而阮明卿正是給事中錢夢皋的女婿；為了替女婿脫罪，錢夢皋必須立即找到替罪羊——正好，這郭正域不但是沈鯉的門生，而且是胡化的同鄉，加上當時又已被罷官，即將離開京師，很有寫妖書「發洩私憤」的「嫌疑」。

不僅如此，沈鯉和郭正域二人亦和先前第一次妖書案有關聯，尤其是郭正域，關聯極其重大——萬曆二十六年，刑部侍郎呂坤上〈憂危疏〉，論天下安危，抨擊時弊。吏科給事中戴士衡彈劾呂坤暗中逢迎鄭貴妃。不久，又有自稱「燕山朱東吉」的人寫了〈憂危竑議〉一文私處散播，即最早的「妖書」，內容跟今日的〈續憂危竑議〉大同小異，無非是指責鄭貴妃陰謀為兒子謀奪太子之位，呂坤等人則是同黨。而捲入風口浪尖的呂坤是隆慶五年進士，當年的主考官是張居正，分房考官為沈鯉，也就是說，沈鯉是對呂坤有知遇之恩的座師。而萬曆二十六年妖書案後，時任翰林院編修的郭正域亦上書彈劾呂坤，直接導致呂坤罷職去位，從此再沒有返回官場。當年的妖書案亦轟動一時，最後萬曆皇帝認定妖書作者是吏科給事中戴士衡和全椒知縣樊玉衡，二人均被罷官貶謫；但時人均懷疑，「燕山朱東吉」其實另有其人。

儘管沈一貫和錢夢皋聯合起來告發沈鯉和郭正域，不過是出於私利挾嫌報復，想要讓一灘濁水攪得更渾，並無任何真憑實據，卻由此引發了一場大獄。

錢夢皋上書，稱妖書出自前禮部侍郎郭正域之手，沈鯉為其同謀，又彈劾沈鯉道：「妖書始發，舉朝以為大變，獨彼以為小事。舉朝以為當捕，獨彼以為當容。」並在奏疏中公然強逼二人自裁。

萬曆皇帝接到錢夢皋奏疏後，在身旁內侍的提醒下，想起第一次妖書案中郭正域的種種可疑——他曾聲色俱厲地彈劾呂坤，認為呂坤才是妖書案的源頭，是真正的罪魁禍首。當時還沒有正式立皇太子，彈劾呂坤無非是指責其暗結宮闈、黨附鄭貴妃，等於也是變相指責鄭貴妃圖謀奪位。而那妖書分明是有人故意製造聲勢，即使不能引得朝野上下聲討鄭貴妃，也用事實指出了太子不立、國本難安、謠言不止的隱患。三年後，萬曆被迫立長子為太子，跟那件事的警示也頗有干係。

而今故技再次重演，兩篇妖書的意義一模一樣，一定是反對立福王為太子的朝臣所作。這郭正域素來反對鄭貴妃，其人早在第一次妖書案時就已表明立場；後又擔任東宮講官，與太子朱常洛有師生情誼，交情深厚。而今他正好罷官去職，完全可能是他挾怨而作。

將前後兩次妖書案聯繫起來後，萬曆皇帝認定前禮部侍郎郭正域確實嫌疑重大。正好巡城御史康丕揚上書指出「妖書」和「偽楚王」兩案同源，越發加重了郭正域的嫌疑。萬曆皇帝立即下詔，命郭正域暫停返鄉，停駐原地待查。又預備罷免沈鯉內閣大學士一職，還是司禮監陳矩認為閣臣位比宰相，是國之名器，不可因捕風捉影傳聞便輕易更易，從旁勸解，萬曆這才作罷。

而此時郭正域已率一家老小十五人乘船離開京城，由於天寒地凍，河面結冰，船隻無法行進，不得不停靠在潞河[2]楊村一帶，等待冰化後再渡河。

自禮部尚書馮琦病故後，郭正域一直以禮部侍郎身分代理禮部尚書　職，博通載籍，勇於任事，有經濟大略，頗孚人望。然而掌管禮部不久，便遇到極為棘手的偽楚王案。

當時，楚王宗人、輔國中尉朱華越向朝廷告發，第九代楚王朱華奎及其弟弟宣化王朱華壁，不是楚恭王朱英㷿的親生兒子，指朱華奎是恭王妃王氏兄長王如言之子，而朱華壁是王如言家人王玉的兒子。奏疏送到北京後，首輔沈一貫因與朱華奎友好，於是授意通政司暫將奏疏壓下不表。朱華趆不服，親自到京師告狀。皇室事務素來由禮部主持，禮部侍郎郭正域主張調查。首輔沈一貫反對無效，最後由巡撫和巡按御史會同勘問。但由於事關皇室，察無實證，事情無果而終。

沈一貫自此深恨郭正域，處處刁難不說，還曾指使給事中錢夢皋劾奏郭氏「陷害宗藩」，聲稱郭正域是楚人，因其父曾被楚王侮辱，故有後報。郭正域陷入官場紛爭，見再也難以有所作為，遂憤而辭官。妖書案發之日，正是他離開京師之時。巡城御史康丕揚稱「妖書」和「偽楚王」兩案同源，實際上就是指兩起案子的主謀都是郭正域。

郭正域的船隻剛出北京，便不斷有同僚、遊人趕來追訪。他已經從眾人口中大致得知京師局勢，卻從未料到事情轉瞬間就牽連到自己身上，他本人居然被認定是妖書作者「鄭福成」。船隻剛剛停靠在楊村一帶，妖書上被點名的巡捕都督陳汝忠便派遣大批巡捕人役將船隻團團圍住，逮捕郭氏隨行人員十五人，就地在楊村設公堂，施用鞭、打、吊、跪等各種酷刑逼供，並脅迫郭正域自盡。

郭正域毫無懼色，理直氣壯地怒斥道：「大臣有罪，當伏屍都市，安能自屏野外？」又作詩表明心跡道，「濁酒一杯聊自壽，大家頭上有青天。」

而沈鯉被指為郭正域同黨，住宅被五城兵馬司兵馬包圍，也不斷有人來威逼他自殺。沈鯉慨然道：「妖書果自我造，我當死於西市，絕不自盡。」還是萬曆皇帝聽說後親自干涉，沈一貫才不得不撤去包圍沈宅的兵馬。

由於沒有確鑿證據，難以對郭正域、沈鯉定罪，沈一貫便想利用假證人來坐實。於是逼迫之前誣陷錢夢皋女婿阮明卿的同知胡化，要他承認郭正域是妖書主謀。胡化卻深知其中厲害，不肯附和，實話道：「我誣訐阮明卿，是因為他是我的世仇。郭正域是我的同鄉沒錯，我們原先也認識，但自他舉進士以來，我們已有二十年不通問，何由同作妖書？」

胡化這條路走不通，沈一貫便想從郭正域身邊的人下手，派巡城御史康丕揚逮捕了與郭正域交好的遊醫沈令譽、琴士鍾澄等人。萬曆皇帝久在深宮，本就多猜忌之心，平常與臣下接觸總是疑神疑鬼，聽說郭正域與民間眾多知名人士交遊密切後，心中更是懷疑郭正域心懷異謀，包藏禍心。沈一貫又趁機入呈搜索沈令譽寓所時，得到的名僧紫柏手書。

紫柏一直在京師交結王侯，以實現他「礦稅不止，則我救世一大負」的誓言。雖然他是得道高僧，聲滿天下，貴人無不折節推重，但他常常對那些為逢迎皇帝而姑息稅監的士大夫箕踞謾罵，由此得罪了許多權貴。早在一年前，御史康丕揚就上疏，彈劾紫柏整日「戀戀長安，與縉紳為伍。工於寵術，動作大氣魄，以動士大夫」，要求將紫柏如李贄般下獄論罪。萬曆皇帝得疏後，考慮到母親李太后一向敬重紫柏，因而留中不報。但這次沈一貫呈上紫柏給沈令譽的私人書信，內中寫道：「慈聖太后欲建招提見處，而主上靳不與，安得云孝？」言下之意，是暗示皇帝與慈聖太后不睦。萬曆皇帝讀到後勃然大怒。國君偏執，宰輔懷私，獄事遂不可解。

數日後，紫柏在錦衣衛詔獄接連受酷刑拷打而死。臨死前說偈，云：「

一笑由來別有因，那知大塊不容塵。
從茲收拾娘生足，鐵橛花開不待春。」

遊醫沈令譽也受到了嚴刑拷打，強迫他指認妖書是郭正域所為。沈令譽據理力辯，堅決不招供。

為了讓沈令譽儘快服罪，事先做了不少布置。當東廠、錦衣衛和刑部、都察院、大理寺三法司會審時，沈令譽奶媽龔氏的女兒被叫到大堂作證。那女孩才只有十歲，也不害怕，只睜著大大的眼睛好奇打量公堂上的一切。主審刑部尚書蕭大亨問：「妖書是不是在沈家印的？」女孩不懂事，按照大人們事先教的話答：「是。」

蕭大亨又指著一旁跪著的沈令譽問道：「是不是這個人印的。」女孩道：「是。」

蕭大亨便一拍驚堂木，喝問道：「犯人沈令譽，鐵證如山，你還不承認是你印製妖書的麼？快說，寫妖書的人是誰？是不是郭正域？」沈令譽道：「我根本不知道妖書之事，也從不知道郭公正域跟這有什麼關係。你們弄個小孩子來作偽證，這不是天大的笑話嗎？」

蕭大亨見他語氣不恭，便喊人用刑。司禮太監兼東廠提督陳矩叫道：「等一等，我還有句話問證人。」轉頭問那小女孩道，「你說你親眼看到了沈令譽印妖書，那麼印刷妖書的印版有幾塊？」那小女孩毫不知情，便信口胡說道：「滿滿一屋子。」

陳矩聽了忍不住當堂大笑起來——〈續憂危竑議〉只有短短三百來字，頂多也就是幾張紙，哪來的一屋子印版？沈令譽的冤屈顯而易見，由此對郭正域和沈鯉的誣陷自然也不能成立。

沈一貫利用職權暗設機謀，加害與自己不和的朝臣，引來諸多不滿。

當日，翰林院編修唐文獻偕眾翰林院同僚楊道賓、周如砥等人前去拜見沈一貫。唐文獻字元徵，號抑所，萬曆十四年狀元。為人清勁，素以名節自勵，多次救人於危難之中。他與郭正域非但從無私交，而且二人同為太子教官時，從來不曾相交一言，此次挺身而出，全是仗義救人。

見到沈一貫後，唐文獻正色厲言，責以大義，表示願棄官與郭正域同死。其他翰林學士也紛紛道：「外面傳聞，郭公正域勢將不免，其實是沈端公有意要殺他。」沈一貫難堪之極，急忙對天發誓絕不是自己要殺郭正域。

唐文獻這才道：「我們也知道端公無意殺人，第台省承風下石，若端公不早訖此獄，何辭以謝天下。」沈一貫喏喏相應，斂容謝之。

翰林學士陶望齡也趕去找內閣大學士朱賡，正色責以大義，指責其人貪戀權位，對同僚坐視不救，表示願意棄官與郭正域同死。

翰林學士們如此一番鬧騰，不免令沈一貫免心中有所忌憚——他可以陷害沈鯉，可以除掉郭正域，一點也不會手軟，毫不猶豫。但他不可能與全體翰林學士為敵。一旦被這些人群起圍攻、口誅筆伐起來，他除了辭官回鄉，再沒有別的出路了。

而另兩位人物的拜訪更是令他開始害怕起來。

傍晚時，司禮太監兼東廠提督陳矩帶著一名太監到訪。陳矩逕直道：「這位公公是太子的心腹，王安王公公。」

沈一貫「啊」了一聲，忙請二人落座。王安客氣地道：「閣老公務繁忙，坐就不必了。今日太子殿下問了我一個問題，我實在不能回答，所以特地來請教首輔。」

沈一貫道：「公公有話儘管問。」王安道：「太子今日問我，何為欲殺我好講官？」

「好講官」自然就是指郭正域。皇太子朱常洛正式出閣講學時，第一任講官中就有郭正域。當時正值嚴冬，大風凜冽，朱常洛凍得瑟瑟發抖。因為他不得皇帝喜歡，太監們也都輕視冷遇他，不為他生火禦寒，只自己圍坐在側室火爐旁烤火。郭正域見狀大叫道：「天寒如此，皇長子係宗廟神人之子，玉體固當萬分珍重，即講官參列禁近，若中寒得病，豈成禮統，宜速取火禦寒。」命令隨侍班役為皇太子取火禦寒。太監們這才磨磨蹭蹭地把火爐拿出來，事後還趕去向萬曆皇帝告郭正域的狀，說他在宮中高聲呼喝，極其無禮。萬曆皇帝不關心太子，也不關心有沒有人關心太子，置之不問。朱常洛卻因此極感激郭正域之剛直，私下多有賞賜。郭正域一律不受，人品越發得到皇太子敬重。

「何為欲殺我好講官？」這話相當有深意，而且是從當今皇太子、未來皇帝的口中問出來，沈一貫聞之驚恐色變，不能回答。

陳矩道：「太子殿下也派王安公公帶了話給我，要我對郭公正域手下留情。其實太子還不知道，這件案子的決策權在閣老而不在我。沈閣老，你擔任首輔也不是一天兩天，應該知道即使太子地位不穩，但他畢竟還是大明朝的太子。開罪了太子倒也不要緊，沈閣老難道忘記沈鯉沈閣老也是當今皇上的講官了麼？這可是皇上父子敬愛的兩位講官啊。」

他是宦官，聲調有些尖銳，語氣還算平和，但這番話中暗藏不少機鋒。不等聽完，沈一貫已是汗如雨下，連聲應道：「我知道，我知道。請陳廠公和王公公轉告皇上和太子，一貫一定督令法司秉公審案，絕不會冤枉好人。」陳矩這才笑道：「有閣老這句話，太子就該放心了。」

就在陳矩和王安二人離開後，巡捕都督陳汝忠趕來報告一項重大發現——在楊村逮捕的郭正域十五名隨從中，有十三人是郭氏的僕人使女，還有一人是江夏百姓王忠，另一人則是被官府通緝、逃亡已久的毛尚文，也就是中書舍人趙士楨的前管家。

當日，趙士楨出城送老友李植離京，家中只有工匠趙士元和管家毛尚文。不久，四名女真人假扮強盜闖進門，殺死趙士元，砍傷路過的傅春，當場奪走火器圖。當晚，火器圖即被人主動歸還給沈德符，事情意外得以解決。趙士楨心痛合作已久的工匠趙士元被殺，力主追究幕後主使，兵部卻將其壓了下來，內閣也擱置不問。此案就此不了了之。

後來，錦衣衛千戶王名世無意間發現此案不是那麼簡單，內中有一處重大疑點——他閱讀工匠趙士元的驗屍文書時，發現他是胸口中刀，刃傷寬僅一寸，推斷起來，凶器應該是一柄匕首。然而根據傅春等證人描述，四名強盜破門而入時，手中均握著單刀，逼住了三人。毛尚文答應交出火器圖，趙士元卻當場用火器打死其中一人，而不容他再次裝填火藥，便有強盜趕上來將他殺死。試想當時情形危急，可說是千鈞一髮、命懸一線的局面，在這種情況下，強盜怎麼會棄長刀不用、改用短刃匕首殺人？

再聯想到趙士楨帶著僕從出門不久，就有強盜殺上門來，目標火器圖又湊巧留在趙府內，機會、時間把握得恰到好處。可時人都知道趙士楨生性警惕，對火器圖珍若性命，時時帶在身上。怎麼剛好將火器圖留在了府中，就有強盜持刀上門搶奪？

事情絕對不會這麼巧，最大的可能是有人故意通風報信。強盜案發生當時，趙府中有傅春、趙士元、毛尚文三個人——趙士元當場被殺；傅春只是去浙江會館的途中路過趙府，後來又在爭鬥中受傷不輕；唯獨毛尚文毫髮無傷，自然嫌疑最大。

王名世發現這一疑點後，便去找當時人在現場的傅春確認。

傅春很是驚訝，道：「毛管家竟然是強盜的內應？你這麼一說，我倒是想起來了，強盜用刀逼住我們後，毛管家滿口答應交出火器圖，稱要與趙工匠一起進屋取圖。趙工匠取出火器瞄準射擊時，毛管家大叫一聲，扶住了趙工匠。我當時以為他是要幫助趙工匠，現在想來，他很可能是要阻止趙工匠扣動扳機。」

魚寶寶道：「這個毛尚文必定跟女真人是一夥的。他去扶趙工匠時，手裡一定就握著匕首，趁亂一刀刺死了趙工匠。」

傅春道：「一名強盜的身子剛好遮住我的視線，我倒沒有親眼看見是誰殺死趙工匠。」一仔細回想當日情形，還是覺得不能相信，道，「可如果真是這樣，對方就有四個人，而我只有一個人，為什麼毛管家還要向我打手勢示意，一起對抗那三名強盜呢？」

沈德符道：「這個不難理解。毛尚文潛伏在趙世伯身邊日子不短，一定是好不容易才贏得趙世伯的信任。趙世伯雖然官任中書舍人，卻與兵部走得極近，也許毛尚文深謀遠慮，不願就此放棄放手，日後還有重大圖謀。」

魚寶寶道：「就是這樣。還有一點，你小傅是真人不露相，毛尚文根本不知道你會武藝啊，他以為他的幾個同伴足以制服你呢。」

諸人也只是推測毛尚文有嫌疑，並沒有他殺死趙士元的實證。然而當王名世帶人去趙府找毛尚文問話時，他卻已經搶先逃走。如此，等於自證他就是那些強盜的內應。

趙士楨聽說自己的管家是女真人奸細後，也驚訝得合不攏嘴。好在他性格孤僻乖戾，一生只信任寥寥數人，除了李植、馮琦等同年及少數幾位兵部武官外，完全相信的人就只有工匠趙士元，連自家妻兒都不讓看火器圖一眼，更不要說管家毛尚文和兩名僕人了。趙士楨並且隨身帶著一支特製短手銃，可以近距離射擊，用於防身，知情人都視其為怪物，離他遠遠的。這也多虧了趙士楨本人的高度警覺，毛尚文潛伏在趙府近兩年才未能靠偷偷摸摸得手，最終不得不召來同夥用武力獲取。

因涉及盜竊朝廷軍事機密，毛尚文隨即被兵部和刑部同時懸以重金通緝，京師大街小巷貼滿他落腮鬍子的畫像，東廠、錦衣衛也派出不少得力人手四處搜捕，卻始終沒有收穫。以廠衛羅網之嚴密，居然打探不到任何消息。魚寶寶甚至懷疑毛尚文躲進了寧遠伯李成梁府中。傅春道：「既然李家肯主動交出火器圖，可見在這件事上還是有立場。毛尚文應該早知道之前的三名同伴都是被李家人殺死，怎麼還可能投奔李府。多半他知道身分暴露後，就立即逃出京師回東北去了。」沈德符道：「兵部也發出了通緝告示，邊關要隘都貼有他的畫像，他不可能逃出山海關，終有一天會抓到他的。」

毛尚文一案遂不了了之。

然而此次妖書案起，沈一貫用心險惡，想借機除掉郭正域和沈鯉，是以一接到錢夢皐奏疏，不等皇帝聖旨，便馬上擬令會勘，派出巡捕都督陳汝忠逮捕與之交好的友人，又派巡捕追出京師，將郭正域一行圍困在楊村。巡捕們雖然不敢對郭正域本人如何，卻將他手下侍從盡數逮捕，嚴刑拷問，強迫這些無辜的人指控郭正域。有僕人實在經受不住折磨，胡亂指認一名賓客有嫌疑。巡捕將那賓客從人群中帶出來，覺得眉眼頗為熟悉，打量了半天，終於有人認出他是被兵部懸賞通緝的重犯毛尚文，不過剃掉了半臉虬髯，乍見之下難以認出來。巡捕登時如獲至寶，立即將毛尚文五花大綁地押回京城，預備送去刑部請功。

巡捕都督陳汝忠得報後也欣喜若狂，卻留了個心眼，並未立即將毛尚文押至刑部，而是先拘禁起來，自己飛奔趕來稟報首輔沈一貫。說完事情經過，喜孜孜地道：「郭正域不但散布妖書，還與外番賊人勾結，欲染指火器技術。這次有了鐵證，他無論如何是逃不掉了。」出乎他意料的是，沈一貫並沒有大喜過望，反而神色沮喪。

陳汝忠撓了撓頭，納罕問道：「沈公是擔心毛尚文不肯牽連郭正域麼？放心，即便刑罰不能令其招供，他是郭府座上賓客，郭正域無論如何都難脫干係。」沈一貫搖搖頭，沒好氣地道：「說郭正域寫作妖書尚且沒有人相信，你說他通敵外番，會有人信麼？」

陳汝忠是個粗獷的武官，沒有文官那麼多花花腸子，對此很是不解，道：「可我們的確是從郭正域船上抓到了通緝要犯毛尚文啊。這難道不是鐵證麼？」沈一貫搖了搖頭，無可奈何地道：「郭正域暫時動不得了。」

陳汝忠一時愣住，實在想不通情由，便問道：「那麼毛尚文要怎麼辦？是交給兵部，還是交給刑部？」沈一貫道：「這個……容老夫想想。」

他心中也甚是苦惱。倒不是其他緣故，而是他早收到過風聲，說覬覦趙氏火器、奪走火器圖的就是女真人，而還回火器圖的就是遼東總兵李成梁的兒子。那些女真人早就被李家家丁暗中殺了滅口。既然李家人只是悄悄處理這件事，不願意將那幾名女真人交給官府，可見李氏與女真暗中有不少見不得人的勾當，令他們不敢公然與女真撕破臉皮。這毛尚文既是女真人奸細，想必對李氏陰事瞭解不少，將他交給兵部，萬一拷掠之下將所知道的一切說了出來，萬一說出李成梁出重金賄賂過自己和另一名閣臣朱賡，為其回任遼東總兵出過力，那可不就是引火燒身了麼？還是得學學李家人的老道，不能冒一丁點風險。

沈一貫心中盤算一番，這才慢條斯理地道：「毛尚文是通緝要犯，萬一半途逃走，不是便宜了別人了麼？這一陣子陳都督也辛苦了，毛尚文的人頭應該還值幾個錢，你先看看能不能從他嘴裡問到些什麼，然後就拿著他的屍首到兵部領賞吧。」

這話說得甚是清楚，陳汝忠這樣的大老粗一聽也就立即明白了，只覺得宰相心思高深莫測，也不敢多問，連連點頭答應，又問道：「那麼妖書案要怎麼辦？」沈一貫道：「我自有主張。」頓了頓，又惡狠狠地道，「不過圍住楊村的人千萬不能撤了，不死也要讓他們一家脫層皮。」

由於風頭突然轉變，針對郭正域的審訊一連進行了五天，始終不能定案。萬曆皇帝震怒，下詔責問參與會審的官員，眾官員惶惶不安。內閣大臣沈一貫、朱賡上書請求寬大對待疑案，沈鯉上疏引咎，請求辭職，萬曆皇帝均不答應，只措辭嚴厲地限期眾人破案。

皇帝意志堅決，與以往「老媽媽」[3]形象判若兩人。東廠、錦衣衛，包括兵部、京營巡捕壓力都相當大，人人噤若寒蟬，苦不堪言。眼看限期一天天到來，眾人越發如熱鍋上的螞蟻，都盼著這件案子能儘快了結。如此一來，找到一隻名正言順的替罪羊就成了迫在眉睫之事。

十一月二十一日，妖書出現後整整十日，事情突然有了重大轉機。

當日傍晚，天光尚明，東廠辦事旗校李繼祖等人在東廠東面的金魚胡同，見到一名男子正站在一座舊宅門前，盯著大門發呆。由於妖書案牽動全城，又是寒冬季節，街上的行人極少。李繼祖覺得那男子神色可疑，上前盤問時，那男子卻轉身就跑。東廠校尉們遂追上前去，將其逮捕，直接帶來東廠官署審問。

東廠位於皇城東安門北的東廠胡同，古槐森鬱，廨宇肅然。正南門幾乎從來不開啟，只有一扇西南門供出入。主建築是東廠大廳，大廳之左有小廳，廳中供奉著宋代英雄岳飛的塑像。廳後是一座磚石影壁，上面雕刻有狻猊[4]和狄仁傑斷虎的故事，類似漢代的畫像石。大廳西側是祠堂，堂前有一座「百世流芳」的牌坊，堂內則供奉著歷屆東廠廠主的牌位。祠堂往南就是監獄，專門關押重犯。

由於歷任皇帝的縱容，東廠的權柄早已凌駕在三法司之上。正統十四年，明英宗命東廠太監金英在大理寺築壇，審理刑部、都察院獄囚。金英頭頂黃蓋坐在中間，刑部尚書等三法司的首腦只能列坐左右。從此，三法司斷案量罪，都要看太監臉色行事，絲毫不敢違抗。

弘治九年，刑部郎中丁哲、員外郎王爵斷獄，僅僅因為案情牽涉到東廠太監楊鵬，三法司便擬將丁哲、王爵徙邊，以奉承楊鵬之意。刑部典吏徐珪因此心中不平，憤然上疏道：「臣在刑部三年，每見逮問盜賊，多東廠鎮撫司緝獲，或校尉挾私誣陷，或為人報仇，或受首惡贓令以旁人抵罪。刑官洞見其情，莫敢改正，以致多枉殺人。臣願皇上革去東廠以絕禍原，則天下可以太平。臣一介微軀，自知不免一錯，與其死於虎口，不如死於朝廷。願皇上斬臣之首，能行臣之言，雖死亦無恨。」慷慨激昂地請求革除東廠，卻被明孝宗責以言辭狂誕，被罷官削籍為民。從此再無人敢輕易招惹東廠。

朝官尚且如此，平民百姓更是畏之如虎狼。東廠在大眾心中，簡直比十八層地獄還要可怕。然而真正進來後，才發現這裡建築簡樸，環境寧靜，與東廠令人聞名色變的威名著實不相稱。

那男子被帶進來小廳，由百戶崔德審問，不等用刑，他便主動招供。原來這男子姓皦名生彩，本是來東廠告發其兄長皦生光與妖書有關，但到大門前又有所猶豫，回身走時，就撞上了李繼祖一行。

崔德聞言大喜，問道：「你親眼看到你兄長私刻妖書了麼？」皦生彩道：「那倒沒有。但小生讀過妖書，揣帖裡面的內容，無論是語氣還是措辭都跟我兄長的著書《岸遊稿》極像。」

正說著，千戶王名世進來，見校尉拿了皦生彩，很是吃驚，忙問道：「這人犯了什麼事？」崔德不知道王名世認得皦生彩，忙下堂道：「稟報千戶，此人名叫皦生彩，是來告發妖書主謀的。」

王名世更是駭異，道：「他告發妖書主謀？主謀是誰？」崔德道：「就是他的兄長皦生光。千戶，你的名字列在妖書上，暫時不便出面，屬下這就替你去逮皦生光審訊，也好早日還千戶一個清白。」又命校尉將皦生彩當作關鍵證人收監。一想到舉朝都在尋找妖書主謀，老天爺卻讓餡餅掉在他頭上，喜不自勝，竟有些感激起皦生彩來，特意叮囑校尉道，「好好照看，別為難了他。」

等崔德出去，王名世叫住皦生彩，問道：「這到底是怎麼回事？」皦生彩低聲道：「千戶放心，那件事……我決計不會說出來的，我曉得輕重。」有意咳嗽一聲，擦身走了過去。

王名世急忙出來小廳，叫上院中的一名校尉。二人出來東廠官署，摸黑回來堂子胡同的藤花別館。傅春和魚寶寶正圍坐在堂中火盆邊，聽見腳步聲便趕來開門，將王名世和校尉迎進來。那校尉這才掀下斗篷，卻是沈德符。

魚寶寶急急問道：「事情辦成了麼？」沈德符道：「辦成了。不過事情又出了意外，皦生彩陷在東廠了。」

原來當日傅春在天橋古董舖得到提示，想出一個偷梁換柱的法子——即照著東廠校尉的牌子再刻一塊假牙牌，編號為八十八，製造年份則刻成己丑年，也就是萬曆十七年，跟當日從馮府刺客身上搜到的贋品一模一樣。再由王名世想辦法，拿著這塊新刻假牙牌去換回原先的贋品，這樣，既拿到了重要證物，也不會驚動任何人。

傅春提出建議後，沈德符尚有所猶豫，王名世卻一口同意，當即按照計畫行動了起來。經過多方打探，終於得知原先的贗品收藏在東廠倉庫的銅匭裡。那銅匭專門用來收藏各種絕密文件，只有歷任東廠提督才有鑰匙。東廠提督陳矩兼任司禮監掌印，大半時間都在紫禁城司禮監官署，要從他那裡盜取銅匭鑰匙是絕無可能之事。唯一的法子，就是找到一個擅長開鎖的工匠，皦生彩自然是最好的人選。

幾人遂找來皦生彩商議，他一聽是要進東廠偷東西，連連擺手，無論如何都不肯答應。直到魚寶寶用王名世的東廠千戶身分嚇唬他，聲稱要去官府告發他那作惡多端的兄長皦生光，又許以重金，他才勉強同意。

眾人謀畫這件大事時，正值妖書案發，京師氣氛緊張，東廠也是人進人出。今日王名世正好輪值，遂決意下手。他找來一套校尉的衣服給沈德符換上，又將皦生彩打扮成雜役的樣子，帶入東廠官署中。等到傍晚倉庫守衛吃飯時，三人趁間隙一起溜進倉庫。

之後的事情倒也順利，皦生彩輕而易舉就打開那座看起來異常沉重結實的銅匭，證物贗品牙牌果然在其中。沈德符遂用新刻的假牙牌換掉證物，再將銅匭重新鎖好。

出來倉庫後，王名世便要讓皦生彩先回藤花別館，免得三人一起進出引人起疑。皦生彩出來東廠，逕直往東而去。經過金魚胡同時，意外發現一座老宅大門上的銅鎖極特別，一時心動，既想上去一試身手，又忌憚這裡離東廠官署太近，怕被人發現。正躊躇之時，東廠辦事旗校李繼祖等人經過這裡，見他模樣鬼鬼祟祟，遂將其逮回東廠。

王名世與沈德符正預備離開東廠時，聽院子中有校尉議論，說適才李繼祖在金魚胡同抓到一條大魚。金魚胡同正是回藤花別館的最近之路，王名世心中暗叫不妙，進來大堂一看，那被捕的犯人果然是皦生彩。他料想對方不敢說出今日來東廠的目的，畢竟敢在東廠頭上動土，活罪難免，死罪難逃，正思慮要如何想個法子營救時，錦衣衛百戶崔德卻告知皦生彩是來告發其兄長皦生光為妖書案主謀。這一驚，實在不亞於晴天霹靂了，他恨不得立即捉住皦生彩問個清楚明白，但正如崔德所言，他王名世的名字也在妖書之上，不便再橫插一槓子，只得出來叫了沈德符，一起趕回藤花別館。

傅春和魚寶寶聽說經過，也極為吃驚。堂中一時寂靜無聲。好半晌，魚寶寶才期期艾艾地道：「該不會，妖書作者真的就是皦生光吧？」傅春道：「決計不會是他。他只是個貪財好利的小人，造妖書這件事對他一點好處也沒有。」

王名世道：「好在皦生彩知道輕重，沒有說出今日之事。妖書案牽動朝野，妖書作者到底是誰，也不是我們能操心得了的。」傅春道：「王兄的意思是，不管皦生光是不是真正的妖書作者，這件事也就聽之任之了？」

王名世道：「難道傅兄還有法子麼？」傅春道：「偷換牙牌是我的主意。如果不是因為我們要人開鎖，皦生彩就不會被捲進來，更不會牽扯出皦生光。現下朝廷急著找到妖書作者定罪，皦生光如果真因此而揹了黑鍋，我覺得挺過意不去的。」一邊說著，一邊不停地轉動左手中指上的金戒指。這是他的習慣性動作，每每心中有難解之事時便會如此。

沈德符忙道：「算了算了，正如王兄所言，不管妖書作者是不是皦生光，這件案子都不是我們操心得了的。反正皦生光也不是什麼好人。」

眾人這才不再議論這件事。

只有魚寶寶道：「老實說，我覺得皦生光這麼貪婪的人的確是不會關心什麼國家大事、忙活什麼妖書的。我覺得我們現下最應該擔心的不是皦生光的命運，而是要小心皦生彩這個人，他能無中生有、憑空誣陷自己的親兄長，那麼我們做的那些事，有一天他會不會也抖露出去？」

幾人之前從來沒有往皦生彩這方面想過，聞言登時悚然而驚。

沈德符道：「寶寶說的對極了。那麼不如這樣，我們儘快從牙牌上查到線索，再設法將它還回去。這樣即使皦生彩告發我們，我們也可以抵死不認。陳廠公沒有證據，也不能怎樣。」魚寶寶道：「你天真啊。東廠錦衣衛抓人需要證據麼？紫柏禪師這些人被妖書牽累害死有證據麼？說郭侍郎是妖書作者有證據麼？」

沈德符被他搶白慣了，也不以為意，問道：「那你說怎麼辦？」魚寶寶道：「還能怎麼辦？當然是要設法殺了皦生彩滅口。哎，你們別嚇成那樣，我也只是說說，皦生彩現在人在東廠監獄，誰殺得了他？」

傅春道：「我有個法子，也許能有用。本朝慣例，被告發者受刑三次後仍然不肯招認，就要反過來拷問告發者。皦生光雖然無賴，可像妖書這樣的大事，他無論如何是不會承認的，多半會抵擋酷刑。那麼反過來，皦生彩有誣告兄長嫌隙，也該被拷問。只要王兄事先跟掌刑校尉打聲招呼，用刑時下手稍重一些，便可就此除去心腹大患。」王名世雖覺不妥，但想到皦生彩心機深沉，反應敏捷得近乎可怕，還是應道：「那好，我明日一早就去東廠官署，相機行事。」

當夜，順天府生員皦生光被東廠捕獲歸案。更出人意料的是，校尉在皦生光內室發現牆壁上張貼有以羅紋箋書寫的〈十大說〉，詞云——「皦揚，爾忘之耶？爾有大志不獲，而乃規規於小願乎？爾有大名見汙，而乃規規於小聞乎？爾有大冤不白，而乃規規於小侮乎？爾有大仇不報，而乃規規於小忿乎？爾有大恩未償，而乃規規於小惠乎？爾有大寶受誑，而乃規規於小失乎？爾有大遊不暢，而乃規規於小方乎？爾有大忠可傷，而乃規規於小謹乎？爾有大貧能甘，而乃規規手小乏乎？爾有大才不鬻，而乃規規於小遇乎？此十大者，信大，而小者信小矣。皦揚爾忘之耶？」

皦揚即是皦生光的化名，這〈十大說〉於感慨中見憤懣，與妖書〈續憂危竑議〉有異曲同工之歎。又搜到皦生光刊刻的詩稿，內中有「侯之門，仁義存」一句，本出自《莊子・胠篋》——「彼竊鉤者誅，竊國者為諸侯；

諸侯之門而仁義存焉，則是非竊仁義聖知邪？」〈續憂危竑議〉中亦有「長可立，而次未必不可立也。侯之門，仁義存，誰肯捨富貴而趨死亡乎」之句。又翻查皦生光本人著書〈岸遊稿〉，內容大意與〈續憂危竑議〉有相同之處。如此種種，均成為皦生光就是妖書作者的重要證據。

皦生光之前犯下的累累詐騙罪行也被揭發了出來——萬曆二十七年，皦生光曾私刻揭帖，內中有「鄭主乘黃屋」之句，用黃紙封皮，置於城西富商包繼志門首，假借封門，聲言皇帝要籍沒他家財產，詐得銀子三百餘兩；萬曆二十九年，又以同樣手法詐得二百兩銀子。這次被詐的對象，正是鄭貴妃的親兄弟鄭國泰。這一年，正是國本之爭最激烈之時，萬曆皇帝在各種壓力下，被逼冊立皇長子朱常洛為皇太子。皦生光拿著「鄭主乘黃屋」去威逼鄭國泰。鄭國泰膽小，知道國本話題敏感，朝野上下輿論都對鄭貴妃不利，不敢張揚，最終忍氣吞聲，出錢了事；萬曆三十一年，皦生光又詐騙國子監貢生苗自成銀子三百兩。

像沈德符這般被騙訛過、而沒有站出來指證的受害者，更不知道有多少。

由於品行惡劣，有利用國本之爭訛詐本朝國舅的往事，又寫有諸多與〈續憂危竑議〉有相同之處的書稿，皦生光立即成了眾望所歸的妖書作者。

沈德符幾人從王名世口中得知案情後亦目瞪口呆，這才知道完全誤會了皦生彩，原來他早從各種蛛絲馬跡中猜到其兄皦生光跟妖書有關，只不過一直隱忍不發，直到當晚被東廠逮住，才說出來作為脫身的籌碼。可謂巧合之極，又可謂高明之極。

傅春怔了半晌才道：「想不到妖書作者居然是皦生光，我之前完全猜錯了。」魚寶寶道：「你原來以為是誰？」傅春搖了搖頭，道：「不說了。咱們還是去天橋吧。」

四人遂一道往天橋的古董舖而來。

那老店主姓洪，正是雕刻現下躺在東廠銅匭中假牙牌的工匠。

洪工匠接過沈德符遞來的牙牌，一看便驚叫道：「這人手藝活兒好，比刻造真牙牌的官府匠戶手藝還要好。」魚寶寶道：「能看出來是誰造的嗎？」他不過是僥倖隨口一問，洪工匠卻應道：「當然了，這是名匠趙士元的手筆。大凡名家，都會在作品上留下暗記。你們看這牙牌的穿孔，底下有個『士』字，這是他的獨特標記。」

眾人一一仔細傳看，果見穿孔下有個極細小的「士」字，刻得不著痕跡，稍不留意，便以為只是象牙的天然紋理。

魚寶寶道：「哎呀，刻造這贗品的居然就是趙士元。我們知道得太遲了。」

沈德符問道：「那麼你知道，為什麼這牙牌要刻著己丑年製造嗎？」

洪工匠道：「在我們手藝行當，即使是贗品，也要力求最像最真。如果真按你們所言，編號八十八號的牙牌應該甲戌年製造，那麼以老趙的名頭和水平，絕不至於犯下這樣的錯誤，這應該是他有意為之。興許有人來找他刻製牙牌贗品，他不樂意，卻又無法拒絕，所以故意留下這一處巨大破綻。」歪頭想了想，又自己否定了自己，道，「這應該不可能。要做出這麼精細的假活兒，眼前必定得有一塊真活兒做樣板。那主顧來取製品時，肯定會仔細核對真假兩塊牙牌的細節，不至於被老趙瞞過去。」

沈德符幾人辭出古董舖，心情均很沉重。趙士元早已被假扮強盜的女真人殺死，眾人冒了天大的風險，好不容易才從東廠倉庫盜出牙牌證物，線索又在這裡中斷了。

還是傅春道：「洪工匠說，趙士元早在萬曆十五年就離開天橋，到趙中舍府上幫他製造火器。這塊牙牌上刻著萬曆十七年，是在那之後。不如我們直接去找趙中舍詢問，也許他會知道些什麼。」

幾人遂又往中書舍人趙士楨府上而來。

趙府卻是大門緊閉，沈德符拍了半天門，隔壁傳教士利瑪竇家的僕人阿元奔過來告道：「趙先生不在府中，一個時辰前帶了侍從出門去了。」沈德符問道：「可知道趙世伯去了哪裡？」阿元道：「他們出門時，小人出來看了一眼，聽說是要去通州。」

傅春道：「通州？郭侍郎一家人正困在潞河楊村一帶，也許趙中舍是去拜訪郭侍郎了。」魚寶寶嘖嘖讚道：「郭侍郎被誣衊是妖書作者，落難楊村，朝中大小官員人人避之不及，還是趙中舍為人仗義。」

沈德符道：「趙世伯匆匆出門，也許是去告知郭世伯，東廠已經捉到妖書真正作者了。」阿元道：「小人從旁偷聽了一耳朵，好像不是沈公子說的那個理由，是有京營巡捕悄悄來告訴趙先生，說是以前那位毛管家被京營巡捕殺死了，而且那人是從郭公郭侍郎船上抓到的。」

眾人大吃一驚，越發要等到趙士楨回來問清楚究竟，遂到隔壁利瑪竇府上暫坐。王名世自回東廠官署打探消息。

利瑪竇正與弟子徐光啟在研究希臘數學家歐幾里得的著作《幾何原本》，預備將其翻譯成中文。聽說有客到來，急忙出來招呼。

之前也有人懷疑徐光啟是妖書作者，一度有東廠校尉來調查他。因他是萬曆二十五年順天府鄉試解元，後來受到給事中項應祥彈劾，說他本人文章不通，是因受到考官焦竑賞識才得以中舉。焦竑後來被降職，徐光啟次年會試也未能考中，迄今只是舉人身分。

妖書案起後，落款者項應祥和喬應甲二人的仇家首先受到懷疑，但如湯顯祖、焦竑、李三才等人均遠在外地，無力主持在京師散布妖書之事。而徐光啟是焦竑的得意門生，又因要準備明年會試，一年來一直滯留京師，且透過其師利瑪竇多與權貴交往，理所當然地受到了懷疑。還是利瑪竇親自上書為徐光啟申辯，稱徐光啟自到京師後一直寓住在他家中，忙於翻譯西方著作之事，根本就沒有精力和時間張羅所謂的妖書。萬曆皇帝對利瑪竇甚是敬重，閱書後親自批覆，這才沒有人再找徐光啟的麻煩。

座間不免議論起轟動全城的妖書案。

利瑪竇對朝中官員在沒有證據的情況下互相告訐很是不解，又聽說已經捉住妖書的真正主謀，當即長舒一口氣，往胸口劃了個十字，道：「早該消停了。案子早一日了結，官民們也早一日安生。」

1 徐安生畫作〈蘭竹卷〉，現藏於北京故宮博物院。

2 潞河：位於今北京通州，又稱白河、北運河，曾是京都的生命之河。北通北京，東南通天津，與南北大運河相接，可達杭州；經海河，可出渤海海口。

3 萬曆皇帝朱翊鈞性格優柔寡斷，辦事畏首畏尾。他寵愛的鄭貴妃經常半開玩笑半認真地稱呼他「老媽媽」（意為老太太），而皇帝反應也只是「嘿然不自得」。

4 狻猊：讀作「酸泥」，傳說中的一種猛獸。

【卷八】人間白鶴

他的一顆心從平地升到了雲端，又從雲端掉到了谷底。整個人飄飄忽忽的，像一艘沒有船夫的船在人生的海上顛簸起伏，茫然失去了方向。劇痛過之後，那些曾經美好的記憶都如風捲殘雲般消逝了。

一直等到傍晚時分，趙士楨才風塵僕僕地回來。

沈德符、傅春、魚寶寶三人聽見動靜，忙從隔壁過來拜見。問起情由，趙士楨果然是為了前管家毛尚文之事趕去通州，想問清楚為什麼毛尚文會在郭正域的船上。

原來今日一早，有京營巡捕趕來告訴趙士楨，稱最初在郭正域船上搜捕到了毛尚文，辨認出其通緝要犯身分後押解回京。巡捕都督陳汝忠卻未立即將他送到兵部或刑部，而是關在京營小屋中，親自動用私刑拷問，結果毛尚文受不住酷刑而死。陳汝忠遂命人抬著屍首去兵部交差，聲稱搜捕妖書疑犯時意外發現了毛尚文，其人反抗逃跑，結果被當場格斃。

那巡捕也是京營的一個武官頭目，對傾盡財力心血研製火器的趙士楨十分佩服，覺得此事前後有些怪異，遂趕來告訴趙士楨。趙士楨一時想不通毛尚文為何會在郭正域返鄉的船上，忙趕去通州詢問究竟。

到達通州楊村時，正見到郭正域一家被圍困，處於極其危急的狀態——因嚴冬寒冷，河水結冰，船隻無法前進，遲遲不得歸去。巡捕們又將眾人圍在船上，不准下船。郭氏日用不給，天阻人困，窘迫萬狀，十萬火急。

趙士楨上船時也被巡捕攔住，稱郭正域仍是妖書嫌犯。雙方爭吵激烈，趙士楨狂怒下甚至拔出了隨身佩帶的手銃威脅巡捕。而巡捕們奉有嚴令，無論如何不肯相讓。正僵持之時，忽見數隻輕舟由縴夫牽引，滑著厚冰而來。天下只有漕運總督有不懼怕嚴寒、冰上行船的能力，那幾隻船當真是遠在一方的漕運總督李三才派來接濟郭正域。

時人均知李三才會做官，會撈錢，又得民心，本領高強，交結極廣，做事為達目的不擇手段，連稅監都對其退避三舍。巡捕們一見船頭高掛著漕運總督的旗幟，不敢輕易招惹，當即自動散去。虧得這幾隻快船及時趕來補給解圍，郭氏全家才沒有凍死餓斃。

趙士楨登船後，問起毛尚文之事。郭正域卻不知他是被朝廷通緝的重犯，也不知他叫毛尚文，之所以收留他為賓客、帶他出京，只因他聲稱自己姓楊名銳，是嘉靖年間薊遼總督楊選的兒子。

楊選字以公，山東章丘人，嘉靖二十三年進士。歷官御史、大同巡撫、兵部右侍郎。他雖是進士出身，卻是半生戎馬生涯。嘉靖四十二年，蒙古韃靼部首領俺答長子辛愛[1]率軍進犯。楊選時任薊遼總督，打探到辛愛軍將攻遼陽，遂率師東進卻敵。哪知道這只是辛愛聲東擊西之計，辛愛趁明軍空虛，率精騎翻越長城潰牆而入，攻掠順義、三河一帶，京師因此戒嚴。後來韃靼兵退，暴怒的嘉靖皇帝追究責任，定楊選「守備不嚴」罪，將其斬首於西市刑場，楊妻被流放兩千里。

郭正域祖上曾與楊氏聯姻，論起來兩家略有淵源，又感念當年楊選死得頗為冤枉，見貧困潦倒的毛尚文拿出楊家祖傳玉珮後，便相信了他的話，收留他為賓客，還特意在返鄉時帶上了他。

郭正域從趙士楨口中得知毛尚文的真實身分，不免失悔道：「原來他是女真人奸細，投奔我只是要利用我逃出京師。看來，他自稱是楊遠後人也未必是真了。」

趙士楨道：「這身分應該不是假的。他當我管家時，居室牆上掛的就是楊選的〈巡邊題〉。我看到後還覺得很詫異，他說他只是愛這詩中描述的景象。」

郭正域尚未從妖書案泥潭中脫身，又捲上一起女真奸細案，不或越發憂心忡忡。趙士楨安慰道：「如果真有人要借此大做文章，郭公早已不能安坐在這裡。是毛尚文也好，或楊銳也好，已經被巡捕都督陳汝忠滅口，郭公無須再憂慮。至於妖書一案，郭公更可以放心，聽說太子殿下叫人帶了話給沈一貫，他不敢繼續胡來的。」

郭正域這才略感寬慰。

沈德符幾人聽說毛尚文本名楊銳，是故薊遼總督楊選之後，均感愕然。

魚寶寶道：「他明明是大明子民，為什麼要幫女真人盜取火器圖？難道僅僅因為世宗皇帝斬了他父親嗎？」

傅春道：「他肯主動幫異族人做事，應當是因父親被殺而恨大明入骨了。」

沈德符道：「其實當年的確是薊遼總督楊遠延誤軍機，導致北寇趁虛而入，朝廷殺他，也不是全無理由。只是聽說楊夫人年輕美麗，有傾國傾城之貌，被流放後下場很慘。許多官兵為爭奪她打得頭破血流，後來主帥不勝其擾，責令楊夫人自殺。」

明朝建立之初，明太祖朱元璋片面吸取元朝法制寬弛的教訓，主張以「剛猛治國」，因而用法極為嚴苛，所制定的《大明律》科罪量刑，遠較《唐律》等著名法典嚴峻，且定律不可輕改，「子孫守之，群臣有稍議更改，即坐以變亂祖制之罪」。明代罪臣家屬通常是沒官為奴，女眷一般編入教坊司或入樂籍，成為官妓，用身體為官府賺錢，受盡凌辱。被流放的女犯則更慘，除了被圈禁在流放地，被迫服各種苦役外，還要隨時供官兵姦淫取樂，等於是被判了終身監禁，比教坊娼妓還不如。常常有犯罪官員遇赦，女眷卻已被折磨得不成樣子，連自己弟弟都認不出她的樣子。

楊遠被處死時並沒有子嗣，毛尚文既自稱是楊遠之子楊銳，有楊家祖傳玉珮為憑，當是楊妻流放邊關後所生。按照慣例，他母親是囚犯，他生下來也就是軍營的奴僕。想來他自小見過不少母親被人肆意淫侮取樂的場面，母親又被逼自殺，仇恨自小深種心中，難以化解。他成人後僥倖逃脫，卻無力向大明報復，遂轉到東北投靠日益強大的女真。女真亦有野心，又忌憚明軍火器的厲害，便乾脆派他到北京，混入趙士楨府上做管家，意圖盜取火器製造機密。

眾人想不到毛尚文原來也是名宦之後，不由得又是一番感慨。

趙士楨道：「你們一直等在這裡，也是為毛尚文這件事麼？」

沈德符這才想起今日前來的真正目的，忙說了那塊怪異牙牌之事。這件事前後關聯甚多，他足足講了大半個時辰，連他們幾個合謀到東廠盜取證物也沒有隱瞞。

趙士楨驚訝萬分，忙索過那塊牙牌，仔細查看，道：「倒像是士元的手筆。可老夫實在想不到這就是當日從行刺老馮刺客身上搜到的牙牌。」沈德符道：「當晚我也在場，遠遠看見王兄將牙牌遞給了陳廠公，由此得到了提示，想起來小時候曾經見過潤娘身上也有這樣一塊牙牌。」

趙士楨道：「潤娘？就是天橋那位號稱『人間白鶴』的繩伎，對吧？」沈德符又驚又喜，道：「原來趙世伯還記得她。」趙士楨「嘿嘿」了兩聲，道：「老夫怎麼會不記得她？最早，還是老夫帶你父親和你到天橋去看她表演繩技呢。」

潤娘最早棲身於天橋一個雜耍班中，繩技高超，名噪京華，許多人慕名而來。像沈德符父親沈自邠、馮琦、趙士楨都曾是潤娘的看客。但後來雜耍班不幸惹上一場官司，班子裡的人死的死，散的散，場子也被人占去。正逢潤娘生了重病，耗盡積蓄，還要撫養女兒雪素，生活十分困難。虧得沈自邠同情她們母子，及時伸出了援助之手，將二人接到家中暫住。潤娘病好後，有時也會回去天橋客串表演，但更多時候還是留在沈府照顧女兒。她羨慕書香門第大家閨秀的嫻雅風度，請沈自邠允許雪素跟沈德符一起讀書習字，不想女兒日後走上自己賣藝求生的老路。雪素卻是性情活潑愛玩，對讀書沒有任何興趣，常常以捉弄教書先生為樂，反倒是這種性格吸引了循規蹈矩慣的沈德符。兩個年紀相仿、性格截然相反、地位天壤之別的小孩子，在朝夕相處中暗生情愫。沈夫人一度對此警惕，但沈自邠堅持要將潤娘母女留在府中，而且一直對二人很好。

後來變故忽生。萬曆十七年的某一天，潤娘從外面回來，到後院找到正在玩耍的雪素，拉著她到一旁說了一番話，雪素只是似懂非懂地點著頭，後來母女二人竟然相對而泣。也就是在那次，沈德符見到潤娘身上掉出了一塊東廠錦衣衛牙牌，她迅疾撿回去收入懷中，又安慰了女兒一番，這才依依不捨地離去。那以後，沈德符再也沒有見過潤娘，事後他問起到底發生了什麼事，雪素也只是緘口不言。

又過了一些日子，沈自邠忽然得了暴病，一病不起，臨終前囑託妻子妥善照顧雪素。沈夫人雖然當時答應了丈夫，卻在沈家舉家遷離京師時發怒將她逐走。之後沈德符再也沒有見過雪素，年少時彼此相許的誓約也成了風中的回憶。

當日，沈德符在禮部尚書府門外鐵獅子旁初見京師名妓薛素素，即驚為天人。後來仔細回想，他當場之所以失態，並不全然因為薛素素美貌驚人，而是覺得她眉眼跟當年的雪素有幾分相像。但當他想方設法地接近薛素素後，才發現這位名妓才貌雙全，琴棋書畫無所不精，這是厭惡讀書的雪素遠遠達不到的境界。他這才明白是自己心中放不下雪素，一廂情願地將薛素素當成了她。說也奇妙，自從薛素素出現在他的視野中後，他對雪素的思念也淡了起來，如果不是一連串事件重新牽扯出對潤娘的記憶，他大會就此忘記這段往事。

趙士楨突又想起一事，道：「想起來了，當年老夫從天橋請回趙士元協助製作火器後，曾見過潤娘來找過士元，他們是同鄉，在天橋時就彼此熟識。不過具體情形，老夫從來沒有問過。你們也知道的，除了火器和兵法外，老夫極少關心別的事。」

沈德符聽說潤娘跟趙士元原來是舊識，心道：「這麼說，潤娘身上的牙牌就是趙士元親手製作的贗品了。她為什麼要仿造一塊錦衣衛牙牌呢？她的失蹤跟牙牌有沒有關係呢？如果那刺客真的就是錢先生的弟弟錢若應，牙牌又怎麼會到他身上呢？」

傅春問道：「那麼當年潤娘失蹤後，趙工匠有何反應？」趙士楨道：「這老夫倒還記得。他有些難過，做事心不在焉，差點將硝石當廢料丟進火裡，但過了一陣子也就好了。」傅春道：「趙工匠沒有出去尋找潤娘，抑或報官或是託趙中舍幫忙麼？」

趙士楨道：「沒有。老夫得知他鬱鬱寡歡是因為潤娘失蹤後，特意問過他要不要去報官，他卻說不用，也許潤娘是躲回金壇老家了。老夫當初聽了覺得非常奇怪，就算潤娘要回家鄉，怎麼會不帶上自己唯一的愛女呢？我懷疑她的失蹤不是那麼簡單。潤娘一直住在沈賢姪家裡，老夫本來還打算找機會問問令尊，可想不到老沈他竟然……」回憶起當年交往的幾名至交好友——沈自邠暴病而死，馮琦離奇中毒，李植罷職回鄉，而今只剩下他孤零零一人，越發傷感起來。

沈德符等人見趙士楨又是疲倦又是神傷，心中不忍，便就此散去。

但天色已黑，九門早已關閉，他們回不去內城，今晚只能暫時借住在趙府。趙府並不大，只有四間房，趙士楨、趙士元、前管家毛尚文各一間，餘下一間是兩名僕從居住。

僕人歉意道：「趙工匠房間還未收拾，各位只能暫時屈居擠在毛管家的房間了。」魚寶寶道：「那可不行，我得一個人住一間，我去住趙工匠的房間。」

沈德符忙道：「你別任性，趙工匠是專門製作火器的，房裡不知道放有什麼。萬一有個閃失，可怎麼辦？反正天冷，我們三個大男人，擠一張床也好。」魚寶寶卻不依，道：「誰耐煩跟你擠一張床？我偏偏要一個人去趙工匠房裡睡。」賭氣去了。

沈德符放心不下，還要去追。傅春拉住他，笑道：「你真是個傻子，到現在還看不出來麼？」沈德符不解地問道：「看不出來什麼？」傅春道：「算了，趕緊鑽被窩睡吧，冷也冷死了。看情形，今晚非下大雪不可。」

二人遂跟著僕人來到前管家毛尚文房中。

房間極為整潔，正中牆壁上懸掛著一幅字——「潮河潮河，流迫山阿，中有嵯岈之巨石，旁倚峻嶝之危坡，長垣占乎危坡，鐵壘肅乎金戈，虎兮虎兮奈若何！」正是前薊遼總督楊選的〈巡邊題〉，道盡了古關險峻之勢。床側還掛著一幅〈塞上圖〉，上有題詩道——「白羽如霜出塞寒，胡烽不斷接長安。城頭一片西山月，多少征人馬上看。」是明人李攀龍的七絕。

鑽進被子，沈德符心中有許多疑惑，問道：「你適才向趙世伯打探趙工匠的反應，是覺得趙工匠對潤娘失蹤究竟，多少知情麼？」傅春道：「嗯。現下可以肯定，那委託趙士元刻製假牙牌的人就是潤娘。大明律令，偽造印文者一律處斬，不問何物成造。這種事不是偽造古董贗品騙個冤大頭那麼簡單，搞不好是要掉腦袋的。性命攸關之事，趙士元又關心潤娘，一定會問個清楚。所以後來潤娘失蹤，他雖然難過，卻並不意外，既不出去尋找，也不報官。」

沈德符道：「當年潤娘失蹤，雪素也是如此反應。當初我娘還覺得一個大活人莫名失蹤挺奇怪的，問家父要不要報官，卻被家父厲聲訓斥了一番。家父從未對家母發過火，那是第一次，我記的特別深刻。」傅春道：「如此說來，令尊、趙士元，還有雪素，他們三個應該都知道潤娘失蹤的原因。」

沈德符道：「我真是笨啊。當日趙工匠活生生站在我眼前時，我居然都沒有問他，唉。」傅春道：「你無須自責。趙工匠木訥少言，從未提及與潤娘相識，你又怎麼會知道？」

沈德符道：「那現在要怎麼辦？逝者已逝，生者猶存，家父和趙工匠已經不在，要是能找到雪素就好了。」

傅春道：「要尋覓一個失去聯繫十多年的人，簡直是大海撈針，太難。我們眼下能做的，就是從源頭查起。當初潤娘落難不是因為雜耍班惹上官司麼？你可知道那是什麼官司？」

沈德符愕然半晌，才道：「這個，我還真不知道，從來沒有聽人提過。」傅春道：「既然大家都諱莫如深，那麼這就是一條相當重要的線索，這個不難查到。先睡吧，明日一早，我們一起去找王名世。」

這房中的床鋪雖然夠大，足以睡得下兩個男人，床板卻極硬，被褥又薄。沈德符到底是個富貴公子哥兒，輾轉半天，難以入睡，直到天亮時才捱不過乏意，昏沉沉迷糊過去，卻聽見有人嚷道：「懶蟲，快起床啦！」本來還以為是做夢，一旁的傅春坐起來帶動被子，他這才勉強睜開眼睛，原來魚寶寶已經進來了，正站在床前催二人起來。

魚寶寶轉頭看見牆上的〈巡邊題〉，「咦」了一聲，道：「這詩寫得不錯，書法卻極爛。字這麼爛，說書法實在抬舉他了。」傅春道：「應該是毛尚文自己抄錄他父親薊遼總督楊選的詩。他雖是名門之子，畢竟自小流落軍營，能識字寫字就不錯了。」

沈德符披衣下床，這才發現外面已是一片雪白，驚喜地問道：「下雪了麼？」魚寶寶道：「是啊，我都玩了半天雪了。見你們兩個懶蟲還不起來，才進來催你們，別辜負了大好雪景。」

忙出來一看，簷溜成冰，其形如箸。院中積雪直沒過腳，空中的白色精靈還在滿天飛舞。唐代詩仙李白曾有詩如此描述北京大雪──「燕山雪花大如席，片片吹落軒轅臺」，雖不至於雪大如席，但整個京師變成一張雪白大席卻是真的。

沈德符幾人略做整理，即辭別趙府，一路艱難地回來內城，先去了王名世家中。

王名世正要冒雪出門，道：「查潤娘的案子應該不難，沈兄可還記得具體的年份？」沈德符道：「嗯，我想想看，潤娘和雪素住到我們家的那一年，我正好五歲，應該是萬曆十一年。」王名世道：「好，幾位先回藤花別館，等我的消息。」

到了下午，王名世踏雪而來，告知：「這件案子著實奇了。我查了萬曆十一年的卷宗，雜耍班班主幾人獲罪是因為被人告發收留了欽犯，你們可知道那欽犯是誰？」魚寶寶道：「賣什麼關子，有屁快放！」

王名世便道：「是錢若賡的弟弟錢若應，也就是你們認定的馮府刺客。」魚寶寶「呀」了一聲，嚷道：「天下居然有這麼巧的事，實在是巧得不可思議。」

傅春道：「這應該不是巧合。王兄，卷宗可有記載錢若應落網伏法？」王名世道：「不，他逃脫了。雜耍班的班主等人都是被拷問錢若應下落時，受不住酷刑而死。」

魚寶寶道：「潤娘才是雜耍班的主心骨，為何反而逃脫了呢？」王名世道：「潤娘被當作證人傳喚過。她在案發之前就已經生病，一直在家養病，所以沒有牽連到她。」

傅春道：「看來真正收留錢若應的人是潤娘，她讓趙士元製作假的錦衣衛牙牌，也是為了方便錢若應逃走使用。」沈德符道：「如此倒能解釋這塊假牙牌為何在錢若應身上發現，也越發證明了當晚死在禮部尚書府的刺客就是錢若應。」他一直未能完全確認刺客就是錢若應，所以也沒有託傳教士利瑪竇將消息告訴詔獄中的錢若賡。想到那位被關了二十一年的老人全靠對家人的殷殷期盼頑強地活著，而其親弟為了救他已經服毒而死，死得默默無聞、不見天日，心中不免惻然。

魚寶寶道：「可還是不能解釋，禮部尚書府萬玉山房暗格中的那塊牙牌，是怎麼回事啊。而且還有一點矛盾之處，雜耍班遭禍是在萬曆十一年，是癸未年，而錢若應身上那塊牙牌刻的製造年份是己丑年，那可是萬曆十七年，既與八十八號真牙牌的刻造年份不符，又與當年的年份不合，倒像是趙士元事先預料到萬曆十七年有大事發生似的。」

王名世道：「這的確是一個很大矛盾之處。不過趙士元手藝精妙，刻造的贗品與真品無二。錢若應只要拿出牙牌一晃，旁人畏懼東廠錦衣衛勢力，巴結尚來不及，又哪有人會仔細查驗牙牌刻造年份的真假呢？」

傅春道：「王兄說得有理。也許趙士元並沒有打算將這塊牙牌做成一塊完美的藝術品，己丑年只是他故意留下的破綻，對他也許有什麼特別的意義。他不能預測未來，卻能回顧過去。」

沈德符道：「上一個己丑年是嘉靖八年，當年內閣首輔楊一清被逼致仕，議禮大臣桂萼入閣。除此之外的大事，就是世宗皇帝停止外戚世封。」但他無論如何都猜不透這對趙士元有什麼特別意義。斯人已逝，謎題大概會永遠成謎了。

魚寶寶道：「年份可能是趙士元有意為之，你們堅持說六十年前的己丑年對他有特別意義，我也無話可說，那麼牙牌編號呢？怎麼可能那麼巧，趙士元編造的八十八號牙牌，湊巧就是萬曆十七年校尉楊山失落的那塊？」

王名世忙道：「這件事我忘了提了，根據卷宗記載，當年告發雜耍班收留欽犯錢若應的，就是校尉楊山。」

傅春道：「如此，就有可能是潤娘刻意請趙士元為之。萬一假牙牌事敗，必然會根據編號追查到楊山頭上。即使他能辯白，也會惹上一身臊。說不定萬曆十七年楊山的暴病身亡，也是跟這件事有關。」

王名世道：「我有個想法，萬曆十一年，雜耍班因楊山告發而遭禍，錢若應下落不明，潤娘病重被沈北門收留，這是我們能確認的事。但我們不能確定趙士元一定就是在萬曆十一年刻造了假牙牌，也不能確定錢若應在當年逃離了京師，對不對？」

傅春道：「王兄的意思是，也許錢若應一直躲藏在天子腳下，直到萬曆十七年才離開京城。」王名世道：「我認為這種可能性更大。」

魚寶寶道：「也就是說，萬曆十七年，潤娘偷到楊山的牙牌，讓趙士元仿造了一塊贗品，刻意留下萬曆十七年造的痕跡，然後將贗品交給錢若應，讓他用它逃出京師，然後她自己也跟著失蹤？」沈德符道：「其實我早懷疑潤娘已經不在人世，不然以她和雪素兩人母女情深，絕不會棄女兒不顧。」

傅春道：「如果是這樣，就表示潤娘一定事先在謀畫著什麼大事，她知道自己做的事有危險，所以事先送走錢若應，又用什麼手段陷害了仇人楊山，令其暴病身死。她之所以能忍心捨棄女兒，大概是因為她覺得將雪素交給沈家照顧足以放心。哪知道後來沈北門……」驀然想到什麼，睜大眼睛，死死瞪著沈德符。對方則一派茫然，意識到什麼，卻又不敢多想，腦子一熱，越發迷糊了起來。

還是魚寶寶言語無忌，先道：「莫非小傅是在暗示沈世伯的病死，是受潤娘所謀畫大事的牽累？」

傅春點點頭，道：「如果這些推測沒錯，那麼我敢肯定，萬玉山房暗格中收藏的，正是校尉楊山的牙牌，真正的編號八十八號牙牌。潤娘將它作為憑據交給了小沈的父親，沈北門大概也有所警覺，又將它託付給至交好友馮琦馮尚書。小沈，你不是說馮尚書死前的一段日子很奇怪，總是對你欲言又止，說的話也是雲山霧罩。我猜想他其實是想將這件事告訴你，卻又怕牽累你和你的家人。」頓了頓，又道，「你們都還記得東廠提督陳廠公在尚書府初見錢若應牙牌的反應吧。我想他當時並未認出那是贗品，他的驚異之情表明他記得這塊編號八十八號的牙牌，越發佐證了這塊牙牌背後有著不同尋常的故事。」

眾人一時悚然而驚，既不敢相信傅春的大膽言語，卻又不得不認為他的推斷合情合理，不但解釋清楚了一切疑點，而且將前後二十多年的故事完全串了起來。

沉默許久後，王名世終於問出了他最關心的話：「那麼依傅兄看，暗格中的真牙牌又落到了什麼人手裡？」

傅春道：「這個……」

忽見老僕引著趙士楨的僕人進來。那僕人渾身上下都是雪，額頭卻冒著熱氣，顯是踏雪而來，費了不少力氣。沈德符忙命老僕去取熱酒，問道：「是趙世伯派你來的麼？」

僕人道：「是。我家老爺今日忽然想起一件事，怕是要緊線索，特命小人趕來告訴各位公子。前些日子，嗯，應該是上半年，有一位年輕美貌的姑娘乘車來老爺府上找過趙工匠。老爺說，當初乍看之下，覺得她眉目之間很是眼熟，今日才想起來，還真跟當年的潤娘有幾分相似。」

沈德符大喜過望，忙問道：「她是不是叫雪素？」僕人道：「這小人可不知道。她沒有報上名字，只說要見趙工匠，就直接進了屋。待了大概半個時辰，就出門走了。趙工匠沒有結婚成家，也沒有子女，事後老爺還曾開玩笑地打趣他，他只說那女郎是一個老朋友的女兒。」

沈德符道：「那一定是雪素，一定是雪素。」

傅春問道：「你可還記得那女子長得什麼樣子？」僕人道：「鵝蛋臉，大眼睛，小嘴唇，總之是個大美人。」沈德符忙命老僕取了幾吊錢賞給趙府僕人。趙府僕人得了一筆意外之財，收了錢，高興地去了。

沈德符一想到青梅竹馬的玩伴很可能近在咫尺，興奮地發抖，忍不住站起身來，在屋子裡走來走去。

魚寶寶咬著嘴唇道：「你有那麼開心麼？哼，你念念不忘她，她可又有半分想到過你？」沈德符受到他搶白，一時無語對答。

傅春忙解圍道：「也許雪素姑娘根本不知道小沈來了京師。」魚寶寶道：「會不知道麼？我敢說，那闖進萬玉山房偷走真牙牌的竊賊一定就是雪素，她娘親潤娘是開鎖高手，她學得一手絕技也不足為奇。」

一向好脾氣的沈德符也紅了臉，怒道：「不准你說雪素是竊賊。」魚寶寶毫不示弱，回敬道：「我有理有據，又沒有憑空誣陷，要不然她平白冒出來去找趙士元做什麼？一定是她從萬玉山房盜得了真牙牌，想到昔日她娘親身上也有一塊這樣的牙牌，起了疑心，所以才去找母親的故人打探究竟。」

傅春道：「小沈別生氣，寶寶說的的確有道理。」沈德符道：「我才不相信。潤娘的事情過了那麼多年，雪素怎麼可能知道馮世伯藏有一塊真牙牌？」魚寶寶道：「你那麼想見到她，找到她當面問清楚不就好了！」起身摔門去了。

沈德符氣得聲音都發顫了，道：「你們看他，處處跟我抬槓，他還摔門，有理了他！」傅春和王名世只一邊搖頭，一邊相視而笑。

沈德符越發生氣，道：「你們還幫著他麼？他那又臭又壞的脾氣都是你們慣的。」氣咻咻地出門，一時無處可去，便往勾欄胡同而來。

萬樹銀花，玉宇輝映，風景如畫，景色迷人。舉目淨是明晃晃的白色，幾乎不見行人，只有一些小孩子在街邊雪地中追逐嬉戲，替這寧靜得不尋常的白色世界帶來幾許生氣。

風雪雖然停了，積雪卻沒至膝蓋，每走一步都頗為費力。好在勾欄胡同並不遠，到得門口，沈德符卻又躊躇起來，舉起了手，卻遲遲拍不下門環。

自從上次薛素素拂袖而走，沈德符便感到她疏遠了自己。幸好他又探得消息，她並不著急離開京師了，但她卻再也不像從前那樣待他——每次宴飲，都是礙於傅春和齊景雲的面子；即使相見，形容也是淡得如水般無味。每每回味起她冷淡的樣子，他都感覺受到了極大的挫折，卻又不忍心就此離她遠去。

雙腳早已經凍得麻木，冰冷的寒意沿著雙腿逐漸上行，他咬咬牙，終於叩響了門環。

開門的是婢女豆娘，見沈德符站在積雪中，棉褲和棉袍的下半邊全濕了，慌忙讓他進來。

薛素素正與齊景雲在堂中烤火閒聊，見沈德符濕著半邊進來，又好氣又好笑。薛素素笑道：「你跟我進來。」領著沈德符進來閨房，從櫃子中翻找了一套男子衣衫遞給他，道，「快些脫掉濕衣服，拿到外面烤。」

沈德符依言換下外面的衣服，薛素素遞給他的衣衫卻小了些，穿上有些緊繃，少不得將就穿了。出來時，齊景雲和豆娘都已離去，薛素素將其外袍和棉褲搭在椅背上，面朝火盆，又叫喚他道：「坐下來烤火。」

沈德符覺得她今日有些異樣的熱情，多少有些受寵若驚，道：「素素姑娘也請坐。」薛素素道：「上次傅公子來，說你們幾個正忙活那塊牙牌之事，可查得有什麼眉目？」

她問得頗不經意，沈德符卻如醍醐灌頂般呆住了。

薛素素道：「怎麼了？你不是認為那塊牙牌很可能關係你父親之死麼？」沈德符道：「是。可是……你……你……」他驚訝萬狀地瞪著薛素素，彷彿才第一次認識她一樣。

薛素素似乎有些明白過來，道：「你先等一下，我給你看件東西。」一扭腰肢，往內室去了，片刻後又出來，遞過來一塊牙牌。

儘管沈德符適才已經隱約猜到薛素素的真實身分，但心中還是不願相信。此刻見到真牙牌出現，才大吃一驚，道：「啊，這……這是真的？你……你……」薛素素道：「我可不知道它是真是假，既然你們說刺客身上的那塊是假的，那麼這塊應該就是真的了。」

沈德符問道：「你不知道尚書府的刺客是誰麼？」薛素素詫然道：「我怎麼會知道？我又不認得他。」

沈德符道：「那麼你從哪裡得來的這塊牙牌？」薛素素道：「禮部尚書府萬玉山房的暗格中。」原來，那潛入馮琦書房盜取暗格中物品的竊賊就是薛素素。馮府馮老夫人七十壽宴當晚，她替代武旦，跟隨戲班進入馮府，其實都是事先計畫的結果，目的就在於盜取馮琦隱密。她自幼在雜耍班廝混，身懷武藝，又有一手開鎖絕技，遂趁馮琦與沈德符等人離開之後、書房無人之時，輕而易舉地開啟了暗格，取走了裡面的物品。

沈德符道：「你為什麼要盜取這塊牙牌？難道你已經知道它的來歷？」薛素素道：「什麼來歷？不，我事先並不知道暗格中裝的就是這塊錦衣衛牙牌。我下手之前，曾幾次潛入萬玉山房打探，知道書案下有一個暗格。我猜想裡面收藏的應該是馮琦最隱密的書信之類，卻沒有想到裡面僅僅是這塊牙牌。當時的情形不容我多想，我取出來就走了。」

沈德符原以為，薛素素是打聽到馮琦手上收藏有潤娘留下之物，想從其追查母親失蹤之謎，哪知道她竟說根本不知道暗格中藏的什麼東西，先是一愣，半晌才問道：「你……為什麼要這麼做？」

薛素素簡單而乾脆地答道：「因為我要替我的未婚夫復仇。」原來，薛素素的未婚夫就是去年被杖死在國子監的太學生于玉嘉，二人都是金壇人，暗中交往已久，早私下訂盟，齧臂三生。于玉嘉為人恣意，無意功名，與薛素素志趣相投。李贄被朝廷逮捕下詔獄死後，于玉嘉大哭一場，從此性格日益任性放誕，根本無心於科舉考試，若不是長兄催逼，怕是連鄉試也要放棄。禮部尚書馮琦到國子監主持焚毀李贄著書時，于玉嘉一時衝動，上前衝撞了馮琦，結果被革除貢生資格，當場杖責，卻不幸身死。薛素素自然悲痛異常，將其死因怪罪到下令行杖的禮部尚書馮琦身上，有意為情郎復仇。

沈德符這才得知事情的起因，詫異得無以復加，道：「可是……可是于玉嘉的死只是意外，怎麼能怪到馮世伯身上？」薛素素憤憤道：「那麼李贄李先生的死是意外麼？最近紫柏禪師的死也是意外麼？這個朝廷虛偽透頂，官員只知道裝腔作勢，我早就看透了。」

她的復仇計畫並不是簡單地害死馮琦那麼簡單，而是要找個由頭令其身敗名裂。但馮琦為官清廉，為人友善，官聲甚好，並沒有什麼把柄。她刻意與東廠錦衣衛官吏王名世、鄭國賢等人交往，終於探聽到馮夫人姜敏曾是皇后的熱門人選。又聽說馮琦一力反對鄭貴妃當皇后，不為萬曆皇帝所喜，全靠姜敏在慈聖太后那裡走動才得以保全禮部尚書之位。遂懷疑馮府內藏有不少見不得人的祕密，一直暗中查找，結果苦心經營所找到的就是這塊錦衣衛牙牌。

更出乎薛素素意料的是，不及等她親自下手報復，馮琦先是遇刺，後來中毒，終於一命嗚呼。雖然與最初目標有些偏差，雖然是假人之手，然則大仇總算得報。那塊從萬玉山房暗格中偷來的牙牌也一直留在她手中，既然馮琦已死，那牙牌便對她沒有多大用處。她忌憚傅春、王名世等人精明，擔心早晚被他們發現端倪，正打算伺機扔進河裡時，意外聽聞沈德符念叨少年時見過潤娘身上曾掉出一塊錦衣衛牙牌，她才回憶起來確實有這麼回事，由此勾起了想查明真相的強烈願望。後來她自己設法調查，甚至還去找過母親的故人趙士元，但均一無所獲。這塊牙牌也成為她心頭揮之不去的噩夢。直到最近，她聽齊景雲提到傅春等人還在查那塊假牙牌之事，遂暗中密切關注，今日見到沈德符踏雪來訪，又見到他起疑的神情，忽然有股久違的莫名衝動，決意說出自己所得知的真相。

講完緣由，薛素素道：「我知道馮府因為失去牙牌極為緊張，王名世和你們走到一起，就是要查這件事。馮氏是我仇人，我本該隱瞞這件事，讓他們好好急上一陣子，可既然這牙牌干係我娘親生死之謎，我只能選擇坦白了。」甜美嬌嫩的女聲說出如此陰冷無情的話，讓人深深體會到了其中的恨意。

沈德符兩股顫顫，冷汗直流，顫聲問道：「那麼你……你是……」薛素素道：「我就是潤娘的女兒雪素。」

沈德符難過之極，期期艾艾地問道：「難道你……早已經忘記我了嗎？」薛素素道：「不，我沒有忘記你。但在我人生最困難最低谷的時候，你並不在我身邊。這麼多年過去，你有你的妻兒和家庭，我也另有所愛，與你相認，不過是徒增煩惱而已。」

沈德符的一顆心從平地升到了雲端，又從雲端掉到了谷底。整個人飄飄忽忽的，像一艘沒有船夫的船在人生的海上顛簸起伏，茫然失去了方向。劇痛過之後，那些曾經美好的記憶都如風捲殘雲般消逝了。

薛素素凝視著他，冷然道：「現下你知道了我早已不是你記憶中的雪素，過去的那些事就忘了吧，不要再提起。如果你還念一點舊情，就讓我們一起來查清楚這塊牙牌背後的故事。」

她的語氣冷峻而嚴肅，彷彿完全變成了另外一個性格完全不同的女子，再不是那個豪爽可愛的京師名妓。他從來沒有忘記過她，卻已經娶妻生子。她雖然還是未婚待嫁，心中卻早沒有了他的位子。相見爭如不見，有情何似無情？癡與迷，了和悟，交相糾纏。到頭來，才覺醒，均是空。他開始劇烈地咳嗽起來，不能自已地悲傷。

王名世幾人得知薛素素就是潤娘之女雪素後，也是驚奇萬分。連一口咬定雪素就是書房竊賊的魚寶寶，也料不到風華絕代的薛素素就是當年人間白鶴的女兒。

尤其感到驚訝的人是傅春，他因齊景雲的緣故與薛素素交好，非但不知道她的真實身分，更連她暗中與國子監貢生于玉嘉私訂終身都一無所知。由此可見，薛素素表面豪爽率直，內心深處卻別有一番心機。

沉默了許久，傅春才問道：「那麼素素有沒有提到當年最後臨別時，潤娘對她講了些什麼？」沈德符道：「潤娘只說要去一個很深很高的地方，去做一件大事，也許再也不會回來，要雪素自己保重。雪素當時就哭了，拉著潤娘的衣角，死活不讓她走。潤娘說，那件事非常重要，事關天下安危，她必須去做。如果她回不來，要雪素千萬別找她，也不要想著報仇。」

傅春道：「這麼說起來，潤娘是要去一個很深很高的地方，做一件事關天下安危的大事，而這件事非常危險，她很可能回不來。」魚寶寶道：「她為什麼說很深很高的地方，不說很遠很遠的地方？」傅春道：「這說明她去的地方就在京師。」

魚寶寶道：「什麼地方又深又高？深是深淵，高是高山？這不是互相矛盾嗎？」王名世道：「不矛盾。深應該是指進深，表明她要去的地方很大。高，則不難理解。想來之所以一定要潤娘出馬，就是因為那地方又高又險。」

魚寶寶道：「對對，潤娘號稱人間白鶴，是有名的繩伎，飛簷走壁，如履平地。那麼該好好想想，萬曆十七年，有哪位權貴家失竊，或者發生了不尋常的事？」她雖與沈德符爭吵後還沒有和好，卻還是不由自主地將目光投向他，期待博學多識的他能夠解答疑問。

沈德符卻被薛素素的事弄得心煩意亂，渾然心不在焉。還是傅春拍了他一下，問道：「小沈，你好好想想看，萬曆十七年發生過什麼值得注意的事？」

萬曆十七年是沈德符父親病逝之年，他自然印象格外深刻，當即如行雲流水般答道：「萬曆十七年正月，當今聖上下詔免元旦朝賀。自此，本朝每年元旦皆不朝賀。正月初九，工匠劉汝國發動暴亂，自稱『順天安民王』，時值旱災，饑民多從之，迅速發展到數萬人。朝廷調集大批軍隊前去圍剿，直到二月，才平定了這次暴亂。大明慣例，被升授的官員皆須入朝進見皇帝，當面叩頭謝恩。三月初九，久不視朝的聖上再一次令內官傳旨——奏對數多，不耐勞劇，不臨朝視政，並令免在京升授官面謝。三月十六日，雲南永昌衛發生兵變，由黔國公沐昌祚平定。四月，廣東始興縣僧人李圓朗以白蓮教的名義發動叛亂。六月初六，北直隸滄州、靜海、吳橋諸鎮颳大風，漕船互擊，淹溺二十三人，失漕米三千一百五十七石。七月，發生海嘯，漂沒廬舍數千家、男女萬餘口、六畜無計其數。」

他像背書一般念出來，語氣甚是平靜，旁人卻聽得心驚肉跳——僅僅這短短一年間，君不君，官不官，兵不兵，民不民，天災人禍，災禍頻頻，活脫脫一幅大明千瘡百孔圖。

傅春問道：「朝中可有什麼官員有異常之舉？」

沈德符道：「有，大理寺左評事雒於仁異常得驚人。當時皇上稱病不上朝，他於當年上書，稱當今聖上之病根源在酒、色、財、氣——嗜酒則腐腸，戀色則伐性，貪財則喪志，尚氣則戕生，藥物難攻。」頓了頓，乾脆背出了雒氏奏疏，「陛下白天美酒佳餚仍嫌不足，繼以長夜作飲，此其病在嗜酒。寵十小閹，溺愛鄭貴妃，言聽計從，斥逐忠謀，不立東宮，此其病在戀色。不斷徵索庫銀，括取幣泉，以致拷訊宦官，獻上金銀珠寶則已，否則便發怒切責，此其病在貪財。喜怒無常，今日打宮女，明日撻太監，罪狀未明，立死杖下，積怨怒於直臣，一屈不申，賜死無日，此其病在尚氣。四病絞繞身心，豈藥石所可治？」

王名世道：「這封奏疏當年曾轟動京師，我也還記得。皇帝大為震怒，不過也只是罷了雒評事的官職。但看起來，這件事應該跟潤娘無關。」

沈德符這才回過神來，道：「原來你們是在找潤娘可能捲入的事。」靜心想了想，道，「當年有一件涉及科場作弊的案子。萬曆十六年是鄉試年，內閣大學士王錫爵之子王衡舉第一，另一閣臣申時行女婿李鴻亦中試。被人懷疑其中有弊，刑部雲南司主事饒伸上書彈劾。於是王錫爵、申時行二位閣老不得不待罪在家，請求辭官。而當時另一位閣臣許國正主持會試，內閣遂無一人。這是萬曆十七年最大的案子了，也是轟動一時，不亞於今日之妖書案。」

傅春搖頭道：「這也不像潤娘可能會捲入的案子。」

沈德符道：「當年還有一件大事，就是皇上罷免了東廠提督張鯨，張鯨被罷職後，不久就病死了。」傅春道：「這個倒像是有些干係，那個叫楊山的校尉不正好是張鯨的心腹麼？楊山死在這一年，張鯨也死在這一年，應該不是巧合。」

沈德符道：「可是張鯨被罷是因為受到了大臣彈劾。就是前面提過的大理寺左評事雒於仁，他批評皇上酒色財氣時，重點提及了張鯨在官內擅權不法之事，稱皇上之所以重用張鯨，是因為收了他的賄賂。」

魚寶寶道：「這是什麼奇怪的罪名？這天下都是姓朱，還說皇上收了張鯨的賄賂，所以才重用他當東廠太監？」沈德符道：「這件事是很奇怪，這也是我第一次見到指責皇帝受賄任官的事，但因為涉及皇上本人，皇上不得不下令調查。內閣首輔申時行等人召見張鯨時，張鯨言辭傲慢，頂撞眾閣老道：『小人無罪，只因多口，亦是為皇上聖躬。』之後不知道出於什麼考慮，皇上決定罷黜張鯨。張鯨被趕去南京守陵，半途就病死了。」

正說著，院外有人拍門，卻是駙馬冉興讓派僕人送糕點來。僕人特意告道：「這是壽寧公主從皇宮中帶回來的宮廷糕點，要許多人花上好幾天的工夫才能做出一屜，駙馬說既然難得，也要分一些給幾位公子嘗嘗。」沈德符道：「駙馬有心。」打發了僕人，將糕點拿進來分給眾人品嘗。

傅春舉手將食盒推開，沉聲道：「我突然有了一個想法。」魚寶寶道：「有話就說唄，幹麼露出這麼嚴肅的表情？」

傅春道：「小沈，你還記得馮尚書臨死前留給你的絕命詩麼？」沈德符道：「當然。」去書房取了那張紙箋，放到桌上。

傅春道：「馮尚書死前已經知道自己中了毒，所以他派僕人急匆匆將小沈叫過去，特意寫了這首詩給他。如果我猜得不錯，這首詩其實就是馮尚書留給小沈的重要線索。甚至我可以肯定，如果不是薛素素事先盜走了牙牌，他也會就此將牙牌交給小沈。」

王名世便拿起紙箋，輕聲念一遍：「浩渺天風駕海濤，三千度索向仙桃。翩翩一鶴青冥去，已隔紅塵萬仞高。」

魚寶寶道：「翩翩一鶴？會不會就是暗指人間白鶴潤娘？」傅春道：「寶寶跟我想的一樣。還有，冉駙馬說過，翊坤宮中有兩處居室叫『海濤』、『仙桃』。你們想想，天下還有什麼地方能比紫禁城更深，還有什麼能比皇宮更高呢？」

沈德符愣了半晌才會意過來，道：「皇宮禁地，非比民間。進出紫禁城得有牙牌，潤娘將真牙牌交給了馮琦馮世伯，假牙牌則給了錢若應逃亡，難道她自己手裡還有一塊假牙牌不成？而且她到皇宮去做什麼呢？」

傅春道：「那麼，萬曆十七年，皇宮中可有什麼關係天下安危的大事？」

沈德符道：「嗯，一定要說有大事，就是那一年皇上將皇長子的生母王恭妃打入了冷宮。皇長子當時年紀還小，由另一嬪妃李選侍撫養。李選侍凶狠潑辣，與鄭貴妃交好，沒少欺負皇長子。」

魚寶寶道：「國本之爭起於萬曆十四年，直到萬曆二十九年皇長子才被立為太子，這期間他一定沒少經歷風風雨雨，可憐。潤娘混入皇宮，會不會是要去營救王恭妃母子？當時皇帝雖然沒有立太子，但祖制立嫡立長，皇長子是名正言順的未來儲君，身繫天下安危，與潤娘的說法一致。」

傅春道：「有這個可能。但既然馮尚書在詩中提及『海濤』、『仙桃』二室，事情應該直接與鄭貴妃有關，要是能親眼進去看看就好了。」王名世道：「這個怕是極難。翊坤宮在內廷中，宮禁重重，我有武官牙牌，也一樣進不去。」

傅春道：「聽說慈聖太后愛看戲，最近正要召薛家戲班進宮唱〈牡丹亭〉，也許我們可以跟著戲班混進去。」王名世道：「就算能順利混入內廷，禁衛發給你們的也是臨時腰牌，上面塗有紅漆，你只能在限定範圍內活動，不可能離開慈寧宮。」

沈德符道：「也許我有個法子。」魚寶寶驚奇得睜大眼睛，道：「王名世都沒有辦法，你有法子混進翊坤宮？」沈德符道：「我這只是趕巧，你們沒有聽過『五百揀花，三千掃雪』的典故麼？」「五百揀花」是指南京舊制，設五百名揀花舍人，供宗廟薦新及玉食糖糧之用。「三千掃雪」則是北京制度，每年冬季大雪後，於京營內撥三千名軍士入大內掃雪，輪番出入，或其年雪湧，有至三數度者。京城中往往有遊閒少年事先花錢買通軍士，代充其役混入禁掖宮殿以滿足好奇之心。常常有人能從大雪中撿到宮婢所棄的遺簪敝履，以及壞掉的淫巧之具，拿到外面向外人展示，以為誇耀。

王名世這才會意過來，連聲道：「不錯，昨夜剛降下大雪，皇宮亟需掃雪，這是個好主意！」

四人遂密謀一番，決意買通京營軍士，假借掃雪混入大內。

魚寶寶拍手笑道：「想不到還能有機會到皇宮裡面玩雪。」傅春道：「寶寶不能去。」魚寶寶愕然道：「為什麼？」傅春道：「你身材那麼纖弱，倒像個女子，哪像軍營的軍士呢？旁人一眼就能看出破綻的。」

魚寶寶紅了臉，倒也不再堅持。遂議定由沈德符和傅春裝扮成掃雪軍士，王名世則在當日找藉口到司禮監官署一帶，作為二人的接應。

又過了幾日，終於到了「三千掃雪」的日子。沈德符早已出重金買通兩名負責西六宮一帶積雪的軍士。代役在京營中早已是司空見慣之事，上上下下都知道。既沒有人為此而驚訝，也沒有人懷疑沈德符別有用心。事情進行得極順利，得到臨時牙牌的沈德符、傅春跟著一大幫軍士，大搖大擺地走進了森嚴的紫禁城中。

王名世也早早進來皇宮，來到司禮監官署，假稱有事來找司禮監掌印陳矩。他是東廠千戶，陳矩兼任東廠提督，他來找頂頭上司稟事再正常不過。他也事先知道陳矩最近因妖書案而焦頭爛額，大多數時間都在東廠官署。司禮監官署位於寶寧門內，正好在李太后居住的慈寧宮正南面。王名世在官署中隨意轉了轉，便出來庭院。正好遇到錦衣指揮僉事鄭國賢帶人護送薛家戲班往慈寧宮而去。

鄭國賢笑道：「王千戶也在這裡。今日宮裡請了戲班為太后唱戲，要不要一起來看戲？」王名世道：「屬下尚有公務在身，鄭僉事美意，我心領了。」戲班班主薛幻原有世襲有錦衣衛指揮官職，與王名世認識，亦特意過來打聲招呼。

鄭國賢道：「王千戶還有公務要辦。那我們先走了，免得太后、皇上、貴妃久候。」

王名世聽說鄭貴妃也要到慈寧宮看戲，心中頗喜，只是凝視著戲班一干人的背影，驀然生出一種奇怪的感覺來。他甚至不及等候接應沈、傅二人，轉身匆匆離開了皇宮。

分配到翊坤宮掃雪的軍士包括沈德符和傅春在內，共有十名。眾人進來翊坤宮時，鄭貴妃已率大批宮人趕去慈寧宮看戲，天氣又冷，偌大的翊坤宮冷冷清清。

鄭貴妃是大興人，家境貧寒，其父鄭承憲曾因家貧將她許給某孝廉為妾。出嫁當日，父女相擁而泣，孝廉心軟，沒有強納鄭氏。萬曆初年，鄭氏被選入皇宮，由於她性格果敢強毅，與溫吞軟弱的萬曆正好相反，皇帝瘋狂地愛上了她，先是封為德妃，次年即封貴妃，萬曆十四年生下皇子常洵後，進封為皇貴妃，益受專寵，進入天下人的視野，卻因國本之爭，由此受了不少唾罵。

像翊坤宮這樣重要的宮殿，宮人早已清掃過甬道上的積雪，方便來回通行。軍士要做的，就是將路面掃得更寬些，其實並不費勁。領頭的武官吩咐了幾句，大致劃了區域，眾人便取了竹帚，各自散開掃雪。

過了一個多時辰，甬道已經露出青石路面，足以供轎子通行。領頭武官知道各人心思，笑道：「大概差不多了。咱們只是第一撥，即使掃得不好，後面還有第二撥、第三撥呢。各位難得進來一次皇宮，就隨便溜達去吧。記得別惹事，正午時在城門集合就行了。」

軍士們歡呼雀躍，一哄而散。大多數人心中最想看的是天子居住的乾清宮。乾清宮是內廷正殿，分上、下兩層，有暖閣九間，共設床二十七張，為后妃們進御之用。由於室、床眾多，皇帝每晚就寢之處幾乎無人知曉，以防不測。儘管皇帝居住在迷樓式的宮殿內，且外部防備森嚴，仍然不能高枕無憂，當年宮女楊金英等謀殺嘉靖皇帝的壬寅宮變[2]正是發生在乾清宮西暖閣。雖然萬曆皇帝目前並不住在那裡，但乾清宮是「天子之常居」，對應的是天上紫微垣中「天皇大帝」的星座，在眾人心中有著非比尋常的意義，自然是窺測的首選。

唯獨沈德符和傅春二人還留在翊坤宮，一面假意掃雪，一面往裡而來。

翊坤宮是處二進院落。正殿面闊五間，黃琉璃瓦歇山頂，前後出廊。簷下施斗拱，梁枋飾以蘇式彩畫。內殿正堂前有一幅龍走蛇舞的楹聯——「九陌紅塵飛不到，十洲清氣曉來多」。

二人見左右無人，走到門檻前，正欲探身，有名圓臉宮女疾奔過來叫道：「喂，站住，你們是誰？」

古代女子有纏足習俗，即以布帛緊束雙足，使足骨變形，腳形尖小成弓狀，以此為美。宋代大文豪曾寫〈菩薩蠻〉一詞歎纏足，道：「塗香莫惜蓮承步，長愁羅襪凌波去；只見舞回風，都無行處蹤。偷立宮樣穩，並立雙跌困；纖妙說應難，須從掌上看。」

一些文人還根據腳的大小來細分貴賤美醜，以三寸之內者為金蓮，以四寸之內者為銀蓮，以大於四寸者為鐵蓮。杜牧有詩云「鈿尺才量減四分，纖纖玉筍裹輕雲」；韓偓又有詩云「六寸膚圓光致致」，意指又小又尖的「三寸金蓮」是女子弓足的上品，大腳婦女則為人輕視。明太祖朱元璋的皇后馬氏便是因為一雙天足，得了「馬大腳」的綽號，即使當上皇后，還是被人戲稱為「大腳皇后」。

纏足雖成為一種流行文化，然而纖纖小腳亦帶來許多不便，女子行路只能以足跟勉強行走，行走十分困難，更不要說奔跑。本朝一直有個傳說，凡是被選入禁宮中做宮女嬪妃的女子，一旦登籍進入大內，便須立即解去足紈，重新恢復自然天足，目的是讓這些女子在御前侍奉奔趨無顛蹶之患，與民間習俗全然不同。沈德符見那宮女急步如飛，這才知道傳說不誣。

傅春忙向那宮女賠笑道：「小的是掃雪軍士，從來沒有進過皇宮，沒有見過這麼漂亮的房子，一時好奇，想進去看看。望姐姐恕罪。」那圓臉宮女自小入宮，極少見到陌生男子，居然也不怕生，嘻嘻笑道：「這是內堂，是貴妃娘娘的居處，你們不能進去的。」

傅春道：「那這內堂可有名字？」圓臉宮女道：「內堂就叫翊坤宮內堂，裡面的暖閣叫『海濤』，內室叫『仙桃』，是皇上給取的名字。」

傅春道：「好姐姐，求你讓我們進去看看，我們這輩子，大概也就能看這一次。反正貴妃娘娘也不在，求你行個好吧。」圓臉宮女從未被男子這樣軟語求過，登時紅了臉，忸怩了一會兒，應道：「那好，不過只能進去看一下。」

傅春和沈德符便跟在圓臉宮女背後進來。

過了正堂屏門便是暖閣，果見閣門上的牌匾寫著「海濤」兩個字，暖閣中設地平寶座、香几、宮扇等，陳設有銅鳳、銅鶴、銅爐各一對，以及一些白玉玉器。堂中還有一具倭國產的水晶屏風，色白如泉，清明而瑩[3]。又穿過一扇月門，便是名為「仙桃」的內室了。

傅春心中暗念道：「浩渺天風駕海濤，三千度索向仙桃。翩翩一鶴青冥去，已隔紅塵萬仞高。」腦子想著馮琦那首絕命詩的詩意，便不由自主地仰頭去看。

那圓臉宮女心思一直在他身上，登時留意到了，問道：「你也聽過這件事？」傅春不知她所指何事，剛要否認，驀地心念一動，忙改口應道：「是啊，聽過，不過也是道聽塗說，不怎麼真切。姐姐說說，那裡那麼高，怎樣才能上去啊？」

圓臉宮女道：「嗯，確實很高，很不容易上去。當初貴妃娘娘命人將玉盒放到房梁上的時候，可費了一番老勁。雖然宮裡也有那麼長的梯子，可根本就進不來內室，最後還是將幾截梯子搭了起來。」傅春與沈德符相視一眼，心中各自「怦怦」直跳——圓臉宮女所說的「玉盒」，一定就是裝有皇帝手詔的玉盒。當年萬曆皇帝與鄭貴妃感情最熾熱之時，曾攜手到大高元殿拜神，發誓將來要立鄭貴妃之子朱常洵為皇太子，還把誓言寫在黃紙上，放在玉盒裡，賞賜給鄭貴妃，作為日後憑據。萬曆二十九年，萬曆皇帝頂不住太后和外廷大臣的強大壓力，終於決定立皇長子朱常洛為太子。鄭貴妃遂當著萬曆的面取出玉盒，想要以誓書逼迫皇帝就範，哪知道誓書上的「常洵」二字剛好被蛀蟲蛀蝕。萬曆皇帝感歎天意難違，最終下定了立皇長子的決心。而只有那個裝有誓書的玉盒，才值得鄭貴妃如此大費周章，要收在自己寢室的房梁上才能放心，真可謂「九陌紅塵飛不到」了。

那圓臉宮女咬著嘴唇笑道：「你們想看的其實就是這個，是不是？好多人都想看呢。」傅春也不置是否，笑道：「這多年前的事，姐姐怎麼還記得這麼清楚？」圓臉宮女道：「我當年六歲，剛剛入宮分到翊坤宮做宮女，親眼看見那麼多人爬那麼高的梯子，怎麼會不記得？」

沈德符雖覺得「姐姐」叫得肉麻，但見那宮女偏偏吃這一套，不得已也學著傅春的口氣問道：「那麼姐姐今年貴庚多少？」圓臉宮女笑道：「二十歲。其實你們都該叫我妹妹才對。」這宮女今年二十歲，入宮時六歲，也就是說，鄭貴妃是在十四年前將玉盒收藏到房梁上，當年正好是萬曆十七年。玉盒中的誓書關係皇太子人選，關乎國本，自然也干係著天下安危。翊坤宮內室房梁，當真稱得上「又深又高」。難道當初潤娘潛入皇宮，就是受人所託，來盜玉盒誓書？結果事情不成，被人發現後祕密處死？

沈、傅二人心頭的震驚難以形容，再顧不上與圓臉宮女調情，匆匆出來，往司禮監官署來尋王名世。

正好在司禮監官署門前遇到駙馬冉興讓，他不耐煩看戲，假稱方便溜了出來，正無聊得緊。沈、傅二人本要裝作不見，卻被冉興讓認了出來，奔過來叫道：「沈兄、傅兄，真是你們二位！你們怎麼這身打扮？」他雖是農家子弟，畢竟與公主成婚日久，也知道「三千掃雪」的慣例，隨即省悟過來，笑道：「原來二位也對宮闈有好奇之心。」

傅春忙應道：「紫禁城是天子之宮，誰能不好奇呢？我們進來是花了銀子的，搞不好要惹禍，駙馬可千萬別對旁人說起。」冉興讓道：「這是當然。」又問道，「你們二位是在等人麼？」

沈德符道：「嗯，我們跟王千戶約好在這裡見面。駙馬可有看到他？」冉興讓道：「王千戶早就離開了。我和公主進宮時，他就出宮了。」沈德符道：「可能突然有什麼急事。傅兄，咱們先去那邊掃雪，過一會兒再與軍士一起出宮。」

傅春道：「等一下。駙馬，今日到慈寧宮唱戲的是薛家戲班嗎？」冉興讓道：「是啊，聽說他們很有名，可惜我不愛聽。」

傅春笑道：「駙馬是爽直之人，不愛附庸風雅。說起來，我也很久沒見過薛幻了，我還欠他銀子呢。」往身上摸了摸，什麼也沒有，轉頭問沈德符道，「你身上有錢嗎？」

冉興讓忙道：「我帶了錢，我替傅兄還給薛班主就是。」傅春道：「那好，多謝。二十兩銀子，回頭我給駙馬府上送去。」冉興讓道：「不值什麼，傅兄不必放在心上。」

到正午時，傅春、沈德符所在的第一撥一千名掃雪軍士出宮，又有第二撥軍士來替換。軍士們一邊爭相談論宮廷見聞，一邊趕回營吃飯。傅、沈二人則回來藤花別館。

進堂時，才發現魚寶寶、薛素素、齊景雲三人都在。

魚寶寶正與薛素素勾肩搭背有說有笑，看上去十分親昵。

沈德符很是驚異，道：「你們……」魚寶寶搶著道：「她們擔心你們兩個，正等著你們回來呢。飯菜已經做好了。」魚寶寶和薛、齊二女，遂一起到廚下將菜餚端出來，邊吃邊聊。

沈德符本來還覺得尷尬，但見薛素素神色平靜，魚寶寶也一改敵意，極為熱情，不由得越發納罕。

諸人也不是外人，自然談及入翊坤宮之事。傅春便大致說了經過，道：「如今越發可以肯定，潤娘失蹤跟翊坤宮有關。素素，你別難過。」薛素素道：「我早知道娘親回不來了，只是沒想到還能有查明真相的一天。」

傅春道：「其實這件事馮琦馮尚書有很大功勞，如果不是他留下了絕命詩，我們是聯想不到翊坤宮上頭的。」薛素素一時無語。

魚寶寶道：「既然馮尚書留下了這麼重要的線索，說明他對潤娘做的大事多少是知情的。可他跟潤娘沒有直接干係，真正有關係的是小沈的父親沈北門……」

他大嘴大舌慣了，言語往往不經過腦子，張嘴就來。他自己還沒有意識到的時候，旁人卻已經從他話中聽出了其他意思，一時駭異，望著沈德符。魚寶寶最後一個會意過來，「哎喲」一聲，也捂住嘴唇，呆在了那裡。

沈德符自己卻緩緩說了出來：「你們懷疑家父是因為知道內情，所以才被人暗中滅了口麼？」

潤娘究竟只是個民間賣藝女子，消失就消失了，並沒有引起太大波瀾。但沈自邠卻是譽滿天下的翰林學士，朝中重臣有一半以上要麼是他的同年，要麼是他的同鄉，如果死因突然由病死變成了被殺，一旦張揚開來，所引發的風波不難想像。

眾人面面相覷，不敢接話。

沈德符道：「我跟馮伯母一樣，只想知道真相，並不想要報復誰。這件事非同小可，你們不要再管了，我自有主張。」

魚寶寶先道：「你想撇開我們可不行，我們風雨同路走到現在，難道眼下的情形能比你當初關在詔獄還凶險麼？就算上刀山下火海，我也要幫你找出真相。」薛素素道：「事關我娘親生死之謎，我當然也不會放棄。沈公子，我跟你一道。」

傅春道：「素素是景雲的好朋友，小沈是我的好朋友，我也沒有什麼多說的了。只是這件案子查到了這個地步，實在是難以進行下去了。所有的隱密都被包圍在紫禁城中，想要有所突破，除非從宮中下手。」薛素素道：「那可就難如登天了。」

一直沉默的齊景雲忽然插口道：「也許可以從外面著手。我以前有個姐妹，她的阿姨原先是宮中得寵的女官，後來不知怎麼得罪了太后，就被送去了浣衣局。」眾人登時眼前一亮——浣衣局雖然是二十四衙門之一，卻是唯一不在皇宮中的宦官機構，位於德勝門以西。那裡的人大多是犯過錯，或不小心知道了什麼隱密的宮人，在那兒悲慘地從事低賤的洗衣工作，與待死囚徒無二。譬如當年盛傳武宗皇帝不是張皇后親生，而是宮人鄭金蓮所生，張皇后奪他人之子為嫡子後，還將鄭金蓮及宮女黃女兒等人送浣衣局，最終勞累致死。

魚寶寶忙問道：「還能找到你那位姐妹的阿姨麼？」齊景雲道：「怕是不能，她已經死了。」傅春道：「不管怎樣，景雲提醒了我們，浣衣局是一個很有效的途徑。」

眾人正謀畫要如何進去浣衣局打探消息，王名世急闖進來，道：「我知道當日在萬玉山房險些被我抓到的竊賊是誰了！」魚寶寶不滿地道：「你不能一次把話說完麼？眼下有這麼多事要辦，誰有心思去猜？」

傅春問道：「是誰？」王名世道：「薛家班主薛幻。他就是潛入禮部尚書府萬玉山房，在書架上翻找卷軸、想找火器圖的那人！」原來今日在皇宮時，王名世意外發現戲班班主薛幻的背影極其眼熟，略略一想，便記起極像他當日在萬玉山房撞上的竊賊。他急急忙忙出宮，也是為了查證此事。

傅春和沈德符跟薛幻熟識，也酷愛他編排的戲劇，均無法相信。沈德符更是道：「薛班主雖然從事梨園行當，卻是世家子弟，有世襲的官職。他連做錦衣衛的指揮都不稀罕，只以排戲為樂，又怎麼會窺測火器圖呢？王兄，你僅憑一個背影斷定薛班主就是竊賊，會不會太過武斷了？」

薛素素卻道：「有一件事，我覺得你們可能想知道。馮府壽宴當晚，我趁亂潛去萬玉山房，曾看到薛班主也在竹林中。當然，他沒有看到我。本來我也沒有太當回事，萬玉山房名氣頗大，他也許只是想趁著機會看看到底是什麼樣子。但後來我聽說馮琦死的當日，薛幻也到過萬玉山房，心中才起了疑心，雖然不知道他的目的到底是什麼，但總覺得事情應該不會是那麼簡單。」

傅春道：「當日薛幻到萬玉山房，是因為馮尚書索要〈牡丹亭還魂記〉戲文，他去送書呀。」魚寶寶道：「不對，馮尚書派人索要戲文沒錯，薛幻大可以交給僕人送去，為何還要大老遠地親自從南城趕到內城呢？」

沈德符道：「當日在錦衣衛北鎮撫司大堂，薛班主作證時說過，因為馮府尚有款項沒有結清，他其實是去取銀子，才順帶送書的。」

魚寶寶道：「這只是他的藉口呀！你們想想看，當日趙先生將火器圖留在萬玉山房只是個意外，沒有人會知道書房裡有一張價值連城的火器圖，除非有人暗中瞧見。素素不是說見到薛幻在竹林中麼？他一定就是那時候看見的。大概他也想當晚動手盜取，結果因為發生了錢若賡行刺事件，惹來大堆官兵，他沒有了機會。後來他藉口送書再到萬玉山房，其實是想看那張火器圖還在不在那裡。等到確認之後，終於偷偷摸進了書房，哪知道正好撞上了王兄。」

沈德符也覺得他的推測有理，可還是不能相信，道：「薛班主有什麼動機呢？他淡泊名利，不喜歡當官，對財物也不是看得很重，為什麼偏偏要盜那張火器圖呢？」魚寶寶一時語塞。還是薛素素圓場道：「也許薛班主不是為他自己。你們可別忘了，他其實是蒙古人。」

王名世道：「不瞞各位，我急忙出宮，趕去浙江會館搜查了薛班主住處，發現了這個。」從懷中掏出一張絹布，鋪在桌子上。

沈德符道：「啊，這……這是火器圖麼？」王名世道：「這是土耳其嚕密火器圖，並不是趙中舍的火器圖，這種火器遠遠不及趙中舍的新火器有威力。但不管怎麼說，這是一項重要證據，證明薛幻表面與世無爭，暗中一直在窺測大明的火器圖。」

眾人見那火器圖旁有各種顏色細線標注的痕跡，顯見費了不少心思，再無話說。魚寶寶不無得意地道：「這次你們可是失策了，想不到薛幻才是真正潛伏的奸細吧。」

沈德符歎道：「其實就算有鐵證，我還是難以相信，薛班主雖是蒙古人，可他這一系自高祖一輩起便在京師生活，跟我們大明子民沒有任何區別，他祖祖輩輩都是食大明俸祿，怎麼可能做出這種叛國的事？」

王名世道：「我已經派了校尉守在皇城門口，等薛幻出來時就會逮捕他。沈兄如果實在想知道原因，可以到錦衣衛官署當面問他。」他心中更關心沈、傅二人在翊坤宮的發現，聽過經過後，良久不言。

沈德符忙道：「當初王兄積極參與這件案子，不惜冒險助我等從東廠盜取證物，實是擔心暗格中的真牙牌落入歹人之手，而今既然已經知道那是素素所為，真牙牌也已經尋回，王兄大可不必再冒險捲入此事。」王名世道：「既然已經到了這個地步，我也只好與各位共進退了。」

薛素素道：「那好，我就直言了，以我娘親的性格，絕不會主動捲入什麼立儲風波，一定是有人雇請我娘親，用所謂的事關天下安危打動了娘親。」傅春道：「不錯，我也是這樣認為。而且這個主謀一定是位高權重之人，完全有能力帶潤娘進出皇宮。」

潤娘是江湖上鼎鼎大名的繩伎，輕身功夫了得，只有她才有本事從翊坤宮內室的房梁上悄無聲息盜走玉盒，無須借助梯子之類的工具。這起事件的背後主謀定然是看上潤娘的本事，找到了她，用特別的法子打動了她，令她同意冒險。但潤娘也意識到此事凶險異常，很可能有去無回，所以事先安排了錢若賡逃走、又向女兒做了交代。

只是她身上那塊原本屬於校尉楊山的牙牌仍然是個謎團，既然雇請她的是個位高權重之人，自然有法子帶她出入皇宮，無須用一塊東廠牙牌。唯一的解釋是，楊山是昔日告發雜耍班的人，是潤娘的仇家，她要在做大事前除掉這個人，後來楊山壯年致仕暴病而死，大概源出於此。那麼，潤娘為何又要將楊山的牙牌交給沈自邠呢？

魚寶寶道：「會不會是潤娘料想有去無回，卻又有所不甘，所以特意留下牙牌給最信任的人，當作線索？」

傅春道：「寶寶提醒得對。如此，牙牌必然是跟潤娘入宮一事有所關聯。王兄，你之前在東廠打探楊山的情況，提過他是有一天被人從宮中抬了出來，說是忽然病倒了，抬回家後不久就死了。」王名世道：「是，這是我從東廠老人那裡聽到的，應該極可信。楊山其實應該算是殉職，但不知道為何，東廠的名冊上記錄是己丑萬曆十七年致仕，同年病死。」

傅春道：「楊山是當年東廠提督張鯨的心腹，時常出入禁宮。有沒有可能湊巧是主謀派楊山來引潤娘入宮？潤娘趁機盜取了楊山的牙牌，一是作為證據，二來也可以仿刻一塊牙牌方便錢若應逃亡。」

王名世道：「我還記得東廠名冊上記錄的楊山致仕的時間，是二月初四。」薛素素道：「那正是我娘親跟我告別、失蹤後的第二日。」

魚寶寶道：「那麼潤娘應該是二月初二入的宮。二月二，龍抬頭，這真是刻意選的日子呀。」相傳二月初二是軒轅黃帝出生的日子，又傳說這一日是天上主管雲雨之神龍王的抬頭之日，意味今後雨水就會多了起來，有利於耕種。這一天，皇宮、民間多會舉辦一些活動來祈禱風調雨順。

傅春道：「這麼說，楊山之死多半跟他丟失牙牌無關，很可能是被人有意滅了口。」又問道，「小沈，萬曆十七年東廠提督陳廠公在哪裡？」沈德符道：「當年陳廠公還沒有進司禮監，是在翊坤宮當管事太監。」魚寶寶道：「呀，難怪你們說當晚陳廠公見到刺客身上搜出的牙牌後神色大變，他肯定是知情者。」

薛素素道：「我們在這裡猜測來猜測去也不是辦法。不如想個法子，從陳廠公那裡問到究竟。」傅春道：「王兄已經幾次試探過了，這法子行不通。萬一被陳廠公察覺我們在調查這件事，怕是我們幾個都性命難保。」薛素素忽然急躁了起來，大聲道：「這也不行，那也不行，難道要去翊坤宮問鄭貴妃本人麼？」

正面面相覷之時，有校尉拍門求見王名世。

王名世急忙出來，問道：「是已經逮到戲班班主薛幻了麼？」校尉報道：「沒有。屬下們一直等在皇城門口，等戲班出宮時上前攔下，結果發現裡面沒有薛幻，才知道他得了急痧，疼痛難忍，早已經提前離開皇宮了。」

但我們立即趕去浙江會館，也沒有發現他的蹤跡。已經派人去請法司發出追捕榜文了。」

王名世大為驚異，問道：「薛幻是什麼時候離開皇宮的？」校尉道：「過了正午不久。那時我們還沒有接到千戶逮捕薛幻的命令呢，所以應該不是走漏了風聲，而是他真的得了急病。」王名世道：「好，你立即帶人到皇城附近的醫舖搜捕，將薛幻的頭像張貼在九門要道，務必要捉到他。」那校尉躬身領命，飛一般地去了。

再回到堂中，魚寶寶正說薛素素在勾欄胡同的宅子已經賣掉、婢女豆娘也放回家了，暫時無處可去，不如先接薛、齊二女到藤花別館同住，總比寄住在客棧要方便些。

沈德符聽了一愣，悶了半晌，才訕訕道：「我們這裡一屋子男人，怕是……怕是有些不方便。」薛素素登時羞紅了臉，冷笑道：「你們孤男寡女地在一起住了大半年了，還有什麼不方便的？」

沈德符「啊」了一聲，還待再問，薛素素卻一擰蛇腰，抬腳要走。傅春急忙示意齊景雲拉住她，婉言勸道：「素素別生氣，小沈根本就不知道寶寶是女兒身。」

沈德符瞪大眼睛，轉頭去看魚寶寶。魚寶寶紅了臉，忙舉袖掩面，衝出堂去。

王名世道：「我還有事，就先走了。如果傅兄願意，可以攜景雲姑娘搬去我那裡。」傅春道：「多謝。這事回頭再說。」送走王名世，又命齊景雲帶薛素素去自己房中歇息。

房中瞬間只剩沈德符和傅春二人。

沈德符道：「你……你早看出寶寶是女兒身了麼？」傅春：「是啊，我曾提示過你啊。冉駙馬挨打後來找你寫奏章，正好你我不在，只有寶寶一人在家。以她的好事性格，卻並沒有幫冉駙馬，以你的聰明，怎麼會想不到原因呢？」

沈德符這才恍然大悟，魚寶寶一定是擔心旁人從筆力上認出她是女子，也才明白為何她要平白放棄大好的鄉試機會，原來她本來就女扮男裝，冒名頂替。但即使事實擺在眼前，一時還是難以理解為何朝夕相處的好友突然變成了女子。

傅春道：「小沈，你別怪寶寶，她雖然對我們隱瞞了身分，但我看得出她是真心對你好。你還記得你被誣下獄後，她不顧自尊和面子，挨家挨戶去拜訪令尊昔日同僚麼？雖然是個笨得不能再笨的法子，卻能看得出她是多麼關心你。」沈德符道：「我當然不會忘記，你和寶寶都是我的救命恩人。」

傅春道：「嗯，但世上任何一種情感都不會是無緣無故的。你一直忘不了雪素，是因為你們一起長大，情若兄妹。素素喜歡于玉嘉，是因為他性格瀟灑，又一心一意愛素素，許諾給她一個美好的未來。那麼寶寶對你好的緣由是什麼呢？」沈德符茫然道：「我不知道啊。」

傅春道：「你以前當真不認得她？」沈德符道：「真的不認得。」

傅春道：「我們初次在國子監相遇時，寶寶就死纏爛打地賴上你，非要搬到藤花別館，你還記得吧？她雖然性格蠻橫，卻並不輕佻，不會毫無目的地住到一個陌生男子家中。」沈德符道：「你是說寶寶原先就認得我？可我之前根本就不認得她呀。」

傅春道：「會不會她跟雪素一樣，是你小時候的玩伴？只不過女大十八變，她長得你不認得了。」沈德符搖頭道：「我在京師長到十幾歲，玩伴都是一口京片子，寶寶卻是一口典型的姑蘇口音。」驀然想到了什麼，失聲道，「啊，莫非是她？」

傅春忙問道：「是誰？」沈德符道：「徐安生。」

傅春久在北方，從未聽過姑蘇才女徐安生的大名，忙問道：「徐安生又是誰？」沈德符道：「是我自小指腹為婚的未婚妻。難怪她叫魚寶寶，她本來說的是余寶寶，余是徐的半邊，寶是安的半邊。」

忽聽得有人在門邊冷冷道：「你到現在才猜到麼？這可不符合你見聞廣博的沈大才子名聲。」正是魚寶寶去而復返。

傅春知道這二人的命運自小便糾結在一起，旁人難以插入，忙道：「你們也算故人重逢，好好聊一聊。我去招呼景雲和素素。」匆匆掩門去了。

沈德符卻彷彿做了壞事被當場捉住的小孩子，極不好意思，好半晌才訕訕問道：「你……你真的就是徐安生？」魚寶寶哼了一聲，道：「我早說我姓余，名寶寶。」

沈德符婉言勸道：「安生，過去的事都已經過去了，你心中還是放不下麼？」魚寶寶反問道：「那麼你心中能放得下雪素麼？」沈德符見她臉色不善，吃了一驚，忙道：「你想要怎樣對付我都可以，盡可以打我、罵我，但是素素……素素她……」

魚寶寶怒氣更重，斥道：「沈德符，你別忘了，你秀水老家有妻有妾有子！你當年既然為了這個女人不肯娶我，為何後來又要娶你現在的妻子？你娶了妻子，為何重返京師後又要去追薛素素？她真的就是當年的雪素麼？還是只是你心中希望素素就是雪素？你根本就是個薄情寡義、三心二意的男子，難怪當年雪素要離開你，現在也不肯接受你。你看看人家傅春，可比你強多了。」

沈德符一時愕然，不能回答。

---

1 辛愛：後改名黃台吉，又改名乞慶哈。

2 壬寅宮變：明世宗朱厚熜聽信道士之言，為了長壽，開始大量服用丹藥。年輕的宮女不但被用於採補，而且被用來煉藥，許多宮女被催逼月經，用來提煉內丹。王世貞《宮詞》中所說「只緣身作延年藥」，就是很形象的說明。但對宮女們而言，這種摧殘和侮辱已經超過了人所能忍受的極限。

嘉靖二十五年（一五四六年），楊金英等十餘名宮女因不滿明世宗暴行，趁皇帝在乾清宮西暖閣睡覺時，用繩子套住他頸部，欲將其勒死，但因慌亂最終失敗，楊金英等十餘名宮女被凌遲處死；此即轟動一時的宮婢案，史稱「壬寅宮變」。此後明世宗搬到西苑居住，終身沒有回到大內。

3 倭國：明人對日本的稱呼。古人認為水晶是千年寒冰化成，當時公認倭國水晶為天下第一。

【卷九】江湖心量

許多人都認為真正作此妖書的另有其人。就連急於結案的內閣大臣沈一貫、朱賡事後都稱有關證據「空洞繁言，含糊難明，無足推求事實」。他們認為〈續憂危竑議〉一文論述深刻，非得熟悉宮廷內幕及官場上層動態，非朝廷大臣不能為。

順天府除名生員皦生光作為妖書案嫌犯被捕後，隨著一連串證據和證人浮出水面，聲名不佳的他被認定是妖書案的作者兼主謀，因而受到了嚴刑拷打。但皦生光只承認以前刻書詐騙的事實，對「妖書」一事拒不供認。於是錦衣衛將其妻妾、兒子皦其篇及刻字匠人徐承惠等人一起緝捕入獄，當著皦生光的面施以酷刑，皦生光仍然不肯招認。

沒有主犯認罪的供詞，案子無論如何也不能了結。萬曆皇帝心中也盼著早日結束這場風波，聽說捉住了真凶，如獲至寶，忙下了一道聖旨，稱只要皦生光招認罪名及招出同謀，便饒了家屬，若仍不招，家屬一個也不饒。皦氏家人跪聽聖旨後，都哭著哀求皦生光從實招認，但皦生光仍然不受誘惑，拒不承認。

首輔沈一貫不欲此事再繼續鬧大，命人當著皦生光的面拷打其家人。其妻子、小妾、兒子都戴著重枷，被刑吏用粗針刺進十指，哀號連天。參與會審的御史沈裕厲聲道：「恐株連多人，無所歸獄。」皦生光受到誘供，又不堪忍受家人受苦，承認是自己對朝廷不滿，一手炮製了妖書，供詞如下——本人被革去秀才功名，懷疑是皇親鄭家指使，意圖報復。在刻了「妖詩」及〈岸遊稿〉以後，再刻〈國本攸關〉，命子連夜散發，以為皇親鄭家定有不測之禍，可報大冤。

皦生光的兒子皦其篇才只有十歲，在供狀中成了散布妖書的主犯。

主審的刑部尚書蕭大亨知道萬曆因此案對前禮部侍郎郭正域不滿，想借此討好皇帝，還想把妖書案往郭正域身上引，強迫皦生光供說妖書是受郭正域指使。這個幾乎人人切齒痛恨的大騙子卻在關鍵時候表現出傲人的骨氣，忍刑輾轉，圓睜雙眼，破口大罵：「死則死耳，千刀萬剮，我一人承擔。奈何教我逢迎沈一貫沈相公意旨，妄引郭侍郎呢？」

沈一貫聽說皦生光在公堂上當眾稱是自己要牽連郭正域後，不由得膽顫心驚，急忙命蕭大亨儘快結案，不要再隨意牽連他人。

妖書案的最後結果，主謀皦生光被判斬首。卷宗報上去後，萬曆皇帝認為論斬太輕，親筆批示處皦生光磔刑，即凌遲之後再梟首示眾，不等秋決，即刻處死，理由是——「生光捏造妖書，離間天性，謀危社稷。」這顯然是皇帝痛恨妖書的廣泛影響，想借皦生光殺一儆百，讓後人再不敢在國本之爭和鄭貴妃的問題上說三道四。皦生光妻子趙氏則被發配邊疆充軍，所面臨荼毒命運不比死強多少。其妾、其子皦其篇、刻字匠徐承惠均因服刑過度瘐死在東廠獄中。

妖書案虎頭蛇尾，最終不得不草草了結，實是無奈中的上策。

然而，風波並沒有因為皦生光的被殺而平息。許多人都認為皦生光是朝廷黨爭的替罪羊，只是被屈打成招，真正作此妖書的另有其人。就連急於結案的內閣大臣沈一貫、朱賡都不相信皦生光是妖書作者，事後稱有關證據「空洞繁言，含糊難明，無足推求事實」。他們認為〈續憂危竑議〉一文論述深刻，非得熟悉宮廷內幕及官場上層動態，非朝廷大臣不能為，像皦生光這樣的落魄秀才絕對沒有這樣的能耐。

謠言還在繼續。有人說，妖書的主謀是浙黨首領沈一貫，想借此事件打擊郭正域等東林黨人。也有人說，主謀是東林黨人，所以才有意將沈一貫、朱賡等宿敵的名字列在妖書上。一時間，揣度推測妖書主謀竟成了京城最熱門的話題，雪泥鴻爪或吉光片羽，都會被說得煞有其事，真真假假，假假真真，越發製造出種種謎團來。

皦生光被處極刑當日，全城轟動，畢竟凌遲之刑不是輕易能見到。黎明時分，皦生光在刑部公差的押解下，來到京城西市甘石橋下四牌樓刑場。當時尚空無一人，只有一些工匠在西牌坊下搭建臨時的監斬臺。明代慣例，殺在東而剮在西。過了一會兒，行刑的劊子手們來到刑場，每人手提一個小筐，筐裡裝滿了鐵鉤和利刃。又過了一會兒，刑場已是人山人海，就連屋頂上都擠滿黑壓壓的看熱鬧人群。

皦生光光頭裸足，被人架坐在一個大籮筐裡，抬到刑場。隨即有官員到場宣讀聖旨，但因人聲鼎沸，聽不太清楚。聖旨讀完後，劊子手同聲應和，聲響如雷，令旁觀者不寒而慄。

炮聲響後，行刑開始。凡是淩遲處死的，按例要殺三千三百五十七刀，即所謂千刀萬剮，每十刀一歇一吆喝，最後一刀才是斬首。行刑時在旁邊架一丫形木杆，挖出肝腑後放在上面示眾。期間，不斷有手持小紅旗的錦衣衛校尉疾馳而去，趕赴大內報告所剮刀數。

呼叫中，血雨中，人們全都變得瘋狂，眼前的一切似乎已不再真實。唯一真實的，只有死亡。皦生光身上的肉一片一片地被劊子手割下來，最終寸寸臠割致死，只剩下一副血肉模糊的骨架，望而心寒。

沈德符、傅春二人並沒有去瞧熱鬧，而是躲在家中，將房門關得嚴嚴實實，一整天都沒有出來。

魚寶寶很是好奇，很想知道二人在房中議論什麼，但她是沈德符未婚妻子徐安生的身分被揭穿後，雖然沒有就此離開，但行事已不再像以前那樣無所顧忌，也不好意思直闖進去，便推齊景雲道：「你去看看他們兩個大男人到底在說什麼？這麼神祕，居然不讓我們三個參與。」

齊景雲遲疑道：「這個不好吧？」薛素素道：「或許不是我們想的那樣，跟我們查的事情無關，而是關於寶寶你的，所以他們才不想讓我們聽見。」魚寶寶越發好奇，道：「哼，不讓我聽，我便要去聽。」悄悄溜出房去，摸到堂前窗下，附耳聆聽。

堂中的沈、傅二人卻並沒有在交談，而是相對而坐，良久無言。還是沈德符先道：「到底是什麼事，一定要等王名世來才說？今日是皦生光行刑之日，他是錦衣衛千戶，多半在刑場執行公務，一時難以走開。」傅春「蹭」地站起身來，道：「這正是我要當面問他的，他如何能親眼看見一個無辜的人在他面前被一刀一刀地割死？」

沈德符嚇了一跳，道：「你發這麼大火做什麼？雖然很多人議論皦生光只是替罪羊，但他的確做過不少壞事，說不上無辜。」傅春道：「嗯，你可以這麼說，但王名世不可以，他沒有資格。這些話我本來是不想說的，可是我今天聽到他居然要去刑場監斬皦生光，我實在忍不住了。」

沈德符道：「到底出了什麼事？」傅春道：「你還想不到麼？王名世才是真正跟妖書有關的人。」

沈德符全然不能相信，驚訝問道：「你是說王名世麼？這怎麼可能？」傅春道：「要證據是吧，好，我給你證據。〈續憂危竑議〉上總共提了十餘人的名字，除了化名鄭福成外，其餘人都被指為鄭貴妃黨羽，包括皇帝、鄭貴妃本人。這些人都不冤枉，只有一個人例外。準確地說，應該是兩個人例外——錦衣衛千戶王名世和東廠提督陳矩。」

沈德符道：「陳廠公執掌司禮監和東廠後，為人還算正義，做了一些好事，但他的確是出自翊坤宮，原是鄭貴妃身邊的心腹太監。至於王兄的名字也在妖書上，確實有些奇怪，但他是陳廠公的心腹，是東廠派駐錦衣衛的千戶，既然陳廠公都被列上了，提到他也不足為奇。」

傅春道：「如果說王名世列名妖書還不足為奇，那麼，他與其他三名錦衣衛官員聯名告發北鎮撫司鎮撫周嘉慶是妖書作者，就相當可疑了。任誰都知道，這封彈劾跟錢夢皋彈劾郭正域郭侍郎一樣，都沒有任何證據，也就是說，這是傾陷同僚的手段。別的人也就罷了，王名世可實在不像會做這件事的人。」

沈德符道：「以王兄為人自然不會，可當時的局面是錦衣衛官員聯名彈劾，他如果不署名，於情面上過不去。小傅，我明白你的暗示，不管怎麼說，王名世不可能與妖書有關係。」傅春道：「王名世也許跟妖書沒關係，但卻是跟他有關係的人製造了這封妖書。」

沈德符登時一驚，道：「你說什麼？」傅春道：「你不相信麼？那我再提醒你一點，為什麼周嘉慶會被告發是妖書作者呢？那是因為五大錦衣衛官員中，只有他的名字不在妖書上。但其實他比王名世更像鄭貴妃一黨，為什麼偏偏書中沒有他呢？這顯然是有人故意針對他，就跟妖書故意落款吏科都給事中項應祥和四川道御史喬應甲一樣，而且此舉比真名實姓地指出更為高明。」

沈德符仔細回想了一遍事情經過，不得不承認傅春的分析的確有道理，不由得開始半信半疑起來。

傅春道：「我猜這妖書的真實目的就在於報復周嘉慶。你也看到他的下場，全家不分老幼被逮到東廠，受盡酷刑折磨，完全沒了人樣。就連他那位高權重的岳父吏部尚書李戴也受到牽累，被罷官去職。現在雖然認定皦生光才是主謀，但周嘉慶也被削籍為民，再沒有為非作歹的可能。」

沈德符道：「如果真像你分析的那樣，嫌疑人可就是人山人海了。周嘉慶掌管北鎮撫司多年，手段毒辣，得罪的人多如牛毛。」驀然間明白了傅春的暗示——周嘉慶仇家雖多，但跟王名世有關的卻只有一個，那就是馮琦的侍妾夏瀟湘。

當初禮部尚書馮琦意外中毒身亡，沈德符和夏瀟湘被認為是嫌犯，逮下詔獄。沈德符因為有朋友及時照應，倒沒有吃多少苦頭，夏瀟湘卻是鐐銬加身，後來又在公堂上遭受「琵琶」酷刑，以致當堂小產。雖然後來查明那是因為她早先喝了兒子馮士楷下在玉杯中的打胎藥之故，但又有誰會將過失怪在一個小孩子頭上呢，這筆帳自然還是要算在下令動用酷刑的鎮撫周嘉慶身上。後來夏瀟湘雖然被釋放回家，但從此變得癡癡傻傻，連自己的兒子都認不出來，最終發瘋上吊自殺。這又是誰的過錯呢？知道真相內幕的人當然不會像坊間無知小民那樣怪罪馮夫人姜敏，要怪就只能怪周嘉慶了。夏瀟湘已死，當然不可能再向仇人報復，但馮府卻還有孤兒寡母，馮夫人姜敏可絕對是個無人敢輕易招惹的人物。

還有一層傅春沒有直言的因素——明眼人都知道，此次妖書案只是昔日國本之爭的延續，〈續憂危竑議〉中提及一堆官員，最終針對的其實只是鄭貴妃一人。之前沈德符等人已從種種事情經過中推測出，前禮部尚書馮琦可能是為鄭貴妃所毒害，姜敏得知後不發一言，但心中未必沒有大起波瀾。

也就是說，妖書一出，立即成功將北鎮撫司鎮撫周嘉慶扳倒，也將鄭貴妃置於波濤洶湧的浪尖，令她的兒子離儲君之位又遠了一步——萬曆皇帝為平息事態，不得不出面表示沒有廢長立，並召皇太子朱常洛到啟祥宮前殿當面安撫他，表示絕無易儲之意。

難道，妖書的真正作者就是姜敏？她的確有那個魄力，也有寫出那篇〈續憂危竑議〉的才氣。

沈德符喃喃道：「這可實在想不到……實在想不到……」嘴上雖然還是半信半疑的語氣，心中分明已經認可傅春的分析。那麼，他是該去找王名世、姜敏當面對質，還是就此隱瞞真相、如石沉大海呢？要做出選擇，實在不容易。

忽聽見門外王名世的聲音道：「你們在做什麼？」

傅春聞聲忙去開門，卻是王名世發現了魚寶寶、薛素素二人在窗下偷聽。

適才傅春慷慨激動，聲音甚大，魚寶寶早已聽得一清二楚，轉身見到王名世金黃色的飛魚服上似有點點血跡，驀然一陣心驚，駭然問道：「那是皦生光的血麼？」

王名世不明所以，問道：「什麼？」魚寶寶道：「明明是你姨母馮夫人寫了妖書，皦生光是代你們受過，你怎麼還能做到親眼去刑場觀刑？真是個冷酷無情的人。」

傅春這才知道對話被外面的人聽到，很是生氣，道：「寶寶，你怎麼可以偷聽我和小沈說話？」魚寶寶冷笑道：「怎麼，你們信得過這個冷血的錦衣衛千戶，卻信不過我麼？」

傅春道：「不是這個意思，是這件事牽涉到馮夫人……」忽見薛素素正轉身朝大門走去，忙叫道，「素素，你要去哪裡？」薛素素頭也不回地答道：「我回一趟勾欄胡同。」

王名世卻在一剎那結束了莫名驚詫的表情，會意過來，轉身追上薛素素，將她拉住。薛素素會些武藝，不甘心就範，舉膝便朝王名世腹部踢去，卻被對方避開，乘勢捉住雙臂，反擰過來。

薛素素怒斥道：「你做什麼？」王名世道：「素素，情非得已，得罪莫怪。」解下褲帶，反綁了薛素素雙手，將她推進柴房，找到一條繩索，強迫她坐下，將她圈縛在柱子上。薛素素憤怒之極，破口大罵不止，王名世便乾脆撕下她的一片衣襟，塞住了她的嘴。

眾人在一旁瞧得目瞪口呆，沈德符還想要阻止，卻被傅春拉住，道：「素素是想趕去官府告發王兄和馮夫人。她只一心想報仇，不知道其中厲害，再揭開妖書案的蓋子只是自尋死路，王兄其實是為他好。」

王名世綑好薛素素，這才掩好柴門出來，正色道：「你們懷疑我，無非是因為我名列妖書，又與同僚一齊告發了北鎮撫司鎮撫周嘉慶。你們信也好，不信也好，我只是奉命行事，對妖書一無所知。」

傅春道：「王兄直言不諱，我們當然信得過你的話。」沈德符道：「那現下要怎麼辦？素素性情剛烈，矢志復仇，即使知道不是真的，怕是也不會放過這次詆毀馮氏的機會。可我們也不能就這樣一直綁著她。」

王名世道：「眼下天色已晚，來不及出城。明日一早我帶你們和素素到西山見我姨母，當面問清楚妖書是不是她所寫。」魚寶寶拍掌道：「好，君子坦蕩蕩，就該這麼做。」王名世道：「我不是君子，我實話告訴你們，是我有意挑撥錦衣衛同僚懷疑周嘉慶。」

魚寶寶道：「是因為周嘉慶動用酷刑拷打了夏瀟湘，導致她小產麼？也是活該，讓周嘉慶自己嘗嘗那些酷刑的滋味。」王名世道：「公堂上用刑是家常便飯，雖然周嘉慶用刑是二大人小產的原因之一，但其實也怪不得他。我陷害他，是因為他對二夫人無禮。」

原來，當日沈德符和夏瀟湘被誣下詔獄的半夜，夏瀟湘即被吏卒拖了出來，卸掉身上的刑具，剝光衣服，反綁了雙手，蒙住雙眼和嘴巴，用毯子裹了，抬到一間空房中，那裡早有人等著，二話不說就撲上來姦污了她，一直折騰了她大半個時辰，這才心滿意足地離開。詔獄中關押的多是獲罪的官員，女囚極少，像夏瀟湘這般姿色的女犯更是罕見。尤其她還是堂堂禮部尚書的眷屬，這身分就足以令人垂涎。她被押進來錦衣衛官署時，梨花帶雨，楚楚可憐，哀戚中別有一份我見猶憐的韻味，早被人暗中盯上，所以才有半夜的一幕。既然有人開了頭，她就免不了繼續遭受被蹂躪的命運。被抬回詔獄後，當晚當值的吏卒一擁而上，將夏瀟湘按倒在地，各自快活一番，直到天亮時才給她穿好衣服，戴上全副刑具，拖回囚室。一般進來詔獄者十死八九，即使遇到大赦出去不是削籍為民，就是遣戍邊疆。哪知道夏瀟湘命大，被控毒殺親夫的罪名還能脫罪。馮琦雖死，馮氏勢力卻還在，姦污過她的人不免擔心她說出真相，虧得她後來變成了傻子，連自己的兒子也認不出來，這才放下心來。

哪裡知道世上沒有不透風的牆。王名世到詔獄追索夏瀟湘隨身佩帶的萬玉山房暗格的鑰匙時，聽禁婆「無意中」提到此事。雖然女囚被牢子侮辱之類的事司空見慣，像建文朝名臣黃子澄獲罪後，妻子女兒每晚被幾十條大漢輪流姦污，死後屍體還被拖出去餵狗。但這種事一旦發生在跟自己有關係的人身上，還是覺得不能容忍。王名世遂暗中調查，最終發現罪魁禍首原來是北鎮撫司鎮撫周嘉慶，聯想到他在公堂上的道貌岸然，幾欲作嘔。正好這次妖書事件，書中五大錦衣衛官員四人榜上有名，偏偏內中沒有周嘉慶，王名世覺得這是個報復的好機會，稍微用言語挑撥，錦衣衛長官王之楨便立即認定周嘉慶有嫌疑，於是下令四人上告，輕而易舉地整垮了不可一世的周鎮撫。

眾人聽王名世講述了事情經過均感慨萬分，卻又不知道該說些什麼才好——既不能附和他做得對，也不能說他做得不對。

人生對夏瀟湘而言可謂極富戲劇性，她因為得到馮老夫人意外垂憐而進入馮府為婢女，又因為馮老夫人賞識而成為禮部尚書馮琦的侍妾，更因為先後生下兩個兒子得到了馮琦的寵愛。到達她一生頂峰之時，卻驀然峰迴路轉，急轉直下——入詔獄，被姦淫，受酷刑，當堂小產，即使被釋放回家，還是發了瘋，最終上吊而死。這是她的命，還是她的運？

還是王名世打破了沉默，道：「沈兄，我今晚要留在這裡。」沈德符知道他不放心薛素素，便道：「好，那就委屈王兄一下，今晚睡我的書房吧。」

自從薛素素和齊景雲搬來藤花別館後，這座本來寬裕的四合院突然有些擁擠了起來。魚寶寶、薛素素、齊景雲三女住了西廂房；傅春搬去東廂房和老僕住；沈德符是主人，還是住他的正屋；但今晚王名世若要留宿，就得將書房騰出來了，好在那裡面有一張碩大的羅漢床，可坐可臥，正好可以派上用場。

晚飯時，眾人無不心事重重，各自覺得對薛素素懷有愧意，誰也不敢主動提起要替她送飯。最後還是齊景雲道：「我去吧。」傅春知道齊景雲心腸極軟，又與薛素素有姐妹之情，擔心情人就此放走了她，忙放下筷子，道：「我和你一起去。」

等二人提了食盒出去，魚寶寶小心翼翼地問道：「如果……我是說如果真的是馮夫人……我們要怎麼辦？」王名世道：「你一向主意最多，你說怎麼辦？」魚寶寶想不到他會主動徵詢自己意見，呆了一呆，才道：「這個……我也不知道該怎麼辦。小沈，你說呢？」

沈德符道：「我們沈家跟馮家是世交，無論如何，我都不希望馮伯母和馮家人出事。我們這些人中，傅春心最細，又有超凡的膽略，不如等他回來再商量一下。」

魚寶寶歎道：「其實要解決這件事，跟馮夫人有沒有寫過妖書無關。不管她是不是所謂的背後主謀，以素素的性格，都會立即趕去官府告發的，她心中一直放不下于玉嘉被馮尚書杖死之事。現在外面都在傳皦生光只是個替死鬼，你和小傅提到的那些間接證據，便足以將皇上的懷疑視線引向馮夫人。即使皇上不像之前那樣大張旗鼓地追查，也一定不會輕易放過馮夫人，只須找些其他罪名就可以了。當然，素素自己也難逃此劫，必然要被滅口。但她本來就是魚死網破的剛烈性子，火氣上頭就什麼也不顧了。」

沈德符道：「我也覺得這件事的關鍵在於素素的態度。不如這樣，我們今晚輪番去勸她，看能不能勸得她回心轉意。」

過了一刻工夫，傅春和齊景雲提著食盒進來，臉色陰沉，顯然沒有從薛素素那裡得到好臉色。但食盒中的飯菜卻吃得乾乾淨淨，令人驚訝。

魚寶寶道：「素素全吃了？」齊景雲道：「嗯，她倒是肯吃飯，只是不願意跟我們多說話。」沈德符便說了欲分頭去勸薛素素改變主意。傅春道：「也只好這樣了。不過我和景雲不能再去了，適才我剛取出素素口中的衣襟，她就怒罵了我們一通，聲明自此與景雲絕交。」沈德符聽了不免躊躇。

魚寶寶自告奮勇地道：「那我先去打頭陣。」不一會兒，便沮喪地回來，無可奈何地搖了搖頭，道：「她只要見小沈一人。」

沈德符倒也不覺得意外，略一遲疑，即站起身，往柴房而去。

王名世道：「還有一件事要告訴你們，戲班班主薛幻一直沒能找到，看來是得知風聲逃走了。」魚寶寶道：「那件事你辦得太急躁了，薛幻出皇宮是為了看病，你立即派人到處搜捕，張貼他的告示，他看到後當然就逃走了。其實你當時只要派人靜悄悄地守在浙江會館，就可以來個請君入甕。」

自從她真實身分暴露後，不好意思再像從前那樣肆意跟沈德符抬槓，改而數落王名世。王名世倒也不以為意，繼續道：「不僅如此，傳教士利瑪竇的僕人阿元也在當日失蹤了。我得知消息後，這才想到阿元原先是薛家戲班的人，薛幻特意將他薦給了利瑪竇做僕從。我今日特意去利瑪竇家中看了一眼，阿元住的耳房牆壁上開了一個小孔，正好可以看到隔壁趙中舍院中動靜。」

魚寶寶道：「啊，難怪我們當日去找趙先生時，阿元趕過來告知趙先生因為毛尚文的事去了通州，原來他一直在暗中監視隔壁。這個阿元，一定是薛幻派他去的，他們的目的也是火器圖。」

傅春道：「如果是這樣，他們會不會跟當日與我交手的女真人、還有毛尚文是一夥呢？」王名世道：「應該不是。毛尚文為女真人效力是確認無疑的事，他既已成功混入趙府當管家，女真人又何須多此一舉在隔壁派個探子呢？薛幻和阿元應該是韃靼或瓦剌人那一方的人。」又問道，「傅兄與薛幻素有交情，他還送過珍貴的蒙古刻刀給你，你竟是絲毫沒有瞧出端倪麼？」

傅春不好意思地道：「抱歉得緊，我和薛班主有交情完全是因為景雲愛聽戲。薛幻雖然是蒙古人，卻是在中原長大，祖輩盡為本朝高官，誰能想得到他竟然是韃靼奸細。」

又議論了一會兒，沈德符匆匆進來，道：「我已經勸過素素，她答應明日見到馮伯母之前不再惹事。不如……不如我們先放了她，讓她回房睡覺，好不好？」魚寶寶先道：「好啊，這不正是我們所希望的嗎？」

王名世和傅春卻沉默不語。沈德符忙道：「我……我可以用我的名義擔保，她絕不會亂來的。」

魚寶寶道：「素素都說了在明日見到馮夫人之前不會惹事啦。況且她跟景雲住一個房間，又能跑到哪裡去。我也會幫忙看著她的。就這麼決定了。景雲，走，我們去接素素回房。」也不等眾人同意，便拉著齊景雲往柴房而去。

王名世道：「素素不是個輕易服軟的人。沈兄，她刻意找你……」傅春忙道：「算了，大家各自退一步，我們這麼多人，還看不住一個弱女子麼？去睡吧。」各自散去。

魚寶寶和齊景雲到柴房放了薛素素，一起回房。薛素素已然平靜許多，但也沒有什麼話說，遂各自洗漱上床。這一夜，藤花別館中，不論男女，人人輾轉反側，難以入睡，但居然沒有任何事情發生。

次日一早，眾人簡略吃過早飯，便準備啟程去西山。王名世不願穿那身惹人注意的飛魚服，特意向沈德符借了身衣服換上。

雖然路途不近，好在連日豔陽高照，雪大多化去。尤其從西直門通往西山、玉泉山的道路是要道，供應皇宮用水的水車每日都要走上好幾遍，大路的路面特意鋪著碎石子和煤渣，又有京營軍士清掃積雪，路面已然可以行車，交通便利。沈德符雇了兩輛大車，自己和王名世、傅春乘坐一輛，魚寶寶和薛素素坐一輛，一前一後，出西直門往西山而來。

西山是西郊連綿山脈的總稱，是太行山的一支餘脈。這一帶既有高聳山勢，又有流泉飛瀑，林木蒼翠，風光秀麗，有山水之樂，是公認的寶地。自遼代以來，眾多帝王和權貴爭相在此興建規模宏大的皇家園林和私人別墅。金朝皇帝金章宗曾在全國徵召造園大師和工匠，在西山興建八大水院，作為他遊西山時駐蹕的行宮。

到了元、明兩代，北京西北郊營建園林的風潮更是熱火朝天。當今慈聖太后生父武清侯李偉在西郊修建了號稱「京國第一名園」的清華園，與董其昌齊名的書畫家米萬鍾亦在清華園附近修建了勺園。

米萬鍾是北宋書法名家米芾後裔，萬曆二十三年進士，自幼勤奮好學，畢生手不釋卷，博才多藝，不僅詩文翰墨馳譽天下，而且在石刻、琴瑟、篆隸、棋藝、繪畫以及造園藝術等方面均有極高造詣。勺園臨水而建，借遠山近水之意，其選址、建築、景觀、布局、匾額、楹聯等無不風雅精妙，氣勢浩瀚，處處體現出主人深厚的文化底蘊，因而勺園能夠後來居上，名氣遠在清華園之上。京都達官顯貴、文人墨客均酷愛到勺園遊覽，對米氏移情寄興的自我個性和人格讚賞不已，當時有詩如此讚譽勺園——「才辭帝里入風煙，處處亭臺鏡裡天。夢到江南深樹底，吳兒歌板放秋船。」雖不敢公然與清華園並稱，但已是名副其實的京師第一名園。

過了清華園和勺園，就是名聞遐邇的玉泉山。玉泉山在萬壽山之西，山上有三個石洞——一在山西南，下面有泉，噴躍而出，雪湧濤翻，深淺莫測；一在山南，泉水流出，鳴若雜佩，色如素練，泓澂百頃，鑒形萬象，莫可擬極；一在山根，有泉湧出，澄潔似玉，其味甘冽。因其山泉逶迤曲折，蜿蜿然其流若虹，故稱「玉泉垂虹」，號稱天下第一泉。山以泉名，故名玉泉，是著名的燕京八景之一。這裡也是金代皇帝在京郊經營的主要皇家園林，其中的「芙蓉殿」曾是金章宗最大的行宮。元代時，引玉泉諸水注入昆明湖，沿金水河流入大都，作為宮城專用水源，一直沿襲到明代。

但即使有活水引入紫禁城，皇宮的飲用水還是靠專用水車運送，必經之門西直門也有了「水門」的別稱。因而玉泉山的玉泉不僅是天下第一泉，還是天下第一御泉，旁人只能遠觀而不能靠近。

過了玉泉山就是香山，燕京八景之一「西山霽雪」即指這一帶。據說某日金章宗自香山觀雪歸來，剛回到皇宮，忽然見到雪後天晴，便登高遠眺——但見地展雄藩，天開圖畫，山巒玉列，峰嶺瓊聯，旭日照輝，紅霞映雪，青石玉瓊，一派銀裝素裹，備極壯麗；龍心大悅，隨口吟誦道「西山象屏江山固，積雪潤澤社稷興」，皇帝開了金口，群臣立即附會吹捧；更有善鼓噪者，將此概括為「西山積雪」散播開去。「西山積雪」遂成香山冬景的代稱，元時改為「西山晴雪」，明時又改稱「西山霽雪」。

此時，香山上的積雪未化，白雪皚皚，綿延無際，千岩萬壑，凝華積素，宛然圖畫，果然是名不虛傳的美景美色。

馮氏別墅便位於香山腳下。雖然並沒有人催促馮家搬離禮部尚書府，但在夏瀟湘死後，馮夫人姜敏還是力主搬出公宅，舉家遷到這處別宅，倒也由此避開京師的種種流言和是非。

王名世等五人進來時，姜敏和嗣子馮士傑正陪著父親老太醫姜嵐登樓賞雪，料想眾人聯袂而來，來意非善，本待不見。姜嵐聽到沈德符的名字，忙問道：「那是沈北門的長子麼？」忙呼叫僕人領進來。

沈德符父親沈自邠病重時，曾請姜嵐診治，沈德符一眼就認了出來，忙上前跪倒，行參拜大禮。姜嵐命馮士傑扶起他，歎息道：「世事真是無常啊，老夫朽腐入土之際，居然還能親眼看到沈北門的兒子。」

他是老太醫，精通望聞問切之術，見訪客甚多，有男有女，各自表情詭異，料來必有大事，便道：「士傑，扶我下去，讓你母親會客。」馮士傑應了一聲，上前扶了外祖父，蹣跚著下樓去了。

王名世忙上前見禮，稟報道：「還沒有士楷的下落。」夏瀟湘下葬之後，其子馮士楷忽然莫名失蹤，到處都找不到。後來僕人在他房中發現一封信，聲稱要離家出走。他才是一個不滿五歲的孩子，如何能讓人放心得下？姜敏報了官，王名世也派了東廠番子打探，卻始終沒有消息。

姜敏只點點頭，又問道：「你們這麼多人一起來，應該不只是為了這件事吧？」王名世道：「這個……」

薛素素上前一步，道：「我看馮夫人也是爽直性子，我就不婆婆媽媽了。我們今日趕來西山，是要當面問馮夫人一個問題，是不是你炮製了那份〈續憂危竑議〉，也就是人們口中所稱的妖書？」

姜敏驚訝地上挑了一下眼皮，這個極細微的表情之於一貫冷靜的她頗為明顯，尤其在眾目睽睽之下。她隨即皺起眉頭，道：「你是戲班的那個武旦，我記得你。聽說你其實是人間白鶴的女兒，就是你潛入萬玉山房盜走了暗格裡面的東西。」薛素素道：「不錯，是我做的。暗格中的牙牌本來就是我娘親交給沈伯父保管的，我只是取回來。」

姜敏道：「但你一開始圖謀盜竊時，應該不知道暗格裡面的東西就是牙牌吧？」薛素素倒也爽快，直認不諱：「我確實不知道，我本來的目的就是想找到馮琦見不得人的隱密，然後讓你們馮家身敗名裂。馮夫人，請你不要再顧左右而言他了，你是不是妖書案的主謀？」

姜敏道：「這可是很重的罪名，你憑什麼這麼說？」薛素素道：「妖書案起時，是在貴府二夫人夏瀟湘上吊自殺後不久，當時京師關於夫人你的謠言滿天飛，但妖書一出來，立即扭轉了局面，再沒有人關心你那點逼死侍妾、逼走庶子的爛事。其實，你才是妖書案最大的得利者。許多人說這案子源自東林黨和浙黨黨爭，但而今結果如何——東林黨的郭正域郭侍郎還是被免職回鄉；浙黨的沈一貫沈閣老受到朝臣爭相彈劾，去位罷職是遲早之事。沒有一個人從中得到好處，只有你從中漁利，非但轉移了大眾視線，還將你的殺夫仇人鄭貴妃置於風口浪尖，讓她再沒有做皇太后的可能。」

姜敏極為驚奇，不由得轉頭去看沈德符。薛素素道：「你不要怪沈公子，不是他告訴我的。傅春從來不瞞景雲任何事，景雲也不瞞我任何事。你們全都可以放心，我從來沒有對任何人說過。」

姜敏沉默許久，道：「你們這麼多人陪著素素姑娘一起來，是不是心中也都認為我是妖書主謀？」王名世忙道：「這是他們幾個的看法，名世從來沒有這樣想過。」

姜敏道：「好，到底是我的外甥。素素姑娘快人快語，我也就直接回答了。第一，我很感謝你們當面來質問我，而不是背地裡偷偷摸摸到官府告密。其次，我要告訴你們，我跟妖書一點關係也沒有。」薛素素卻還是敵意極盛，道：「我們憑什麼相信你？」沈德符生怕姜敏發窘，忙道：「素素，不可對馮伯母無禮。」

姜敏道：「不要緊。我看得出素素姑娘是個講道理的人，那麼我就來一一解答你的疑問。你說的第一點好處，妖書一出，確實立即成了眾所矚目的中心，這點沒錯，但於我卻沒有利益。人們再提起我姜敏的名字時，還會是那個如何如何的人。也就是說，妖書案並沒有從本質上改變人們對我的看法，它只是暫時轉移了人們的視線。素素姑娘，請你告訴我，如果換作你是我，是不是完全可以想到更高明的法子來挽回自己的聲譽？」她的質問非常高明，薛素素當即語塞，無言以對。

姜敏道：「你說的第二點好處，就是我借妖書坑害了鄭貴妃，讓她再也不可能令皇上轉變心意易立太子。我要告訴你，包括你們幾個，其實很早之前，我就已經知道毒死老爺的真凶是誰，而且並不是鄭貴妃。」

眾人這才真真正正大吃一驚，簡直比聽到姜敏自承炮製妖書還要意外。

魚寶寶最性急，連聲問道：「是誰？是誰？」

姜敏卻不回答，自顧自地道：「家父致仕前是太醫院太醫，專門為太后、皇上及有頭臉的嬪妃、宦官治病，我本人也常常出入宮廷，多少與一些宮人熟識。你們查出是鄭貴妃毒害了老爺後，我也暗中託人打聽了一下，正如我之前所說，就算鄭貴妃是凶手，我也不能如何報復她，我只是不想恨錯人。」明代律例明文規定──「宮嬪以下有病，醫者不得入，以證取藥。」宮嬪都是這種待遇，宮女更不必說。一般宮人得病，便要被發配到欞星門北面的內安樂堂，自生自滅，病好的才能出來，病重的則送浣衣局等死。所以像姜敏這樣有醫術又時常有機會入宮的誥命夫人，是最受宮人喜愛的，爭相討好都來不及。她若出面託付宮人打聽宮廷祕事，也不過是舉手之勞。

魚寶寶催問道：「夫人到底打聽到什麼？」姜敏道：「正如你們幾個所推測的那樣，當日皇上召老爺進宮，名義上是商議福王婚事，其實只是個藉口。」

原來，萬曆皇帝聽說馮琦在家中壽宴上遇刺後，很是關心，特意召司禮監掌印陳矩詢問了經過。不知怎的，皇帝忽然很同情這位為家事苦惱的禮部尚書，其實兩個人的情形頗為相像──都是正室夫人沒有子嗣，都是偏愛的侍妾和侍妾之子因為非長非嫡，不能取得該有的地位，同病相憐。鄭貴妃聽說後，便慫恿皇帝召見馮琦，想以感同身受來打動馮琦。馮琦是禮部尚書，只要他帶頭上書請立鄭貴妃為皇后，事情就成功了一大半。哪知道馮琦到啟祥宮見駕後，無論皇帝如何暗示，他就是不接話茬兒。躲在珠簾後面偷聽的鄭貴妃忍不住衝了出來，正要明說之際，太后李彩鳳忽然衝了進來。李太后不知如何知道了禮部尚書進宮商議福王婚事的消息，匆忙趕了過來。萬曆皇帝的真實意圖遂被打斷，只好裝模作樣地議論起福王的婚事。

快到正午時，馮琦稱已經瞭解太后、皇帝和貴妃對福王婚禮的期望，會儘快擬一份詳細的奏疏，遂辭別出來。因為正好順路，李太后與馮琦一道出啟祥門，到慈寧宮東牆外時，太后忽然道：「已經是中午了，怎麼能讓大宗伯空著肚子回去？」但祖制不准后妃干預朝政、結交外臣，遂呼叫太監趕回啟祥宮提請皇帝賜食。萬曆皇帝允准，太監遂去膳食房取了食物，按制度送去武英殿外廊，馮琦便是在那裡吃完賜食。

既然賜食的主意起於李太后，那麼之前認為「鄭貴妃要當皇后，就必須害死馮琦」的推測就不能成立。因為即使鄭貴妃聽說皇帝要賜食後起了歹意，也無法在那麼短的時間內將下毒事宜準備周全，況且來回奔走傳遞消息的太監都是慈寧宮李太后的人，鄭貴妃又怎麼可能暗中做手腳？所以，唯一的可能，就是李太后才是下毒害死馮琦的主謀。其實事情並不複雜，只要知道整個經過便可以推測出來。但由於宮廷事密，紫禁城中的一切都不為外人所知，才使得馮琦之死成為一樁神祕懸案。

眾人聞言駭異不止。

姜敏冷靜地道：「素素姑娘，這件事非同小可，按理我該讓它深埋地下，從此永不再提起，但今日我還是破例告訴了你，一是為了解答你的質疑，二來也要謝謝你，沒有你自曝身分，我始終不會想明白，太后為什麼要害死我家老爺。」

薛素素一呆，問道：「為什麼？」姜敏道：「因為你的母親潤娘。」歎了口氣，道，「人間白鶴，當年在京師可是大名鼎鼎，我心中也是仰慕已久。可惜我做了官夫人，行動不得自由，始終無緣一見。有一次，我進宮拜見慈聖太后，特意提到了人間白鶴潤娘，本意是想讓太后請她進宮表演，那麼我們這些不能隨意拋頭露面的官夫人都可以一飽眼福。當時仁聖太后還在世，聽了很有興趣，立即命管事太監記下來，張羅去辦。但後來就沒有下文，我還特意問過仁聖太后，她說是慈聖太后不同意，說潤娘是跑江湖出身，來歷不明，又有一身絕技，怕會惹出什麼事來。」

魚寶寶道：「是李太后反對潤娘進宮？」姜敏點點頭，續道：「我當時聽了，真的很佩服慈聖太后思慮周全，深謀遠慮。的確，潤娘有一身飛簷走壁的驚人本事，讓她進宮，誰知道會發生什麼事呢？這件事後，我還一度打算坐轎去沈府看看潤娘，哪知道不久後就聽說她失了蹤。而且不是從街談巷議中聽來的，是聽到老爺在和沈北門議論。但我微一詢問，他二人立即閉口不提。我知道這件事有蹊蹺，但既然老爺不願意說，必是有難言之隱，我也不再打探。又過了一陣子，沈北門病逝，老爺雖然痛惜，卻從來不多提起。我當時一度懷疑……一度懷疑……」

沈德符道：「馮伯母當時就懷疑家父之死跟潤娘失蹤有關麼？」姜敏道：「是，我當時是有這個懷疑，但卻不是你想的那樣。我曾聽到一些風言風語，說令尊沈北門將潤娘留在沈府是因為喜歡她的姿色，尊母為此很不高興，還因此跟令尊大吵過。我當時懷疑潤娘失蹤跟尊母不無干係，而沈北門亦為此氣得病倒，最終撒手而去。尤其，後來尊母趕走了潤娘的女兒雪素，越發證實了我的猜疑。但這些都只是沈家的私事，老爺不提，我也從未多問。」

傅春道：「當時是因為沒有證據，夫人只能猜測。眼下有這麼多證據，夫人還是這樣認為麼？」姜敏道：「當然不是。你們查到了這麼多關鍵線索和證據，傻子都能猜到潤娘失蹤是因為她捲入了宮廷紛爭。如果我猜的不錯，應該是慈聖太后聽我提到潤娘的本事後，動了心思。她表面遵從祖制不干預朝政，與皇帝的關係也還算不錯，母慈子孝，面子上都還過得去。但她與鄭貴妃向來不和，自然希望能立慈寧宮宮人出身的王恭妃之子為太子。可當時鄭貴妃正得皇上寵愛，皇上明裡雖不敢廢長立幼，卻寫下了親筆誓書交給鄭貴妃。天子是萬民之主，君無戲言，一旦開了金口，萬難更改，即使是太后也不能左右。」

魚寶寶道：「所以慈聖太后聽夫人提到潤娘身輕如燕、走繩如飛時，就想到了利用潤娘盜取誓書的法子。」

姜敏道：「應該不是盜取誓書，而是讓潤娘用一種法子蝕掉了『常洵』兩個字。皇上的用紙都是特製的黃紙，防蟲防蛀，如果恰好是『常洵』二字被衣魚吃掉，就能令皇上感到這是天意，不該立鄭貴妃之子常洵為太子。」

魚寶寶道：「不錯不錯，事情的經過就是這樣。這慈聖太后心機好深，雖然她也是在做一件好事，但想想就覺得可怕。」薛素素冷笑道：「沒有心機，怎麼可能從一個宮人當上太后？那麼，我娘親一定是在事成後，被慈聖太后暗中滅了口。」

姜敏道：「我猜想是這樣的。尊母在答應這件事後，大概也料到有這個結局，所以才偷了引她進宮的校尉楊山的牙牌，交給最信任的沈北門作為憑據。但眾所周知，潤娘一直住在沈家，沈北門多少有些危機感，所以又將牙牌轉給我家老爺保存。之後的事，你們應該可以想到了──潤娘下落不明，多半已被暗中處理掉，屍骨無存；沈北門病死；當時的東廠提督張鯨於最當紅之時忽然被大臣彈劾，退廢林下，不久神祕死去。所有可能知情的人全都死得乾乾淨淨，太后也終於放下心。」

傅春道：「直到錢若應帶著假牙牌出現在馮府壽宴上，東廠提督陳矩陳廠公一眼便認出牙牌編號。他自小入宮，在紫禁城中生活了數十年，知道的隱密極多，大約聯想到什麼。陳廠公雖然出自翊坤宮，卻一直支持著東宮太子，自然站在了慈聖太后一方。或許正是他將這件蹊蹺之極的事稟報太后，太后因而想到馮尚書與沈北門既是同年，又是翰林院同僚，情若兄弟，說不定他也知情。正起疑時，又聽說皇帝召馮尚書入宮商議福王婚事，她自然知道這只是藉口，不免擔心皇帝聽到風聲，問起當年潤娘之事，便當機立斷起了殺機。」

姜敏道：「不錯，傅公子所言正是我所想。」

眾人這才明白，當初萬曆皇帝對馮琦中毒案的態度為什麼那麼怪異——一開始便立即允准姜敏請求祕密審訊的奏疏，表現出他非同尋常的關切，卻並不下詔責令廠衛從速破案，只派心腹錦衣指揮僉事鄭國賢到北鎮撫司旁聽監審。這件案子最初苗頭極好，受害者夫人姜敏及時推出了夏瀟湘和沈德符當作下毒凶手，本來也可以據此定案，哪知道半途殺出個傅春非要窮究真相。不知究竟的鄭國賢還從中附和，力主查證到底。到後來，案情反反覆覆，最終姜敏稱馮琦是死於刺客餘毒，萬曆皇帝也立即贊同這種說法，批准東廠錦衣衛以此結案。皇帝之所以處處遷就姜敏，希望儘快了結案情，大概也早猜到事情跟母親李太后有關。他雖因立太子一事與母親不和，終究還是個孝子，最好的辦法就是裝聾作啞，當作完全不知道這回事。至於太后為什麼要毒殺馮琦，他也懶得深究。糊塗案子糊塗了，再好不過。

姜敏又道：「素素姑娘，說起來，我也是害死你娘親的凶手之一。如果不是我當年在兩宮皇太后面前多嘴，稱讚潤娘身手如何了得，慈聖太后怕也不會動這個心思。」

沈德符知道薛素素愛鑽牛角尖，生怕她越發恨馮氏一族，忙道：「當年的事怪不到馮伯母頭上，不過是說者無心，聽者有意罷了。」

傅春也道：「是啊，我還正為嗷生光之死內疚呢。論起來，我才是害死他的元凶，如果不是我出了個偷換牙牌的主意，要找嗷生彩開銅匭，嗷生彩就不會被東廠拿住，也就不會在情急之下供出他兄長嗷生光來。」

嗷生光被凌遲處死，小妾和兒子均死於東廠酷刑折磨，唯一存活的妻子被流放邊關，可謂家破人亡。唯獨其弟嗷生彩因告密有功，得了朝廷五千兩銀子賞錢，又官拜三品錦衣衛指揮僉事，一躍成為錦衣衛官署的重要人物，官階甚至在王名世之上。

魚寶寶聽了不由得癟嘴道：「你們沒看到嗷生彩那副小人得志的樣子麼？我敢說，就算那天晚上他不被東廠的校尉抓住，他也會主動去東廠告密的。」

王名世道：「這點我贊同寶寶的看法，畢竟皦生彩是真的認為妖書措辭和風格跟他兄長的詩稿很像，認為皦生光有嫌疑，不算是平白誣陷。但賣兄求榮畢竟是件令人羞慚的事，可他得到高官厚祿後，不僅毫無羞恥之心，還趾高氣揚，不可一世，對以前欺負過他的人大肆報復，這就是典型的小人了。就算皦生光死得冤枉，始作俑者也是皦生彩。傅兄可千萬不要因為這件事自責。」

眾人一番對答，無非是要說給薛素素聽。她因情郎于玉嘉之死而痛恨馮琦，即使在馮琦死後依舊痛恨馮家，昨日若不是王名世強行阻止，她便已趕去官府告發姜敏牽涉妖書案。今日她得知母親潤娘之死也與姜敏有關，怕更是心結難解。以她做事不顧後果、不計手段的性子，還不知道要興起什麼風浪來。

等了許久，薛素素終於開了口，道：「這件事，的確不能怪夫人。多謝夫人坦誠相告，如果不是夫人冒險講出這番經過，素素尚無法知道母親失蹤的真相。多謝。」當即朝姜敏深深拜了下去。

她肯屈膝，自然表示願盡釋前嫌，眾人均大喜過望。姜敏忙扶起薛素素，命人去準備酒宴。

沈德符心中尚不能釋懷，獨自求見姜嵐。

老太醫歎道：「老朽就知道你還會再來。你想知道令尊沈北門到底是不是病死的，對麼？」沈德符道：「老先生是家父臨終前所見最後一人，德符身為人子，自然想知道家父臨終的最後遺言是什麼。」

姜嵐道：「沈北門，確實是非正常死亡，他自己也知道，所以他懇請老朽隱瞞真實死因，好保全家人。」

沈德符呆了一呆，問道：「家父也跟馮世伯一樣，是中毒死的麼？」姜嵐點點頭，道：「其實當時老朽有解毒藥能救沈北門，但他說知道是誰要害他，如若他不死，後患無窮，求老朽就此放手。唉，老朽自小學醫，立志懸壺濟世，救死扶傷，這是我生平第一次見死不救。沈北門死後，我也自覺沒有面目再當得起一個『醫』字。本想就此稱病致仕，可想到以沈北門的地位身分仍如此畏懼害他的人，料想那人必然非同小可。若被那人知道我曾到沈家為沈北門診治，又見我退休，豈不是要起疑我知道了事情真相？所以老朽又不得不多做了兩年，這才上書請求致仕。」

老太醫的聲音蒼老而低沉，沈德符聽來卻恍如晴天霹靂一般，心道：「難怪馮世伯讓我務必考取功名，其實不是對我個人有什麼期冀，而是擔心如若我就此返鄉、閒居山野，會令人起疑我已然知道了真相。這麼說，那位深宮中的老太后其實也在密切關注著皇宮外面的事，也包括我麼？」想到太后竟然也可能知道自己的名字，心中不知是喜是憂。

姜嵐拍了拍沈德符肩頭，語重心長地道：「這番話，老朽從未對人說過，包括我的女兒在內。你知道了真相，卻也要為你的家人著想，好自為之啊。」

在馮家吃完午飯已是未時，眾人便啟程回城。正好遇到水車自玉泉山往皇宮運水，道路為之阻塞，堵了一個多時辰才進來內城。回到藤花別館時，天色已然黑了。

王名世居然再次主動要求留宿在書房，旁人知道他還是不大放心薛素素，但也沒有人指責他多疑，即使是薛素素本人。各人心情不好，沒有吃晚飯，各自回了房。

齊景雲一直等在傅春的房間，一見他進來便撲上來投入懷中。

傅春安慰道：「一個人在家等久了吧？」齊景雲道：「嗯，我……我有點害怕。你……你還好麼？臉色怎麼這麼難看？」傅春不捨地撫摸著她的秀髮，歎了口氣，道：「今日終於弄清楚了真相，大家心裡都不舒服。」

齊景雲柔聲道：「我說句不中聽的話，其實這些並不關傅郎的事啊。這裡的其他人，沈公子、王千戶、素素都是牽涉到自己，魚姑娘是跟沈公子有些干係，我算是素素的姐妹，只有傅郎是毫不相干的人啊。這些事牽扯到皇宮祕事，稍有不慎，就會惹來殺身之禍，傅郎為什麼還這麼拚命幫他們？」傅春道：「我跟小沈、王兄投契，算得上好朋友，一起走過了風風雨雨的日子，總要走完最後一段路吧。」

齊景雲道：「傅郎，我們……我們可以快些離開京城麼？我好害怕……」傅春道：「我答應你，很快就會帶你離開這裡。」齊景雲這才勉強露出一絲笑容，低聲道：「今晚……我想跟你睡。」傅春道：「今晚不行。感覺知曉了真相後，大夥都怪怪的，尤其是素素，你還是去陪著她，多開導她，勸她看開些。這一切都是命中注定，人是鬥不過天的。」

齊景雲雖不願意，卻不想拂情郎的意，勉強應了，自回去西廂房。

次日過了辰時，眾人才陸續起床，顯然前晚都極晚才入睡。只有王亾世人不在，大約趕去錦衣衛官署了。魚寶寶招呼道：「就快要過年了，我提議吃過早飯後去逛市集，東四也好，西四也好，採辦些年貨，把家裡打扮得熱鬧些，怎麼樣？」傅春先應道：「這主意極好。」

魚寶寶道：「那好，素素和景雲也要去，一個不准落下。你們最好跟我一樣，打扮成男子，行事方便些。」薛素素雖然意態慵慵，卻還是點頭應了。她一應承，齊景雲、沈德符自然也沒有異議。

磨磨蹭蹭吃完早飯、換好衣服，已近午時。

正要出門，忽然人聲嘈雜，外面似乎來了不少人。拉開門一看，卻是錦衣衛百戶王曰乾帶了一大群校尉將藤花別館圍住，如臨大敵一般。

【卷十】恩怨盡時

他回憶最初的相遇，回憶起她天真而邪氣的眼眸，回憶起她的梨渦淺笑，恍然間，人生中最美最無憂無慮的青蔥年華就這麼逝去了。不知怎的，他又想起臨川名士湯顯祖的戲文來——原來姹紫嫣紅開遍，似這般都付與斷井頹垣。這般花花草草由人戀，生生死死隨人願，便酸酸楚楚無人怨。

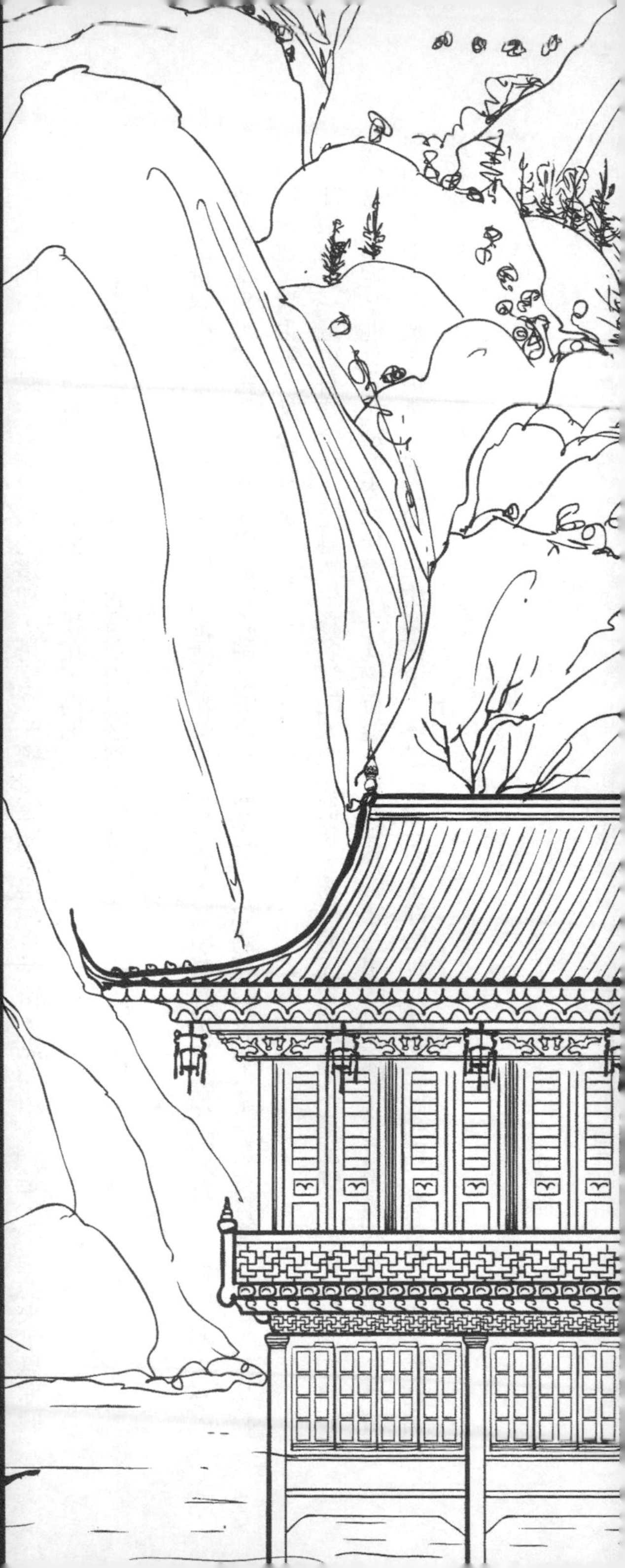

眾人見到錦衣衛大批校尉尋上門來，卻非熟識的千戶王名世帶頭，心中登時一沉，暗叫不妙。

沈德符更是心道：「這些校尉來得好快，一定是太后得報我們到過西山的消息後，猜想我們知道了真相，所以派人將我們逮捕下獄，拷問後祕密處死。我倒無所謂，早該料到會有今日，只是牽累了傅春、寶寶他們幾個。」

魚寶寶強作鎮定，故作愕然地問道：「王百戶這是要做什麼？我們犯法了麼？」王曰乾道：「今早有人在勾欄胡同發現了皦僉事的屍首。有校尉說，昨日皦僉事來了藤花別館，之後就再也沒人見過他，所以各位都是殺人嫌犯。而今東廠提督親自審問此案，這就請各位跟我走一趟吧。」

眾人這才知道校尉們蜂擁而至是因為皦生彩被人殺死，但還是大吃一驚。

齊景雲聽說要被帶去令人聞名色變的東廠官署，更是花容失色，一時站立不穩，歪倒在傅春身上。傅春心中一動，低聲問道：「皦生彩昨日來過這裡，是麼？」齊景雲緊張得渾身發抖，點頭道：「是，不過他來了見你們都不在，就走了。」傅春道：「別怕，有我在，別怕。」

校尉卻不由分說，上前將眾人包括老僕在內扭送到東廠官署。

東廠提督陳矩坐在小廳堂中，千戶王名世侍立在旁，一言不發。堂前有具被白布蓋住的屍首，大約就是皦生彩。

陳矩見嫌犯被盡數帶到，命校尉揭開屍體上的白布，問道：「你們可認得此人？」魚寶寶道：「新任三品錦衣衛指揮僉事皦生彩，誰不認識？」

陳矩道：「這可有些奇怪，聽過皦生彩名字的人應該很多，認得他面貌的人卻不是那麼多。你們幾個如何能認得皦僉事呢？他到藤花別館去做什麼？」沈德符道：「我曾經跟皦僉事的兄長皦生光打過幾次交道……」魚寶寶插口道：「還被他騙過、訛詐過。」沈德符道：「是。有一次正好皦生光讓皦生彩到國子監替他辦事，我們由此認識了皦僉事，有些來往。」

陳矩道：「這可就更奇怪了。皦生光騙過沈公子，以你們幾個的行事風格來看，不報復他都難，怎麼還會跟他弟弟來往呢？」沈德符一時語塞，想不出話來回答。

傅春見陳矩精明之極，忙道：「陳廠公派人帶我們來東廠，無非是因為我們跟皦生彩有些來往，懷疑是我們殺了他。那麼請教陳廠公，皦生彩是什麼時候被殺的呢？」陳矩道：「天氣寒冷，屍體早已經凍僵，仵作難以判斷皦僉事被害的確切時間。」

傅春道：「既然昨日正午還有校尉見到皦生彩，那麼他應該是在那以後被殺。我們幾個昨日一早出門到西山賞雪，傍晚才回來。廠公可以去問西直門守衛，我們在那裡等水車進城等了一個多時辰，他們一定還記得見過我們幾個。」

陳矩道：「皦僉事也有可能是晚上被殺，你們依然有作案時間。」傅春道：「我們到家後，天色已黑，便各自回房睡覺，根本就沒有機會殺人拋屍。」

陳矩道：「如果凶手就是你們當中的一個，你們當然會互相庇護了。仵作驗過屍首，從傷口深及肺腑來看，凶手應該是名氣力強勁的男子。傅春、沈德符，你們兩個都有重大嫌疑，來人，將他們兩個拿下拷問。」

魚寶寶忙叫道：「等一等，我們還有別的證人。」轉頭死死瞪著王名世。王名世難以推卻，只得勉強道：「屬下可以為他們幾個作證。昨晚屬下也在藤花別館中，幾乎一夜未睡，可以肯定沒有人出去過。」

陳矩大奇問道：「王千戶又不是沒有住處，而且寓所離堂子胡同也不遠，怎麼會留宿在藤花別館中呢？」王名世沉吟道：「這個……」魚寶寶搶著道：「他一直暗中喜歡我們素素，陳廠公難道不知道麼？」

明代雖然沿襲前朝，設置官妓，但開國皇帝明太祖朱元璋曾接受中丞顧公佐的建議，嚴令禁止官吏狎妓。到成化、弘治年間，還有明人記載此事道：「唐、宋間，皆有宮妓祗候，仕宦者被其牽制，往往害政，雖正人君子亦多惑焉。至勝國時，越無恥矣。我太祖盡革去之。官吏宿娼，罪亞殺人一等，雖遇赦，終身弗敘，其風遂絕。」對官吏宿娼處罰是極重的。然而到了正德年間，明武宗本人荒淫無度，公然狎晉陽名妓劉氏，稱其劉娘娘，上行下效，狎妓禁令也不能嚴格實行。此風一開，遂再也不能禁止。

雖然時過境遷，官員狎妓通常只被視為風流韻事，但魚寶寶公然在大堂上指出現任錦衣衛官員迷戀京都名妓，還是頗令人尷尬。陳矩驚訝地轉過頭去，王名世極為發窘，既不好承認，卻又不能否認，不然無法解釋他為何要留宿在沈德符家中。

陳矩卻也不再多追問，只道：「王千戶，你當真可以為他們作證？」王名世道：「屬下可以肯定，傅春和沈德符絕沒有出去殺人。我借宿在正屋書房中，對面就是沈德符的房間，他要出門，必須經過廳堂大門，我肯定會聽見。而傅春住在東廂房南面房間，正好與書房毗鄰，他要出門，我也能聽得一清二楚。屬下敢以自己的性命，為他們二人擔保。」

陳矩見他如此肯定，便點點頭，道：「我信得過王千戶。」命書吏記錄下來，讓王名世在證詞上簽字畫押。由於有王名世的有力證詞，沈德符等人遂被當堂釋放。眾人無端惹上這麼一攤子事，反而好奇心大起，極想知道是誰殺了皦生彩。

還沒出東廠大門，魚寶寶就忍不住猜測開了，道：「要我說，一定是那個真正的主謀。妖書案剛剛了結，皦生光成了替死鬼，皦生彩告發兄長得官，那人心中憤憤難平，遂暗中殺了皦生彩。」傅春也道：「皦生彩被殺和妖書案有千絲萬縷的聯繫，應該不是那麼簡單。」

薛素素冷笑道：「妖書案弄得人心惶惶，好不容易找到皦生光做替罪羊，了結了此案。皦生彩雖然可惡，卻今非昔比，已是三品錦衣衛官員，那主謀又不是傻子，選這個時候殺他不是惹禍上身麼？」頓了頓，又道，「要我說，皦生彩被殺，沈公子、還有王名世，你們兩個有殺人動機，才是最大的嫌犯。」

眾人均知道她是指沈德符和王名世曾雇請皦生彩到東廠偷開銅匭、盜竊證物之事，這的確是二人的心結——皦生彩能賣兄求榮，難保有一天不會出賣沈、王等人。之前他一文不名時，沈德符有錢，王名世有勢，尚能壓得他服服貼貼，不敢多洩露一個字。後來他一躍成為錦衣衛要員，官秩尚在王名世之上，怕是再難以制他。雖不知道他昨日來藤花別館的目的，但一定不是什麼好事。眾人初聞他被人殺死的消息，雖然驚愕，卻也著實鬆了一口氣，便是因此緣故。

幸虧東廠並不知道皦生彩與沈德符、王名世的糾葛，不然眾人今日再難走出監獄大門。

魚寶寶忙道：「素素，你小點聲，可別讓旁人聽見了。你昨日一直和我們在一起，應該知道他們兩個沒有殺人啊。」薛素素道：「寶寶就是天真，處處為別人著想，可別人有想過你的好處麼？」有意無意地看了沈德符一眼。

沈德符生怕她提起自己當年有負魚寶寶、也就是徐安生之事，忙轉了頭，臉卻漲得通紅。

薛素素卻話鋒一轉，道：「你們沒留意到麼，適才如果不是寶寶催逼，王名世其實是不願意出面為你們做證的。」魚寶寶道：「對，這件事很奇怪，剛才要不是我瞪王名世，他還不肯站出來做證呢。喂，我們等一下王名世，我有話問他。這傢伙，心裡到底在想什麼。」薛素素道：「要等你們等吧，我和景雲先回去了。」

沈德符心中也有疑問，便與傅春、魚寶寶留在東廠官署門口。

等了一刻，王名世匆匆出來，見到三人，微微一愣，隨即過來問道：「我知道你們怪我沒有及時出來做證，實際上，我一開始不說，是因為我雖然沒聽到有人出去過藤花別館，卻見到有人進來過。」

眾人都吃了一驚。

魚寶寶忙問道：「是誰？」王名世道：「薛素素。」

傅春道：「這怎麼可能？王兄留在藤花別館，就是因為不放心素素，一定會特別留意她房中的情形。你既然沒有聽到她開門出來，又怎麼能看到她進來。」

王名世道：「你們忘記了麼？素素是人間白鶴潤娘的女兒，她只需有她娘親一成功夫，便可輕鬆翻過牆頭，而不會驚動任何人。無論你們信不信，我離開藤花別館走到巷口時，真的親眼看到素素從東面過來。她走得很慢，好像很疲倦的樣子，滿腹心事。我當時心中咯噔一下，生怕她昨夜去官府告了密，所以也不及當面質問她，便匆忙趕去錦衣衛官署。正好聽到皦生彩被殺的消息，陳廠公派人叫我去東廠，不久你們被當作嫌犯帶來，我突然想——會不會是素素殺了人。雖然仵作稱傷口深及肺腑，斷定凶手是有氣力的男子，可是素素會武藝，功夫不弱。正因為我心中不能肯定她到底有無干係，所以才有所遲疑，不知道該如何做證才好。」

魚寶寶道：「這未免也太詭異了吧？且不說素素是否有能力殺人，她為什麼要殺皦生彩呢？」

沈德符道：「說起來，皦生彩算是潤娘的弟子，跟素素是師兄妹的關係。我倒是見過素素在巷口跟皦生彩談論什麼，那是在皦生彩升任錦衣衛指揮之後。」

魚寶寶道：「素素的真實身分是她主動告訴我們的，如果不是這樣，我們始終都不會知道她就是潤娘的女兒。這件事，我們都沒有對外人說過，她會告訴皦生彩麼？」傅春道：「這其中疑點很多。以素素的心計，如果真告訴皦生彩她是潤娘的女兒，必然是要利用他做事，不會貿然殺人。如果她沒有透露身分，跟皦生彩並無衝突，更不會殺人。」

魚寶寶道：「我們在這裡胡亂猜測也不是辦法，不如回去直接問素素。」

眾人逕直回來藤花別館。因薛素素到底是女子，臉皮薄些，不便一擁而上當眾質問，遂決意由魚寶寶一人到西廂房詢問。

薛素素聽說眾人懷疑是自己殺了皦生彩，也不推諉，點頭承認道：「不錯，人是我殺的。」齊景雲道：「素素，你……」薛素素道：「景雲你別管。皦生彩就是我殺的，我替你們大夥除了一個心腹大患，你們不是該感激我麼？」魚寶寶很是吃驚，道：「你就是因為這個才殺死皦生彩的麼？」

薛素素冷笑道：「當然不是。其實皦生彩對你們有利還是不利，我根本就不關心，可這男人色膽包天，自恃當了錦衣衛，要強行對我無禮，我這才殺他。」當即說了經過。原來皦生彩某日來到藤花別館附近，正好在巷口遇到薛素素，一時驚若天人，心儀不已，上前攔住，不斷用言語挑逗她，還拿出錦衣衛指揮的身分壓她。薛素素心頭火起，表面卻不動聲色，假意敷衍他，約他昨晚到勾欄胡同口相會，然後趁他意亂情迷時殺了他。

魚寶寶便出來將事情原委告訴眾人，眾人這才恍然大悟，一時無語。

王名世見天色不早，遂辭別而去。他之前一再對薛素素不放心，懼她放不下對馮琦的仇恨，一意報復馮氏，然而此刻聽到她承認殺死皦生彩，等於她亦有把柄握在他手中，便不再忌憚她去向官府告密，心頭總算放下了一塊大石頭。

這一晚，月色清朗，素光泠泠，流瀉大地。藤花別館卻被一種奇特的頹廢氛圍所籠罩——似乎在歷盡千辛萬苦之後，終於走到了天涯的盡頭，依舊是濃霧彌漫，看不到一縷陽光，以致悵恨綿綿，無以解脫。

關山萬里不可越，誰能坐對芳菲月？往昔的種種歡顏笑語，竟自隨浮塵沉寂在無言的靜謐裡。

次日一早，眾人還未起床，便有人猛拍大門。傅春反應最快，披衣起床，卻是一名東城兵馬司的兵士，臉龐凍得通紅，一邊跺腳，一邊呵氣取暖。

傅春心知不妙，忙道：「出了什麼事？」那兵士道：「隔壁冉駙馬門前死了一名女子，有人認得她住在藤花別館，勞煩公子跟我去認一下人。」

傅春大吃一驚，他昨晚跟齊景雲同居一室，死者當然不會是她，忙趕來西廂房查看。也顧不上敲門，踢門而入，先往北房一看，魚寶寶正懵然從床上坐起來。再趕到南房間，床上被子凌亂，卻空無一人，薛素素不在房中。

沈德符聽到動靜不小，忙趕過來問道：「怎麼了？」傅春道：「怕是素素出事了。」

跟著兵士來到冉駙馬府邸，果見拐角處躺著一具女子屍首，幾名兵士遠遠守在一旁，情形甚是淒涼。

沈德符認出死者正是薛素素後，便如墜冰窖，身子一麻，再也挪不動一步。

他回憶最初與雪素的相遇，回憶起她天真而邪氣的眼眸，回憶起她的梨渦淺笑，恍然間，人生中最美最無憂無慮的青蔥年華就這麼逝去了。而今，她的人就那麼躺在那裡，面色發青，雙眼圓睜，卻完全失去了生氣，她的美麗，她的可愛，她的仇恨，她的心機，都消逝在冰冷的嚴冬裡。

不知怎的，他又想起臨川名士湯顯祖的戲文來——原來姹紫嫣紅開遍，似這般都付與斷井頹垣。這般花花草草由人戀，生生死死隨人願，便酸酸楚楚無人怨。

領頭兵士正在盤問在這一帶巡夜打更的更夫。更夫道：「小的打更上半夜經過了這裡，沒看見死人，就看見有個穿飛魚服的錦衣衛站在那裡，小的認得他是住在揚州胡同的王千戶，還想過去打聲招呼。他見小的過來，轉身就走了。」

傅春聽見，忙問道：「那王千戶是王名世麼？」更夫道：「正是。」

領頭兵士打發走更夫，這才問道：「死者是你們家的人麼？」沈德符木然不應。

傅春只得代答道：「她叫薛素素，臨時寄居在藤花別館。這位沈德符公子就是別館的主人。」領頭兵士立即

「啊」了一聲，道：「原來她就是薛素素，難怪如此美麗。可惜，可惜。」

傅春道：「可是素素昨晚還好好的，怎麼突然會……」領頭兵士道：「薛素素姑娘是被人殺死的。」示意手下將屍體翻過來，果見薛素素背心有一個血窟窿，因為天氣奇冷，鮮血凝結得快，流出的血不是很多。

正好仵作和書吏到來，開始匆忙驗屍。按照慣例，仵作一邊檢驗，一邊喝報，由書吏記錄，填了相關文書，方才算完成。

兵士正要抬走薛素素屍首時，一直一言不發的沈德符卻突然回過神來，上前攔住，道：「你們要帶她去哪裡？」仵作道：「這是凶殺案，當然要抬去官府了。」沈德符道：「不行，不能這樣對她。」一想到薛素素半生淒苦，死後屍首還要被人翻檢污辱，不由得怔怔流下眼淚來。

傅春忙扶住他勸道：「他們也是例行公事。我們還是先回去，預備素素的後事。」

齊景雲和魚寶寶也趕了過來，見薛素素莫名死在離藤花別館不遠的地方，驚駭得不能自已，正捂唇飲泣，極力抑制不哭出聲來。

傅春連勸帶拉，好不容易才將三人帶回藤花別館，命老僕燉了一大鍋熱薑湯，一人一碗趁熱喝下，凍得僵硬的身子才有了些暖氣。

魚寶寶卻始終不肯坐下來，在堂中走來走去，咬牙切齒地道：「素素早已自行贖身，離開了八大胡同的是非之地。到底是誰還要殺她？」

沈德符心中痛徹肺腑，一改往日溫文爾雅的君子風度，恨恨道：「一定是王名世。他昨天離開藤花別館時，還幾次張望西廂房素素的房間，欲言又止的。又有更夫看到他昨晚在巷口晃悠，他肯定是認為素素心中放不下對馮氏的仇恨，留著她，對馮氏威脅太大，所以狠心殺了她。」

魚寶寶登時得到提示，道：「對，對，王名世自己都說他不是個君子。他可以為了私仇陷害北鎮撫司鎮撫周嘉慶，雖然那周嘉慶也不是什麼好人，但僅從這一件事，就可以看出他是個不擇手段的人。」

傅春卻不相信王名世會殺人，尤其對方還是他自己曾經愛戀過的女子，忙道：「你們傷痛素素之死，可千萬別太武斷了。素素應該是昨天晚上被殺，可王名世昨晚並沒有住在藤花別館內，他不可能在不驚動我們大夥的情況下帶素素出去，再一刀將她殺死。」

魚寶寶道：「素素有可能是自己開門出去散心啊。她昨晚一直坐在燈下，絲毫沒有要睡的意思。我臨睡前還問過她，她說不急著睡，還想出去透透氣。」

傅春道：「即便如此，素素武藝高強，氣力不亞於男子，不可能被人輕易從背後一刀殺死。」魚寶寶道：「那越發說明王名世有重大嫌疑了。他可是我們大明朝第一位武三元、武狀元的名頭響噹噹，說他武藝天下第一也沒錯。」她是個爽快性子，當即道，「你們等在這裡，我親自去揪王名世來對質。」

沈德符忙道：「我跟你一起去。」

傅春剛一起身，齊景雲忙拉住他哭道：「傅郎別去，我一個人在家裡，好害怕。」傅春只得道：「那我留下來陪你。」

沈德符便和魚寶寶一道來找王名世。王名世住在東單牌樓東邊的揚州胡同，剛離家去了錦衣衛官署。

魚寶寶便問僕人道：「你家主人昨晚可有出門？」僕人知道她是女扮男裝，又與王名世熟識，也不隱瞞，道：「少主人昨晚倒沒有出門，只是很晚才回來，小的本來給他留了門，後來差不多快到半夜了，小的以為他不會回來了，剛把大門閂上，他就在外面打門了。」

魚寶寶道：「那麼王名世回來後做了些什麼？」僕人道：「洗漱了一把，直接就睡了啊。」

沈德符道：「那他有沒有換衣服？」僕人莫名其妙，道：「沒有。」

魚寶寶打了一下沈德符的頭，道：「你傻子啊，王名世昨天穿的飛魚服，他今天當然還要穿官服辦公，證據在他自己身上呢。走，我們去錦衣衛官署找他。」

沈德符卻突然記得適才仵作到現場驗屍時，他聽到喝報，稱薛素素背心的傷口長不及一寸，深及三寸，應是短刃所傷。而王名世平日習慣佩戴繡春刀。繡春刀是錦衣衛制式武器，由精鋼製成，厚背薄刃，形狀有如剃刀，寬約一寸半，比單刀要長，較一般的長劍略短，狹長略彎，主要用於中距離攻擊，一刀砍下，足可砍斷整隻馬頭。如果王名世是用繡春刀從後襲擊薛素素，以刀鋒之犀利無比，定然能穿胸而過，不會僅僅入肉三寸。既然薛素素後背傷口是短刃所刺，那麼王名世一定用了另外的凶器。按照常理，他得手後不會再將凶器留在身上，要麼半途扔了，要麼藏在家裡。

沈德符將魚寶寶拉到一邊，將想法對她說了。魚寶寶恍然大悟，道：「對，對，還是你精細。」不顧僕人阻攔，衝進王名世家中翻找一通。倒是找出了兩柄長劍、一桿長槍、三把單刀，都是王名世平日練武用的，唯獨沒有短兵器。

沈德符卻發現院角槐樹下有口小小的水井，心中一動，走過去一看，卻見到井中的冰面上有一把帶血的金柄匕首——北方的敞口水井通常都不結冰，即使河湖水都結了厚厚的冰層，用手試探井水也會感到溫和宜人，這是因為井水來源於地下，大體能保持恆溫狀態。但王家這口水井大約是因為底部已然堵塞、沒有了活水的緣故，竟結成了一個大冰塊，那匕首正好落在冰面上。

雖是意料之外，卻也是情理之中——人們通常習慣將祕密藏在家裡最深的地方，床下、地底、水井往往是最佳選擇。大概王名世也是如此想法，將凶器隨手一拋，以為丟入了井底，卻忘記時值寒冬，家中水井又偏巧出了問題，水面結了厚厚的冰層，匕首只落在冰面上，並未掉入井中。

魚寶寶聞聲趕過來一看，又是失望又是氣憤，嚷道：「這下可是王名世殺人的鐵證了，不容他再抵賴。」正要俯身下去拾取匕首，沈德符拉住她，道：「等一等，涉及人命官司，王名世又是錦衣衛千戶，取證最好有官府的人在場，你去叫人來，我在這裡守著。」

魚寶寶應了一聲，走出幾步，卻又遲疑起來，回身問道：「我們真要這麼做麼？雖然王名世有動機，有證人，也有證據，可萬一……我是說萬一，是我們弄錯了呢？」沈德符氣急敗壞地道：「你自己也說了，王名世有動機，有證人，也有證據，這還會弄錯麼？」

魚寶寶道：「就算真是王名世殺了素素，我們現下告發了他，他被判了死刑，素素也活不過來呀。」

沈德符知道她表面凶巴巴的，心腸卻極軟，多半是因為與王名世交往日久，不忍告發其殺人罪行，不禁氣道：「王名世是殺人凶手，你還想庇護他麼？」

魚寶寶慌忙解釋道：「我不是要庇護他，我是擔心這案子牽扯的因緣太過複雜，萬一王名世被捕後招供出關於潤娘的一切，我們幾個死光光也罷了，皇上得知誓書被蛀是有人刻意為之，好不容易平定下來的國本之爭豈不是要再起波瀾？」

沈德符素來隨和，在這件事上卻甚為執拗，冷笑道：「你素來恣意妄為，怎麼這個時候反倒關心起朝政、國本來了？王名世又不是傻子，誓書一案，沈、馮兩家都牽扯其中，他本來就是要保護馮家才殺了素素，難道還會將其中緣由和盤托出，為馮家惹禍麼？只要我們不說，他絕不會吐露半個字。」

他二人為了要不要告發王名世爭執不下，卻不防一旁王家僕人聽到「殺人」、「人命」之類的話，嚇得不輕，也不知道該如何處置，忙跑去街上喊人。

東單牌樓往西就是東長安街，直通紫禁城，是北京最要害的地方之一，在這一帶巡防的兵馬司兵士和京營軍士甚多。王家僕人正好看見錦衣衛百戶王曰乾帶著數名校尉經過，忙上前叫道：「王百戶，快，快，出事了。」他語無倫次，王曰乾也不明白他說的「出事」是指什麼，但既然事干頂頭上司，一時不敢怠慢，急忙趕來王名世家中。見到沈德符、魚寶寶二人站在井邊，倒吃了一驚，道：「咦，是你們兩個。東廠剛接了薛素素被殺的案子，陳廠公正派我去帶你們幾個到東廠官署問話，想不到你們居然在王千戶這裡。」

沈德符道：「那好極了。王百戶，適才我和寶寶來王千戶家中找他，沒見到他人，卻意外在水井中發現一把帶血的匕首，猜想或許跟素素被殺有關。我們不敢妄動，正想要去報官。」

薛素素雖然名氣極大，到底也只是個從良的美貌妓女，她的被殺不至於驚動東廠，這種平民案件通常都是縣署處理，能轉到順天府就算是極為重視了。東廠提督陳矩之所以聽到消息後立即接手，只是覺得蹊蹺——之前錦衣衛新晉指揮皦生彩剛剛被殺，事情牽涉藤花別館，住在別館的一干人白天剛剛被盤問過，晚上薛素素就被人殺死，這裡面說不定有什麼關聯。

王曰乾一聽頂頭上司牽涉進了提督親自審理的要案，登時又驚又喜，忙趕來井邊，俯身看了一眼，便命校尉撈起匕首，用手帕仔細包了，帶了沈德符、魚寶寶二人，一起趕來東廠官署。

東廠提督陳矩正對照閱讀皦生彩和薛素素兩案卷宗，聽了王曰乾稟報，皺緊眉頭，問道：「王千戶人呢？」王曰乾道：「王千戶不在東廠官署，大概在錦衣衛那邊。」

陳矩道：「你派人去錦衣衛傳話，說我有急事找王千戶，命他速來東廠。在他家發現凶器的事，一個字也不能提。你親自帶人去拘捕王府僕人，祕密帶他來這裡。」王曰乾忙躬身道：「遵命。」

陳矩又叫來仵作，查驗那柄帶血的凶器。那匕首精巧可愛，刀柄是黃金所鑄，帶有魚鱗花紋，白刃似雪，寒光閃爍，刃身比尋常的匕首略窄一些，顯然不是隨意能買到之物。

仵作仔細驗過，稟報道：「匕首形狀與死者薛素素傷口完全吻合。取匕首殘留血跡與死者血樣滴入清水，血絲纏繞，也完全能溶在一起，應該就是殺死薛素素的凶器。」

陳矩點點頭，揮手斥退仵作，這才命人帶進沈德符、魚寶寶二人，問道：「你們兩個，是在王千戶家『意外』發現匕首，才起了疑心，還是本來就懷疑王千戶是殺人凶手，刻意去他家尋找蛛絲馬跡？」

沈德符知道陳矩精明厲害，這點上實難以騙過他，不然他召來王府僕人一問就能拆穿，當即老老實實地回答道：「是我們先起了疑心，才去找王千戶對質的。」

陳矩道：「王千戶跟你們幾人交好，算得上朋友，你們懷疑他，一定是有理由。這位魚公子，昨日不是還當眾強調王千戶暗中喜歡薛素素麼？」

魚寶寶見事已至此，再也護不了王名世，少不得要編一套理由來保護其他人，便道：「因為昨日之後，薛素素公然與王千戶翻臉，說之前跟他交往只是要利用他。原來素素真正的心上人名叫于玉嘉，就是那個被馮尚書杖死的國子監貢生。素素心痛愛人慘死，一度想利用王千戶來接近馮家。王千戶知道後，很生氣地離開了藤花別館，臨走前還狠狠瞪了素素幾眼。今早聽到素素被殺，我們聽到有更夫作證說昨晚在巷口看見過王千戶，所以立即懷疑到他身上。本來是要去他家找他對質的，結果他人不在，只在井中找到了匕首。」

這番話除了個別情況外，幾乎全是真事，有因有果，毫無破綻。陳矩聽得頗為動容，沉默了一會兒，才道：「原來如此。」顯然完全相信了魚寶寶的解釋。又問道，「你們怎麼看嫩生彩被殺這件案子？」

之前薛素素雖然承認是她殺了嫩生彩，但畢竟只有極少數人知道，並未張揚開來。沈德符和魚寶寶不知陳矩為何突然將話題轉到嫩生彩的案子上，料來必有深意，一時面面相覷，不知該如何應答，擔心言多必失，反而被陳矩看破玄機。

陳矩道：「你們不要害怕，我不是懷疑你們藤花別館的人殺了嫩生彩，而是感覺這兩件案子似乎有所關聯。

根據仵作驗屍的報告來看，曒生彩和薛素素二人身上的傷口一個在胸口，一個在背心，雖然位置不同，傷口的大小、形狀卻一模一樣。兩個人死的時間又如此接近，應該是同一柄凶器所傷。你們在王千戶家中發現的凶器與兩名死者的傷口大小都吻合，依你們看，這兩件案子，會不會是同一名凶手所為？」

他雖沒有明說，但言下之意，分明是懷疑王名世非但殺死了薛素素，還殺了曒生彩。

沈德符聞言立即吃了一驚，不由得心道：「王名世為人冷傲寡言，是錦衣衛中的異類，人人都知道他不是鄭貴妃一黨，所以他名列妖書之上極為古怪。儘管他聲稱並不知情，但利用妖書報復了周嘉慶卻是真事，他自己也承認這一點。那妖書上面的人名都是精心挑選後列上去的，如果作者列上王名世是刻意掩飾，那麼他一定與王名世有干係。本來馮伯母嫌疑最大，但她斷然否認，並講出了潤娘失蹤案的來龍去脈，那件案子牽扯太后、皇帝、貴妃、太子等，可以說關係著大明朝，比妖書案可大多了，可見馮伯母跟妖書毫無干係。素素大概也是基於此種考慮，才完全相信了馮伯母。因著妖書一案，曒生光被殺，但其實真相未明，真正的作者到底是誰，無人知道，唯一的線索就是王名世。曒生光是否真牽涉其中不得而知，但妖書四下散播的確需要他這類專業刻字人士。如果不是素素親口承認殺了曒生彩，我一定會懷疑是曒生彩偶然知道了妖書真正作者的祕密，從而被王名世殺人滅口。或者說，妖書的作者其實就是王名世。」越想越是心驚，卻不敢說出半個字。

魚寶寶脫口應道：「不，絕不會是王名世殺了曒生彩。他白天跟我們一道去了西山，後來又一起返回城中，留宿在藤花別館，寸步未離。就算他悄悄背著我們出了門，但他又不能未卜先知，怎麼可能預先知道曒生彩深更半夜會去勾欄胡同？而且如果他要殺人，為什麼還要特意留宿在藤花別館？回他自己家不是更方便進出麼？」

魚寶寶這番推斷極為有力，當即打消了沈德符的疑慮。陳矩亦覺得有理，道：「那好，關於這件案子就不要再提了。」

不再提曒生彩一案，自然不是因為陳矩完全放下了對王名世的懷疑，而是因為王名世名列妖書之上，曒生彩靠著告發其兄長嗾生光是妖書案主謀起家，一旦深究疑凶和死者之間的關係，勢必再度牽扯出妖書案，好不容易平息的水面再起風浪，這可不是許多人願意看到的。

等了小半個時辰，王名世進來拜見。他神色陰鬱，心事重重，在大堂中見到沈德符、魚寶寶也不奇怪，連頭都未點一下。

陳矩道：「王千戶，你可知道薛素素昨晚在堂子胡同一帶被人殺死了？」王名世道：「屬下剛才在錦衣衛官署聽人說了。」

陳矩道：「有人作證說昨晚在凶案現場那一帶見過你，可有此事？」王名世道：「有。屬下昨晚在飯館喝了點酒，出來時想到藤花別館去，走到冉駙馬宅第附近時，又想到他們可能已經睡下，站在那裡猶豫了一會兒，轉身就走了。」

陳矩道：「你可認得案桌上的這柄匕首？」王名世略略一掃，便即愣住，只要不是瞎子，都能看出他的確認得那柄匕首。

陳矩道：「這是沈德符和魚寶寶兩位在你家中水井發現的凶器，上面還有血跡，與薛素素背心的傷口也完全吻合。王千戶，你還有什麼話說？」

王名世極為詫異，卻也不著急辯解，只轉頭看沈、魚二人，似不能相信是他們發現了凶器、並向東廠告發了自己。沈德符扭轉了頭，不敢直視他。魚寶寶則聳聳肩，做了一個無可奈何的手勢。

陳矩重重一拍案桌，喝道：「王千戶！」王名世反而平靜了下來，乾脆地承認道：「是我殺了薛素素，我願意招供。」

東廠慣例，疑犯若不承認罪名，便要動刑拷問，打到犯人肯招供為止。王名世為人剛毅，陳矩本來以為要他認罪一定會大費周章，想不到他不等盤問，居然當堂承認，頗出意外。當即命人收了他兵刃，剝去衣冠，將手足上了刑具，暫時監押在東廠大獄，等到他日再移交三法司審訊。

雖然捉住了殺害薛素素的凶手，沈德符和魚寶寶心頭卻各自不是滋味，悵然回來藤花別館。

傅春聽說王名世在東廠大堂上承認了殺人罪名，極為駭異，問道：「你們在王名世家中發現了凶器，怎麼不回來跟我商議一聲，就直接報官了呢？欸，事情可還有圓轉的餘地？」沈德符道：「事情到了這個地步，還有什麼可圓轉的？要怪只能怪王名世自己，他所用的那柄凶器，不但殺了薛素素，還跟皦生彩身上的傷口一模一樣。這一次，他無論如何是難以脫身了。」

一旁齊景雲聽見，忙問道：「你們沒有告訴東廠，是素素殺了皦生彩麼？」魚寶寶道：「當然沒有。素素人都死了，我們怎麼能讓她再揹上殺人凶手的罪名？」

齊景雲道：「那東廠不知道究竟，會不會懷疑是王千戶殺了皦生彩呢？」魚寶寶道：「我看陳廠公其實是有所懷疑，但事牽妖書案，他不願意再將事情鬧大，應該會迴避皦生彩一案。」

齊景雲頹然跌坐在椅子上，掩面泣道：「全怪我，全怪我……要不是我，素素也不會死。」

沈德符極為吃驚，問道：「你說什麼？」齊景雲道：「怪我……都要怪我……」強行抑制幾日的情緒終於爆發，放聲大哭了起來。

沈德符和魚寶寶均愕然不知所措。

傅春歎道：「還是我來告訴你們吧，素素其實不是殺死皦生彩的凶手。」

原來，當日眾人趕去西山找馮夫人姜敏對質後，皦生彩不知道因為什麼事尋來了藤花別館，正好老僕外出買米買菜，家中只剩齊景雲一人。皦生彩聽說旁人盡數外出，立即強行跨進門來，涎著臉貼上齊景雲，摟住她狂親了一通。齊景雲越是抗拒，他越是按捺不住慾火，扯著她便往房裡拖，還威脅說若她不肯就範，就將他們這些人合謀盜竊東廠證物之事告發出去。齊景雲又急又怒，順手從袖中拔出了傅春送給她防身的小匕首，皦生彩卻一把握住她手腕，調笑道：「小娘子平日溫柔斯文，想不到還是烈馬性子，是不是跟薛素素學的？」

湊巧隔壁駙馬冉興讓來訪，見院門虛掩，逕直進來，剛好看見這一幕，大喝一聲，搶上前來痛毆皦生彩，糾纏扭打中，竟將那柄鋒銳的匕首推進了皦生彩胸口，一刀刺死了他。

事故發生後，冉、齊二人均六神無主，茫然無措，不知道該怎麼辦才好。剛好冉興讓府中管家過來找駙馬，少不得要出些主意善後。那管家很有些頭腦，道：「絕不能報官！這皦生彩新近因妖書起家，駙馬雖是不小心刺死了他，官府也不會如何如何，但妖書餘波尚在，旁人難免會對此風言風語。本來就有謠言說貴妃娘娘是妖書的主謀，萬一再說是貴妃娘娘派駙馬殺皦生彩滅口，豈不是又生事端？而今之計，只有悄悄了結此事，方為上策。」又叮囑齊景雲務必不可張揚，隨即拉走了冉興讓，又叫人來將皦生彩抬走，屍首先是暗中存放在駙馬府馬車上，晚上才運出去丟掉。

皦生彩離開錦衣衛官署前，曾對屬下提過要去藤花別館，他就此失蹤，旁人不免懷疑到藤花別館頭上。幸虧當日眾人都去了西山，家中只有齊景雲和老僕，一個是弱質女流，一個是衰邁老翁，絲毫沒有人懷疑他們兩個。王名世又在公堂上作證當晚無人出去藤花別館，眾人才由此洗脫嫌疑。

事情本因齊景雲而起，冉興讓是為了救她才錯手殺死皦生彩，她為了保護駙馬，自然不會多吭聲。但她只是個弱女子，即使在事後仍難排除心中恐慌。就在當晚，她實在難以承受心頭重負，便將冉駙馬為保護自己而失手殺死皦生彩之事告訴薛素素。薛素素聽了，叮囑齊景雲千萬不可再對人說起，包括傅春在內；又說即使事情敗露，她也會出頭承擔。還特別告訴齊景雲，她也不全是為了姐妹之情，是她正好有事要找冉駙馬幫忙。

而那日清晨薛素素悄悄翻牆出門，其實是要避開眾人耳目去找冉興讓，結果事不湊巧，冉駙馬一大早奉召陪壽寧公主進宮去了。她快快回來時，正好被王名世看見，成為後來眾人懷疑她殺皦生彩的關鍵證據。她被魚寶寶質疑時，根本無心辯解，遂乾脆承認是她殺了人，一來藤花別館的人不會因此而去告發她，二來她越發可以向真正的凶手冉興讓示好，以達到她個人的目的。

齊景雲雖然知道事情究竟，卻得冉府管家和薛素素先後反覆叮囑，不得不將祕密深藏心底。哪知道變故連連，昨夜薛素素竟然也被人殺死，王名世則成了首要疑凶。齊景雲再也忍受不住壓力，等沈德符和魚寶寶去找王名世對質時，才將事情原委告訴了傅春。

魚寶寶聽傅春講述了經過，既意外又震驚，愣了好半天，才想起一件關鍵事來，問道：「小傅給你那把小刀呢？就是殺死皦生彩的那把金柄匕首，給我看看。」齊景雲道：「我……我不敢再留在身上，冉駙馬府上管家拿去了。」

魚寶寶道：「小傅，你能猜到素素昨日早上去找冉駙馬做什麼嗎？」傅春沉吟道：「如果我猜的不錯，應該是素素想利用冉駙馬帶她進宮。她心中還放不下母親潤娘失蹤之事，可這件事的真相歸根結柢只有慈聖太后一人知情，她多半想混到宮中，當面質問太后。」

魚寶寶道：「對，我也是這麼想。那麼有沒有可能，昨晚素素又再次去找冉駙馬，要求駙馬設法帶她入宮。冉駙馬感到為難，以素素不會輕易善罷甘休的性格，多半會用誤殺皦生彩一事來威脅駙馬。結果惹起冉駙馬恐慌，她出來時，就被駙馬派手下殺死了？」

傅春不及回答，沈德符很不高興地插口道：「王名世已經招供是他殺了薛素素，你為什麼還要懷疑冉駙馬呢？」魚寶寶辯解道：「當初素素也自稱是她殺了皦生彩，可那不是真相。冉駙馬既有動機，手中又有凶器，嫌疑比王名世大多了。」

沈德符道：「可冉駙馬再笨，又怎麼會在自己家附近殺人？而且凶器分明是在王名世家中發現的。」魚寶寶道：「冉駙馬不在他家附近殺人，難道還在他家裡殺麼？我可沒覺得他笨。大智若愚知道麼？冉駙馬就是這種人。我敢說，一定是他殺了素素後，又偶然看到王名世在附近轉悠，所以想到將凶器投到他家井中，好嫁禍於人。」

沈德符道：「你不知道北方水井其實都不結冰的麼？冉駙馬又不可能事先知道王名世家中水井結了冰，倘若匕首投到水井中，就此沉入水底，再沒有人能夠發現，那叫什麼栽贓？」這推理極為有力，的確能夠充分證明外人不可能靠投凶器入井中來栽贓給王名世。

魚寶寶有心為王名世辯護，一直在努力尋找證據，此刻再無話說，只好拿出強詞奪理的本領，道：「既然小沈堅持認為冉駙馬無辜，我們現在就一起去找冉駙馬對質，只要他拿得出凶器，就是你對，拿不出來，就是我對。」

沈德符怒道：「你這不是胡攪蠻纏麼？那匕首是殺死嬿生彩的凶器，冉府管家肯定早已處理掉。就算還在，他否認都來不及，怎麼可能拿出來給你看？你說王名世不是凶手，那為什麼他自己一看到公堂上的證據就自己承認了？又沒有人強逼他，更沒有動刑。」魚寶寶道：「他一定跟素素一樣，有自己的苦衷。」

沈德符道：「素素承認自己是凶手，一是保護景雲，二是要利用冉駙馬進宮。王名世又是為什麼呢？按照你的說法，冉駙馬是殺死素素的凶手，王名世承認罪名，等於是要保護冉駙馬。你覺得可能嗎？」

傅春見二人爭吵越演越烈，忙勸道：「好了好了，你們兩個不要再吵了。寶寶，你聽我說一句，我覺得小沈是對的，冉駙馬是不可能殺死素素的。」魚寶寶氣咻咻地道：「連你也懷疑王名世？虧他拿你當好朋友。」

傅春道：「我不是懷疑王名世，我是說冉駙馬不可能是殺死素素的凶手。你認為冉駙馬有殺人動機，無非是因為素素威脅要告發他殺了皦生彩。冉駙馬可能會擔驚受怕，但絕不會因此而殺人。退一萬步說，就算素素去官府告發，又能怎樣呢？冉駙馬是皇帝和鄭貴妃的女婿，是皇親國戚，一定會受到最大的庇護，況且他也不是無理殺人，是為了救人，事情傳揚開來，說不定還會成為百姓心中的英雄人物。所以說，素素的威脅並不能令冉駙馬驚懼到殺人滅口的地步。」

魚寶寶歪著頭想了想，道：「這麼說好像有點道理。可我還是不相信王名世是殺死素素的凶手。」傅春道：「我也不信。」

魚寶寶登時大喜過望，道：「我早說小傅是我們這群人中最有見識的。你可有證據？可有想到誰是真正的凶手？」傅春搖頭不答，道：「小沈，我知道你是從王名世陷害周嘉慶這件事後對他有了看法，其實他事後也很後悔，周嘉慶死不足惜，但周家卻因此破敗，周氏家眷多有被拷打而殘廢者。王名世雖然嘴上不說，但我看得出他心中內疚。」

沈德符道：「這只是你好意的揣度，且不說人心難測，眼下鐵證如山，又有口供，不是王名世殺人又能是誰？」傅春道：「也許他只是要庇護那個真正的凶手。」歎息一聲，道，「我想去一趟東廠。寶寶，你跟我一起去吧。」

魚寶寶欣然應道：「好。我正想當面問問王名世，他為什麼要自認罪名。」傅春道：「我先回房換身衣服。景雲，你跟我來。」

魚寶寶也回房間換衣服，出來時居然穿一身淡雅女裝，令人驚豔。

來到東廠，天色已然不早。東廠提督陳矩正要離開官署，見傅春和魚寶寶在大門口糾纏守衛，便過來問道：「你們是來探王名世麼？他是殺人重犯，按照東廠慣例，只有在審訊犯人時才允許探視。你們回去吧，三日後正式審案時再來。」

傅春忙道：「等一下。陳廠公，請借一步說話。」

陳矩對這個機敏幹練的年輕人很有好感，依言走到一邊，問道：「你有什麼話要說？」傅春道：「我來的目的，陳廠公已經猜到了。只要廠公肯通融，我便送一個大大的功勞給廠公。」

陳矩道：「噢，這功勞有多大？」傅春道：「除了薛素素一案的真凶外，還有毛尚文一案的真相。」

陳矩上下打量了一番傅春，森然道：「你可知道這裡是東廠。你要是敢謊言誆騙本廠公……」傅春道：「請廠公放心，包管廠公不會失望，只會有更多的驚喜。」陳矩微一沉吟，即道：「好，我就相信你一次。來人，帶傅公子和他的朋友去大獄，給他們一切方便。」

魚寶寶尚感到好奇，低聲問道：「你對那老公說了些什麼，他居然肯通融放我們進來？」傅春道：「一會兒你就知道了。」

東廠監獄通常只做臨時監禁使用，規模遠遠不及錦衣衛詔獄，但也一樣的陰冷，一樣的不見天日。王名世被單獨關押在一間囚室，拖著鐐銬，倚牆角而坐，見到傅春進來，倒也不意外，揚了一下下巴，算作招呼，但見到隨後進來的魚寶寶時，立即瞪大了眼睛，頗為失態。

魚寶寶被他看得不好意思，低頭撫弄髮梢道：「怎麼，換了衣服你就不認識啦。」王名世道：「嗯……這個……」

傅春正色道：「寶寶，我有事要跟王兄談，你老老實實在一旁聽著，不能隨便插嘴，可以做到嗎？」魚寶寶從未見過他如此嚴肅，心中陡然一緊，升騰起一股不好的感覺來，但她素來信任傅春，當即點了點頭。

傅春便靠著王名世坐下，問道：「你為什麼要招認殺了薛素素？」王名世道：「鐵證如山，我無可抵賴。如果我不招供，面臨的就是各種酷刑。」他勉力笑了一笑，道，「我可不想下次再見到你時，已經是殘肢斷體，像周嘉慶那樣。」

傅春道：「我覺得不是這樣。」王名世道：「那你覺得應該是怎樣？」

一旁魚寶寶聽得雲山霧罩，問道：「你們兩個到底在說些什麼，奇奇怪怪的？」傅春正色道：「寶寶，實話告訴你……」王名世忙道：「寶寶，你先出去，我有話單獨對傅兄說。」

魚寶寶道：「什麼話這麼神祕，我不能聽麼？」王名世乾脆地道：「不能。」

魚寶寶與王名世相處日久，知道他性格沉穆，既不像沈德符那般好脾氣，也不似傅春那般爽快，是個軟硬不吃的男子，只得道：「那好，你們快點說，我就在門口。」

等她出去，傅春才問道：「你是什麼時候猜到真相的？」王名世道：「在大堂上看到那柄從我家井中撈出的凶器時。」

原來，浙江會館戲班班主薛幻原先任過錦衣衛官員，跟王名世頗為熟稔，王名世曾見他玩過一柄精巧的黃金手柄匕首，形狀尺寸與普通匕首大有不同，問過後才知道是蒙古人使用的刻刀刀具，習慣插在靴筒中。後來王名世與薛素素來往時，偶然在勾欄胡同見到齊景雲身上有一把一模一樣的刻刀，得知是傅春所送後，還特意詢問過。

傅春稱那柄匕首正是薛幻所送，與薛幻身上的那柄本是一對。薛幻因意圖盜取趙士楨火器圖被官府通緝，逃亡已久，只有齊景雲身上還有一柄這樣的匕首。王名世尚不知道齊景雲的那柄匕首已經被駙馬冉興讓的管家拿去，所以當他第一眼看到凶器時，立即就猜想到事情多半跟傅春有關。

傅春歎道：「我猜想也是這樣，謝謝你沒有立即當著陳廠公的面說出來。不過，我還是不明白你為什麼要這樣做。」王名世道：「因為沒有你，許多事情都不會水落石出。況且我也不是真正要替你們蒙古人頂罪，我只是想給你一點時間。等你逃離京師，我自然會說出真相，是薛幻殺了薛素素。」

傅春大吃一驚，道：「你……你竟然已經猜到了我的身分？難道是因為薛幻和景雲各有一柄一模一樣的蒙古小刀麼？」王名世道：「不僅僅如此。之前我聽寶寶說過，你從趙中舍府中偷拿了一本兵書，一直在暗中研讀，那時候我就開始懷疑你。」

自從齊景雲搬進藤花別館後，雖然與薛素素同居一室，卻每日都要幫情郎收拾房間。有一天，她在傅春的箱子中發現一本手抄小冊子，略略一翻，似是一本談論用兵之法的著作，只是筆跡潦草，字寫得歪歪扭扭，不成樣子。她料想傅春收藏得如此嚴密，必是極為重視，決意自己替情郎重新用工整楷書抄寫一份。哪知道被魚寶寶看到，辨認出那潦草手抄書正是中書舍人趙士楨前管家毛尚文的字跡，很是驚異，特意去問傅春。傅春解釋他當晚留宿在趙府時，無意間在毛尚文枕頭下摸到，一時好奇，偷偷拿回來的。

這件事，魚寶寶也沒有放在心上，只有一次隨口講給王名世聽。王名世機警過人，一聽便起了疑心——傅春無意功名利祿，連鄉試的大好機會都斷然放棄，又怎麼會如此在意一本兵書呢？況且趙士楨不僅在火器，對兵法也極有心得，這兵書既然在奸細毛尚文房中發現，很可能是毛氏暗中抄錄的趙氏兵法，是重要證據，傅春怎麼可能隱瞞不報呢？再聯想到當初女真強盜到趙士楨府上搶奪火器圖時，傅春也在當場，是不是真的「湊巧」呢？

王名世道：「不過，當時我的疑心也只是一閃而過，只想你留下兵書或許另有目的，絕想不到你會是蒙古人。直到今日，我在大堂上看見了那柄蒙古小刀，我才將之前的種種蛛絲馬跡聯繫了起來。當初我告訴你薛幻和阿元逃脫後，你問他二人是不是女真人一夥。以你的聰明才智，不可能想不到薛幻和阿元是蒙古人派來的奸細。你那麼問，不是真的想知道答案，而是有意引人往那方面想，也就是所有關於火器圖的陰謀都是女真人所為。正好後來我遇到了冉駙馬，他聽說薛幻是奸細後，頗覺遺憾，特意說了當日你在皇宮中託他還錢給薛幻的事。我想，你就是那個通風報信者。再往前推，辦理馮尚書中毒案時，你幾次去過萬玉山房，有一次為了驗毒還翻找過卷軸，那個時候趙中舍的火器圖還留在書架上。所以我猜應該是你告訴薛幻，萬玉山房有火器圖。趙中舍府邸當日遇劫，你表面是去浙江會館會客，其實你是從阿元那裡得知消息，特意趕去趙府的。只是想不到女真人棋高一著，早派了毛尚文在趙府做內奸，及時趕來，用武力搶走了火器圖。對不對？」

傅春不置可否，問道：「還有呢？」王名世道：「還有你放棄鄉試機會，這更是平常人難以想像之事。你當時稱老家有急事，其實那一陣子，正好有一隊韃靼使者進貢。你當日一眼認出萬玉山房的女子畫像畫的是韃靼首領三娘子，是因為你真的見過三娘子，而根據馮尚書詩意推測不過是你的藉口。你是素囊台吉的人，對不對？」

素囊台吉即是韃靼首領三娘子的孫子。三娘子第三任丈夫撦力克病死後，按照慣例，應當由撦力克之孫卜失兔台吉繼承首領之位，但三娘子之孫素囊台吉也窺覷王位，一心想從祖母手中得到王篆。但因俺答汗生前與明朝廷達成「世代相傳為王，以長部落歸心」的約定，三娘子不徇私情，毅然將順義王印移交給並無血緣關係的卜失兔。為此，素囊台吉多次咒罵三娘子，憎恨她不將王篆授予他。

傅春道：「我的確是蒙古人，也見過三娘子數面，但我卻不是素囊台吉的手下。」他歎了口氣，道，「我本是蒙古王子身分，自小被送來京師，冒充商人之子長大，目的就是要學習你們明人先進之處。」

王名世聞言很是詫異，道：「你是蒙古王子？」傅春舉起左手，指著中指上的金指環，傲然道：「我本來姓帖木兒，是成吉思汗的子孫，不是蒙古王子是什麼？」

王名世這才恍然大悟，道：「原來你是黃金家族成員，難怪連祖輩在大明為官的薛幻也肯聽你號令。」傅春道：「不錯，正是如此。薛幻可以不理睬三娘子，卻不能不遵從金指環之命，只因為他是蒙古人。」

黃金家族是指純潔出身的蒙古人。根據記載，蒙古族有一名女性始祖阿蘭豁阿，她與丈夫生有兩個兒子。奇怪的是，她丈夫死後，她又生出了三個兒子。她的兩個大兒子和其他親屬對這件事很有疑問。阿蘭豁阿解釋——後來的三個兒子是她與一個神人的後代，是上天的兒子。從此之後，這三個兒子的後人就被稱為純潔出身的蒙古人。而蒙古各部的可汗都出自阿蘭豁阿後來所生三個兒子的家族，所以便被稱為「黃金家族」。成吉思汗及其子孫就屬於其中的一支。按照蒙古傳統觀念，只有黃金家族出身的人，才有繼承汗位的權利；非黃金家族出身的人，絕對不可染指汗權。後來，非黃金家族出身的瓦剌部脫懽與脫懽之子也先，曾以武力統治過蒙古，也先甚至以「大元田盛大可汗」自居，但都不能真正令蒙古各部落心服，也先自己也被暗殺。

但自從元朝勢力退出中原，蒙古各部落開始分裂，黃金家族的地位也日益衰落，雖然威望猶存，卻再無實權。傅春的生父圖托是個志向遠大的人，他認為蒙古始終被中原漢人壓制，是因為各部落不能團結所致，他一度有意統一蒙古，再現昔日成吉思汗的榮光，還為此拜訪過蒙古最有實權的人物三娘子。但三娘子力主和平，並無窺測中原的野心。圖托既無兵馬，又無子民，便只能另想他法——將愛子阿春送到大明京師，冒充傅姓商人之子，學習中原文化和精華。因而傅春雖為蒙古王子，卻是在北京長大。

傅春長大成人之時，大明正先後為倭寇和遼東邊患所苦，不再視蒙古為心腹大患，但凶悍倭寇和遼東鐵騎的戰鬥力，並不亞於昔日蒙古騎兵縱橫天下之時，明軍最終得以取勝完全是靠先進的火器。傅春遂意圖染指中書舍人趙士楨窮盡心力研製的火器——最初他跟蹤趙士楨一行到國子監，看到趙士楨與沈德符交談，這才有意接近沈德符；至於後來反而與沈德符、魚寶寶等人結為好友，捲入各種案子，則是始料不及了。

除了薛幻外，傅春還有一個有力的幫手——毛尚文。最早，毛尚文從明軍軍營中逃脫，並沒有投奔女真，而是投了韃靼，想借助蒙古人的勢力向大明復仇。只是韃靼首領三娘子一意與明朝交好，他在韃靼絲毫不能有所作為，卻由此被圖托盯上，收為心腹，並派他到北京協助傅春。傅春便派毛尚文設法混入趙士楨府上做了管家，哪知道趙士楨為人十分警覺，幾乎對所有人都特別提防，毛尚文在趙府中時日不短，竟始終無法窺見火器圖全貌，只暗中將趙氏的兵法心得抄錄了一份，交給傅春，此即後來被齊景雲發現的手抄小冊子。

就在幾個月前，傅春接到薛幻密報，說見到毛尚文暗中與女真人見面，懷疑他別有企圖。傅春遂命薛幻設法將手下阿元安排到傳教士利瑪竇府上，從隔壁監視毛尚文。

那一日，趙士楨出城送前遼東巡撫李植離京，難得將火器圖留在府中。毛尚文暗中通風報信，卻是先告訴女真人，後告訴蒙古人。不料隔壁阿元窺見，搶先通知了傅春，傅春遂先趕來趙府。毛尚文倒也沒有吃驚，傅春也不著急揭破他同時為女真和蒙古效力的真相。當時工匠趙士元正在房中研磨火藥，火器圖放在書房中，毛尚文逕直取了出來，交到傅春手中。

二人正在階前交接時，趙士元從房中趕出來，手中端著一柄火器，指著二人，喝令傅春將火器圖交回來。湊巧此時裝扮成強盜的女真人持刀闖了進來，趙士元一驚之下發出一銃，打死了一名女真人，卻被毛尚文上前用短刀殺死。女真人隨即上前圍攻傅春，要奪取他手中的火器圖。傅春自然不肯輕易放手，於是雙方狠鬥了起來。毛尚文雖同時在女真和蒙古兩方周旋，卻也不願見到傅春橫屍眼前，喝止女真人不成，不得不上前幫助傅春對敵。

爭鬥最激烈的時候，魚寶寶及隔壁的利瑪竇、徐光啟等人聽到動靜趕了進來。傅春見再不放手，官兵很快就會趕到，而女真人一旦被擒，自己的身分也會隨之暴露，便乾脆假意不敵受傷。女真人搶到了火器圖，果然就此離去。

本來按照傅春的計畫，是想辦法將趙士元被殺一案掩飾過去後，再設法從那些女真人手中奪取火器圖，哪知道女真人躲進李成梁府邸後即被滅口，火器圖也被人主動歸還給沈德符。事出突然，傅春當時受了重傷，一時不及謀畫更多，錯過了機會，最終只是徒勞無功。但因趙士元和搶奪火器圖的女真人先後被殺，他的身分也沒有意外暴露。至於毛尚文的逃走，並不是由於他得知王名世從趙士元的傷口起了疑心，而是他預料到蒙古人不會輕易放過他。

至於薛素素被殺，則是因為她當晚去找駙馬冉興讓時，意外撞見傅春與薛幻在一起。薛素素時常跟齊景雲去浙江會館看戲，跟薛幻也算熟識，以為傅春只是顧念舊情，並沒有立即懷疑到其他，只意味深長地說了一句：「傅公子，原來你一直跟蒙古奸細有來往。」便欲進去冉駙馬府邸。薛幻卻擔心傅春的身分暴露，追上去從背後一刀殺了她。傅春阻止不及，只得讓薛幻設法善後。等傅春趕回藤花別館後，薛幻正要設法避開更夫和巡邏的兵馬司士卒運走薛素素屍首時，意外見到了王名世，忽然靈機一動，想到了嫁禍的好法子——他卻不知道傅春在長期的相處中已經與王名世等人產生情誼，如果傅春預先知道，斷然要阻止他這麼做。薛幻當即任憑薛素素的屍體留在原地，自己抄小道趕去王名世家中。正打算將凶器投到牆角時，又聽到王家僕人抱怨井水結冰，遂乾脆溜進院子，將匕首投入井中。

這一切過程只有薛幻一人最清楚。次日，他派手下趕去藤花別館，告知井中匕首一事，意在讓傅春設法發現凶器。傅春聽了立即知道事情要糟，因為那凶器和薛素素身上的刻刀原是一對，王名世非但見過，還在薛幻身分暴露後特意問過傅春，他是唯一能將兩柄凶器聯繫在一起的人，以王名世的精明，很快會懷疑到自己頭上。但當蒙古人奉命趕到王家轉移凶器時，時候已經晚了，錦衣衛的人已經在那裡　傅春便指令薛幻立即離開京師，預備設法暴露薛幻，以減輕自己的嫌疑。

然而出乎傅春意料的是，王名世竟然當堂招供殺了薛素素，一時猜不透王氏到底心意如何，但有一點可以肯定——王名世絕不是凶手，他之所以招供，多半是已經猜到事情與傅春有關，他不願就此說出來。傅春隨即見沈德符和魚寶寶為到底誰是真凶爭吵，幾乎要反目成仇，越發內疚於心。他思前想後，不願真相就此沉淪，雖然並不是他本人親手殺了薛素素，但素素終究還是因為他而死，好男兒該敢作敢為，於是決意到東廠見過王名世後即說出真相。但王名世已經猜到他是蒙古人的身分，還是大大出乎他意料之外。

傅春說出真相，這才問道：「既然你已經猜到我是蒙古人，為什麼還要自承罪名、不立即供出我來？」王名世沉默不久，道：「之前我們一起調查的那些事情，其實都十分危險，你是完全不相干的人，不需要管這些事，但你從不畏懼。沒有你，我們不可能知道真相。你該明白的——我沒有當堂舉報你，就跟你肯來這裡坦白真相，好救出我一樣。」

他們相交不過幾個月，但一度同生死、共進退，結下深厚的情誼。雖然從來不曾有相逢意氣為君飲的縱意狂歡，卻早已惺惺相惜，情若兄弟。

轉過頭去，魚寶寶正站在獄門口，表情嚴峻，雙眼閃耀著刻毒可怕的光芒，死死瞪視著傅春。她那因吃驚而扭曲得變形的臉龐上，流露出一種能打動人心的痛苦。顯然，她已經聽到了真相。

過往的流年夾雜著些許的謊言和欺騙，於是收穫了整季的荒蕪。天可老，海能翻，消除此恨難。傅春對這結局早有所準備，卻還是抵不過心頭洶湧的悲辛，有一種浸染式的哀傷。平生豪氣，如今風景，可謂一地悲涼。

外面大雪霏霏。

雪花疏疏密密，漠漠紛紛，如楊絮般在空中飛舞，舞得累了，便輕輕地、靜靜地落了下來。白色漸漸多了起來，不見了青山，不見了峰巒。天公仍任性地不斷扯棉搓絮，在它寫意的素筆下，萬里山河也僅僅是淺淺輪廓。

白雪冰心皎潔，飽滿、厚實、綿密，又是那樣的古拙、蒼涼、沉鬱，自古就被文人雅士們賦予各種意象——它不似青鳥有飛翔的翅膀，卻同樣可以追逐遠方的寥廓；它不似流水有婉轉的意象，卻同樣可以抵達生命的彼岸；它能夠將平淡歲月鑲嵌成不平凡的風景，卻注定不能天長地久。

終於，天地變得白茫茫一片，清涼世界，人境兩奪。卻是白得滄桑而無力，白得哀傷而憂鬱，白得欲言而無語，白得哭泣而無淚。

莽莽蒼穹，雪洗塵靜。所有的悲歡歲月都將隨著雪花飄散消融而去。

萬事空中雪，只有丹心難滅。

尾聲

傅春案一度轟動京城，但他是蒙古黃金家族王子，身分尊貴，並未被處死，而是流配西南邊疆為奴。齊景雲請求同行，卻沒有被批准，從此蓬首垢面，閉門只讀佛書；傅春離開京師後不久，即鬱鬱病死。

錦衣衛千戶王名世被罷官免職，與姑蘇才女魚寶寶一道離開北京，自此不知所終。

沈德符當年參與順天府鄉試未能中舉，以後科科如此。直到慈聖皇太后李彩鳳死後，才在萬曆四十六年（一六一八年）考中舉人。次年應禮部會試落第，從此南返回鄉，潛心著書，編成《萬曆野獲編》。書名寓「野之所獲」之意，記述起於明初，迄於萬曆末年，內容包括明代典章制度、人物事件、典故遺聞、山川風物、工藝技術、釋道宗教、神仙鬼怪等諸多方面，尤詳明朝典章制度和典故遺聞。所記大都博求本末，收其是而芟其偽，常者固加詳，而異者不加略，內容翔實，在明代筆記中堪稱上乘之作。

妖書一案，直到萬曆三十九年（一六一一年）方才真相大白。中書舍人趙士楨於當年精神錯亂，狂病大發，據稱他曾多次夢見皦生光索命，終於一病不起，病逝前承認當年妖書是他所做。

妖書案雖平，但其影響所及已遠逾宮廷、遍及朝野，險惡的宮廷鬥爭也並沒有就此平息，到了萬曆四十三年，又發生了更加匪夷所思的「梃擊案」。

朱常洛雖然暫時坐穩太子寶座，並沒有就此安定下來，宮內、宮外的鬥爭始終都在威脅著他的地位，甚至生命。朱常洛生母王恭妃病後，朱常洛常常遭到心懷叵測者的暗中詛咒。

萬曆四十一年（一六一三年）六月初二，錦衣衛百戶王曰乾告發孔學等人受鄭貴妃指使，糾集妖人，擺設香紙桌案及黑瓷射魂瓶，由妖人披髮仗劍，念咒燒符，又剪皇太后、皇上、皇太子三個紙人，用新鐵釘四十九枚，釘在紙人眼上，七天後焚化。

內閣首輔葉向高得知此事後，見案情重大，故意壓了下來。萬曆皇帝得知後非常憤怒，責怪葉向高為何不報告。葉向高老謀深算，早已準備了一封奏疏，建議道：「為皇太子考慮，皇上應該冷靜處理此事：如果大張旗鼓，朝野上下議論紛紛，反而使事態惡化，那麼其禍將不可言。」

萬曆皇帝鑒於「妖書案」的前車之鑒，接受了葉向高的建議，打算大事化小，小事化了。第二天，葉向高指示三法司嚴刑拷打王曰乾，務必將其打死，因為他告發之事涉及重大，又真假難辨，只有滅口不加追查，才能化有為無。

雖然此案被精明的葉向高壓了下來，但多少可以反映出宮廷內外圍繞著皇太子的爭鬥從未平息。「梃擊案」就是在這樣的歷史條件下發生。

萬曆四十三年（一六一五年）五月初四黃昏，突然有一名莽漢手執木棍，闖進太子朱常洛所住的慈慶宮，見人就打，打傷守門的太監。一直往裡闖，眼看就要進到太子房間，幸好被其他人制服，並未危及太子。一個普通漢子如何能闖進戒備森嚴的皇宮，又如何能輕易找到太子居住的宮殿？萬曆皇帝對此案十分重視，命司法部門嚴加審訊。

刑部郎中胡士相、岳駿聲等奉旨審理此案。一開始，這名漢子說自己叫張差，被人燒毀供差柴草，氣憤之餘，從薊州來到京城，要向朝廷伸冤，便在五月初四手持棗木棍，從東華門直闖慈慶宮云云。胡士相、岳駿聲二人便打算按照「宮殿前射箭放彈投磚石傷人律」，將張差以「瘋癲闖宮」的罪名判處死刑。這是明顯的大事化小處理方式，不少正直的官員均懷疑鄭貴妃其實是幕後指使人，對胡、岳二人審理的結果抱懷疑態度。

五月十一日，輪到刑部主事王志寀提牢，他趁機對張差進行突擊審訊，並以「不招當餓死」相威脅。張差一開始說：「不敢說。」王志寀便讓隨從退出，張差這才招供，說是受了他的舅舅馬三道、外祖父李守才領來一個不知名的老太監帶他到慈慶宮，給他一根棗木棍，讓他見一個打殺一個。王志寀立即將張差是受宮中太監指使報告皇帝，萬曆皇帝心知肚明，只要一追查，勢必追到他心愛的鄭貴妃頭上，於是對王志寀的上奏不予理睬。

但王志寀審出的情況卻已經傳了出去，關注「梃擊案」和太子的朝臣紛紛不平。戶部官員陸大受公然提出「梃擊案」審理中的疑點——張差已招供有太監策應，為什麼不把他們的姓名公布於眾？那個作為聯絡點的大宅院，為什麼不指明坐落何處？不僅如此，陸大受還含沙射影地暗示指使之人就是鄭貴妃的兄弟鄭國泰。鄭國泰按捺不住，立即跳了出來，寫了一個揭帖，極力為自己洗刷。結果他辯詞中的破綻被機敏的工科給事中何士晉抓住不放，一一辯駁，讓眾人更加懷疑鄭國泰與此案有千絲萬縷的聯繫。

五月二十一日，刑部右侍郎張問達與相關衙門官員會審張差。張差招供——太監龐保與劉成商量，叫李守才、馬三道對張差說：「打上官去，撞一個，打一個，打小爺（太監稱皇太子為小爺），吃也有你的，穿也有你的。」而龐保、劉成正是鄭貴妃宮中的太監，人們不能不懷疑鄭貴妃的兄弟鄭國泰是幕後主使人。

鄭貴妃當然也難辭其咎，她見輿論強大，惶惶不可終日，哭訴於萬曆皇帝。萬曆皇帝見事涉鄭貴妃，加上多年來人們一直議論他不善待皇太子，感到事情重大，怕火燒自己，便要鄭貴妃去向皇太子朱常洛表明心跡。

起初，皇太子朱常洛也認為「必有主使」。然而，鄭貴妃一再指天發誓，自明無他。朱常洛為人忠厚，也不想把事情搞大，便懇請父皇迅速了結此案。於是，五月二十八日，萬曆皇帝在寶寧門召見群臣，明確宣布張差為「瘋癲奸徒」，並命「毋得株連無辜，致傷天和」，只處決張差及與之有關的太監龐保、劉成二人。這也是「難識君王真面目，三十餘載匿深宮」的萬曆皇帝，二十五年來第一次召見大臣。

本來，太監龐保、劉成二人也要一併處死，但萬曆皇帝回宮後，突然變卦，把內閣草擬的諭旨加以修改，要三法司只處決張差一人，龐保、劉成待審明以後再擬罪。五月二十九日，張差被凌遲處死。但隨後龐、劉二人也被祕密處死，對外宣稱二人是被嚴刑拷打致死，這顯然是有預謀的殺人滅口。

正如翰林編修孫承宗對此案的總結——「事關東宮，不可不問；事連貴妃，不可深問也。龐保、劉成而下，不可不問也；龐保、劉成而上，不可深問也。」梃擊案由此草草收場。

梃擊案可說從國本之爭演變而來，也是鄭貴妃為了能使自己的兒子繼承皇位，所做的孤注一擲最後進攻。大概是見到國本之爭中大臣的勢力占了上風，鄭貴妃心中非常著急，於是派自己的心腹太監雇人行刺太子，演出了這場著名的梃擊案。

由於當事人均被滅口，關於此案的說法還很多，因此被列為明宮三大疑案之一，也從側面說明了當時太子朱常洛的地位是多麼危險。

正當明朝國本之爭越爭越烈時，女真首領努爾哈赤已經在東北莽莽雪原上建立起一支與明王朝爭奪天下的軍隊。他在遼東總兵李成梁死後不久，便正式發布「七大恨」告天，將進攻矛頭正式指向明朝，從此揭開中國歷史以清代明的序幕。在邊關危難、大兵壓境之際，萬曆皇帝無力顧及，只管在沉淪中苟且偷生。

萬曆四十八年（一六二〇年），萬曆皇帝在內外交困中死去，終年五十八歲，葬於定陵，廟號為神宗。太子朱常洛即位，是為明光宗。

國本之議起時，朱常洛才五歲，卻遭遇了許多風風雨雨。但監護他的並不是生母王恭妃，而是凶狠潑辣的李選侍，她和鄭皇貴妃狼狽為奸，沆瀣一氣，使他母子受到不少折磨和凌辱。等到二十歲時被冊立為太子時，他仍沒有出閣講學，更不敢預聞國事，內心的苦悶可想而知。而今，對這位太了來說，心想事成簡直是世上最可怕的噩夢——即使歷盡千辛萬苦，成了君臨天下的帝王，仍然擺脫不掉鄭貴妃的陰影。萬曆皇帝死前留下一道聖旨，要求進封鄭貴妃為皇后，這就意味著，她將成為皇太后，可以垂簾聽政。大臣們自然都反對，內閣首輔方從哲便將進封鄭貴妃為皇后的聖旨藏於內閣，暫時祕而不宣。

形勢開始對鄭貴妃不利，她便改變策略，一反過去之常態，千方百計地逢迎討好新皇帝，除了贈送大量珍珠異寶以外，又特意選送了八名美女。朱常洛的一生，大部分時間都是在逆境中度過的，由於長期憂鬱苦悶，清閒無聊，只得把全部精力寄託在酒色上，未即位的時候身體就已經相當虛弱，當上皇帝後，依然花天酒地，縱慾享樂。他的正妃郭氏病死後，還有四個選侍，除這些女子外，還有無數美女陪伴在朱常洛身邊。朱常洛只知享受美色，身體卻越來越糟。

這年八月的晚上，也就是朱常洛當皇帝一個月後，他忽然肚子疼拉稀，而且頭痛。本來不是什麼大病，吃幾副補藥，靜心調養一段時間應該可以復原。但是掌管司禮監秉筆兼掌御藥房太監崔文昇向皇帝進了一劑瀉藥後，朱常洛當天晚上腹瀉三、四十次，身體一下就垮了下來，再也起不了床，而且病情日趨惡化。崔文昇原為鄭貴妃宮中的親信太監，當時紛紛傳言崔文昇受鄭貴妃指使，一時間群情驚駭。

給事中楊漣上疏，彈劾崔文昇「用藥無狀」，主張將其拘押審訊，查個水落石出。楊漣此疏言辭犀利，大家都擔心皇帝看後會很不高興。八月二十二日，上疏三日後，宮中傳出話來——皇上要召見大臣，並特宣楊漣和錦衣衛官校。以往慣例，宣錦衣衛官校入侍，一般都是要令其執行「廷杖」。群臣認為皇帝一定是針對楊漣的上疏，推測楊漣此次被召一定凶多吉少，多半要遭廷杖。內閣首輔方從哲勸楊漣趕緊上疏請罪，楊漣執意不從，大義凜然地說：「死即死耳，漣何罪？」

群臣入朝時，心中均忐忑不安。皇帝面有病容，先有氣無力地說了些要大家各盡其職、效忠朝廷的話，便將目光投向楊漣，盯了他許久，始終不說一句話。群臣正為楊漣捏把汗時，忽聽皇帝歎了一口氣，指著楊漣對大家說：「此真忠君。」隨即下旨驅逐崔文昇，收回封鄭貴妃為太后的聖旨。群臣喜出望外，長舒了一口氣，隨即把話題轉向皇帝的病情，勸皇帝「慎醫藥」。朱常洛回答：「已經有十餘日不進藥了。」意思是，他本人對進藥是非常慎重的，讓大臣放心。

這次會議表面風平浪靜，但在場大臣均能感到正有暗流蠢蠢欲動。

八月二十三日，鴻臚寺官員李可灼來到內閣，說有仙丹要進呈皇上。內閣首輔方從哲鑒於崔文昇的先例，認為向皇上進藥要十分慎重，命李可灼離去。但李可灼不肯就此罷休，二十九日一早，再次進宮向太監送藥。事關重大，太監不敢自作主張，便向內閣報告，被內閣官員阻止，但太監還是將進藥的消息傳給了皇帝。

就在這一天，朱常洛在乾清宮召見方從哲等十三名大臣，皇長子朱由校也在場，朱常洛言語中已經有臨危託孤的意思，向大臣們說：「朕難了，國家事卿等為朕盡心分憂，與朕輔助皇長子要緊，輔助他為堯舜之君，卿等都用心。」

群臣不知道的是，朱常洛的寵妃李選侍正躲在門幔後偷聽。她早先多次催促朱常洛封自己為皇后，朱常洛被糾纏不過，答應今天與幾位大臣商量後再行冊封。李選侍聽了半天，始終等不到朱常洛提到封后的話題，便急不可待地叫過一個小太監，讓他去告訴皇長子朱由校，趕緊為她請封皇后。小太監走出來後，對朱由校耳語一番，朱由校搖頭，沒有答應。門幔後的李選侍勃然大怒，竟然不顧禮儀，從幕幔後伸出手來，將站在朱常洛旁邊的朱由校拉了進去。在場的人面面相覷，不知何為。

過了一會兒，朱由校又被推了出來。他當即跪在地上，憤然對父皇說：「皇爹爹，要封皇后。」眾人立即意識到這是在傳達李選侍的意思，李選侍如此膽大妄為，僭制違禮，不僅使在場的大臣相顧駭然，連朱常洛也為之「色變」。尚書孫如游機警聰明，當即說道：「皇上要封李選侍為皇貴妃，臣等不敢不遵命，我等立即起草冊封儀注（冊封儀式的日程表）。」朱常洛無意封李選侍為皇后，立即應道：「起草儀注來！」如此一來，李選侍便只能冊封為貴妃，而當不成皇后。

這時候，朱常洛突然提到鴻臚寺官員進藥一事，並立即召李可灼進宮。李可灼進獻一顆紅丸，朱常洛服用後，精神倍增，紅光滿面，病情大見好轉。他十分高興，不僅大大稱讚李可灼的忠心，而且讓他再獻一顆。當朱光洛吃完第二顆紅丸後，卻昏昏睡去，於九月初一清晨駕崩。這個一生受盡苦難的短命皇帝，當上皇帝不到一個月，就離奇地一命嗚呼了。

由於朱常洛服用紅丸斃命，紅丸到底是什麼藥，是否有毒，李可灼為什麼要進紅丸？很多人都懷疑李可灼是受鄭貴妃指使，故意毒死朱常洛。由此引發爭議，一場震動朝野的「紅丸案」隨之而起。

御史王安舜首先上疏，請重治李可灼。繼之，御史鄭宗周、郭如楚、馮三元、焦原溥，給事中魏應嘉、惠世揚，太常卿曹珖，光祿少卿高攀龍，主事呂維祺等人先後上疏請究治崔文昇、李可灼奸黨。但朝中意見不一，最後只將崔文昇發遣南京、李可灼發配充軍了事。此案最後不了了之，成為明宮又一大疑案。

光宗朱常洛生前命運坎坷，死後陵寢也是採用當年明景帝朱祁鈺的廢陵。英宗復辟後不久，景帝死去，英宗下令以親王之禮安葬，景帝當國時為自己所修的帝陵也隨之被廢棄。而光宗因死得突然，在位才一個月，還來不及為自己修帝陵，因而只好將就起用景帝的廢陵。歷史，就是這樣富有戲劇性。《崑崙堂集》詠明代詩史說——

「無端香氣繞蓬萊，不是金莖承露杯。誰使文成歸海島，卻容柳泌入天臺？金丹坐致千秋恨，玉殿旋移萬國哀。嘗藥慢將功罪定，君王已去靈集臺。紅丸聚訟亦呶呶，疑謗平分未可淆。豫向昭陽防禍水，誰將脊恤進神膏？心驚午夜歸龍馭，恨逐輕煙入鳳巢。若使宰臣眞愛主，罪入何止竄青芳。」

崔文昇雖然發遣南京、李可灼發配充軍，但其後大宦官魏忠賢翻「紅丸案」，李可灼免戍，崔文昇被命為總督漕運。直到魏忠賢失勢時，崔文昇才再次被捕下獄。

明光宗朱常洛之死，引出了一樁「紅丸」疑案，而他死後，還引出一案，是為「移宮案」。

萬曆四十八年（一六二〇年）九月初一，朱常洛駕崩，年已十六歲的皇長子朱由校當立為新君。當時朱常洛的寵妃李選侍仍居住在乾清宮。李選侍與鄭貴妃關係密切，鄭貴妃力圖為李選侍請封皇后，李選侍則為鄭貴妃請封皇太后。此事還未辦成，朱常洛駕崩，冊封企圖落空。李選侍野心不死，又策畫新的計謀，與太監李進忠（即魏忠賢）密謀挾持太子朱由校。朱由校自生母王才人死後，一直由李選侍撫養。李選侍準備將朱由校藏起來，「挾皇長子自重」。吏部尚書周嘉謨也以皇長子既無嫡母、又無生母為理由，主張由李選侍撫孤。

李選侍陰狠狡詐，朱常洛在位時，她便恃寵驕橫，獨霸後宮，她曾當著群臣的面逼迫太子朱由校為她請封皇后，如此野心勃勃的女人，如果挾持了太子，必然會干預朝政擾亂國體，這自然是一批正直的大臣不願意看到的，他們決意鋌而走險，力挽狂瀾。

九月初一上午，楊漣、左光斗促同大學士方從哲、劉一燝、韓爌等朝臣一齊趕到乾清宮。剛至乾清門，便有太監持梃攔路，不許入內。楊漣大罵道：「奴才！皇帝召我等。今已晏駕，若曹不聽入，欲何為？」說完便揮手強行撥開槍梃，群臣一擁而入。

群臣哭靈完畢後，發現太子朱由校並未在光宗靈柩前守靈，均感到吃驚，料到有事情發生。追問左右的宦官，宦官均支支吾吾，不敢回答。光宗心腹太監王安有心指引，便故意用眼睛示意西暖閣，楊漣會意，轉身對大家耳語了幾句，大家便一齊向西暖閣跪下，一齊請求面見儲君。

李選侍挾持了太子朱由校後躲在西暖閣，她一個婦人哪裡見過如此陣勢，當即嚇得六神無主。太監王安隨即入內，假意勸說，稱皇長子面見眾臣後即可送回，說完便拉著朱由校出閣。等在外面的群臣一見太子出來，連忙把太子擁入早已準備好的輦車，退出乾清宮。李選侍這才回過神來，慌忙吩咐左右的宦官快去擋駕。宦官們追來拖住轎子，大聲叫嚷：「拉少主何往？主年少畏人。」楊漣大怒，大聲斥罵道：「殿下群臣之主，四海九州莫非臣子，復畏何人？」眾宦官被罵得啞口無言，這才悻悻退去。

楊漣等人將朱由校抬到文華殿，當即舉行了「正東宮位」的典禮，並且議定於本月六日在乾清宮即帝位。

李選侍見太子被強行擁走，十分惱怒，無奈大局已定。她決定賴在乾清宮不出，以此要挾朱由校封她為皇太后。消息傳出，舉朝皆憤憤不平，奏請李選侍移宮的章奏接連不斷。李選侍遣宦官召太子入乾清宮議事，被楊漣阻擋。他正色道：「殿下在東宮為太子，今則皇帝，選侍安得召？」怒目逼退前來傳話的宦官。

九月初五，眼見太子登基大典將近，李選侍仍賴在乾清宮不出。楊漣心急如焚，又聯絡諸大臣聚集慈慶宮，要大學士方從哲帶頭請太子下詔驅李選侍移宮。方從哲卻不以為然地說：「遲亦無害。」楊漣爭辯道：「昨以皇長子就太子宮猶可，明日為天子，乃反居太子宮以避宮人乎？」當時有人提出李選侍是光宗的舊人，逼之太急是否有失體統。楊漣立即斥之道：「諸臣受顧命於先帝，先帝自欲先顧其子。」並且表示：「能殺我則已，否則，今日不移，死不去。」其他大臣亦紛紛贊言助之，御史左光斗更是積極相助，詞色俱厲，驚動了殿中的太子。太子遣人斥群臣退去，楊漣仍不肯服從，繼續抗辯道：「選侍陽托保護之名，陰圖專擅之實，宮必不可不移。」在楊漣等的堅持下，朱由校只好下旨遣李選侍即日移宮。李選侍接旨，知敗局已定，只好抱著親生的八公主，哭哭啼啼地遷出乾清宮，移居噦鸞宮。

次日，朱由校正式登基，是為明熹宗，又稱天啟皇帝。

蹊蹺的是，李選侍移宮數日後，噦鸞宮離奇失火。經過奮力搶救，李選侍母女才得平安無事。有支持李選侍的大臣趁機散布謠言，說火災是因為朱由校有悖孝悌之道，並導致選侍投繯，其女投井，還說：「皇八妹入井誰憐，未亡人雉經莫訴。」朱由校在楊漣等人的支持下，批駁了這些謠言，說：「朕令停選侍封號，以慰聖母在天之靈。厚養選侍及皇八妹，以遵皇考之意。爾諸臣可以仰體朕心矣。」

至此，「移宮案」才宣告結束落幕。此案與「梃擊案」、「紅丸案」並稱明宮三大疑案，本質其實皆是萬曆年間國本之爭」的延續。恩怨盡時，亦是封疆危日。

新帝雖立，卻並無普天同慶的喜悅氣氛，人人心頭被不祥的氣氛籠罩，一向威嚴肅穆的紫禁城也是一派淒清冷寂景象。京城裡開始有神祕的傳聞——據說夜晚走過紫禁城正門的行人，不但能聽見鬼魂淒厲的哀號聲，還能看到陰森森的影子在牆頭飄蕩。

（全書完）

明代職官及稱謂

文／吳蔚

明朝立國後，明太祖朱元璋廢除中書省，直轄吏、戶、禮、兵、刑、工六部，處理全國政務。但事無巨細，全部由皇帝一人處理又存在極大困難。朱元璋生前，按照《周禮》的官制分設春、夏、秋、冬四位輔官幫他理政。後來又依宋朝的殿閣學士制，設立武英殿、華蓋殿、文華殿、文淵閣、東閣五位殿閣大學士。大學士的辦公地點一般位於皇宮東角門內，外人不得輕易進出，故又稱「東閣」或「內閣」。內閣學士作為皇帝的輔臣，可以備左右、充顧問、庶理政務。

朱元璋之後的幾代皇帝對內閣建設十分重視，到了明朝中後期，內閣負有票擬詔令、封駁御誥、舉薦官員、決定政務的重大權力，朝臣入閣已相當於拜相。

在設立內閣的初期，各大學士的地位是平等的，但隨著內閣制度逐步健全，各大學士個人能力的差別以及皇帝個人的偏愛，作為輔臣的大學士也有權力和地位的區別，能力最強或皇帝偏愛的大學士在內閣處主導地位，稱首輔或元輔，其餘稱次輔、三輔、四輔、五輔等。

為監督皇帝本人和各級官吏履行職責，明朝沿襲前代的監察制度，設御史臺，後改御史臺為都察院。都察院負責對皇帝本人的不當行為進行規諫，對百官臣僚進行糾舉，對全國財政進行審計，對邊防四境進行巡視，對京城駐軍進行監察。對於聲震朝廷的重大案件，在皇帝授意下，都察院還要會同刑部、大理寺進行「三堂會審」。刑部、都察院、大理寺被稱為「三法司」，實行的是「刑部受天下刑名，都察院糾察，大理寺駁正」的制度。

為彌補都察院在行政監察方面的缺失，作為中央執行機關的六部，專門設有進行內部監督的六科給事中（又稱言官）。到了明朝中後期，一些給事中按照春秋大義和儒家倫理，經常越職規諫皇帝的私生活以及其他缺失。

明王朝的中央決策、最高行政，以及監督體制與機構非常完備和細密，有利於保持政體穩定。而負有治政頂級職權的皇帝，要駕馭好這套體制與機構，需要有極強的治政能力和旺盛的精力。

明代官制，三公為正一品，三孤為從一品，內閣大學士為正五品，六部尚書為正二品，六部侍郎為正三品。

明朝舍人分為中書科舍人、直文華殿東房中書舍人、直武英殿西房中書舍人、內閣誥敕房中書舍人、內閣制敕房中書舍人五種，均為從七品。其中，中書科本不稱科，因與六科均在午門之外，官署相連，時人習慣稱之為科。署中設二十人，不分長貳，以年長者一人掌印，稱「印君」。

中書科舍人掌書寫誥敕、制詔、銀冊、鐵券等事。文華殿舍人，掌奉旨書寫書籍。武英殿舍人，掌奉旨篆寫冊寶、圖書、冊頁。內閣誥敕房舍人，掌書辦文官誥敕、翻譯敕書，並外國文書、揭帖，兵部紀功、勘合底簿。制敕房舍人，掌書辦制敕、詔書、誥命、冊表、寶文、玉牒、講章、碑額、題奏、揭帖等機密文書，以及各王府敕符底簿。

本小說中所提及的戎政尚書也是明代職官名稱。永樂初年，由尚書或侍郎、右都御史協理京營戎政，掌京營操練之事。嘉靖二十年（西元一五四一年），始命尚書劉天和罷其部務，另給關防，名為戎政尚書，專理戎政，統轄五軍、神樞和神機三大營。

明中央官署位於皇城外，府部對列，文東武西，戒備森嚴。

明代廣場東側有——禮部（掌管朝廷中的禮儀、祭祀、宴筵、貢舉等事務）、吏部（掌管全國官吏選授、勳封等事務）、戶部（掌管全國疆土、田地、戶籍、賦稅、俸餉及一切財政事宜）、兵部（掌管選用武官及兵籍、軍械、軍令等事務）、工部（管理全國工程事務）、宗人府（管理皇室宗族的譜牒、爵祿、賞罰、祭祀等項事務）、鴻臚寺（掌管朝會、賓客、吉凶儀禮等事務）、欽天監（掌管觀察天象，推算節氣，制定曆法等事務）、太醫院（為皇家治病的醫院）等。衙署建築，均坐東朝西。

廣場西側有——左、中、右、前、後五軍都督府（全國最高統軍機構）、太常寺（掌管祭祀禮樂等事務）、通政使司（受理內外章疏、收臣民密封申訴之件的機構）及錦衣衛（掌管侍衛、緝捕、刑獄等事務）。衙署建築，均坐西朝東。

京城官場交際中，稱謂大體稱官銜，多為古名或別名，以示雅觀。「老」和「先生」均為尊稱，「老先生」為最尊稱呼。以下為《明宮奇案》小說中涉及的稱謂用語對照——

內閣首輔：端公。

內閣大學士：閣老。

六部堂官別稱：吏部叫「塚宰」；戶部叫「司徒」；禮部叫「宗伯」；兵部叫「司馬」；刑部叫「司寇」；工部叫「司空」。尚書、侍郎各冠以「大」、「少」區別。

都察院左右都御史：大中丞。

國子監祭酒（國子監的主管長官）：大司成。祭酒，原意為古代宴會時被推舉出酹酒祭神的長者，後世演變為學官名。

給事中：給舍。

中書舍人：中舍。
翰林院學士：北門。
錦衣衛指揮使：稱大金吾或掌印。
順天府尹：大京兆。
總兵：雅稱為「大帥」、「大將軍」。民間百姓俗稱「總爺」。
巡撫：大中丞。民間百姓俗稱「都爺」。

後記

風聲雨聲讀書聲，家事國事天下事

吳蔚

爭奪皇位繼承權，是歷代王朝宮闈鬥爭永恆的主題，明代也不例外。萬曆朝圍繞皇太子之位而發生的「國本之爭」曠日持久，「妖書案」、「梃擊案」、「紅丸案」、「移宮案」，撲朔迷離，讀明史至此，往往如墜雲裡霧中。本小說《明宮奇案》，旨在講述這一連串奇案的前因後果。

《明宮奇案》是我個人筆下第一本發生在北京的小說。小說的節奏比較舒緩，但它非常符合我心目中的歷史小說意象——化身為生活在明代的古人，在大街小巷中徜徉，逛逛胡同，喝喝茶湯，吃吃豆汁，聽聽昆曲，看看雜要，京城風土人情盡入眼中。這正是我最希望傳達給讀者的，意即在吳蔚這一系列歷史小說中，除了透過故事本身瞭解歷史事件和人物，更沉澱了厚重的傳統文化，歷繁華，經歲月，方漫漫品出。

另一方面，《明宮奇案》中也加重了人物的心理描寫，以此表現在宏大歷史背景下，歷史人物不可避免為時局挾制的命運。即使是萬曆皇帝，在滔滔的歷史洪流中，一樣難以左右自我的浮沉。這也是吳蔚這一系列歷史小說的共通之處，著重突出的是環境和局勢，而非單一的故事和人物。這就是我個人一直強調的觀點，在歷史中，背景才是主角。

要特別說明的是，本書採取全紀實敘事，細節均有據可循。所謂朝政得失、文人聚散，全無假借。至於兒女鍾情，雖稍有點染，亦非子虛烏有。書中的絕大部分情節都發生在紫禁城外，之所以特意將書名取為《明宮奇案》，是想強調皇宮並不像某些影視劇所描述的那樣，可以隨意進出，可以任意查案，哪怕貴為太后、皇帝，也一樣有許多規章制度要遵守。

在歷史上，北京及其周圍地貌並沒有大改變，然而由於植被大面積減少，氣候及景觀發生了極大變化，書中所提碧波蕩漾的龍鬚溝、玉泉垂虹、西山霽雪等著名景色於清代尚存，到今天卻已消失不見。環境日益惡化已成為全球性的突出問題，這無疑是今人應該警示的。

本小說《明宮奇案》，與之前出版的《魚玄機》、《韓熙載夜宴》、《孔雀膽》、《大唐遊俠》、《璇璣圖》、《斧聲燭影》、《包青天：滄浪濯纓》、《和氏璧：附完璧歸趙》，共同組成了我一直在持續構思創作的「吳蔚歷史探案系列」。特別感謝讀者長久以來的支持，是你們一直支持著我，我在寫作道路上前進的每一步，都離不開你們的鼓勵。寫作本身是一個不斷學習的過程，你們是我努力前行的最大動力，我愛你們。

國家圖書館出版品預行編目資料

明宮奇案：萬曆皇帝很憋屈／吳蔚著；
──初版 ──臺中市：好讀，2015.05
面；　公分，──（吳蔚作品集；10）（真小說；47）

ISBN 978-986-178-352-9（平裝）

857.7　　　　　　104003568

好讀出版

真小說 47

明宮奇案：萬曆皇帝很憋屈

作　者／吳　蔚
總 編 輯／鄧茵茵
文字編輯／簡伊婕
地圖繪製／尤淑瑜
內頁編排／王廷芬
發 行 所／好讀出版有限公司
臺中市 407 西屯區何厝里 19 鄰大有街 13 號
TEL:04-23157795　FAX:04-23144188
http://howdo.morningstar.com.tw
（如對本書編輯或內容有意見，請來電或上網告訴我們）
法律顧問／陳思成律師

戶名：知己圖書股份有限公司
劃撥專線：15060393
服務專線：04-23595819 轉 230
傳眞專線：04-23597123
E-mail：service@morningstar.com.tw
如需詳細出版書目、訂書、歡迎洽詢
晨星網路書店 http://www.morningstar.com.tw

印刷／上好印刷股份有限公司 TEL:04-23150280
初版／西元 2015 年 05 月 1 日
定價／350 元
如有破損或裝訂錯誤，請寄回臺中市 407 工業區 30 路 1 號更換（好讀倉儲部收）

Published by How Do Publishing Co., LTD.
2015 Printed in Taiwan
ISBN 978-986-178-352-9

讀者回函

只要寄回本回函，就能不定時收到晨星出版集團最新電子報及相關優惠活動訊息，並有機會參加抽獎，獲得贈書。因此有電子信箱的讀者，千萬別吝於寫上你的信箱地址

書名：明宮奇案：萬曆皇帝很憋屈

姓名：＿＿＿＿＿＿＿ 性別：□男 □女 生日：＿＿年＿＿月＿＿日

教育程度：＿＿＿＿＿＿＿＿＿＿＿＿

職業：□學生 □教師 □一般職員 □企業主管

□家庭主婦 □自由業 □醫護 □軍警 □其他＿＿＿＿＿＿＿＿＿＿

電子郵件信箱（e-mail）：＿＿＿＿＿＿＿＿＿＿＿ 電話：＿＿＿＿＿＿＿＿

聯絡地址：□□□＿＿＿＿＿＿＿＿＿＿＿＿＿＿＿＿＿＿＿＿＿＿＿

你怎麼發現這本書的？

□書店 □網路書店（哪一個？）＿＿＿＿＿＿＿＿＿ □朋友推薦 □學校選書

□報章雜誌報導 □其他＿＿＿＿＿＿＿＿＿＿＿＿＿＿＿＿＿＿＿＿＿

買這本書的原因是：＿＿＿＿＿＿＿＿＿＿＿＿＿＿＿＿＿＿＿＿＿＿＿

□內容題材深得我心 □價格便宜 □封面與內頁設計很優 □其他＿＿＿＿＿＿

你對這本書還有其他意見麼？請通通告訴我們：

＿＿＿＿＿＿＿＿＿＿＿＿＿＿＿＿＿＿＿＿＿＿＿＿＿＿＿＿＿＿＿＿＿＿

你買過幾本好讀的書？（不包括現在這一本）

□沒買過 □ 1 ～ 5 本 □ 6 ～ 10 本 □ 11 ～ 20 本 □太多了

你希望能如何得到更多好讀的出版訊息？

□常寄電子報 □網站常常更新 □常在報章雜誌上看到好讀新書消息

□我有更棒的想法＿＿＿＿＿＿＿＿＿＿＿＿＿＿＿＿＿＿＿＿＿＿＿＿

最後請推薦五個閱讀同好的姓名與 E-mail，讓他們也能收到好讀的近期書訊：

1.＿＿＿＿＿＿＿＿＿＿＿＿＿＿＿＿＿＿＿＿＿＿＿＿＿＿＿＿＿＿＿＿

2.＿＿＿＿＿＿＿＿＿＿＿＿＿＿＿＿＿＿＿＿＿＿＿＿＿＿＿＿＿＿＿＿

3.＿＿＿＿＿＿＿＿＿＿＿＿＿＿＿＿＿＿＿＿＿＿＿＿＿＿＿＿＿＿＿＿

4.＿＿＿＿＿＿＿＿＿＿＿＿＿＿＿＿＿＿＿＿＿＿＿＿＿＿＿＿＿＿＿＿

5.＿＿＿＿＿＿＿＿＿＿＿＿＿＿＿＿＿＿＿＿＿＿＿＿＿＿＿＿＿＿＿＿

我們確實接收到你對好讀的心意了，再次感謝你抽空塡寫這份回函

請有空時上網或來信與我們交換意見，好讀出版有限公司編輯部同仁感謝你！

好讀的部落格：http://howdo.morningstar.com.tw/

好讀的粉絲團：www.facebook.com/howdobooks

請填妥後對折黏貼，直接投郵即可，無須貼郵票。

廣告回函
台灣中區郵政管理局
登記證第 3877 號
免貼郵票

好讀出版有限公司　編輯部收

407 台中市西屯區何厝里大有街 13 號
電話：04-23157795-6　傳眞：04-23144188

沿虛線對折

購買好讀出版書籍的方法：

一、先請你上晨星網路書店http://www.morningstar.com.tw檢索書目或直接在網上購買

二、以郵政劃撥購書：帳號15060393 戶名：知己圖書股份有限公司並在通信欄中註明你想買的書名與數量

三、大量訂購者可直接以客服專線洽詢，有專人爲您服務：客服專線：04-23595819轉230 傳眞：04-23597123

四、客服信箱：service@morningstar.com.tw